ハヤカワ文庫 NF

〈NF593〉

エデュケーション

大学は私の人生を変えた

タラ・ウェストーバー

村井理子訳

早川書房

8859

日本語版翻訳権独占
早　川　書　房

©2023 Hayakawa Publishing, Inc.

EDUCATED

A Memoir

by

Tara Westover

Copyright © 2018 by
Tara Westover

Translated by
Riko Murai
Published 2023 in Japan by
HAYAKAWA PUBLISHING, INC.
This book is published in Japan by
arrangement with
SECOND SALLY, LTD.
c/o CURTIS BROWN GROUP LIMITED
through JAPAN UNI AGENCY, INC., TOKYO.

タイラーへ

過去が美しいのは、感情は、そのときはわからないものだから。それはあとから広がっていくもの。だからこそ、今のすべての感情なんて存在しない。あるのは、過去のものだけなのだ。

――ヴァージニア・ウルフ

とうとう私は、教育とは経験の継続的な再構築と考えられなければならないと思うに至った。教育のプロセスとゴールは同じなのだ。

――ジョン・デューイ

目次

第2部

第3部

訳者による注は〔　〕で示した

エデュケーション

大学は私の人生を変えた

プロローグ

私は納屋の横に放置された赤い鉄道車両の上に立っていた。風が舞い、髪が顔に叩きつけられる。開いたシャツの胸元に冷気を感じる。山の近くでは強風が吹き荒れる。まるで頂（いただき）が息を吐いているかのようだ。下に見える渓谷（けいこく）は、平和で、のどかだ。一方、私たちの農場は躍動（やくどう）している。針葉樹（しんようじゅ）の大木がゆっくりと揺れるかたわらで、ヤマヨモギとアザミが、びゅうびゅうと吹いてくる風におじぎしている。背後では、なだらかな丘が空に向かって傾斜を描き、広がり、そのまま山のふもとにつながっていた。視線を上げれば、インディアン・プリンセスの黒い姿がそこにある。

丘には敷きつめられたように野生の小麦が生えていた。針葉樹とヤマヨモギがソリストであったら、小麦畑はコール・ド・バレエだ。小麦の茎がいっせいに動きを合わせる様子は、まるで一〇〇万人のバレリーナが、ひとり、そしてまた次と、強い風に吹かれて、その黄金色の頭を垂れていくように見える。風が作るくぼみは一瞬で消えるけれど、風の形を目撃したような気持ちになる。

丘の中腹に建つ私たちの家に目を移せば、そこには違った動きがある。建物の影が小川まで、気流をかき分けるように伸びている。兄たちが目を覚まし、空模様をうかがっている。母がストーブの近くで小麦のパンケーキを焼いている姿が目に浮かぶ。父がドアの近くで背中を丸め、つま先に鉄板の入ったブーツの紐を結び、たこのできた両手を溶接用手袋にねじ込んでいる姿を思い描く。眼下に延びる高速道路を、スクールバスが停まることなく走りすぎていく。

私はわずか七歳だけど、この事実が、私たち家族を何にも増して、ほかと隔てていることを知っている。私たちは学校に通っていない。

政府が無理やりに私たちを学校に行かせるのではと父は心配している。でも政府にそんなことできるわけがない。だって私たちのことなんて知らないのだから。私の両親の七人の子供のうち四人が出生証明書を持っていない。診療記録もない。なぜなら私たちはこの家で生まれ、医師や看護師には一度も会ったことがないからだ[1]。教室に足を踏み入れたことさえないから、成績も残っていない。私の遅延出生届がようやく提出されたのは九歳のときだったが、七歳の時点では、アイダホ州と合衆国政府にとって、私はこの世に存在していない。

もちろん、私は存在していた。太陽が暗くなり、月から血が滴るのをひたすら待ちながら、「忌まわしい日」に備える暮らしをしていた。夏はメイソンジャー〔食料の瓶詰めを作るときのガラス製の容器〕に桃を詰め、冬は備蓄の入れ替えをして過ごした。人類が滅びたとしても、私の家族はそのまま生きつづけることができただろう。何の影響も受けずに。

私は山のリズムで教育されていた。それはおおむね変化せず、周期的に巡ってくるリズムだ。同じ太陽が毎朝現れ、渓谷を通り抜け、そして山の向こうに沈んでいく。冬に降り積もった雪は、春には必ず溶ける。私たちの生活は山の周期そのものだった――一日の周期、季節の周期。永遠に巡りつづけるその周期は、それが一回りして戻ってきたとき、何も変わっていないことを意味する。私たち家族はこのパターンの一部だった。私たちはだからこそ、永遠なのだと信じていた。でも、その永遠は山だけのものだ。

山の頂上について、父が昔よく話してくれた物語がある。山は偉大なる聖堂だと父は言った。連なる山脈には、より背が高く、より印象的な姿の山もあったが、バックスピークはもっとも美しい姿をしているという。裾野は一マイル〔約一・六キロメートル〕にわたって広がり、その黒い形は地面から隆起し、高くそびえ、非の打ちどころのない尖塔のようだった。遠くから見ると、山肌に女性の姿が浮かびあがってくる。巨大な峡谷が両脚で、北側の尾根に広がる松の枝が髪の毛だ。その姿勢には威厳があり、片足が力強く踏み出しているように見えた。それは歩みというよりは、勢いのある一歩だった。

父はこの山をインディアン・プリンセスと呼んだ。毎年、雪が溶けはじめると彼女は姿を現した。南に顔を向け、渓谷にバッファローたちが戻る様子を眺めている。遊牧するインディアンたちは、そんな彼女の姿を見ては春の訪れを予感し、雪が溶け出す兆候を確かめては冬の終わりを知り、故郷に戻る時期を決めていたのだと父が教えてくれた。

父の語る物語はすべて私たちの山のことであり、渓谷のことであり、アイダホの小さな土地のことだった。もし私が山を離れたらどうすればいいのか。海を越えて、大陸を越えて、地平線にプリンセスを見つけられない異国にいる私がどうすればいいのかは、父は教えてくれなかった。家に戻るべきときをどう判断すればいいのか、父は一度も教えてはくれなかった。

第1部

第1章　善を選ぶことを知る

もっとも強烈な記憶は、実は本当の記憶ではない。それはもうすぐ六歳になろうとしていた私が心のなかで作り上げて、実際に起きたかのように憶えてしまったことだ。その記憶は父が語ってくれた物語に由来する。父がその物語をあまりに詳細に語るものだから、私も兄も姉も、銃声が鳴り響き、叫び声が聞こえる、そんな映画みたいなバージョンをそれぞれ心のなかに作ってしまったのだ。私のバージョンにはコオロギが登場する。家族がキッチンに集まって、電気を消して、家を囲んだＦＢＩから身を隠しているときに聞こえてくるのが、そのコオロギの鳴き声だった。女性が水の入ったグラスに手を伸ばし、そのシルエットが月明かりに照らされる。鞭（むち）の音のような銃声が響き、女性は倒れる。私の記憶のなかでは、倒れるその女性はいつも母で、母は赤ちゃんを腕に抱いていた。

赤ちゃんを抱いているなんて、筋（すじ）が通らない――だって私は母の七人の子供の末っ子だから。でも先に述べたように、これは実際に起きたことではない。

父がこの物語を私たちに話してくれた一年後の、とある夜のことだ。私たちは部屋に集められていた。インマヌエル〔旧約聖書では処女から生まれる救世主のこと〕についての預言が書かれたイザヤ書を父が大声で読み聞かせるためだ。カラシ色のソファに座った父は、膝の上に大きな聖書を広げていた。母は父の隣だ。子供たちは、毛足の長い茶色いカーペットにそれぞれ座っていた。

「この子は凝乳〔チーズの一種〕と蜂蜜を食べる」と父は抑揚のない調子で読んだ。鉄くずを一日集めつづけて疲れ果てていたのだ。「悪を退け、善を選ぶことを知るときまで……」

そこで父は重苦しく間を置いた。私たちは黙って座っていた。

父は背の高い男性ではなかったけれど、部屋を支配することができた。父には正しき導き手の威厳のようなものが備わっていた。父の手は厚くて、まるで革のような手触りだった――生涯、働きつづけてきた男性の手だ――そしてその手はしっかりと聖書をつかんでいた。

父はその一節を大きな声でもう一度読み、三回目を読み、結局四回も読んだ。くり返すたびに父の声は昂（たかぶ）っていった。少し前まで、あまりの疲労に腫れ上がっていた父の目は、いまや大きく見開かれ、らんらんと光っていた。この話には神の教えがあると父は言った。主なる神にどうすればいいか尋ねてみようと。

翌日、父は冷蔵庫からミルクとヨーグルトとチーズを一掃すると、夕方にはトラックに五〇ガロン〔約一八九リットル〕の蜂蜜を積み込んで戻ってきた。

「乳と蜂蜜のどちらが悪なのか、イザヤ書には書いてなかったしな」と父は言い、兄たちが白い缶を地下室に運ぶ姿を笑顔で見ていた。「でもどちらが悪かと尋ねれば、神が答えてくれるさ！」

父は自分の母親にもイザヤ書のその一節を読んで聞かせたことがあった。祖母は大笑いしてばかにしたそうだ。「財布のなかに小銭が入ってるよ」と彼女は言った。「持っていきなさい。おまえの分別なんて、それぐらいの価値しかないんだから」

おばあちゃんの顔は細く尖っていた。銀とターコイズの偽物のインディアンジュエリーを、細長い首と指に束のように巻きつけていた。わが家から丘をくだったところの、高速道路の近くに住んでいたから、「丘のふもとのおばあちゃん」と呼ばれていた。この呼び名は、母方の祖母と区別するためにつけられたものだ。一五マイル〔約二四キロメートル」南の郡で唯一の信号と商店がある場所に住む母方の祖母は「町のおばあちゃん」と呼ばれていた。

父と祖母の関係は、まるで尾をつながれた二匹の猫のようだった。二人はいつまでも話を続けては、けっして同意することはなかったが、山への献身が互いを結びつけていた。父の家族はバックスピークのふもとで半世紀にわたり暮らしてきた。祖母の娘たちは結婚して引っ越したが、父はこの土地に留まり、祖母の家から丘をのぼった山すそに、結局は最後まで完成しなかったぼろぼろの黄色い家を建て、手入れされた祖母の庭の芝生に廃材――いくつかあった廃材置き場のひとつ――をどっさりと積み上げていた。

廃材置き場から出るゴミについては、二人のあいだで毎日のように口げんかが絶えなかったが、それよりも多くけんかの種になっていたのは、私たち子供のことだった。祖母は私たちが学校に行くべきで、「野蛮人のように山をうろついているべきじゃない」と言った。父は、公立学校は政府による陰謀の一部で、子供たちを神から遠ざけてしまうと言った。「わざわざ学校に通わせるぐらいなら、悪魔に捧げたほうがましだ」と父は怒るのだった。

神は父に、バックスピークの近くに住み、農業を営む人びとにお告げを知らしめよと言ったそうだ。日曜日には、住人のほとんどが教会に集った。そのクルミ色の礼拝堂は、高速道路のそばにあり、モルモン教の教会特有の小さく控えめな尖塔がある。父は帰ろうとしている父親たちを捕まえては話しかけた。まずはいとこのジムだ。父が聖書を振りまわしながら牛乳の罪深さを語るときも、彼は快く聞いていた。ジムはにっこり笑うと、父の肩を叩いて、立派な神であれば、夏の暑い午後に手作りのストロベリーアイスクリームを誰かから奪ったりはしないよと言った。ジムの妻が彼の腕を引っぱっていた。彼が通りすぎたとき、かすかな肥料のにおいがした。そこで私は思い出したのだ。バックスピークから一マイルほど北にある酪農場、あれがジムのものだったことを。

父が牛乳を否定する説教をはじめてから、祖母は自分の家の冷蔵庫に牛乳をめいっぱい詰め込むようになった。祖母も祖父もスキムミルクしか飲まなかったけれど、冷蔵庫はあらゆる乳製品ですぐにいっぱいになった——脂肪分二パーセント、全乳、チョコレートミルク。祖母は、これを譲れない重要な一線だと考えていたようだ。

朝食は信仰心のテストと化した。毎朝、私の家族は再生品のアカガシワでできた大きなテーブルを囲んで座り、七種の穀類のシリアルに蜂蜜と糖蜜をかけて食べるか、七種の穀類のパンケーキに、同じく蜂蜜と糖蜜をかけて食べていた。家族は九人だったから、パンケーキはいつも生焼けだった。私はシリアルも嫌いではなかったけれど、それは牛乳に浸してまとめて柔らかい小さな塊にできるからだ。でも、神の啓示のおかげで、私たちはシリアルに水をかけることになった。まるでボウルに入った泥を食べているようだった。

私はすぐに、祖母の冷蔵庫の腐っていく牛乳のことを思い浮かべた。私は自分の家では朝食をとらずにまっすぐ納屋に行くようになった。豚に残飯をやり、牛と馬の餌入れを満たすと、家畜囲いの柵を乗り越え、納屋の後ろに回り込む。そして祖母の家の通用口を目指すのだ。

そんなとある日の朝、私が祖母のコーンフレークをボウルによそう姿をカウンターに座って見ていると、彼女は「学校に行くってのはどうかしら?」と聞いた。

「たぶん、楽しくないと思う」と私は言った。

「どうしてそんなことがわかるの」と祖母は怒った。「行ったこともないくせに」

祖母は牛乳を満たしたボウルを私に手渡し、目の前に座ると、私がスプーンいっぱいのコーンフレークを口に入れるさまを見ていた。

「明日、アリゾナに行くよ」と祖母は言ったが、私はそのことをすでに知っていた。祖母も祖父も季節の変わり目になると、いつもアリゾナに行くのだ。祖父はアイダホの冬は厳しすぎると言っていた。寒くて骨が痛むのだそうだ。「明日、早起きしなさい」とおばあちゃんは言った。「五時ごろだよ。一緒に連れていってあげる。学校に行かせてあげるからね」

私は腰かけの上でぴくりと体を動かした。学校がどんな場所なのか想像しようとした。でも、できなかった。その代わりに私は、毎週通っている、大嫌いな日曜学校の様子を思い出した。アーロンという名前の男の子が、女の子たち全員は、私が学校に行っていなくて字を読めないのだと言いふらしたのだ。女の子たちは私とは話をしてくれなくなっていた。

「お父さんは行ってもいいって言ったの？」と私は聞いた。

「言ってない。でも、あんたがいないとお父さんが気づくころには、私たちはずっと遠くに行ってしまっているよ」とおばあちゃんは言った。流しにボウルを入れ、窓から外を眺めながら。

おばあちゃんは飾らない人だった——気が短く、攻撃的で、冷静だった。祖母の人となりを知ろうとするなら、一歩離れてみることだった。髪を黒く染めていて、すでに気難しい印象を、さらに厳格に見せていた。とくに、毎朝塗りつけるようにして描く眉毛は、インクのように真っ黒で、濃かった。あまりにも太く描くから、顔がずいぶん大きく見えた。そのうえ、上の位置に描きすぎているから、祖母はいつも退屈そうで、ほとんど冷笑的な雰囲気をまとうことになった。

「学校には行かなくちゃ」と祖母は言った。

「お父さんがおばあちゃんに連れ戻せって言わない？」

「あいつにそんなことできるわけないよ」と祖母は言った。そして立って、背筋を伸ばした。「あんたに戻ってきてほしかったら、自分で連れ戻すしかないんだから」祖母は気が進まない様子だった。そして一瞬、恥じているようにも見えた。「昨日、お父さんと話をしたんだよ。しばらくあんたを連れ戻せないはずさ。町で建てている倉庫の作業が遅れているらしいよ。荷物をまとめて車でアリゾナまで来るなんて、天気がよくなって、手伝いの男の子たちが長い時間働けるようになるまで無理だね」

おばあちゃんの作戦はよくできていた。父はいつも、初雪が降る日まで、夜明けとともに働き出し、日没まで働いていた。廃材を回収し、倉庫を建てて、できるかぎりのお金を貯めて仕事の少ない冬を越せるようにだ。自分の母親が一番下の娘を連れて消えようとも、父はフォークリフトが氷で覆われるまで、仕事を中断することはできない。

「でも行く前に動物に餌をあげなくちゃ」と私は言った。「牛が水を探してフェンスを破ったら、私がいないってばれちゃうもん」

その晩は眠らなかった。キッチンの床に座って、時が刻一刻と過ぎていくのを待っていた。夜中の一時。二時。そして三時。

四時になると立ち上がり、勝手口でブーツを履いた。ブーツは肥料で汚れていて、祖母が車に積み込んでくれないのはわかっていた。ブーツはポーチに打ち捨てられ、私はアリゾナまで裸足で逃避行に出かけることになるのかもしれなかった。

私がいなくなったことがわかったら、家族に何が起きるだろうと考えた。兄のリチャードも私も、普段は山のなかで一日の大半を過ごしていたから、日が暮れて、リチャードが家に戻り、私が戻らないと知るまで、誰も気づくことはないだろう。兄たちがドアから飛び出し、私を探しはじめる姿を想像した。まずは廃材置き場のあたりを探して、鉄の板をめくり上げ、金属のシートがずれて私が下敷きになっていないかどうか確認するだろう。それからより遠くまで捜索の範囲を広げ、農場を探し、木に登って、納屋の屋根裏に行くだろう。最後に、みんなで山に行くにちがいない。

それまでには日も暮れている――夜がちょうどはじまるその瞬間、景色が、闇と少しだけ明るい闇に変わる。世界をその目で見るよりずっと大きく感じるあの瞬間だ。私は兄たちが山に散らばり、黒い森を探しまわる姿を思い描いた。誰も何も話さない。誰もが同じことを考えるだろう。山では最悪なことが起きる。崖は突然目の前に現れる。祖父の飼っていた暴れ馬がドクゼリを飛び越えたその先に、ガラガラヘビが何匹もいたことがあった。

納屋から子牛がいなくなったときも同じように探しまわったことがある。渓谷では傷ついた動物に出会うこともあるが、山で見つけるのはたいていその死骸だ。

父が家に戻り、私が見つからないことを告げる。そのとき、勝手口に立つ母が黒い尾根に目をやる姿を想像する。姉のオードリーが、おばあちゃんに聞いてみたらどうだろうと提案する。すると母は、朝、おばあちゃんはアリゾナに行ったわよと言う。その言葉がしばらく空中を漂い、そしてそこにいる全員が、私の行方を悟る。父の暗い目が細くなり、母のほうを見ながら口元を固く結ぶ姿が目に浮かぶ。「あの娘が行きたがったのか？」低く、悲しげな父の声がこだまする。そしてその声は、古い記憶の音にかき消された——コオロギの鳴き声、銃声、そして静寂。

それはよく知られた事件だった。あとになってそう知った——例えばウンデット・ニー〔一八九〇年、サウスダコタ州ウンデット・ニーで起きた先住民に対する米軍第七騎兵隊による虐殺〕や、ウェイコ〔一九九三年テキサス州ウェイコで発生した、宗教団体による武装立てこもり事件〕のように——でも、父がその話を私たちにしてくれたときは、世界中でこの話を知っているのは、私たちだけのように思えた。

もうすぐ瓶詰めの季節になるというときにそれははじまった。普通の子供たちはこの季節を「夏」と呼ぶだろう。私の家族は、暖かい季節には果物を瓶詰めにして備蓄する作業に明け暮れていた。父はその瓶詰めの果物は「忌まわしい日」のためのものだと言っていた。ある日の夜、廃材置き場から戻ってきた父は不安そうにしていた。夕食にはほとんど口をつけず、キッチンを行ったり来たりしていた。きちんと整理しろ。もう時間はないぞと父は言った。

翌日、私たちは桃を茹(ゆ)でて、皮を剝(む)く作業に一日を費やした。夕暮れまでには、完璧なまでに整然と並べられた何十本ものメイソンジャーに桃が詰められた。圧力鍋で調理された桃は、まだ温かかった。父は私たちの作業をチェックし、ジャーの数を数え、なにやら独り言をつぶやき、そして母のほうを向いて、「まだ足りないぞ」と言った。

その晩、父が家族会議を開くと言い、私たちはキッチンテーブルの周りに集まった。キッチンテーブルは広く、長く、家族全員が着席できた。父は家族全員が、いま自分たちが直面している状況を知る権利があると言った。父はテーブルの上座(かみざ)に立っていた、私たちは長椅子に座り、厚いアカガシワのテーブル板を観察していた。

「近所に住んでいる家族のことだ」と父は口火を切った。「彼らは自由の戦士だ。政府が公立学校で子供を洗脳することを許さない人たちだ。だから連邦政府の役人が彼らを追っている」父は、長くゆっくりと息を吐いた。「役人が小屋を包囲して、何週間もそこに彼らを閉じ込めている。幼い男の子がお腹を空かせて、家を抜け出し猟に出たところを狙って、やつらは銃で撃って殺した」

私は兄たちの顔を盗み見た。ルークの顔にはこれまで見たことがないような恐怖の表情が浮かんでいた。

「家族はまだ小屋のなかにいるんだ」と父は言った。「電気を消して、床に伏せて、ドアや窓から離れているんだ。どれぐらいの食糧を持っているかはわからない。連邦政府があきらめる前に飢えてしまうかもしれない」

誰もなにも言わなかった。そのとき一二歳だったルークが、僕らになにかできないかと父に聞いた。「なにもできないんだ」と父は答えた。「誰も手出しはできない。家に閉じ込められている状態だから。でも銃は持っている。それが理由で連邦政府がなかに入ることができないんだろう」と父は言い、話を止めて座った。低い長椅子に、腰をかがめてゆっくりと、体をこわばらせながら座った。私の目に父はとても年をとって、疲れ切っているように見えた。「彼らを助けることはできない。だが、自分たちのことはどうにかできる。バックスピークに連邦政府がやってきても、準備はできているからな」

その夜、父は地下からぼろぼろのアーミーバッグを何個も持ってきた。父はそれを「丘に向かうためのバッグ」だと説明した。ひと晩かけて、私たちはそのバッグに物資を詰め込んだ。ハーブの薬、浄水器、火打ち石と打ち金だ。父は軍用のＭＲＥ――Meals Ready-to-Eat〔インスタント食品〕――を何種類か持ってきた。私たちはバッグに詰め込めるだけ詰め込んだ。家から逃げ出し、渓谷近くの野生のスモモの木々の下に身を隠してそれを食べる様子を想像しながら。兄たちはバッグに銃まで入れていたが、私は小さなナイフを入れただけだった。それだけでも、荷物をすべて詰め終えるころには、バッグは私の体よりも大きくなった。兄のルークにクローゼットの棚の上にのせてくれるよう頼んだが、父は素早く担ぐことができるように床の近くにバッグを置いておけと指示した。私はそのバッグをベッドの上に置いて一緒に寝た。

バッグを背中に担いで、走る練習をした――置いていかれたくなかったのだ。私は家族との脱出を、深夜にインディアン・プリンセスに逃げ込むことだと想像していた。山は私たちの協力者だと信じていた。彼女を知る人間には優しいけれど、侵略者たちに対しては彼女は容赦なく抵抗するはずだと。だから、私たちは有利だ。でも、もし連邦政府がやってきて山に避難するというのであれば、なぜ桃を瓶詰めにしたのだろうか。私には理解ができなかった。あの重たい、山ほどあるメイソンジャーを頂上まで運ぶことなんてできない。それとも、その桃はウィーバー家のように籠城して、徹底抗戦するために必要だったのだろうか？

その徹底抗戦は、数日後に父が軍の余剰ライフル（ほとんどがＳＫＳカービンで、その美しい銀色の銃剣がきちんと銃身の下側に収納されていた）を一〇挺以上も家に持ち帰ると、より現実味を増してきた。ライフルは細いブリキの箱に入っていた。茶色くて、どろどろとしたラード状の腐食防止剤が塗りたくられていた。それがきれいに拭きとられると、兄のタイラーが一挺選び、黒いビニールシートの上に置き、ライフルを包み、銀色のダクトテープで封をした。兄はその包みを肩に担いで丘をくだると、赤い鉄道車両の横に置いた。そして穴を掘りはじめた。十分に広く、深く穴を掘ると、そこにライフルを投げ入れた。私は兄が穴に土をかぶせる様子を見ていた。重労働に筋肉は隆起し、歯は嚙（か）みしめられていた。

この日からまもなくして、父が使用済みの薬莢（やっきょう）から新たに弾（たま）を作る機械を購入した。これで撃ち合いになっても持ちこたえられるぞと父は言った。私はベッドで待っている自分の「丘に向かうためのバッグ」と、鉄道車両の横にあるライフルを思い出した。弾を作る機械とはどういうことなのかと心配になりはじめた。その機械はとても大きくて、地下にある鉄製の作業台にボルトで留められていた。もし奇襲攻撃をしかけられたら、それを取りに行く時間はないだろう。もしかしたら、ライフルと一緒に埋めておくほうがいいのではないか。

私たちはその後も桃を瓶詰めにしつづけた。父が物語の続きを私たちに語るまでに、それから何日経過したのか、どれだけの数の桃の瓶を貯蔵庫に足したのか憶えていない。

「ランディー・ウィーバーが撃たれた」と言った父の声は弱々しく、震えていた。「息子の死体を回収するために小屋から出たところを連邦政府が撃ったんだ」私はそれまで、父が泣くのを一度も見たことがなかった。でも、そのときは涙がとめどなく流れ出していた。父はそれを拭こうともせずに、シャツに流れるままにしていた。「奥さんが銃声を聞いて、赤ちゃんを抱えたまま窓まで走っていったらしい。そこで二発目が撃ち込まれたそうだ」

母は腕を組んだ状態で座っていた。片方の手は胸の前に、もう片方の手は口元を覆っていた。母親の返り血に染まった赤ちゃんが、その腕から抱き上げられた様子を語る父の声を聞きながら、私はシミのついたリノリウムの床をじっと見ていた。

その瞬間まで、私は心のどこかで、連邦政府が来ればいいのにと願っていた。冒険に飢えていたのだ。それなのに、父の話を聞いた瞬間、本物の恐怖が押し寄せてきた。兄たちが暗闇にうずくまり、汗で滑る手でライフルを構える姿を思い描いた。疲れ切って、身なりも整えていない母が、窓から後ずさる姿を想像した。私は自分が床に伏せて、身じろぎひとつせず、声を殺しながら、草原に響くコオロギの鳴き声を聞く姿を思い描いた。母は立ち上がり、キッチンの蛇口に手を伸ばす。白い閃光、銃声、そして、倒れ込む母。私は赤ちゃんを抱きとめるために両腕を伸ばした。

父はその物語の結末を私たちに話すことはなかった。家にはテレビやラジオがなかったから、父自身もどのように事件が終結したのか知らなかったのかもしれない。私が記憶している父の言葉は、「つぎは自分たちかもしれない」というものだった。

この言葉は私の記憶のなかにずっと残りつづけた。コオロギの鳴く声に、ガラスの瓶に入った桃が潰れる音に、手入れされるSKSカービンが出すかちかちいう音に、父のこの言葉が重なった。タイラーがライフルを埋めた列車車両の横にあるハコベやアメリカオニアザミの茂みで足を止めるたびに、父の声が聞こえてくる。長いときが経ち、父がイザヤ書にあるインマヌエルについての預言のことなどすっかり忘れ、母が冷蔵庫にウェスタン・ファミリー社の低脂肪乳のプラスチック容器を入れるようになっても、私はずっとウィーバー家のことを憶えていた。

もう少しで朝の五時。

私は部屋に戻った。頭のなかではコオロギの鳴き声と銃声がくり返し鳴り響いていた。二段ベッドの下では姉のオードリーがいびきをかいて寝ていた。低く、気持ちよさそうなその響きが私を眠りに誘った。私はそのまま眠りにつく代わりに、二段ベッドの上に座って、足を組み、そして窓の外を眺めた。五時が過ぎた。六時になった。七時になっておばあちゃんが外に出てきて、裏庭を行ったり来たりしながら、何度も私たちの住む家が建つ丘の上に視線を投げる姿を観察していた。そして、彼女とおじいちゃんは車に乗り込んで、高速道路に向かって走り去った。

車が見えなくなると、私はベッドから飛びおりて、ボウル一杯の水をかけたブランを食べた。外に出ると、ルークが世話しているヤギのカミカゼが私を待っていて、納屋に入る私のシャツをかじった。私はリチャードが古い芝刈り機を改造して作っているゴーカートの横を通りすぎ、豚に残飯を与え、飼い葉桶を満たすと、おじいちゃんの馬を新しい牧草のある場所に移動した。

すべての作業を終えて、鉄道車両にのぼり、渓谷を眺めるのが私の日課だった。車両はスピードを上げて進みだし、あっという間に渓谷は私の後ろに消えて見えなくなる。そう思い込むのは簡単なことだった。私は何時間も頭のなかでその空想を楽しんでいたが、今日はうまくいかなかった。草原から目を上げ西を向き、そして山頂を見た。

プリンセスがもっとも輝きを増すのは春だ。雪から顔を出した直後の深緑色の針葉樹は、黄褐色の土や樹皮と並ぶと、ほとんど漆黒に映る。季節はいま、秋になろうとしている。

プリンセスの姿はまだ見ることができたけれど、それも徐々に色あせてきていた。命が尽きそうになっている夏の赤や黄色が、プリンセスの暗い形をぼんやりと見せていた。すぐに雪が降りはじめるだろう。渓谷の初雪は溶けるけれど、山の初雪は残りつづけて、プリンセスがふたたび、用心深くその姿を現すまですっぽりと埋めてしまうのだ。

第2章　助産婦

「カレンデュラは？」と助産婦のジュディーは言った。「ロベリアとウィッチヘーゼルもいるわね」

彼女はキッチンカウンターに座り、母が樺（かば）の木のキャビネットを引っかき回す様子を見ていた。母と彼女のあいだのカウンターには、母が乾燥ハーブの葉を量るためにときおり使う電子スケールが置いてあった。季節は春。明るい日差しが降り注ぐにもかかわらず、朝はまだ肌寒かった。

「カレンデュラは先週作ったばかりなの」と母は言った。「タラ、あれを持ってきて」

私がそのチンキ剤〔ハーブの成分をエタノールや精製水とまぜたもの〕を取ってくると、母は乾燥ハーブと一緒にそれをビニールの買い物袋に詰めた。「ほかに何か？」と母は言い、笑った。声がうわずって、不安そうだった。その助産婦は母を威圧していた。威圧されるたび、母の存在は空気のように軽くなった。助産婦は悠然と、自信ありげに動き、母はあわてていた。

助産婦は手持ちのリストを確認した。「それでいいわ」

四〇代後半の、背が低くてがっしりとした体格の女性だった。一一人の子供がいて、顎に大きなあずき色のいぼがあった。きっちりとおだんごにした長い髪をほどくと、膝の下まで届く野ネズミ色の滝のようになった。顔立ちはいかめしく、声は太くて威厳があった。彼女は、助産師の免許を持ってもいなければ、何の資格も持っていなかった。自称助産婦であり、彼女がそう言うのだからそうであり、そしてそれで十分だった。

母はジュディーの助手だった。はじめて二人が仕事をした日、私は二人を思わず見比べてしまったのを憶えている。母は薔薇の花びらのように美しい肌をしていた。髪は柔らかくカールして、肩にふわりとかかっていた。まぶたはきらきらと輝いていた。母は毎朝化粧をしていたけれど、時間がなくて化粧ができないと、まるで誰かに迷惑がかかるかのように、一日じゅうそれを詫びていた。

かたや助産婦はもう一〇年以上も見た目なんて気にしたこともないような姿だった。その振る舞いを見れば、見た目を気にすること自体がばからしく思えるほどだった。

母のハーブを両手いっぱいに抱え、助産婦はうなずいて去っていった。

つぎに助産婦がわが家に来たとき、彼女は娘のマリアを連れていた。マリアは母親の横に立ち、母の動きを真似ていた。九歳の華奢(きゃしゃ)な体に赤ちゃんを背負っていた。私は期待を込めた目で彼女を見つめた。私のように学校に行っていない子供にはめったに会わないのだ。じわじわと彼女に近づき、関心を引こうとしたのだけれど、彼女は自分の母親の言葉に完全に集中していた。彼女の母は、産後の子宮収縮の痛みをどのように治療するのかを説明し、それにはクランプバークとマザーワートを湿布するのだと話していた。マリアはその意見に同意してうなずき、母の顔からけっして視線をそらすことはなかった。

私は一人で廊下をとぼとぼと歩いて部屋に戻ったが、ドアを閉めようと振り返ったそのとき、マリアはいつのまにかそこに立っていて、背中に赤ちゃんをおぶっていた。赤ちゃんは肉づきのよい男の子で、彼女はその体重を支えるために、お尻を突き出すようにしていた。

「あんた、行くの?」とマリアは言った。

私にはその質問の意味がわからなかった。

「あたしはいつも行くよ」と彼女は言った。「赤ちゃんが生まれるのって見たことある?」

「ないけど」

「あたしは見たことある。何度も見たよ。あんた、逆子(さかご)って意味、わかる?」

「わかんない」私はまるで謝るかのように言った。

はじめて出産の助手を務めたとき、母は二日も家に戻らなかった。裏口からふらふらと戻ってきた母は顔面蒼白(がんめんそうはく)で、まるで向こうが透けて見えそうなぐらいに弱っていた。カウチに倒れ込むようにして座ると、そのまま体を震わせていた。「ひどかったわ」と母はささやくように言った。「ジュディーでさえ怖かったって」と言い、目を閉じた。「それでもあの人、怖がっているようには見えなかったけど」

顔色が戻るまで数分間休むと、母は何が起きたかを話してくれた。出産はとても長く、過酷なものだった。ようやく赤ちゃんが出てきたときは、お母さんの出血がとてもひどかったそうだ。あたり一面、血の海だった。出血が止まらなかった。そして母は赤ちゃんの首にへその緒が巻きついているのに気づいた。赤ちゃんは紫色でまったく動かなかったから、母は死んでいるものだと思ったそうだ。出産の細部を思い出すたびに、母の顔から血の気が引いた。卵のように顔を白くして座り込み、両腕で自分を抱きしめていた。

姉のオードリーが母にカモミールティーを淹(い)れ、私たちは母をベッドに寝かせた。その晩に父が戻ると、母は父に同じ話をした。「もう無理よ」と母は訴えた。「ジュディーはできるだろうけど、私には無理」父は手を母の肩にのせた。「これは神からの使命なんだ」と父は言った。「神は試練をお与えになるんだ」

母は助産婦になりたいと思っていたわけではなかった。それは父のアイデアで、父の言う自立構想の一環だった。父は政府に頼ることが何より嫌いだった。いつか、私たちは政府の枠組みから完全に外れるのだと言っていた。お金を集めたらすぐにパイプラインを建設して山から水を引き、そのあと農地全体にソーラーパネルを設置するのが父の計画だった。そうすれば、私たち以外の世の中の全員が水たまりから泥水をすすり、暗闇のなかで生活するようになったとしても、水と電気を「世界の終わり」まで確保することができる。母はハーブに詳しかったから、私たちの健康管理をすることができるし、もし助産婦の仕事を学んだら、孫が生まれるときには、出産を手伝うことだってできる。

母が最初の出産に立ち会った数日後、助産婦のジュディーが母を訪ねてやってきた。娘のマリアを一緒に連れてきていて、マリアはふたたび私の部屋までついてきた。「お母さん、最初のお仕事で大変なのを見ちゃってかわいそうだったね」と、彼女はほほえみながら言った。「つぎは楽だよ、きっと」

数週間後、この予言が試される日がきた。それは深夜のことだった。家には電話がなかったから、助産婦は「丘のふもとのおばあちゃん」の家に電話をかけてきた。おばあちゃんは疲れていらいらした様子で丘をのぼってきて、母に「お医者さんごっこの時間だ」と大声で言った。おばあちゃんは数分しかいなかったのに、それでも家族全員を起こすほどだった。「なんであんたらが普通の人みたいに医者に行かないのか、私にはさっぱり理解できないね」とおばあちゃんは叫ぶと、去り際にドアをバタンと閉めて出ていった。

母は旅行カバンとタックルボックス〔釣り道具を収納する箱〕に黒いチンキ剤が入った瓶を詰め込むと、ゆっくりと歩いてドアから出ていった。私は心配でよく眠れなかったけれど、翌朝戻った母は、にっこりと笑っていた。髪は乱れ、目の下には濃い隈ができていたにもかかわらず。「女の子だったのよ」と母は言った。そしてベッドに入ると、一日じゅう眠っていた。

家を長い時間空けては戻り、体を震わせ、やっと役目が終わったと体の芯まで安堵する。そんなことを母はくり返し、数ヵ月が過ぎた。木の葉が舞う時期までに、母は一〇回以上も出産を手伝った。冬までには、何十回も。春、母はもう十分経験は積んだから、「世界の終わり」が来たときにその必要があるのなら、出産を手助けすることはできると父に言った。そして、もう出産の立ち会いはしないと宣言した。

そのとき、父はがっかりとした顔をした。父は、助産婦の仕事は神の意志であること、私たち家族を祝福する仕事なのだと母に言い聞かせた。「一人前の助産婦になるんだ」と父は言った。「自分の手で赤ん坊が取り上げられるように」

母は首を振った。「できないわ」と母は言った。「それにね、ジュディーがいるのに、誰が私に助産婦の仕事を頼むっていうの？」

母は神に手袋を投げつけて運にすべてを任せた。それからまもなく、マリアが自分の父親がワイオミングで新しい仕事についたのだと教えてくれた。「あなたのママが引き継がなきゃってママが言ってたよ」私はあるスリリングな情景を思い浮かべていた。自信たっぷりで知識のある助産婦の娘、マリアの役割を自分が果たしている姿だ。でも、私の横の母の顔を見たら、その情景は瞬く間に消えていった。

アイダホ州では助産婦の仕事は違法ではなかったが、認可されているものでもなかった。もし出産で何かが起きれば、資格なしで医療行為をしたとして罪に問われる可能性がある。もし、本当にひどいことが起きたとすると、過失致死で刑事責任を問われかねない。刑務所に行かねばならない可能性だってある。そんなリスクを取ろうなんて女性はほとんどいなかったから、助産婦は珍しい存在だった。ジュディーがワイオミングに旅立った日、母は周囲数百マイルの土地でただ一人の助産婦となった。

お腹の大きな女性たちが家に来ては、どうにかして出産の手助けをしてくれと母に頼むようになった。母は大いに悩んだ。わが家の色あせた黄色いソファに腰を下ろして、視線を落としながら、夫が無職で、病院に行くお金がないのだと打ち明ける女性もいた。母は静かに座り、じっと前を見すえながら口を固く結んでいた。母の体から醸（かも）し出されるすべての感情が、つかの間、張りつめた。その緊張が消え失せると、母は小さな声で、「私は助産婦じゃないの。ただの助手なんです」と言った。

女性は数回わが家を訪れ、ソファに腰かけ、ほかの子供たちがどれだけ安産だったかを何度も何度も説明した。廃材置き場から女性の車が見えると、父は水を口実にして裏口から静かに家に戻ってきた。そしてキッチンに立ち、水を黙ってゆっくりと飲みながら、リビングルームの会話に耳を澄ませていた。女性が帰ったあと、父はいつも興奮した様子を見せた。とうとう、女性の絶望、あるいは父の高揚、それともその両方に耐えきれなくなったのか、母は譲歩した。

出産は問題なく終わった。すると今度は、その女性の友達も妊婦で、母はその出産も手伝うことになった。さらにその女性にも友達がいた。母はまた出産を手伝った。母が多くの出産を手伝うようになるまでにそう時間はかからなかった。オードリーと私は母と一緒に渓谷を車で走り回り、母が出生前の健診をするところや、ハーブを処方する姿を見守るようになった。私たちが家で勉強をする機会はほとんどなかったが、母はこれまでとは違ったやりかたで、私たちの教師となったのだ。母は私たちにすべてのレメディー〔ホメオパシー療法における治療薬〕とパリアティブ〔苦痛緩和剤〕の説明をした。血圧が高かったら、血中のコラーゲンを安定させ、冠動脈を拡張させるためにサンザシの煎じ薬を投与する。もし、切迫早産の兆候が見られるのであれば、ショウガを入れたお風呂で子宮に送り込む酸素量を増やす。

助産婦の仕事は母を変えた。母は七人の子供を持つ大人の女性だったけれど、まさにこの経験によって、彼女ははじめて責任のある大人に生まれ変わったのだ。赤ん坊を取り上げて数日は、母の頑固そうに首を振るしぐさや、横柄な眉のひそめかたに、ジュディーの重い影を感じることがあった。母は化粧をやめて、そして化粧しないことについて謝らなくなった。

母は一回の出産に五〇〇ドル程度を請求していた。これも母が助産婦になって変わった要因のひとつと言える。突然、お金が入ってくることになったのだ。父は女性は家にいるべきと考えていたけれど、母が助産婦としてお金を手にすることは仕方がないと思っていたようだ。なぜなら、そのことが政府を弱体化させると信じていたからだ。それに、私たちにはお金が必要だった。父は誰よりも働く人だったが、廃材集めや納屋や乾燥舎を建てる仕事では、たいして稼ぐことができなかった。母がハンドバッグのなかの封筒に貯め込んだお金のおかげで、なんとか食料品が買えるようにもなったのだ。ときおり、ハーブを届けたり、出生前健診のために一日じゅう渓谷を移動したあとで、母は私とオードリーを外食に連れていってくれもした。「町のおばあちゃん」が私にプレゼントしてくれた、表紙にキャラメル色のテディベアが印刷された日記帳に、母がはじめて私たちをレストランに連れていってくれた日のことが記録されている。私は「メニューだとかいろいろなものがある、すっごくきれいな場所」と記していた。その日記によると、私の食べたものは三ドル三〇セントだった。

母は助産婦としての腕を磨くためにもお金を使った。生まれたばかりの赤ちゃんが呼吸できないような万が一のときのために、酸素ボンベを購入した。出産時に女性に起きる裂傷を治療するために、傷口の縫合を学べるクラスを受講した。ジュディーは縫合が必要な場合は女性を病院に連れていったが、母はどうしても学びたがった。そのとき母が考えていたのは自立ということなのだろうと私は想像した。

残りのお金を母は電話線に使った[2]。ある日、白いバンが現れ、黒いオーバーオールを着た数人の男性が高速道路近くの電柱に登りはじめた。父は裏口から勢いよく出てきて、いったい何が起きているのかと母を問いただした。「あなたが電話を欲しがっていたと思ったのに」と、母は両目に驚きを表して、父に非難の余地を与えなかった。そして早口で続けた。「誰かのお産がはじまって、おばあちゃんが留守で電話に出ることができなかったら大変だって言ったのはあなたよ。たしかにそうだわ、電話が必要だって考えたんだけど！　ああ、まったくあたしってバカよ！　何か勘違いしたのかしら？」

　父は口をぽかんと開けたままそこに数秒立ち尽くしていた。もちろん助産婦に電話は必要だと父は答えた。そして廃材置き場に戻っていき、それ以降、電話についてはひと言も口にしなかった。私の記憶ではわが家にはそれまで一度も電話がなかった。それなのに翌日には家のなかに電話があって、ライムグリーン色の電話台の上に置かれていた。コホッシュとスカルキャップが入った色あせた瓶の横で、そのぴかぴかに仕上げられた電話台はとても場違いに見えた。

　出生証明書が欲しいと兄のルークが母に頼んだのは、彼が一五歳のときだった。運転免許を持っていた一番上の兄のトニーが、トレーラーで砂利を運搬してずいぶん稼いでいたから、ルークも教習所に行きたいと言い出したのだ。ショーンとタイラーはトニーの下の兄たちで、出生証明書を持っていた。持っていなかったのは、下の四人――ルーク、オードリー、リチャード、そして私――だった。

　母は書類を集めはじめた。それをまずは父と相談したかどうかはわからない。もし話し合ったとしたら、何が父の気持ちを変えたのか、私には説明することができない。政府に自分たちの存在を知らせないという一〇年越しのポリシーを突然投げ出したのはなぜか――

—たぶんそれはわが家の電話の登場に関係があったのだろうと私は思う。本気で政府と戦うつもりなら、ある程度の危険を冒さなければならないと、父が受け入れるようになったのかもしれない。母が助産婦になることは医学界を転覆させられるかもしれないが、助産婦でいるためには電話が必要だった。たぶんそれと同じ理屈がルークの場合にも働いたのだ。ルークには家族を経済的に支えるために稼いでもらう必要があった。備蓄品を買い、「世界の終わり」に備えなければならないのだから。そのためには出生証明書が必要なのだ。母が父に許しを請わなかった可能性もある。もしかしたら母は自分自身で決断をして、そして父がそれを受け入れたのかもしれない。もしかしたら父が——カリスマ的で突風のような男が——一時的に母の力に押されていたのかもしれない。

ルークのために必要な書類を集めながら、母は私たち全員の分の出生証明書も同時に取得してしまおうと決めた。それは彼女が考えていたよりも難しいことだった。母は家じゅうをひっくり返して、私たちが彼女の子供であると証明できる文書を探しまわったが、なにも見つけられなかった。私の場合は、私の誕生日がいつだったのか、誰もはっきりと知らなかった。母の記憶していた日と、父の記憶していた日は違っていた。町まで行って私がたしかに自分の孫だと宣誓供述書で述べた丘のふもとのおばあちゃんは、また別の誕生日を記憶していた。

母はソルトレイクシティにあるモルモン教の教会本部に電話をかけた。私の洗礼証明書から、係の人が私の誕生日を見つけてくれた。一枚は私が赤ちゃんのとき、もう一枚はほかのモルモン教徒の子供たちと八歳で受けたときのものだった。母はそのコピーを頼み、数日後、郵便で届けられた。封筒を開けた母は、「なんてことなの！」と叫んだ。どちらに書かれた誕生日も、祖母が宣誓供述書に記入した日付とも違っていたのだ。

その週、母は毎日何時間も誰かと電話で話をしていた。受話器を肩に押しつけて、キッチンのなかに受話器のコードを長く伸ばした状態で、料理をし、掃除をし、ゴールデンシールとブレストシスルのチンキ剤を漉しながら、同じ会話を何度もくり返していた。

「もちろん、娘が生まれたときに登録しておけばよかったんです。でも、私は登録しませんでした。だからこうなっているんです」

電話の向こうで誰かの声がした。

「ですから、もうすでに言いましたよね——そしてあなたの部下の人、その部下の人、そして今週だけで五〇人ぐらいには説明しましたよね。うちの娘は、学校に行った記録も、病院にかかった記録もないんです。持ってないんですってば！　なくなっちゃったんです。コピーなんてありません。存在しないんだから！」

「誕生日ですって？　二七日ぐらいだったかしら」

「いいえ、自信なんてありませんよ」

「いいえ、書類なんてありません」

「はい、待ちます」

母が私の誕生日を知らないと認めると、電話の向こうの声はそのたびに電話を保留にして、母をその上司につないだ。自分が生まれた日を知らないというだけで、私にアイデンティティがあるという考えすべてを否定しているかのようだった。誕生日がなければ人間にはなれないとでも彼らは言いたげだった。私には理解できなかった。母が私の出生証明書を取得しようと決めるまで、誕生日を知らないことをおかしいとも考えなかった。九月の終わりごろに生まれたことは知っていたから、毎年自分が好きな日を誕生日として選んでいた。日曜日以外を。それは自分の誕生日を教会で過ごしたくなかったからだ。母が私に受話器を渡してくれればいいのにと考えたものだった。そうすれば自分自身でこう説明することができたのに。「私にだって誕生日はあります。あなたと同じようにね」と、受話器の向こうの声に言ってやりたかった。「ただ毎年変わるだけ。自分の誕生日を自由に変えたいって思いませんか?」

結局、母は丘のふもとのおばあちゃんを説得して、新しい供述書に私の誕生日は九月二七日だと改めて宣誓してもらった。そしてアイダホ州は遅延出生証明書を発行した。おばあちゃんはそれでも私の誕生日を九月二九日だと信じていたけれど。証明書が郵送されてきた日のことを憶えている。自分が人であることを示す法的な証拠をはじめて手渡され、奇妙なむなしさを覚えた。その瞬間まで、証明が必要だなんて考えたこともなかった。

私はルークが手に入れるよりもずっと先に、自分の出生証明書を手に入れることができた。母が電話の向こうの人たちに、私が生まれたのは九月の最終週だと思うと伝えてからは、彼らはなにも言わなくなった。しかし母が、ルークが生まれたのは、五月なのか六月なのかはっきりしないと伝えると、とたんにやかましく騒ぎ立てたのだった。

九歳だったその年の秋、私は母と一緒に出産に立ち会った。母に数カ月前からずっと頼んでいたことで、マリアは私の年齢になるまでには、何十回も出産を見ていたのだと言いつづけた。「私は看護師ではないし」と母は言った。「あなたを連れていく理由もないわ。それに、あなたは好きではないと思う」

しばらくすると、母は幼い子が数人いる女性に出産を頼まれた。すべてはお膳立てされていたのだ。私は幼い子供たちの面倒を見るために、出産に立ち会うことになった。

電話が鳴ったのは夜中のことだった。電話のベルの機械的な音が廊下に鳴り響き、私は息を止めて、それが間違い電話であってくれと願った。一分後、母は私のベッドの横に立っていた。「行くわよ」と彼女は言い、私と母は連れだって車まで急いだ。一〇マイル〔約一六キロメートル〕の道のりを行きながら、母と私は、もし何か最悪なことが起きて役人がやってきたときに言うべき台詞を一緒にリハーサルした。母が助産婦だとは絶対に何があっても言ってはならなかった。なぜそこにいたのかと聞かれても、私は何も言ってはいけない。母はそれを「口を閉じる技術」と呼んでいた。「眠っていたから何も見なかった、何も知らない、なぜそこにいたのかわからない。とにかくそう言いつづけるの」と彼女は言った。「ただでさえ疑われているのに、もっと疑われるようにしないでほしいの」

それから母は黙りこくった。私は運転する母を観察した。母の顔はダッシュボードの灯りで輝いていて、漆黒の田舎道と対照的に幽霊のように白かった。恐怖が母の表情にくっきりと刻み込まれていた。額のしわのなかに、そして固く結ばれた唇に。私と二人きりの母は、彼女が他で見せていた姿を封印していた。彼女は昔のままの、壊れやすい、震えるように呼吸する人だった。

私はささやきが母から聞こえてくるのに気づいた。母はもしものときのことを自分に言い聞かせていた。もし何か起きてしまったら？　もし聞いていなかった病歴があったら？　厄介ごとが起きたら？　それとも、何かつまらぬハプニングが起きたとして、自分がパニックになって体が動かなくなり、出血を止めることができなかったら？　数分で私たちはその家にたどりつき、やがて母はその小さな震える手に二つの命を預かることになる。その瞬間まで、私は母が背負っていたリスクについて何も理解していなかった。「人間は病院で死ぬものなの」と彼女はつぶやいた。ハンドルを握りしめた両手は白い影のようだった。「でも神様が、死を家に呼び出すときがあって、そうなったら誰も何もできなくなってしまう。もしそれに助産婦が関わっていたとしたら……」母は私の顔を見た。「たった一度の過ちで、刑務所行きよ」

私たちが目的の家に到着したとたん、母はがらりと態度を変えた。母はその家の父親に、母親に、そして私に次々と指示を出していった。私は母に頼まれていたことをほとんど忘れそうになっていた。母から目を離すことができなかったのだ。あの夜、私は秘められていた母の強さをはじめて見たのだ。いまとなってそう気づく。

母は吠えるように指示を出し、私たちはそれに従うために無言で動きまわった。赤ちゃんは何の問題もなく、無事に生まれてくれた。命の循環を間近に目撃することは、神話のようで、ロマンチックだったけれど、母の言うことは正しかった。私は好きではなかった。出産はとても長く、つらい作業で、股間の汗のにおいがした。

私はつぎの出産を見にいきたいとは言わなかった。母は青ざめ、ぶるぶると震えながら家に戻ってきた。私と姉に何が起きたかを話すときも、母の声はまだ震えていた。まだ生まれていない赤ちゃんの心拍数が危険なほどに下がり、やがて微弱になった。救急車を呼んだが、到着まで待てないと判断し、出産中の母親を自分の車に乗せて病院に運んだ。スピードを上げすぎたために、病院へ着く前には警察車両のエスコートがついたそうだ。緊急治療室では、母はあまり知識がないように振る舞い、無資格の助産婦ではと疑われない程度に、医師たちに必要な情報を与えた。

　緊急帝王切開が行われた。その後数日間、母親と赤ちゃんは病院に留まった。二人が退院するころには、母の震えも落ちついていた。しかし、母はまだ高揚した様子で、次第に物語を作り変えはじめた。警察に車を停められた瞬間はこんなふうに味つけされた。警察官は、明らかに出産しそうになっている女性が車の後部座席で苦しんでいる様子を見て驚いていた。「そこで私はそそっかしい女のふりをしたってわけよ」と母は私とオードリーに言った。声はどんどん大きくなっていった。「男は困った女を助けたと思いたいものでしょ。だから私は一歩下がって、あいつに、ヒーローを演じさせてやったってわけ！」

　母にとってもっとも危険な瞬間は数分後、女性が車椅子で運ばれていったあとにやってきた。病院内でのことだった。とある医師が母を呼び止めて、そもそもなぜ出産の現場にいたのかと聞いたのだそうだ。母は思い出しながら笑っていた。「ばかな質問をしてやったの」と言い、それから自分の声とはまったく違う、高くて色っぽい声を出した。「まあ！　あれって赤ちゃんの頭だったの？　赤ちゃんって足から生まれるんじゃなかったの？」医師は、母が助産婦であるわけがないと納得させられた。

母のように優秀な薬草医はジュディーが引っ越したワイオミングにはいなかった。ジュディーは病院での事件があった数カ月後、バックスピークに仕入れのためにやってきた。二人はキッチンで立ち話をしていた。ジュディーが腰かけに座り、母はカウンターに寄りかかるようにして立ち、ひじをついて手で頭をけだるそうに支えていた。私はハーブのリストを持って、物置に行った。以前とは別の赤ちゃんを背負っていたマリアは私についてきた。私は乾燥ハーブの葉と濁った液体を棚から引っぱりながら、そのあいだずっと母の手柄をほめちぎって、そして病院内での医師との対決の場面で話を締めくくった。マリアにも連邦政府の手から逃れたという話があったのだけれど、その話をはじめたマリアを私はさえぎった。

「たしかにジュディーはすごい助産婦だよ」と私は言った。そして胸を張った。「でもね、医者と警察がいるところでばかな女の人の真似をさせたら、お母さんよりうまい人なんて、いない、いない、いない、ひとりもいないんだからね」

第3章　クリーム色の靴

母のフェイは郵便配達人の娘だった。町にある、白い柵と紫のアヤメに囲われた黄色い家で育った。母の母は裁縫師で、渓谷で一番の腕前だという人もいたほどだ。だから、若かりしころのフェイはいつも美しい服を身につけていた。ベルベットのジャケット、ポリエステルのズボン、ウールのパンツスーツ、ギャバジン製のドレスはどれも、完璧に仕立てられていたという。母は教会に通い、学校に行き、地域の活動に参加していた。母の人生は、厳しい秩序と、正常さと、世界に対する完璧なまでの体裁を保っていた。

その体裁は、祖母によって巧みに作り上げられたものだった。私の祖母ラルーは、第二次世界大戦後の理想主義の熱狂に包まれた一九五〇年代に育った。ラルーの父は、アルコール依存症だった。依存症の人間が依存症とされず、ただの酔っ払いと呼ばれていた時代、依存や共感といった言葉が生まれる前のことだ。祖母は「好ましくない家族」の出身ではあったものの、敬虔（けいけん）なモルモン教徒の共同体に組み込まれていた。ほかの多くの共同体と同様に、祖母の共同体でも親世代による子供たちへの犯罪とも呼べる慣わしが存在していた。祖母は町の立派な男性たちの結婚相手にはふさわしくない娘と差別されたのだ。祖母が祖父——海軍から戻ったばかりの、人の良い青年だった——と出会い、結婚したとき彼女は「完璧な家族」を築こうと決意し、それにすべてを捧げた。あるいは、少なくとも完璧に見えるように努力した。そうすることで、自分の娘たちをかつて自分を深く傷つけた社会的侮辱から守れると信じていたのだ。

白い柵と手作りの服が詰まったクローゼットは、こういった背景から生み出されたひとつの結果だった。もうひとつの結果は、祖母の長女が黒髪の型破りな若い男と結婚したということだ。

つまり、私の母は自らの意思で、立派な体裁への期待を裏切ったのだ。祖母は娘に自分にはけっして与えられなかった贈り物をしたかった。それは、好ましい家族のもとに生まれた人だけが与えられる贈り物だ。でも、私の母のフェイはそれを望まなかった。母は革命を起こすタイプではないけれど——結婚や、母としての献身についてのモルモンの教えに対して抱いた母の反抗心がピークの時期にあったのだとしても——それでも、一九七〇年代の社会的な混乱は、少なくともひとつだけ、母に影響を与えたように思える。母は白い柵とギャバジン製ドレスを欲しがらなかったのだ。

母は私に、子供のころの話を何度も聞かせた。祖母が長女の世間体について心配していたこと、ピケドレスの裁断が合っていたのか、ベルベットのスラックスが思っていたとおりの淡いブルーだったかどうかと心配していたこと。そんな昔話にはいつも最後に父が割り込んできて、ベルベットの世界をブルージーンズの色に塗り替えてしまった。私の記憶に強く残っているそんな逸話のひとつがある。私は七歳か八歳で、自分の部屋で教会に行くための服を選んでいた。私は自分の顔と手と足を布で拭いていた。つまり人から見られるところだけをごしごしとこすっていたのだ。母は、私がコットンのドレスを頭からかぶるのをじっと見ていた。私がそのドレスを選んだのは、長袖なので両腕を洗わなくてすむからだった。嫉妬の光が母の目に宿っていた。

「もしあなたがおばあちゃんの娘だったら」と母は言った。「夜明け近くに起こされて髪を結っていたところよ。それから、朝の時間をめいっぱい使ってどの靴にしようか大いに悩むの。白か、それともクリーム色か。どちらが正しい印象を与えるかしらってね」

母は顔をゆがめて笑った。冗談に見せかけてはいたけれど、母の語る記憶には嫌悪がひそんでいた。「クリーム色を選んだとしても、どちらにせよ教会には遅れちゃうわね。だって最後の最後でパニックになって、いとこのドナの家まで行って、別のクリーム色の靴を借りるんだから。そっちのほうがヒールが低いって理由で」

母は窓の外をじっと見た。自分の世界に入り込んでいた。

「白？　クリーム？」と私は言う。「二つは同じ色じゃないの？」私は教会用の靴を一足しか持っていなかった。黒い靴だ。姉が履いていたときは、少なくとも黒い靴だった。ドレスを着て、鏡に自分の姿を映し、首元の汚れをこすり落とした。白とクリーム色の違いが重要な、そんな世界から抜け出すことができて母はなんて幸運なのだろうと思った。ルークのヤギと父の廃材置き場で過ごす完璧な朝の時間を浪費しかねない、そんな問題のある世界から抜け出すことができたなんて。

父のジーンは、真面目だがお茶目という二面性をどうにかして身につけた若者だった。父はとても目立つ人だった——黒髪、厳格な印象の細面（ほそおもて）の顔、矢印のように尖った鼻、そして落ちくぼんだ目。まるで世界じゅうを笑っているかのように、唇には常におどけた笑みが浮かんでいた。

父が育った山で私も幼少期を過ごし、同じ鉄の飼い葉桶で豚を飼育していたものの、父の子供のころについては何も知らない。父はけっして語ろうとはしなかったので、母から聞いたヒントしかなかった。母いわく、丘のふもとのおじいちゃんはとても暴力的で、すぐかんかんに怒る人だったそうだ。母の「怒る人だった」という過去形の表現が愉快だった。おじいちゃんを怒らせてはいけないことなんて誰もがよく知っていた。本当に気が短く、それはゆるぎない事実で、渓谷の誰に言われなくてもわかっていた。長年風雨にさらされた祖父は、容貌も、内面も荒れ果てていた。山で彼が乗り回す野生の馬のように厳しく、感情の起伏が激しい人だった。

父の母は町の農業局で働いていた。父には女性が働くことに対する強い主張があって、私たちが住んでいた地域のモルモン教徒のコミュニティのなかでは、過激とも言える意見を持っていた。「女性の居場所は家庭のなかだ」と、町で働く既婚女性を見るたびに父は言ったものだ。自分自身が大人になったいま、父のこの熱意は、主義というよりは、自分の母親に関係しているのではと考えることがある。祖母が家にいてくれれば、気性の荒いあの祖父と二人きりで長い時間を過ごさずにすんだのだろうから。

農場を切り盛りすることは、父から幼少期を奪い去った。父は大学に進学したかったのではないかと私は疑っている。それでも、母が言うには、あのころの父はエネルギーに満ちあふれ、よく笑い、堂々としていたそうだ。水色のフォルクスワーゲン・ビートルに乗り、カラフルな布地で仕立てた風変わりなスーツを着て、濃くて、おしゃれな口ひげを蓄えていたらしい。

二人は町で出会った。ジーンが友達と一緒に訪れた金曜の夜のボウリング場で、フェイはウェイトレスをしていた。フェイはそれまで一度もジーンを見たことがなかったが、彼が渓谷に囲まれた山から来たにちがいないとすぐにわかったという。農場での暮らしは、ジーンをほかの若者たちとは違った姿に見せていた。年齢のわりに真面目で、鍛えられていて、精神的に自立していた。

山での暮らしは、独立心、隠遁と孤立、そして支配の感覚さえも人びとにもたらすものだ。その広大な空間では、松の木や雑木林、岩のあいだをたったひとり、何時間でもさまようことができる。それは、完全な無限の空間が生み出す平穏だ。その偉大さは人間を落ちつかせると同時に、取るに足らない存在にもしてしまう。ジーンは、この高山の催眠術、つまり人間のドラマを小さきものにしてしまう力により、形作られたのだ。

フェイは、田舎のうわさ話に耳をふさぐよう努力していた。渓谷ではそれが窓を押し開け、ドアの隙間から家のなかに入り込んでくるものなのだ。母はいつも自分のことを気の弱い人間だと言っていた。他人が母に求める姿のことばかりが頭に浮かび、それがどんな姿であれ、無理やり自分自身をねじ曲げ、嫌々ながらも求められる姿になってきたそうだ。隣接した四軒の家に囲まれた町の中心地に建つ家では、誰もが窓から家のなかをのぞき込み、非難めいた言葉を口にした。フェイは囚われたように感じていた。

ジーンがフェイをバックスピークの頂上に最初に連れていった日のことを、私は幾度となく想像してきた。バックスピークに行ってはじめて、フェイは山のふもとにある町の人びとの顔を見ることも、その声を聞くこともなかった。遠く離れた場所に二人きり。山に抱かれるように小さな存在となり、風に鎮められた。

二人が婚約したのはまもなくのことだった。

母は以前、結婚する前のことをよく話してくれた。母が仲がよかった兄のリンに、夫になってほしいと思っていた父に会わせたときの話だ。夏の夕暮れどきで、父のいとこたちは、収穫のあとのお決まりの悪ふざけをしていた。荒くれ者たちがどなりあい、拳を握りしめ、振りまわしている様子を見て、リンはジョン・ウェインの映画に出てくる乱闘シーンかと思ったらしい。警察に通報しようとしたそうだ。

「だからね、聞いてみなさいよって言ったの」と母は言った。笑いすぎて目に涙をためていた。母はこの物語を、いつもまったく同じように語り、そしてこの話は私たちのお気に入りだった。台詞を間違えると、私たちがそれを指摘するほどだった。「だから、あの人たちが何を言っているか、ちゃんと聞いてみなさいよって言ったの。まるで怒っているみたいなのに、実際にあの人たちが言っていたのは、ていねいな言葉だったのよ。だから、あの人たちが何を言っているのかを聞いて、どのように言っているのかは心配しなくていいの。それがウェストーバー家の話しかたなのよって言ってやったわ！」

母が話し終えるころには、私たちはたいてい床に座っていた。上品で学者然とした伯父のリンが、父の乱暴な親戚に出会ったシーンを想像してお腹が痛くなるまで笑いころげたものだった。リンはその出会いをとても不快に感じ、二度とそこには行かなかった。その後、伯父が山にやってきたのを、私は一度として見たことはない。母をギャバジン製のドレスとクリーム色の靴の世界に引き戻そうとしたお節介な伯父は、自業自得の結果を得たのだと私たちは思った。母の親族の消滅が私たちの家族のはじまりとなったのだ。その両者がともに存在することはできない。一方だけが母を占有できるのだから。

母は親族が婚約に反対したとは一度も言わなかったけれど、私たちはそれを知っていた。数十年経過しても消せない跡が残っていたからだ。父はめったに「町のおばあちゃん」の家に足を踏み入れなかった。踏み入れたときは不機嫌だったし、玄関先で鋭い視線を浴びせられていた。子供のころの私は、母方の叔母や伯父、いとこをほとんど知らずに育った。めったに母方の親戚を訪ねることはなかった。その多くがどこに住んでいるかさえ知らなかった。そして彼らが私たちの山の家を訪れることは、私たちが彼らを訪れる以上に、めったにないことだった。例外は母の一番下の妹で、町に住んでいた叔母のアンジーだけだった。彼女はかたくなに母との交流を続けた。

両親の婚約について私が知っている情報は、断片的に集められたもので、多くは母が物語として語ってくれたものだ。父が伝道に行く前に、母が指輪をもらっていたことは聞いている——伝道は、信心深いモルモン教徒の成人男性すべてが行うものだ。父はフロリダで二年間布教活動を行った。伯父のリンはこの機を利用して、ロッキー山脈のこちら側にいる結婚相手にふさわしい男性を次々と妹に紹介したが、誰も山を支配する荒くれ者の農夫を彼女に忘れさせることはできなかった。

ジーンはフロリダから戻り、二人は結婚した。

祖母のラルーはウェディングドレスを縫ったそうだ。

結婚式の写真は一枚だけ見たことがある。象牙(ぞうげ)色の柔らかなカーテンの前で、両親がポーズをとっている。母は、襟元が鎖骨の上まである、ビーズとヴェネチアンレースがあしらわれた伝統的なドレスを身にまとっていた。刺繍(ししゅう)が施されたベールが母の頭を覆っていた。父は幅の広い黒の折り襟のついたクリーム色のスーツを着ていた。二人は幸せに酔いしれ、母はリラックスしてほほえみ、父は大きな口を開けてにっこりと笑っていて、口ひげの両端からその笑みがはみ出していた。

私には、その写真の好青年が自分の父だとはなかなか信じることができなかった。普段から恐れと不安に苛まれる父は、私にとっては食糧と弾薬を備蓄するくたびれた中年に見えていた。

私には、あの写真の男性がいつ、私が父として知る男性となったのかはわからない。たぶん、これといった瞬間はなかったのだろう。父が結婚したのは二一歳のときで、兄のトニーが生まれたのは二二歳のときだ。二四歳のとき、父は母に、ショーンの出産に薬草医の助産婦を雇ってもいいかと尋ねた。母はそれに同意した。それが最初の兆しだったのだろうか。それとも、父ジーンがエキセントリックで型破りなジーンらしさを発揮し、義理の親に揺さぶりをかけたのだろうか？　その二〇カ月後にタイラーが生まれたときは、母は病院で出産した。ルークは父が二七歳のときに家で生まれたが、そのときは助産婦が家で出産させた。父は出生証明書を申請しないことに決め、オードリー、リチャード、そして私のときも同じ決定をくり返した。数年後、父が三〇代になったころ、父は兄たちを学校から退学させた。私はまだ生まれていなかったから記憶にはないけれど、もしかしたらそれがターニングポイントだったのかもしれない。その後四年間で、父は電話を捨て、運転免許の更新をしないと決めた。家族の車の車検も、自動車保険への加入もやめた。そして食糧の備蓄をはじめたのだ。

この四年間はいかにも私の父といったところだが、兄たちが記憶する父は違っていた。

連邦政府がウィーバー家の包囲を開始したのは父が四〇歳になったばかりのときだった。父はそのとき、人生最悪の恐怖を感じたという。父が戦争状態に突入したのはそれ以降のことだ。その戦争が父の頭のなかだけのことだったとしても。トニーが結婚式の父の写真を見て、そこに父を見ているというのに、私には他人に映る理由がそれかもしれない。

ウィーバー家の事件から一四年後、私は大学の教室で、心理学の教授が双極性障害と呼ばれる疾患について説明するのを聞くことになる。その瞬間まで、私は精神疾患という言葉を耳にしたことは一度もなかった。人が正気を失うことは知っていた——死んだ猫を頭にかぶったり、カブに恋をしたり、そんなことだ。でも、人がちゃんと動いていて、正気に見え、説得力まであるというのに、それでも異常な状態であるという概念は、それまでの私には考えつかないものだった。

教授は単調でぶっきらぼうな声で、発症年齢の平均は二五歳で、それ以前には症状が出ない可能性があると言った。

もし父が双極性障害だったとしたら——あるいは父の行動を説明できるほかの病気を患っていたとしたら——偏執病（パラノイア）の症状が、診断と治療を妨げていたのは皮肉というほかはない。これはかりは誰にもわからないことだけれど。

母方の町のおばあちゃんは三年前に、八六歳で死んだ。

私は彼女のことをよく知らなかった。

何年ものあいだ、彼女のキッチンを出たり入ったりしていたけれど、自分の娘が心を閉ざし、幻影と妄想の殻(から)に閉じこもるのを目の当たりにするのはどんな気持ちなのか、私に話してくれたことはなかった。

いま、祖母の姿を思い描くと、思い浮かぶのはあるひとつのイメージだけだ。まるでスライドトレーにフィルムをたくさん詰めたプロジェクターが、一枚のイメージを延々と映し出すかのように。彼女はクッション付きの長椅子に座っている。頭に載っている強くカールした髪。唇を結んだ礼儀正しい笑顔。両目は笑っているように見えるけれど、そこには何も映っていない。まるで舞台でも見ているかのようだ。

その笑顔が私を悩ませる。笑顔は絶え間なく、唯一不変のもので、不可解で、客観的で、冷静だ。叔母や叔父たちから祖母の話を苦労して聞き出したが、成長した私には、彼女がそこで聞いたような人ではなかったことを知っている。

私は祖母の葬儀に参列した。棺(ひつぎ)の蓋は開けられていて、私は思わず祖母の顔を探した。遺体整復師は彼女の唇を正しく描いていなかった――彼女が鉄仮面のように装っていた慈悲深いほほえみが剝(は)がされていた。笑顔のない彼女を見るのははじめてのことで、その瞬間、私はすべてを悟った。私に何が起きていたのか唯一理解していたのは、祖母だったということを。偏執と原理主義がどのようにして私の人生を形作り、私が大切に思っていた人びとを私から奪い、学位と卒業証書——単なる世間体にすぎないもの——だけを与えたのか。いま起きていることは、以前にも起きていた。母と娘の二代にわたる分断だ。テープはエンドレスで再生されていたのだ。

第4章　アパッチ族の女

車が車道を外れるのを誰も見ていなかった。一七歳だった兄のタイラーは、運転中に居眠りをした。朝の六時、兄は夜を徹してわが家のステーションワゴンを飛ばして、アリゾナ、ネバダ、ユタを走っていた。ステーションワゴンがセンターラインを越えて対向車線に入り高速道路から飛び出したのは、バックスピークから二〇マイル〔約三二キロメートル〕離れた農業の町コーニッシュに差しかかった場所でだった。車は溝を跳び越え、ヒマラヤ杉の頑丈な電柱二本をなぎ倒し、列収穫トラクターに激突して、ようやく停まった。

旅行は母の思いつきだった。

事故の数カ月前のことだ。かさかさと音をたてる葉が地面をかすめ、夏の終わりを告げたころで、父はその少し前から意気軒昂（いきけんこう）とした状態が続いていた。朝食を食べながら足でリズムを取り、夕食のときには山を指さして目を輝かせ、水を家まで引くためのパイプをどこに通すか話していた。初雪が降ったら、アイダホで一番大きな雪玉を作ると約束もした。山のふもとまで歩いていき、ちっぽけな雪の玉を作って山肌に転がし、起伏や渓谷を越えるたびに三倍の大きさになるのを眺めるのだと言った。最後の丘の頂上に建つわが家の前に到着するころには、玉はおじいちゃんの納屋ほどの大きさになり、幹線道路を走る人びとはそれを見上げるようにして眺め、驚くにちがいない。必要なのは、ちゃんとした雪だけだ。厚く積もって、重みのある雪でなくちゃいけない。雪が降るたびに、私たちは両手にいっぱいの雪を集めて父に見せ、父が指で触って確認する様子を見ていた。これは細かすぎる。これは水分が多すぎる。クリスマスのあとだなと父は言った。そのときは、本物の雪が降るはずだから。

しかし、クリスマスが終わると父は意気消沈して、ぐったりとしてしまった。父は雪玉の話をしなくなり、そのうち、いっさい口を開かなくなってしまった。目には暗闇を宿し、そしてそれに支配されるようになった。両手をだらりと下げたまま歩き、肩を落としていた。まるで何かが父につかまって、地面に引っぱっているかのように。

一月になると、父はベッドから起き上がれなくなった。あお向けに寝たままで、葉脈のように入り組んだ模様の広がる漆喰の天井をぼんやりと見つめていた。毎晩、私が夕食を運んでいくと、父は瞬きもせずに寝ていた。私が来たことをわかっていたかどうかさえはっきりしなかった。

母が家族でアリゾナに行くと言い出したのはそんなときだった。母は、父はひまわりのような人なのだと言った――雪のなかでは、父は死んでしまう――二月が来たら雪から遠い場所に連れていき、太陽の下に植え直さなければならないと。ということで、私たちはステーションワゴンにぎゅうぎゅう詰めに乗り込んだ。一二時間かけて渓谷を縫うようにして進み、暗闇の高速道路でスピードを上げ、おじいちゃんたちが冬を過ごす人里離れたアリゾナの家にたどりついたのだった。

到着したのは日の出の数時間後だった。父はやっとのことでおばあちゃんの家のポーチにたどりつき、そこでその日の残りの時間を過ごした。毛糸で編んだまくらを頭の下に置いて、節くれだった両手をお腹の上にのせていた。結局、父は二日間その姿勢のままだった。両目を見開き、ひと言も発せず、乾いた、風の吹かない灼熱の下の茂みのように、そこにじっとしていた。

三日目になって、父はようやく自分を取り戻した。自分の周りで何が起きているのかに気づきはじめたのだ。ただじっと前を見つめ、何の反応もなくカーペットに横たわるのではなく、私たちが食事をしながら交わす会話に耳を傾けるようになった。その晩、夕食のあと、おばあちゃんが留守番電話に残されたメッセージを再生した。ほとんどが、ご近所さんや友達からの挨拶だったけれど、おばあちゃんが翌日病院に診療予約をしていることを知らせる女性の声もスピーカーから聞こえてきた。そのメッセージが父に劇的な影響を与えた。

最初に父はおばあちゃんに質問をした。その診療予約の目的。どの医者に会うのか。そして母がチンキ剤を持っているというのに、医者に会うとはどういうつもりだと聞いたのだ。

父は母のハーブを熱心に信奉していたけれど、その晩は何かが違っていた。父のなかの何かが変わり、それまでになかった新しい信念がわき上がってきたかのようだった。父いわく、薬草学とは、スピリチュアルな教義であり、雑草と小麦を、誠実さと不誠実を隔てるものなのだそうだ。そして父は私が一度も聞いたことがない言葉を口にした。「イルミナティ〔一八世紀、ドイツに興った秘密結社。その消滅後も陰謀主義的集団の名称として言及される〕」。その言葉はとても異国風で、意味がどうであれ力強かった。父いわく、おばあちゃんは、自分でも気づかないうちにイルミナティのスパイになっていたのだ。

父は、神は信仰心が足りないことをお許しにならないと言った。もっとも忌み嫌われる罪人とは、ハーブと薬剤の両方を使い、水曜日には母を訪れ、金曜日に医師を訪れるような、心の揺らぐ者なのだと――あるいは父はこう表現した。「ある日は祭壇で神を崇拝し、別の日には悪魔に犠牲を捧げるような人」こういった人びとは、真実の宗教を与えられたというのに間違った偶像をあがめた古代イスラエル人のようなものだそうだ。「医者と薬」と父はほとんどどなるようにして言った。「それがやつらの神で、そのためなら体を売るんだ」

母は目の前の食べ物をじっと見ていた。「体を売る」という言葉に反応して立ち上がり、怒りの視線を父に投げかけ、そして自分の部屋に行ってドアを叩きつけるようにして閉めた。母は常に父に賛成しているわけではなかった。父がいないときに、母が「ハーブはただのサプリメント。深刻な病状のときは医師に行きなさい」と言ったのを聞いたことがあった。父であれば――あるいはこの、新しい信念を持った父であれば――母のこの言葉を侮辱ととらえたはずだ。

父は母が席を外したことに気づいていなかった。「医者のやつらは人を助けようなんて思ってない」と父はおばあちゃんに言った。「やつらはあんたを殺そうとしているんだ」

あの夕食のときのことを思い出すたび、その詳細がはっきりとよみがえってくる。私はテーブルについていた。父は話をしていて、声は切迫していた。おばあちゃんは私の斜め前に座っていて、まるでヤギみたいに、ゆがんだ顎で何度も何度もアスパラガスを噛みしめていた。コップから氷の入った水を飲み、父の言葉を耳にしているという様子をいっさい見せずにいた。まだ寝る時間には早いことを指し示す時計に、ときおり投げかけるいらいらとした視線以外は。「あんたはわざわざ悪魔の計画に参加しているってわけだ」と父は言った。

似たような場面が、旅の後半でも、毎日くり返された。一日に何度もくり返されるときもあり、台詞は毎回同じだった。父は熱っぽい怒りにまかせ、一時間も、ときにはそれ以上も長々と話し、同じ台詞を延々とくり返した。あまりに長い説教で私たち全員が放心状態になったあとも、父の内なる情熱は燃え盛りつづけた。

この説教がようやく終わると、おばあちゃんは忘れがたいやりかたで父を嘲笑(あざわら)った。長く、息を漏らしたようなため息をつき、疲れ果てたといった様子で顔を上げ目をぐるりとさせるのだ。両手を上げてあきれて見せたいものの、それすら面倒でできないといったふうだった。そして、おばあちゃんはほほえむ——誰かのためのおだやかなほほえみではなく、自分自身への、途方に暮れたなぐさみのようなものだった。そのほほえみは、「現実以上に滑稽なものはないね、まったく」と言っているように、私にはいつも感じられた。

それは焼けるように暑い午後だった。あまりにも暑くて、舗装道路を裸足では歩けなかったほどだ。おばあちゃんは、砂漠までドライブに連れていってくれた。私とリチャードはそれまで一度も着けたことがなかったシートベルトに無理やり押し込まれていた。道路が上り坂になり、そのままアスファルトがタイヤの下で砂に変わるまで進み、その先もどんどんと走りつづけた。おばあちゃんは縫うようにして白い丘をのぼり、とうとう未舗装の道も終わり、ハイキングコースがはじまるところまでたどりついた。そこから先は徒歩だ。おばあちゃんは数分後には息切れし、平らな赤い石の上に座り、遠くに見える岩石層を指した。それは崩れかけた尖塔のような形で、それぞれが小さな遺跡だった。おばあちゃんは私たちにそこまで行くよう言った。たどりついたら黒い岩の塊を探すようにと。

「アパッチ族の涙と呼ばれているんだよ」とおばあちゃんは言った。そして、ポケットを探って小さな黒い石を取り出した。汚くて、ぎざぎざしていて、割れたガラスのように、灰色と白い線が入っていた。「これを磨くとこうなるんだ」と言って、彼女は別のポケットから二つめの石を取り出した。それは真っ黒で、滑らかな手触りだった。

リチャードは二つの石を指して黒曜石だと言った。「火山石だな」と学者のように言った。「でもこれは違うね」と、色あせた石を蹴り、砂岩の並びを示して、そしてその指を振った。「あれは堆積物だ」リチャードは科学の豆知識をたくさん持っていた。いつもだったら彼の授業は無視するのだけど、その日は彼の言葉と、この奇妙な乾いた土地に夢中になっていた。私たちは岩石層のあたりを一時間ほどハイキングし、胸ポケットが重さで下がるほどいっぱいに小石を詰め、おばあちゃんのいる場所まで戻った。おばあちゃんは喜んでくれた。売ることができるからだ。彼女は石をトランクに積み込むと、私たちがトレーラーハウスまで戻る道すがら、アパッチ族の涙の伝説について話してくれた。

おばあちゃんによると、一〇〇年ほど前、アパッチ族とアメリカの騎兵隊が崩れかけの岩のあたりで戦ったのだそうだ。アパッチ族は数で負けていた。争いに敗れ、戦いは終わった。残されたのは、死を待つことだけだった。戦いがはじまってすぐに、戦士たちは崖に行く手を阻まれ、追いつめられた。屈辱的な敗北を望まない戦士たちは突撃を試みたが、一人またひとりと打ち倒され、残りの者は馬もろとも崖から飛び降りた。やがて、変わり果てた戦士たちの死体を見たアパッチ族の女性は、絶望的な悲しみに涙した。その涙が地球の表面に触れたとき、石となったという。

おばあちゃんはその女性たちに何が起きたのかは教えてくれなかった。アパッチ族は戦争をしていたけれど、戦士はもういなかったのだから、たぶん結末を口にするのはあまりにも希望がないと思ったのかもしれない。「屠(ほふ)る」という言葉が私の心に浮かんだ。なぜなら、その言葉が、勝ちえない相手に対する一方的な戦いにぴったりだからだ。それは私たちが農場で使う言葉だ。私たちが鶏を屠るのは、彼らと戦ったからではない。虐殺は戦士の勇敢さのもたらすありがちな結末のように思えた。彼らは英雄として死に、妻たちは奴隷として死ぬ。

トレーラーハウスまで戻ると、太陽は沈みかけて、最後の一筋の光が高速道路に延びていた。私はアパッチ族の女性のことを考えた。戦士たちが息絶えた砂岩の塔のように、女性たちの命の形はずっと前から定められていた——馬が早駆けをはじめる前から、栗色の馬体が最後の激突のために弓なりになるその前から。戦士たちの跳躍のずっと前から、女性の生き方、そして死に方は決められていた。戦士たちによって、そして女性自身によって。決断されていたのだ。無数の砂粒のように、多くの選択が重ねられ、圧縮され、合体し、堆積物となり、やがて岩へと姿を変えて、ついには石となった。

それまで一度も山から離れたことがなかったから、松の木に縁取られたインディアン・プリンセスの連なる峰が恋しくなってきた。何もないアリゾナの空を見つめながら、地上から隆起し、天国の半分を埋め尽くすようなプリンセスの黒い形を見たいと願っていた。でも、彼女の姿はここにはない。その姿だけではなく、私は彼女の抱擁が恋しかった——大渓谷や山峡を抜けて彼女が送る風は、毎朝私の髪を撫でてくれる。アリゾナには、風なんて吹いていない。そこには、延々と照りつける強い日差ししかない。

私はトレーラーハウスの端から端までをうろうろとし、裏のドアから出て裏庭を突っ切り、ハンモックのところまで行って、そして前庭にまわり、父の呆然とした姿を眺めて、ふたたびトレーラーハウスに戻るような日々を過ごした。六日目になって、おじいちゃんの四輪駆動車が壊れ、タイラーとルークが分解して故障箇所を確認するのを眺めるのは大きななぐさめになった。私は大きくて青いプラスチックの容器の上に座って二人を見つめ、いつになったら家に戻ることができるのかと考えていた。そして、父がイルミナティについて話をやめるのはいつなのか。父が部屋に入ってくると、母がその場を離れなくなるのはいつなのかと。

あの晩の夕食が終わると、父は帰るころあいだと言った。「荷物をまとめなさい。あと三〇分で出発だ」と言い出した。まだ夕方の早い時間だった。おばあちゃんは、一二時間のドライブをスタートさせるには無謀な時間だと言った。母も朝まで待とうと言ったけれど、父は家に戻って翌朝息子たちと廃材処理の仕事をしたいと譲らなかった。「もう一日だって無駄にするものか」と父は言った。

母の目は不安で曇っていたが、それでも何も言わなかった。

私が目を覚ましたのは、車が一本目の電柱に激突したときだ。私は姉の足元の、車の床で寝ていた。頭には毛布をかぶっていた。起き上がろうと思ったけれど、車はバランスを失い、ぐらぐらと揺れていた——バラバラに分解しそうに思えた——そしてオードリーが私の上に落ちてきた。何が起きているのかまったく見えなかったけれど、感じることができたし、聞くこともできた。ふたたび大きなドスンという音が聞こえ、母が助手席から「タイラー！」と叫んだ。そして最後の衝撃が訪れ、何もかもが動かなくなり、静まりかえった。

数秒間、何も起きなかった。

つぎにオードリーの声が聞こえてきた。彼女は家族の名前を一人ひとり呼んでいた。そして「全員いるわ。でもタラがいない！」と。

声を上げようと思ったが、顔がシートの下に挟まり、頬が床に押しつけられていた。私の名を叫びつづけるオードリーの重みの下で、私はもがいていた。背中をなんとか反らせてやっと姉を押しのけると、毛布から頭を出して、「ここだよ」と私は言った。

私は周りを見まわした。タイラーは体をひねり、上になった後部座席によじ登ろうとしていた。両目は切り傷と打撲で腫れ上がっていた。その顔はタイラーのはずなのだけれど、まるでそうではないようだった。口からほとばしるように流れる血が、シャツを汚していた。私は目を閉じて、血だらけでぐらつく兄の歯を忘れようとした。次に目を開けたのは、全員の無事を確認するときだった。リチャードは頭を抱えて、騒音をさえぎるように両手で耳をふさいでいた。オードリーの鼻は奇妙に湾曲し、鼻血が腕まで流れていた。ルークは震えていたが、血は出ていないようだった。座席に挟まれていた私のひじには長い切り傷ができていた。

「みんな大丈夫か」と言う父の声が聞こえた。いつものぼそぼそとした声だった。

「車の上に送電線が載ってるんだ。電気が切られるまで車から出ないように」と父は言った。父がドアを開けたので、感電するのではと思った。が、つぎの瞬間、父は車と地面に同時に触れないように自分の体を遠くまで投げ出して無事だった。父の姿を閉められた窓からのぞき見たのを記憶している。父は車の周りを歩き回った。赤い帽子のひさしを空に向けていた。不思議なことに、父は少年のように見えた。

父は車の周りをぐるりと歩き、そして足を止め、かがみ込み、助手席の高さまで頭を下げた。「大丈夫か？」と言った。そしてもう一度言った。三回目に言ったときには声が震えていた。

私は座席の上に身を乗り出して父が誰かと話しているのを見た。そのときようやく、私たちが大事故を起こしたのだと気づいた。車の前側は潰れていた。エンジンは曲がり、丸まり、まるで頑丈な岩のようになっていた。

フロントガラスから朝日が差し込んでいた。ガラスには縦横に亀裂が入っていた。見たことがある光景だった。廃材置き場には割れたフロントガラスが山ほどある。それぞれに特徴があり、衝撃を受けたところから蜘蛛の巣のようにひび割れが広がっている。衝突の記録だ。私たちの車のフロントガラスに広がった蜘蛛の巣は、事故の激しさを物語っていた。中心地点は小さなひび割れのある円で、外側に向かって広がっていた。その円は助手席のちょうど前の位置にあった。

「頼むよ」と父は懇願するように言った。「なあ、聞こえるかい?」

母は助手席にいた。窓に背を向けていた。顔は見えなかったけれど、座席に崩れ落ちた様子は普通ではなかった。恐ろしかった。

「聞こえるかい?」と父は言った。そして同じ質問をくり返した。しばらくして、ほとんどわからないぐらいわずかに、母のポニーテイルの先に動きがあり、うなずいたのがわかった。

父はそこに立ちすくみ、電気が通っている送電線を見て、地面を見て、そして母を見た。呆然としていた。「どうしたら——救急車を呼んだほうがいいのか?」

父はそう言ったように思う。もしそう言っていたのなら、もちろんそう言ったはずだが、母は小さな声で何か返事をしたはずだ。もしかしたら、ささやき声も出せなかったのかもしれない。私にはわからない。母が家に帰してくれと頼んだような憶えもある。

あとになって、私たちが突っ込んだトラクターの持ち主の農夫が家から飛んできてくれたと聞いた。彼は警察に電話をした。大きなトラブルになることはわかっていた。車は登録されておらず、保険にも入っていなかった。全員、シートベルトを着用していなかった。農夫がユタの電力会社にも電話をして事故を知らせた。二〇分ほどのち、送電線を流れる、人間を死に至らしめるほど高い電力が停止した。父が母をステーションワゴンから抱き上げると、ようやく私は母の顔を見ることができた――プラムほどの大きさのあざで隠されてしまった両目に、腫れ上がってゆがみ、でこぼこになった顔を。

どのようにして、いつ家にたどりついたのかは記憶していないけれど、朝日を浴びた山がオレンジ色に光り輝いていたことは憶えている。家に戻ると、タイラーが真っ赤な血をトイレのシンクに吐き出した。ハンドルに強打した前歯が、口の奥のほうに曲がっていた。

ソファに寝かされた母は、明かりが眩しいと小さな声で言った。私たちはブラインドを閉めた。窓のない地下に行きたいと言うので、父が母を地下に連れていった。数時間後、夕方になって、私がほのかな明かりを持って夕食を運ぶときまで、彼女はずっとそこにいた。母はまるで別人のようだった。両目は深い紫色だ。あまりにも紫で、ほぼ真っ黒で、腫れ上がっていた。開いているのか閉じているのかもわからない。私が二回も違うと言ったにもかかわらず、母は私をオードリーと呼んだ。「ありがとうね、オードリー。でも、暗くして、静かにしていてくれればそれでいいの。暗くして、静かにね。ありがとう。また様子を見に来てね、オードリー。少ししたらでいいから」

母は一週間も地下室から出てこなかった。日増しに腫れはひどくなり、黒いあざはさらに黒くなった。毎晩、母の顔が、ありえないほどゆがみ、そして変形していくような気がしたが、朝になるたび、あざは濃くなり、腫れ上がるばかりだった。だが、さらに一週間が経過すると、日が沈み私たちが電気を消すと、上の階に上がってくるようになった。母の額には二つの物体がくっついているように見えた。リンゴほどの大きさで、オリーブのように黒い物体が。

誰も病院の話はしなかった。行くか行かないかの決断がなされた以上、その話に戻ることは、事故自体への怒りと恐怖に戻ることにほかならなかった。父は、医者が母にできることはないと言った。母の容態は神に委ねられていると。

翌月になると、母は私をいろいろな名前で呼ぶようになった。私をオードリーと呼ぶぐらいでは心配しなかったけれど、私をルークやトニーだと思って会話が進むときにはややこしいことになった。家族のなかでも意見は一致していたし、母自身もそう言っていたけれど、事故以来、母は変わってしまった。私たち子供は母のことをアライグマの目（ラクーン・アイズ）と呼んだ。それはとても面白いジョークだと思っていた。目の周りの黒いあざが何週間も消えないから、それに慣れっこになってしまい、からかいの種になったのだ。ラクーン・アイズ〔眼窩周囲斑状出血と呼ばれる症状〕。それが医学用語だとは夢にも思わなかった。脳への深刻なダメージのサインだ。

タイラーは罪悪感に苛まれていた。事故を起こした自分を責め、事故以降の自分の決定や、何年にもわたって生じた事故の影響、その余波でさえすべて自分の責任だと考えた。彼は事故とそれがもたらした結果について、まるでステーションワゴンが道から飛び出た瞬間に、時間そのものがはじまったかのように話しつづけた。一七歳で居眠り運転をして事故を起こしてしまうまで、そこに至る歴史も、前後関係も、主体性もなかったかのように話すのだ。いまでも、母がものごとの詳細を忘れると、たとえそれがささいなことであったとしても、あの表情が彼の目に浮かんでくる——事故の直後とそっくりのあの表情。口から血を流しながら状況を確認し、自分のせいで、自分だけのせいで起こったと彼が信じる事故現場を見つめるあの目の表情だ。

私自身は、事故について誰も責めたことはない。ましてやタイラーを責める気などいっさいない。それは致しかたないことだった。事故から一〇年を経て、大人へと急激に成長する過程で、私の理解も変わっていった。事故のことを思い出すたびに、私はアパッチ族の女性の物語と人生を築く決断について考えるようになった。人びとが個人で、あるいは誰かとともに行う選択が、あらゆるできごとを生み出すのだ。数え切れないほどの砂の粒が堆積物となり、岩となるように。

第5章　偽りのない汚れ

山の雪が溶け、プリンセスがその姿を現した。山頂が空をかすめているかのようだった。事故から一カ月後の日曜日、家族全員がリビングルームに集まっていた。タイラーが咳払いし、家を出ると言ったとき、父は聖書の言葉を解説していた。

「僕は、だ、だ、大学に……行く」と言ったタイラーの表情は硬直していた。言葉を吐き出すと、首筋の静脈が数秒間隔で浮き上がったり消えたりをくり返し、まるで巨大なうごめくヘビのようだった。

誰もが父の顔を見た。無表情だった。静寂は叱責よりも悪かった。

タイラーは家を出る三人目の兄となった。一番上の兄のトニーはトレーラーの運転手だった。砂利や廃材の運搬をし、近所に住んでいる女性と結婚するためにお金を貯めていた。二番目の兄であるショーンは、数カ月前に父と口論になり家を飛び出していた。それ以来、彼の姿は見ていなかったが、数週間に一度、母に対して自分の無事を知らせる短い電話がかかってきていた。溶接の仕事をしたり、トレーラーの運転手をしたりしているようだった。もしタイラーまでが家を出てしまったら、父は働き手を失う。働き手を失ってしまったら納屋や乾燥舎を建てることができなくなる。廃材集めの生活にまた逆戻りだ。

「大学って何？」と私は聞いた。

「大学とは、最初の一回で学ぶことができなかった愚か者のための追加の学校だ」と父は言った。タイラーは床をじっと見つめ、顔をこわばらせていた。そして肩の力を抜き、表情をリラックスさせ、頭を上げた。まるで自分のなかから抜け出してしまったかのように。彼の目はとても優しく、感じよくなったが、そこにいつものタイラーはいなかった。

彼は父の説教を聞いていた。「大学の教授には二つのタイプがいる」と父は言った。「嘘をついていることをわかっているやつら、それから真実を語っていると信じ込んでいるやつらだ」と続けて、にやりと笑った。「イルミナティの優秀なスパイで自分が悪魔の手先と知っている人間か、自分の知恵が神よりも優れていると考えている高尚な教授様か、どっちが最悪かという話だな」父はそのときもまだにやにやと笑っていた。深刻な雰囲気ではなかった。父はただ、息子に何か言い聞かせてやりたかっただけなのだ。

母は父に何を言っても時間の無駄だと言った。タイラーは一度決めたら絶対に譲らないのだ。「ほうきで山を掃除しはじめたほうがよさそうね」と母は言った。そして立ち上がり、なんとか姿勢を整えると、重い足取りで階下におりていった。

母は片頭痛持ちだった。事故のあとはほとんどいつも片頭痛で苦しんでいた。その当時も母は日中の時間を地下室で過ごしており、日が沈んでからしか上の階には来なかった。日が沈んだあとでも、一時間以上はそこにいなかった。騒音と労働が、ずきずきとした頭痛に形を変える前に下の階に戻ってしまうのだ。私は母が階段をおりる、慎重でゆっくりとした動きを観察していた。背中を曲げ、両手で手すりを握りしめていた。まるで目が見えず、進む先を手探りしなければならないような姿だった。母はすべての段にしっかりと両足をおろして、注意深くおりていった。顔の腫れはほとんどひき、昔の母の姿に戻ったが、目の周りの黒い輪だけが残っていた。その輪は徐々に紫に変わり、いまとなってはまだらな薄紫色だった。

一時間後、父の笑いは消えていた。タイラーは大学に行きたいという話をくり返してはいなかったけれど、家に留まるとも約束していなかった。彼はただそこに座っていた。何の感情も顔に出さずにやりすごしていた。「本と紙で生きてはいけないんだぞ」と父は言った。「一家の長になるんだぞ。妻と子供を、本でどうやって養うつもりなんだ？」

タイラーは頭を垂れて、父の言葉を聞いている様子を示していたが、それでも何も口にしなかった。

「俺の息子が、社会主義者とイルミナティのスパイに洗脳されちまうなんて……」「が、学校は、きょう……きょ、教会が運営しているんだよ」とタイラーは父をさえぎった。「だから、そ、そ、そんなに悪い場所じゃないはずだろ？」

父はあんぐりと口を開けてから、突風のように息を吐き出した。「イルミナティが教会に入り込んでいないとでも思ってるのかっ！」父の声が轟いた。ひと言ひと言が、強力な熱量とともに響きわたった。「あらゆる年代から社会主義者のモルモン教徒を作り上げるために、やつらが最初に行くところは学校だとは思わないのか？　もっと賢いやつだと思ってたのに！」

このときの父の姿を私はずっと憶えているだろう。その勢いもその絶望も。父は前のめりになり、顎を引きしめ、目をすがめ、息子の表情に浮かぶ同意と罪の自覚を探し求めていた。そんなもの、見つかるはずがないのに。

タイラーがどのように山を離れることを決意するに至ったのか。それは奇妙な物語で、空白部分もあれば、意外な展開もある。はじまりはタイラー自身で、彼の一風変わった性質が絡んでいる。家族のなかではときに起きることだ。家族にどうしてもなじめない子供がいる。リズムが違い、拍子がほかの家族とずれてしまっている。私たち家族のなかでは、それがタイラーだった。私たちがジグを踊っているとき、彼はワルツを踊っていた。彼には私たちの騒々しい音楽が聞こえず、私たちには彼のおだやかなポリフォニーが聞こえなかった。

タイラーは本好きで、静寂を好んだ。整理整頓や物のグループ分けが好きだった。母が彼のクローゼットで、年代別に並べられた、棚いっぱいのマッチ箱を見つけたことがある。マッチ箱のなかには鉛筆の削りかすが五年分入っていた。タイラーは「丘に向かうためのバッグ」にしまう火起こしを作るために集めたものだと説明した。彼の部屋以外は家は完全なる混乱状態だった。洗われていない洗濯物の山、廃材置き場から持ってきた黒い油汚れ、散らかった寝室の床、キッチンのテーブルや棚に所狭しと並べられた濁ったチンキ剤入りの瓶の数々。それらが片づけられるのは、もっと無秩序な物を置くスペースを確保するときだけだ。例えば死んだ鹿の皮を剝ぐときだとか、ライフルから腐食防止剤を拭うときだとか。それなのに、この大混乱の真んなかで、タイラーは五年もかけて鉛筆の削りかすを集め、年代別に保管していたのだ。

兄たちはまるで狼の群れだった。彼らは常に互いを試し合っていた。若い者が急成長して、上の兄に挑戦するたびに取っ組み合いのけんかが起きた。私が幼いときは、このような激しい争いはたいてい、母がランプや花瓶が壊されるのを見てはどなりつけることで終わっていた。しかし私が成長するにつれ、壊れるもの自体が少なくなっていった。かつてはテレビがあったのだが、それも私が赤ちゃんのときに、ショーンがタイラーの頭をそれに突っ込んでしまうまでのことだったと母は言った。

兄弟たちがけんかしている一方で、タイラーは音楽を聴いていた。家で唯一のラジカセを持っていて、見たことのない単語の書かれたCDをその横に高く積み上げていた。例えば、「モーツァルト」だとか「ショパン」といった言葉だ。とある日曜日の午後、たぶん彼が一六歳のころのことだ。私がそのCDを見ているところにタイラーはやってきた。私は逃げようとした。部屋に入ったことを怒られ、叩かれると思ったのだ。代わりに、彼は私の手をとって、そのCDの山に触らせてくれた。「ど、どれ、が、一番、す、好きだい?」と彼は言った。

黒を背景に白い服を着た一〇〇人ほどの男女が写ったジャケットのCDがあった。私はそれを指さした。タイラーはなぜといった様子で私を見て、「こ、これは、がっ、合唱曲だ、だよ」と言った。

彼はCDを黒い箱に滑り込ませると、机に座って読書をはじめた。私は彼の足元にしゃがみ込み、カーペットに指で模様を描きはじめた。音楽がはじまった。弦楽器のかすかな音、ささやくような、シルクのように柔らかで心身に染みわたるような声。その賛美歌には聞き憶えがあった――私たちは同じ賛美歌を教会で歌っている。調子はずれの声を張り上げて、祈りとして捧げている。でも、この歌声はまったく違っていた。敬虔で、同時に別の意味を持っていた。学習、規律、そして協調だ。それは当時の私には理解できていなかったものだ。

曲が終わり、私は動けないまま座っていた。つぎの曲、そしてまたつぎの曲が、CDが終わるまで鳴りつづけた。音楽がないと、部屋はまるで命を失ったようだった。私はタイラーに、もう一回、聴くことができるか尋ね、一時間後音楽がふたたび止まると、もう一回と頼み込んだ。もう遅い時間で、家じゅうが静まりかえっていた。タイラーが机から立ち上がり、プレイボタンを押し、これが最後だぞと言った。

「また、あ、明日、聴こう、な」とタイラーは言った。

音楽が私たちの共通言語となった。発語障害がタイラーを寡黙にし、口下手にしていた。それが理由で、彼とはめったに話をしなかった。私は自分の兄のことをよく知らなかったのだ。でもいまや、私は夕方に彼が廃材置き場から戻るのを待ちわびるようになっていた。彼がシャワーを浴び、肌から一日の汚れをこすり落とすと、机の前に座って、「さて、こんやは、な、なにを聴こうかな？」と聞く。私がCDを選び、彼の足元に寝ころがり、彼のソックスをじっと見つめて音楽を聴く。そのあいだ、彼は本を読むのだった。

私はほかの兄たちと同様、乱暴者だったが、タイラーといるときは別人のように振る舞った。私を変えたのは、音楽だったのかもしれない。音楽のもつ優雅さ、あるいは、タイラーの優雅さだったのかもしれない。タイラーは、私が彼の目を通して、私自身を見るよう促してくれた。私はどならないよう努めた。リチャードとけんかをしないように我慢した。とくに、二人で床を転げまわって、リチャードが私の髪を引っぱり、私が彼の柔らかい顔に爪を立てるような、そんなけんかは。

タイラーがいつか去ってしまうことを理解しておくべきだった。トニーとショーンはすでに家を出ていたが、彼らはタイラーとは違い、山の一部のままでいた。タイラーは常に父が言うところの「本での学び」が好きで、それは残りの家族である私たち全員が、リチャードを除いて、完全に関心を持たないことだった。

タイラーが少年だったころ、母が教育に関して現実的に考えるようになった時期があった。母は以前、ほかの子供に比べて、よりよい教育を受けるために、私たちは家にいるのだと話していた。でも、そう言ったのは母だけで、父はもっと実用的な技術を学ぶべきだと考えていた。私がとても小さかったとき、それは両親の対立の火種だった。母は毎朝勉強を教えようとするが、母が見ていない隙に、父は兄たちを廃材置き場に集めるのだ。

しかし、母は最終的に屈してしまった。それは五人の息子の四番目であるルークからはじまった。ルークは山のことならなんでも知っている少年だった。動物と働くときも、まるで彼の言葉が通じているかのようだった。しかし彼には重い学習障害があって、読むことにとても苦労していた。母は毎朝キッチンで彼と一緒に座り、五年間にわたって彼に同じ発音を何度も何度もくり返して教えた。だが、一二歳になっても、ルークは家族の聖書研究で、咳でもしているようにしか文章を読むことができなかった。母にはルークが理解できなかった。トニーやショーンに読み書きを教えることにはなんの問題もなかったし、そのほかの子供たちも、教えるまでもなく自分で習得してしまった。トニーは私が四歳のときに字の読み方を教えてくれたが、それはショーンとの賭けに勝つためだったと思う。

ルークがどうにかして自分の名前が書けて、短い簡単なフレーズを読めるようになると、母は算数を教えはじめた。私が習った算数は、朝食で使った皿を洗うときに、母が何度も説明してくれた分数と、負の数の使いかた、それだけだった。ルークはまったく進歩せず、一年もすると母はあきらめてしまった。母は私たちに、ほかの子供たちより、よい教育を受ける大切さについて話をしなくなった。母は父に賛同するようになったのだ。「大切なのは読めるようになることだけ。ほかのくだらないことなんて、ただの洗脳だわ」と、ある朝、母は私に言った。父が兄たちを集める時間はますます早くなっていった。そして私が八歳、そしてタイラーが一六歳になるころまでには、私たち全員が勉強をしないという習慣に落ちついていった。

母は、父の信念のすべてを共有しているわけではなかった。ときおり彼女はかつての勉強への熱意に支配されることもあった。そういう日には、テーブルに家族が集まり、朝食を食べているとき、母は「今日、私たちは必ず勉強をします」と宣言した。母は地下室に書棚を持っていて、そこには薬草学についての本が並べてあり、古いペーパーバックも何冊か置いてあった。私たち全員が使った算数の教科書が数冊、そしてリチャード以外誰も読んでいなかったアメリカの歴史の本もあった。ぴかぴかしたイラストがたくさん印刷されていたので、子供用にちがいない科学の本もあった。

すべての教科書をかき集めるだけで、いつもだいたい三〇分ぐらいの時間がかかった。そしてそれをみんなで分けると、私たちはそれぞれ別の部屋に行き、「学校」がはじまる。兄と姉が学校で何をやっていたのかはまったくわからなかったけれど、私が勉強をするときは算数の本を開いて、一〇分かけてページをめくりながら、指でページとページのあいだをなぞり折り目をつけていった。五〇ページなぞることができたら、母には算数を五〇ページやり終えたと報告するのだ。

「すごいじゃない！」と母は言う。「ね？ こんなスピードで勉強しようと思ったら、公立の学校じゃ、絶対に無理よ。家でしかできないわ。邪魔が入らない場所で座って、しっかりと集中してやらなくちゃ」

母は一度も授業やテストをしなかった。作文を指導することもなかった。地下には「メイビス・ビーコン」と呼ばれるプログラムが入ったコンピュータがあり、それはタイプの練習をするためのものだった。

割り当てられた家事が済んでいれば、母がハーブの配達に行くついでに、町の中心部にあったカーネギー図書館に連れていってくれることもあった。私たちが読んだのは、地下に置かれていた部屋いっぱいの児童書だ。リチャードは上の階から難しそうなタイトルの歴史や科学の大人用の本を持ってきて読んだりもしていた。

私の家族では、学ぶことは完全にそれぞれの自己流だった。自分に割り当てられた仕事が終わり次第、自分でわかる範囲で何でも勉強することができた。兄弟姉妹のなかでも、熱心な人もいればそうでない人もいた。私はそのなかでももっともやる気がなかったので、一〇歳になるころまでには、私が体系的に学んだ科目はモールス信号だけだった。なぜなら、父がそうしろと強く言ったからだ。「電話線が切られたら、渓谷で交信することができるのは俺たちだけになる」と父は言った。だが、私たちだけがモールス信号を学んでいるのであれば、いったい誰と交信するのだろう。

上の兄たち――トニー、ショーン、タイラー――は、私たちより一昔前に育てられていて、まるで別の親がいたようだった。当時の父はウィーバー家のことなど知らなかったし、イルミナティなんて言葉も口にしなかった。三人の息子を学校に入れ、数年後には退学させたとはいえ、家でしっかりと教育することを誓っていたし、トニーが学校に戻りたいと頼んだとき、父はそうさせた。トニーは高校まで学校に通ったが、廃材置き場での作業のために欠席が多く、卒業はできなかった。

タイラーは三番目の息子だったためか、学校のことはほとんど記憶しておらず、家で勉強することに満足していた。一三歳までは。そのとき、母はルークに読むことを教えるのに必死で、すべての時間を費やしていた。だからタイラーは、父に八年生〔日本における中学二年生〕に入学させてくれないかと頼んだ。

タイラーは一九九一年の秋から一九九二年の春までは学校に通った。学校で代数を学び、まるで水を得た魚のようだった。そしてその年の八月に、ウィーバー家が連邦政府により急襲されたのだ。タイラーが学校に戻ったかどうかはわからないが、父はウィーバー家の一件を知って以来、自分の子供が公立学校に足を踏み入れることをけっして許さなかったはずだ。それでも、タイラーの想像力は失われずに残っていた。持っていたお金で彼は三角関数の古い教科書を買い求め、自力で学習しつづけた。つぎに微分積分を学びたいと考えたが、そのための教科書を買うお金がなかったために、学校に行って数学教師に貸してくれるよう頼んだ。教師は「独学で微分積分なんて学べるわけがないだろ」と鼻で笑った。

「不可能だ」と言われたがタイラーは粘った。　「教科書を貸してください。できると思います」彼は教科書を手にして学校を後にした。

しかし本当の挑戦は勉強のための時間を見つけることだった。父は毎朝七時に息子たちを集めていくつかのチームに分ける。そしてその日の作業を割り当て、仕事に向かわせる。タイラーが作業をしていないと父が気づくまでに、いつも一時間はかかった。父は裏口から家に勢いよく入ってくると、勉強をしているタイラーの部屋まで突進していった。「何やってんだ？」と父はどなり、汚れの塊をシミひとつないカーペットに落としていく。「ルークが一人で柱を積み込んでるじゃないか。一人で二人分の仕事だぞ。それなのにおまえは、ここでいったい何をしてるんだ？」

私であれば、手伝いをしなくてはならないときに本を読んでいるときは、いつもこそこそとしていたけれど、タイラーは断固とした態度でこう言ったものだった。「父さん。昼食の、あ、あとになったら仕事はするよ。で、でも、朝は、べ、勉強しなくちゃ」毎朝二人は言い争い、タイラーは仕方なく鉛筆を置くと、肩を落としてブーツを履いて、溶接用の手袋をはめた。でも、そうでない朝もあった——そんな朝は私には驚きだった——父が不機嫌に裏口から一人で出ていくなんて。

タイラーが本当に大学に行くとは思っていなかった。まさか山を捨ててイルミナティに加わるなんて夢にも思わなかった。父は、タイラーを正気に戻すためにひと夏も費やせるのだ。兄たちと昼食に家に戻ると、ほとんど毎日、父は必死にタイラーを説得した。兄たちはキッチンをうろつき回り、次々と皿を洗う一方、父は固いリノリウムの床に寝ていた――疲れていて体を横たえたいのに、母のソファに寝るには体が汚れすぎていたからだ――そこでイルミナティの話がはじまる。

憶えているのは、とある日の昼食のことだ。タイラーは母が用意してくれた具材を使ってタコスを作っていた。皿にタコスの皮を三枚きっちりと並べ、ミンチ肉、レタス、そしてトマトを注意深く盛りつけていき、量を確認し、その上に完璧な状態でサワークリームを載せた。父は長々と説教をしていた。父がレタスの切れ端を口に詰め込み、ひと息ついてまた話しはじめようとしたとき、タイラーはその完璧な三つのタコスをすべて、母がチンキ剤を作るために使うジューサーミキサーに放り込むと、スイッチを入れた。やかましいがらがらという音がキッチンに響きわたり、すべてを静まりかえらせた。音が止まると、ふたたび父が話しはじめた。タイラーはミキサーのオレンジ色の液体をグラスに注ぐと、注意深く、こわごわと飲んだ。なぜかというと、そのときでもまだ前歯がぐらついていて、口から飛び出しそうになっていたからだ。この時期の私たちの暮らしに結びつく多くの思い出のなかでも、この場面だけはずっと忘れることができない。床からわき上がってくるような父の声とタコスを飲むタイラーの姿。

春が終わり、夏がやってくると、父の決意は拒絶に姿を変えた——父はまるで話し合いは済み、自分が勝ったかのように振る舞った。父はタイラーが家を出ることについて話さなくなり、彼の代わりに誰かを雇うことを拒否した。

とある暖かい日の午後だった。タイラーは私を連れて、町にいるおばあちゃんとおじいちゃんに会いに行った。二人は母を育てた家に当時も住んでいた。その家は、私たちの家とはかけ離れた姿をしていた。装飾品は高価なものではなかったけれど手入れが行き届いていた——クリーム色のカーペットが床に敷かれ、花柄の壁紙が貼られ、分厚い、プリーツのついたカーテンが窓にかかっていた。二人はめったに模様替えをしなかった。カーペット、壁紙、キッチンテーブル、調理台——すべてはまったく同じで、私が見た母の子供時代のスライドそのものだった。

父は私たちが祖父母の家に行くことを好ましく思ってはいなかった。退職するまで、おじいちゃんはずっと郵便配達人をしていた。父は、政府のために働いていた人間には敬意など必要ないと言った。おばあちゃんはおじいちゃんよりも質（たち）が悪いとも言った。おばあちゃんは軽薄なのだそうだ。私にはその意味がわからなかったけれど、私がおばあちゃんと交流するようになると頻繁に父はそう言うようになったので、私はその言葉をおばあちゃんと結びつけた――クリーム色のカーペットと花柄の壁紙もだ。

タイラーはおばあちゃんとおじいちゃんの家が大好きだった。その静けさと、その秩序と、祖父母が互いへ優しく話しかける様子が大好きだった。あの家のなかには、注意されなくても、叫んではいけない、誰かを叩いてはいけない、キッチンを全速力で駆け抜けてはいけないと本能的に感じられるオーラがあった。それでも私は、注意されなければわからないこともあり、泥のついた靴は玄関で脱ぎなさいと何度も言われたものだ。

「大学に行きなさい！」とおばあちゃんは言った。私たちが花柄のソファに座ってすぐのことだ。そして私に向き直って、「素晴らしいお兄ちゃんだわ！」と言って、目を細めてほほえんでいた。おばあちゃんの歯が全部見えていた。洗脳されることは喜ばしいことだ、と、おばあちゃんには思わせておけばいいと私は思った。

「トイレに行かなくちゃ」

一歩一歩、つま先をカーペットに沈ませながら、廊下を一人、ゆっくりと歩いた。おばあちゃんがカーペットを真っ白くさせていられるのは、おじいちゃんが本当の仕事と呼べるものを何ひとつしていなかったからだと父が言ったことを思い出して、笑いがこみ上げてきた。「俺の手は汚いかもしれないけれど」と、父が私にウィンクをしながら言い、自分の真っ黒くなった爪を見せた。「でもこれは偽りのない汚れだ」

時は瞬く間に過ぎ、本当の夏がやってきた。とある日曜日、父が家族を集めた。「十分な備蓄を達成した」と父は言った。「燃料、水も十分にある。ないのは金なんだ」父は二〇ドルを財布から出すと、くしゃくしゃに握りしめた。「こんな偽物の金じゃない。〝忌まわしい日〟が来たら、こんなもの、役にたちはしない。人びとは一〇〇ドル札をトイレットペーパーがわりにするような日が来るんだ」

私は、緑色のお札が、まるでジュースの空き缶のように高速道路にまき散らされている様子を思い浮かべた。私はあたりを見まわした。誰もが同じような光景を想像しているようだった。とくにタイラーは。何かに集中するかのような彼の目には覚悟が感じられた。

「少しは貯金してある」と父は言った。「母さんも少しは貯めてある。それをすべて銀に変える。銀と金だ。人びとが求めるようになるのはそれだ」

数日後、父は銀を持って家に戻った。金さえもあった。どちらもコインの形をしており、重く小さな箱に詰められていた。父はその箱を家に運び込んで、地下室に積み重ねた。父は箱を開けさせてはくれなかった。「おもちゃじゃないからな」と言った。

それから少し経って、タイラーは自分で貯めた数千ドル——農夫にトラクターの弁償金を、父にステーションワゴン代を払い終えて、残った貯金のほぼすべて——を費やして銀を買って、地下室の銃を入れる棚の横に積み上げた。彼はそこに長いあいだ立ち尽くして、まるで二つの世界のあいだに宙づりになっているかのように箱をじっと見ていた。

タイラーは父ほどは手強くなかった。必死に頼み込むと、手のひらほどの大きさの銀のコインを私にくれた。そのコインは心を落ちつかせた。タイラーが銀を購入したことは忠誠心の宣言であり、家族に対する誓約だと私は考えたのだ。学校に行きたいと彼に願わせたその狂気にもかかわらず、最後には必ず家族を選ぶはずだと。終わりの日が来たとき、タイラーは私たちとともに戦うのだ。夏のジュニパーの緑の葉が、ガーネットの赤とゴールドに変わるころ、コインは薄明かりのなかでさえ光り輝いていた。私の指に何千回も撫でられ、磨かれたのだ。そのありのままの存在感に安らぎを感じていた。コインが本物であれば、タイラーはけっして家を出ることはないと私は確信した。

八月のある朝、目を覚ますとタイラーが服や本やCDを箱に詰め込んでいた。朝食の席につくころには、荷造りをほぼ終えていた。私は急いで食事を終えると、彼の部屋に入って棚を見つめた。空っぽになった棚には、CDが一枚だけ置いてあって、そのジャケットには黒を背景に白い服を着た人びとが写っていた。モルモン・タバナクル合唱団だ、といまの私は知っている。タイラーが部屋の入り口に現れた。「そ、そ、それ、置いていく、いくよ」と彼は言った。そして外まで歩いていくと、車についたアイダホのほこりを水で勢いよく洗い流した。まるで砂利道など走ったことがないかのように、ぴかぴかになるまで。

父は朝食を済ませると、ひと言もしゃべらずに出ていった。私にはその気持ちがよくわかった。タイラーが自分の車に箱を詰め込む姿は、私の正気さえ失わせた。叫び出したかったけれど、そうする代わりに走り出した。裏庭から勢いよく出て、丘を抜けて山頂に向かって駆け出した。耳のなかに聞こえてくる鼓動が、自分の考えよりも大きくなるまで走りつづけた。そして振り返り、また走って戻り、牧草地を抜け、放置されている赤い鉄道車両に向かった。タイラーは、トランクを閉め、あたりを見まわした。さよならを告げたいのに、告げる人の姿を見つけられない様子だった。私は鉄道車両の屋根に登りつめた。タイラーが私の名を呼ぶ姿を想像した。私が応えなかったときの、彼の残念そうな顔も。

鉄道車両から降り、鉄のタンクの後ろから道に飛び出したときには、彼はもう運転席に座っていて、舗装されていない道路を走り出していた。タイラーは車を停め、そして車から出て、私を抱きしめた——子供に対して大人がするような身をかがめるようなハグではなく、もっと別のハグだった。私もタイラーも立ったままだった。彼は私を腕のなかに引き寄せ、そして私の顔に自分の顔を近づけた。寂しくなるよとタイラーは言った。そして私の体を離して、車に乗り込むと、速度を上げて丘をくだり、高速道路に入っていった。私はほこりが鎮まる様子をじっと見ていた。

それ以降、タイラーはめったに家には戻らなかった。彼は敵陣で自分の人生を確立したのだ。彼は私たちの陣地にはけっして帰らなかった。この五年後、私が一五歳となり、人生のある重大な局面を迎えることになるまでの彼の記憶はほとんどない。そのころには、私たちはすっかり他人のようになっていた。

あの日、家を出たことでタイラーが何を失ったのか、自分の行く末について彼がどれほど知っていたのかを理解するまでに、私には長い時間が必要だった。トニーとショーンも山を離れていたが、二人は父に教えられたことをやっていただけだ。セミトレーラーを運転し、溶接し、廃品の回収をしていた。タイラーは孤独のなかに足を踏み入れた。なぜ彼がそうしたのか私にはわからないし、彼にもわからないだろう。その信念がどこから来たのかも、どのようにして暗闇のような不確実性を突き抜けるほど燃え上がり、輝いたのかも。それでも私は、それはタイラーの頭のなかにある音楽のせいだったのではないかと考えている。家族のほかの誰もが聴くことができなかった希望の曲。あるいは三角関数の教科書を買ったときに口ずさんでいた、あの鉛筆の削りかすを集めていたときに頭のなかに鳴り響いていたあの秘密のメロディーだ。

暑さのなかで自ら蒸発していくかのように、夏が徐々に衰えはじめた。焼けるような暑さは続いていたが、夕方になると気温は下がり、日没後の肌寒い時間が日ごとに増えていった。タイラーがいなくなってから一ヵ月が過ぎていた。

私は午後の時間を町のおばあちゃんと過ごしていた。日曜日でもないのに、その日は朝からお風呂に入り、穴もシミもない特別な服を着ていて、清潔でぴかぴかだったから、おばあちゃんのキッチンに座って彼女がパンプキンクッキーを作る姿を見ることを許されたのだ。秋の日差しが、薄いカーテンを通してマリーゴールド色のタイルに降り注ぎ、部屋全体を琥珀色（こはくいろ）に染めていた。

最初のトレーがオーブンに滑り込むのを見届けると、私はトイレに行った。柔らかな白いカーペットの敷かれた廊下を歩きながら、この前来たときはタイラーと一緒だったという軽い苛立ちを覚えた。トイレはまるで異質なものに見えた。真珠のようなつやのある流し、赤みがかったカーペット、桃色のラグにじっと見入った。便器にさえプリムローズ色のカバーがかけられていた。私はクリーム色のタイルに映った自分の姿を見つめた。まるで別人のように見えて、もしかしてこれがタイラーの求めていたものなのかと考えた。きれいな家ときれいなトイレと、彼を訪れてくるきれいな妹。だからタイラーは家を出たのだ。私はそんなタイラーを憎んだ。

蛇口の近くには、白鳥やバラの形のピンクや白の石鹸（せっけん）が、アイボリーに色づけされた貝殻の上にたくさん置かれていた。私は白鳥を手に取り、その柔らかなものを指で潰した。とても美しく、その美しさを奪ってやりたかった。私は白鳥の石鹸が自分の家の地下室のトイレにある姿を想像した。壊れやすそうな羽が粗末なセメントに映る姿を。黄色く変色し、剝（は）がれて丸まっている壁紙に囲まれた流しのなかの、泥だらけの水たまりに横たわる姿を。私は白鳥を貝殻の上に戻した。

トイレから出ると、おばあちゃんが廊下で待っていた。

「手は洗ったの？」と彼女は優しい声で聞いた。

「洗ってないよ」

私の返事はおばあちゃんの声の調子を変えた。「なぜ洗わないの？」

「だって汚れてないもん」

「トイレを使ったあとは必ず手を洗うものですよ」

「そんなに大事なことかな」と私は言った。「家のトイレには石鹸だってないんだよ」

「それは本当じゃないわ」と彼女は言った。「あなたのお母さんのことはちゃんとしつけましたから」

私は両脚を開いて立ち、反論の準備をした。おばあちゃんにもう一度、私の家では石鹼を使わないと言おうとしたのだけれど、見上げた私の目に入った女性は、私が思っていた女性ではなかった。彼女は軽薄にも、白いカーペットのことにやきもきして一日を台無しにしそうにも見えなかった。その瞬間、彼女は姿を変えていた。私を疑い、細めた目のせいかもしれないし、毅然と結んだ唇のせいでそう見えたのかもしれない。もしかしたら、姿はいっさい変わっていなかったのかもしれないし、いつも言っていることを言っているだけの、いつもの年老いた女性だったのかもしれない。彼女の変身は単に私の見方の一時的な移ろいのようなものだった――あの瞬間、私はたぶん彼の目でおばあちゃんを見ていたのだ。あの、私が心から憎み、そして敬愛していた兄の目で。

おばあちゃんは私をバスルームに導いて、私が両手を洗うのを確認した。そしてバラ色のタオルで両手を拭くように指示した。私の両耳は恥ずかしさで真っ赤になり、顔も熱くなっていた。

まもなく仕事帰りの父が迎えにやってきた。父は家の前にトラックを停めると、クラクションを鳴らして私に出てくるよう促した。私はがっくりとうなだれながら家の外に出ていった。おばあちゃんが後ろをついてきた。私は助手席まで走っていき、ツールボックスと溶接用の手袋をどかした。おばあちゃんが父に、私が手を洗わなかったことを告げた。父は不機嫌そうな顔をし、右手をギアにおいたまま、おばあちゃんの話を聞いていた。そして、こみ上げるように笑っていた。

父のもとに戻された私は、父の力を感じていた。いつものレンズが両目にはめられ、さっきまで私に魔法をかけていたおばあちゃんの不思議な力はどこかへ消え失せた。

「トイレを使ったあとには手を洗いなさいと子供たちに教えていないの？」とおばあちゃんは問いただした。

父はトラックのギアを入れた。トラックが前進をはじめると父は手を振りながら、「両手に小便はひっかけるなとは教えてますよ」と言った。

第6章　盾

タイラーが去ったあとやってきた冬、姉のオードリーは一五歳になった。郡庁舎で運転免許証を手に入れた彼女は、その帰り道に、ハンバーグをひっくり返す仕事を見つけた。そのうえ、毎朝四時に牛の乳しぼりをする別の仕事も得た。姉は一年間にわたって父と対立していた。父からの抑圧に抗(あらが)っていたのだ。いまや、彼女は現金を手に入れ、自分の車も持っていた。私たちが彼女と顔を合わせることはめったになくなった。家族は減りつづけ、かつての家族のヒエラルキーは押しつぶされつつあった。

乾燥舎を建てるための働き手が足りなかったので、父は廃材処理の仕事に戻った。タイラーが家を出たので、残りの私たちは昇進を果たした。一六歳のルークは一番年上の兄となり、父の右腕となった。リチャードと私は、ルークの後釜として助手に収まった。

父の働き手の一人として、はじめて廃材置き場に入った朝のことを憶えている。地面は凍(い)てつき、空気さえこわばったようだった。牧草地の奥の作業場には、数百台の車とトラックがあふれかえるように置かれていた。古くて故障しているだけの車もあったが、多くはひどく破損していた——折れ曲がり、反り、ねじれ、まるでくしゃくしゃに丸められた紙のように見えた。鋼鉄には見えなかった。廃材置き場の真んなかには、がらくたの広く深い湖があった。何かが漏れ出した車のバッテリー、絡まった銅線、打ち捨てられたトランスミッション、錆びついた缶、アンティークの蛇口、潰れたラジエーター、鋸歯状の黄銅管などなど……。それは終わりのない、形とも呼べない物の集まりだった。

父はその山の端に私を連れていった。

「アルミニウムとステンレスの違いはわかるだろ？」と父は言った。

「たぶんね」

「おいで」父は苛ついていた。父はこれまで成長した男性にしか指示を出したことがなかったが、いまは一〇歳の女の子に仕事を教えなければならない。父も私もなぜか肩身の狭い思いをしていた。

父はぎらぎらと光る金属の塊を引っぱり出し、「これがアルミニウムだ」と言った。「ほら、光ってるだろ？　それに、とても軽いのがわかるかい？」父はその欠片（かけら）を私の手の上に置いた。父は正しかった。それは見かけよりも軽かった。つぎに傷だらけのパイプを私に手渡した。「これがステンレスだ」

私たちはがれきを分別し、積み上げはじめた――アルミニウム、鉄、スチール、銅――そうすれば売ることができる。私は鉄の塊を拾い上げた。ずっしりとしていて、青銅色の錆がついていた。ぎざぎざに尖った部分が手のひらに刺さりそうだった。私は革の手袋を持っていたが、父は、そんなものを使っていたら作業が遅くなると言った。「たこでちゃんと皮膚が固くなってくる」と、私が手袋を父に手渡すとき、そう請けあった。店で私がヘルメットを手に取ったときも、父は取り上げた。「くだらないものを載せてたらバランスが悪くなり、動きが鈍る」

父は時間に追われて生きてきた。いつも時間に追いかけられていた。太陽が空を横切るさまを不安そうに見つめ、パイプやスチールを気がかりな様子で値踏みする姿に、それは見てとることができた。父はがれきの山のひとつひとつをお金として考えて、そこから仕分け作業、カット、そして配達の手間賃を引いていたのだ。すべての鉄の板、銅管は五セント、一〇セント、あるいは一ドルだった――しかし、もしそれをがれきの山から引っぱり出して分類するのに二秒以上かかったら、それよりも安くなってしまう――そして彼はこのわずかな儲けを、家を養う時間あたりの費用と比較していた。家に電気を点け、暖かくしておくには、相当のスピードで働かなければならない。父が仕分けの箱にものを運ぶ姿を一度も見たことがない。父は渾身の力で、思いっきり放り投げるのだ。

父の仕分け作業をはじめて見たとき、それは何かの間違いかと私は思った。きっとあとになって正される誤りのようなものだと。私はこの世界のことを、そのときはまだ理解できていなかった。巨大なものが空中を切り裂き、すぐそばに落ちたとき、私はしゃがんで銅管を手に取ろうとしていた。振り向いてそれがどこから落ちてきたのか見ようとしたら、今度はスチール製のシリンダーがお腹を直撃した。

その衝撃で私は地面に倒れ込んだ。「おっと！」と父が大声で言った。私は息が吸えなくなり、凍った地面の上を転がった。急いで立ち上がろうとしたが、父はもう別の物を手に取っていた。私は頭を引っ込めたが、足元がおぼつかなくなり、ふたたび倒れ込んだ。このときは体を横たえたままじっとしていた。私は震えていた。寒さのせいではない。確実に訪れる危険を察知して、全身の皮膚に鳥肌がたっていたからだ。でも、その危険をもたらす理由を探しても、私に見えるのは、照明器具を引っぱり出している、年をとり疲れ切った男性だけだった。

兄たちのうち誰かが裏口から勢いよく戻り、深い裂傷を負ったり、潰れたり、折れたり、焼けたりした体の一部を押さえて、大声で叫んでいた姿はすべて憶えている。私が働きだす二年ほど前、父を手伝っていたロバートという名の男性は指を失った。彼が家に駆け込んできたときの、異様に高い叫び声を憶えている。じっと見てしまった血だまりも。ルークが持ってきたカウンターの上の切断された指はまるでマジックの小道具のようだった。母は指を氷に入れて、医師に縫合してもらうために、ロバートを町まで急いで連れていった。廃材置き場が奪ったのは、ロバートの指だけではない。その一年前、ショーンのガールフレンドのエマが甲高い声で叫びながら裏口から入ってきた。彼女はショーンの手伝いをしていて、人差し指の半分を失ったのだ。母は、エマも同様に町まで急いで連れていったが、指の肉が潰れてしまっていて、どうすることもできなかった。

私はピンク色になった自分の指を見た。そしてその瞬間、廃材置き場はその姿を一変した。子供のころから、私もリチャードも何百時間もがれきのそばで過ごしてきた。押しつぶされた車から車へ飛び移り、がれきの一部を持ち出したり、捨てたりしてきた。それは想像上の戦いの舞台でもあった——悪魔と魔法使い、妖精とならず者、トロールと巨人の戦いが繰り広げられていたのだ。しかし、そこは私の子供時代の遊び場ではなくなり、現実の姿に戻っていた。その世界のルールは謎めいていて、敵意を剝き出しにしていた。

エマの手首に流れ落ちた血液が奇妙な模様を作り、べったりと腕に張りつく光景を、私は立ち上がりながら思い出していた。まだ震えていたが、私の手は必死に短い銅管を引っぱり出そうとしていた。父が触媒コンバーターを私のほうに放り投げたときは、もう少しで引っぱり出せるというところだった。私は横に飛びのき、そこにあった破裂したタンクのぎざぎざになった部分で手を切ってしまった。ジーンズで血を拭いながら、「ここに投げないで！　私はここにいるんだから！」と叫んだ。

父は顔を上げた。驚いた様子だった。私がそこにいたことを忘れていたのだ。父は血を見ると私のところまで歩いてきて、肩に手を置いた。「心配しなくていいんだよ」と彼は言った。「ここには神と天使がいる。俺たちと一緒に働いているんだ。だからけがなんてするわけがないじゃないか」

自分を支えてくれるしっかりとした土台を探していたのは私だけではなかった。あの交通事故から六カ月が経過した時点まで、母は順調に回復していた。私たちは彼女が元気になるものだとばかり思っていた。頭痛は前ほど頻繁に起こらなくなっており、母が地下室に籠（こも）ってしまうのも、週に二日か三日になっていた。だがやがて、回復の速度がゆるやかになった。事故から九カ月が過ぎたあたりだった。母の頭痛は完全には治まらず、記憶も不確かなままだった。朝食も週に二度ほどとるだけだった。それも全員が食べ終わり、皿が片づけられたずっとあとで。あるとき、一パウンド分のノコギリソウをお客さんのために量るように言われたが、ノコギリソウは一昨日、すでにお客さんには届けてあった。チンキ剤の調合をはじめても、何を入れたのか思い出せず、すべて捨てなければならないこともあった。ときには自分の横に私を立たせ、見守らせた。「もうロベリアは入れたよ。つぎはバーベナ・ハスタータ」と言ってもらえるように。

母はもう助産婦として働くことができないのではないかと悩んでいた。落ち込む母を見て、父もひどく打ちのめされていた。母が女性を追い返すたびに、父はがっかりとした顔をした。しかし母は、「あの人が産気づいたとき、私の片頭痛がはじまってしまったらどうするつもり？」と父に言った。「どのハーブを与えたか忘れてしまったら？　赤ちゃんの心拍数を忘れてしまったら？」

結局のところ、もう一度助産婦の仕事に戻ることを母に決意させたのは父ではなかった。母は自分自身で決めた。きっと、助産婦という仕事は、彼女にとって簡単にあきらめ切れない何かだったのだろう。その年の冬、私の記憶では、彼女は二人の赤ちゃんの出産を手助けした。一人目の赤ちゃんを取り上げたとき、まるでその命をこの世に迎え入れた代わりに、母が自分のいくばくかの命を差し出したかのように青白い顔をして具合が悪そうに家に戻ってきた。二人目の赤ちゃんを頼まれたとき、母は地下室に閉じこもっていたが、サングラスをかけて車を運転して出かけていった。視界をゆがめる波のようなものの隙間から前を見ていた。出産現場に着くころには、こめかみが脈打ち、頭痛で目が見えず、何も考えられなくなっていたという。母は控室に閉じこもり、助手が赤ちゃんを取り上げた。

これを境に、母はもう助産婦ではなくなった。つぎの出産では、母は報酬のほとんどを使って別の助産婦を雇い、仕事の指示を出してもらった。誰もが母に指示を出すようになった。かつてはエキスパートで、もっとも優秀だった母は、いまや一〇歳の娘に、自分がランチを食べたかどうか確認する始末だった。その年の冬はとても長く、暗かった。母は片頭痛ではないときでさえ、ベッドに横たわっているように見えた。

クリスマスに、母は誰かから高価なエッセンシャルオイルをプレゼントされた。それは母の頭痛によく効いたのだけれど、三分の一オンスで五〇ドルという代金はわが家には高価すぎた。母はそれを自分で作ろうと決めた。母は混合されていないオイルを購入した――ユーカリ、ヘリクリサム、サンダルウッド、そしてラベンサラだ――そしてそれまで何年ものあいだ、木の皮や苦い葉っぱのにおいが立ちこめていた私たちの家が、突然ラベンダーとカモミールの香りに包まれた。母は何日もかけてオイルをブレンドし、特有の香りと効能を得るために調合を重ねた。すべての手順を記録するため、メモ帳とペンを持ちながら作業をした。オイルはチンキ剤よりずっと高額だったから、トウヒを入れたかどうか忘れてしまい、まるごと捨てなければならなかったときは悲惨だった。母は片頭痛と生理痛のためのオイル、筋肉痛のオイル、そして動悸に効くオイルを作った。その後数年で母は、何十種類もの薬用オイルを開発した。

処方のために母は「筋肉のテスト」と呼ばれるテストをはじめた。母は私に、それは「体に何が必要かを尋ね、答えを導き出してあげるテスト」だと説明した。母は大きな声で「私は片頭痛に苦しんでいます。何が効きますか？」と自分自身に問いかける。そしてオイルの入ったボトルを手に取って、胸に押し当て、目を閉じて「これ、ですか？」と聞き、もし彼女の体が前に倒れたらそれがイエスという意味で、そのオイルが頭痛を和らげてくれるというのだ。もし体が後ろに倒れたら、それはノーであり、別のオイルをテストすることになる。

より経験を積むと、母は体全体ではなく、指先だけを使うようになった。人差し指と中指を交差させ、それをほどくように滑らせながら、自分自身に質問を投げかけるのだ。もし指が交差したままなら、それはイエス。もし指がほどかれてしまうようなら、ノー。このやりかたで出る音はかすかなものだったけれど、聞き間違えようのないものだった。人差し指の爪の上を中指の腹が滑るとき、はっきりパチンと音が鳴るのだ。

母はこの筋肉のテストを、ほかの癒しの方法（ヒーリング・メソッド）の実験にも使っていた。チャクラと体のつぼの図表が家のなかに貼られ、彼女は顧客から「エナジー・ワーク」と呼ばれる何かで料金を取るようになった。奥の部屋にリチャードと一緒に呼び出されたとある日の午後まで、私はそれがいったい何なのか知りもしなかった。スーザンという名の女性がそこにいた。

母は両目を閉じ、スーザンの左手に自分の左手を重ねていた。右手の指を交差させ、そして質問をささやきかけていた。いくつか質問すると母はスーザンに向き直って、「父親との関係性があなたの腎臓に悪影響を及ぼしていますね。チャクラを調整しますので、彼のことを思い描いてくださいますか」と言った。母はエナジー・ワークは周りに人が何人かいるともっとも効果を現すのだと説明した。「そこにいる全員からエナジーを引き出すことができるから」と。母は私のおでこを指さして、中心部分を軽く叩くように言った。私は眉毛のあいだを叩きながら、もう片方の手でスーザンの腕に触れた。リチャードは、胸のつぼを叩きながら、私に触れるよう言われていて、母は足でリチャードを触りながら、手のひらのつぼを押さえていた。リチャードが私の腕をつかむと、「このままで」と母は言った。私たちは何も言わず、そこに一〇分間つながって立っていた。人間の鎖だ。

この午後のことを思い出すとき、私が最初に感じるのは違和感だ。母は熱いエネルギーが私たちの体を移動していると言ったけれど、私は何も感じなかった。母とリチャードはじっと動かずに立って、目を閉じ、浅く呼吸していた。二人はエネルギーを感じることができたし、それに夢中になっていたが、私はそわそわしていた。集中しようと努力したけれど、スーザンにとってよくないことをしてしまうのではないかと心配になった。鎖を壊したり、母とリチャードのヒーリングの力が、私がいるせいでスーザンに届かないのではないかと気を揉んだ。一〇分という時間が終わると、スーザンは母に二〇ドルを渡し、そしてつぎの客がやってきた。

私が懐疑的だったとしても、それは仕方のないことだ。私は、どちらの母を信頼すべきか、決められなかったのだ。事故の一年前、母がはじめて筋肉のテストとエナジー・ワークについて耳にしたとき、彼女はどちらもただの夢想と片づけた。「人間は奇跡を信じたいものなのよ」と彼女は私に言った。「希望を運んでくるものだったら、なんだって飲み込むの。よくなるって信じられるんだったらなんでも。でも、魔法なんて存在しない。よい食事、運動、そしてハーブの効能を注意深く学ぶこと、それがすべてなの。でも苦しいときって、人間はそれを受け入れられないから」

ところがいまや、母は、治癒はスピリチュアルなことで、限界がないと言う。筋肉のテストは祈りのようなもので、神への嘆願なのだと、神が母の指を通して示した信念なのだと言う。何ごとに対しても答えを持っているこの聡明な女性をしばらくのあいだは信じたが、別の女性であり、同じく聡明だった別の母が言った言葉も、私はけっして忘れることができなかった。魔法なんて存在しないのだと。

ある日、母は新しい技術レベルに達したと宣言した。「大きな声で質問をする必要はなくなったわ」と彼女は言った。「頭のなかで言えばわかるから」

母が家のなかを動きまわり、いろいろな物に手を置いて、ぶつぶつ何かを唱え、指を一定のリズムで動かす様子に気づいたのは、このころだった。パンを焼いていて、どれだけ小麦粉を入れたかわからなくなったとする。パチン、パチン、パチン。オイルをブレンドしていて、乳香を入れたかどうか忘れてしまったとする。パチン、パチン、パチン。座って聖書を三〇分間読むとき、何時から読みはじめたか忘れてしまったとする。するとそこで、何分経過したのか、筋肉のテストで確かめる。パチン、パチン、パチン。

母は強迫感にとらわれたように筋肉のテストをするようになり、していることすら気づかないようになっていた。人との会話に疲れてしまうとき、自分の記憶が不明瞭になるとき、普通の生活に満足できないとき、筋肉のテストをくり返すようになった。落ち込み、無表情になり、夕暮れどきになると、まるでコオロギの鳴き声のように指を鳴らすのだ。

父は有頂天だった。「触っただけじゃあ、何が悪いかなんて医者にはわかりっこない」と彼は言い、顔を真っ赤にしていた。「でも母さんにはわかる！」

その冬は、兄のタイラーとの思い出に悩まされつづけた。彼が家を去った日のことも、箱を積み込んだ彼の車が猛スピードで丘をくだっていくさまを不思議な気持ちで見送ったことも、まだ記憶に新しかった。いま、彼がどこにいるのか想像もできなかったが、ときおり、学校というものは父が言っているよりましな場所かもしれないと思うようになった。なぜなら私が知るかぎり、タイラーは邪悪からもっとも遠く離れた存在だった。彼は学校を愛していた――私たち家族よりも、学校のことを愛していたと思う。

興味の種は植えつけられた。それが膨らんでいくには、時間と退屈以外、何も必要ではなかった。ラジエーターから銅線を剝ぐ作業をしているとき、大型のゴミ箱に五〇〇個目のスチールの塊を投げ入れているとき、私はタイラーが日々過ごしている教室に自分がいる姿を想像していた。私の興味は、廃材置き場でうんざりするような時間を過ごすことで大きくなっていき、ある日、とうとうおかしな考えにたどりついた。私は公立学校に行くべきなのではないかと。

母はいつも、行きたいのであれば学校に行かせてくれると言っていた。ただ、父に許しを得なければいけない。そうしたら学校に行くことができると。

でも、父には聞けなかった。父の頑固そうな顔つきと、毎朝父が家族の祈りを捧げる前に吐き出す静かな嘆願のため息にひそむ何かが、私の好奇心は卑しいもので、父が私を育てるために犠牲にしてきたすべての努力を侮辱するものだと思わせたのだ。

私は自分の学びを維持しようと努力した。廃材の解体と母のチンキ剤作りやオイルの調合の手伝いをする合間の時間を使って。母はすでに、私たちに勉強を教えることをあきらめたようだったが、それでもコンピュータは家にあって、地下には本が置かれていた。私は、カラフルなイラストが描かれた科学の本や、何年も前から家にある算数の本を見つけた。色あせた緑の歴史の本もあった。でも、座って本を読んでも、居眠りしてしまうだけだった。本のページは光沢があって柔らかで、廃材を運んだあとの私の手には、余計に柔らかく感じられた。

父は私が本を開いている姿を見ると、なんとかそれを手放すよう仕向けた。タイラーのことを思い出していたのかもしれない。私の気を数年でもそらすことができたら、出ていく危険は去ると考えていたのかもしれない。父は私にさまざまな仕事を言いつけた。必要かどうか定かでない仕事までも。ある日の午後、算数の本を読んでいた私を見つけた父は、草原の向こうの果樹園まで一時間もかけてバケツに入った水を一緒に運ばせた。それは珍しい作業ではまったくなかった。そのとき、暴風雨が吹き荒れていなければだが。

しかし父がもし、子供たちが必要以上に学校と本に興味を持つことを邪魔していたとするなら――タイラーのようにイルミナティに魅了されることを防ぎたかったとするなら――もっとリチャードに注意を向けるべきだった。リチャードも、午後は母のチンキ剤を作る手伝いをすることになっているのに、彼が手伝うことはほとんどなかった。その代わり、どこかへ姿を消した。どこに消えていたのか、母が知っていたかどうかはわからないが、私は知っていた。リチャードは、ほとんどいつも暗い地下室の、カウチと壁のあいだの狭い空間に隠れて、百科事典を開いていたのだ。父が偶然おりてくると、電気を消して、電力の無駄遣いに愚痴を言った。そんなときは、何か適当な理由をこじつけて私が下の階に行き、電気を点けた。もし父がもう一度やってきてしまったら、がみがみとうるさい声が家じゅうに響きわたり、母は誰もいない部屋で電気を使うことについて父から説教されることになる。母は電気を点けた私を叱ることはなかったので、もしかしたら母もリチャードの居場所を知っていたのかもしれない。私が電気を点けにいけないときでも、リチャードは顔のすぐ近くまで百科事典をくっつけて、暗闇のなかで読んでいた。それほどまでに本が読みたかったのだ。百科事典を、そうまでして読みたいと思っていたのだ。

タイラーは姿を消した。彼がこの家に住んでいた痕跡は、ひとつのことを除いてほとんど残っていなかった。毎夜、夕食のあと、私は自分の部屋に戻り、タイラーの古いラジカセをベッドの下から引っぱり出した。私はタイラーが置いていった机を自分の部屋に引きずって持ってきていたので、合唱団が歌っているあいだは、タイラーがいつもそうしていたように、彼の椅子に座って勉強をした。私が学んでいたのは歴史でも算数でもなかった。私は宗教について学んでいた。

モルモン書を二回通して読んだ。新約聖書は、一回目は時間をかけずに読み、二回目は少しゆっくりと時間をかけ、いったん読むのを中断してメモを取ったり、相互参照をしたりした。信仰と犠牲の教義について作文を書くことさえあった。誰もその作文を読んではくれなかったが、タイラーがたった一人で勉強していた方法を想像しながら、私は自分自身のために作文を書いた。そのつぎは旧約聖書について学び、そしてそれが終わると父の本を読んだ。父の本は主に初期のモルモン教の預言者たちのスピーチや手紙や日記をまとめたものだった。書かれた言語は一九世紀のもので、堅苦しく、まわりくどかったが、正確だった。最初はまったく理解できなかった。しかし、何度も読むうちに目と耳が慣れてきた。私の仲間たちの歴史の断片に安らぎを感じるようになった。私の祖先である、アメリカの荒野を突き進む開拓者たちの物語に。物語はいきいきとしている一方、説教は難解で、抽象的であり、曖昧模糊とした哲学的題材についてくどくどと説明するばかりだった。だが、私が学びの多くを費やしたのは、この抽象的なものごとについてだった。

今思い返してみれば、これこそ私が受けた教育で、のちに大きな意味を持つことになった。借りてきた机に座り、私を見捨てた兄を真似ながら、モルモン教の教義と格闘していた。理解できないことを辛抱強く読むという技術を身につけられたのは、私の人生を左右するほど重要なことだった。

山の雪が溶けはじめるまでには、私の両手はたこで硬くなっていた。廃材置き場でひと冬過ごしたことで、反射神経も研ぎ澄まされた。父が重いものを投げるときに唇から漏らす低いうめき声を記憶し、それが聞こえたら身を守るために地面に伏せた。地面に伏せていることが多かったため、多くの廃材を集めることはできなかった。父は私を、まるで坂道をのぼる糖蜜のようにのろまだとからかった。

タイラーの記憶は次第に薄れてゆき、それと同時に彼の音楽も遠ざかり、金属が金属にぶつかる音でかき消されていった。いまもその音は夜になると聞こえてくる——ブリキの波板のやかましい音、銅線のかちかちという音、鉄板の出す雷のような音。

私はつぎの現実に直面していた。それまでは世界を父の目を通して見ていた。私は天使を見たことがあったし、少なくとも、それを見たと想像していた。廃材を解体する作業や、私が一歩前に出て車のバッテリーを受け取ったり、父がぎざぎざとした長い鉄の管を廃材置き場に投げる姿を天使が見守っていると想像していた。だから父がものを投げることについて、叫ぶのもやめた。その代わり、私は祈るようになった。

一人きりで廃材を仕分けるときは、いつもより早く作業することができた。ある朝は、廃材置き場の北の端の山の近くと、南の端の牧草地の近くとで、父と離れて作業をした。

二〇〇〇パウンド〔約九〇〇キログラム〕もの鉄で、大型のゴミ箱をいっぱいにすると、両腕が痛んだ。私は父を探して走った。そのゴミ箱を空にしなければならないが、私はローダーの操作ができなかった。ローダーとは巨大なフォークリフトのことで、伸縮自在のアームがついており、幅の広い、黒い車輪は私よりも背が高かった。ローダーが二五フィート〔約八メートル〕の高さまでゴミ箱を持ち上げ、ブームを伸ばし、リフトの先端を傾けると、スクラップがけたたましい音とともにトレーラーの荷台に滑り落ちる。トレーラーは解体作業用の五〇フィート〔約一六メートル〕の長さの平台型で、本質的には巨大なバケツのような構造だった。平台から八フィート〔約二・五メートル〕の高さにそびえる壁は、厚い鉄板で作られていた。トレーラーには、大型のゴミ箱一五から二〇個分を積み込むことができた。鉄でいえば四万パウンド〔約一八トン〕だ。

父は広場にいて、銅線の絶縁体を燃やすために火をおこしていた。ゴミ箱の準備が整ったことを伝えると、父は私と一緒に戻り、ローダーに乗り込んだ。そしてトレーラーのところでダメだと手を振った。「降ろしたあとの鉄をならしてくれれば、もっと積み込める。ゴミ箱に乗れ」

父の言葉が理解できなかった。私が乗っているゴミ箱を空にしたいと言っているの？「お父さんがゴミ箱を空にしてから、荷台に乗ればいいじゃない」

「いや、先に乗ってたほうが早いんだ」と父は言った。「荷台の壁の高さとゴミ箱の高さが同じになったら、おまえがゴミ箱から出られるように、一度止める。そしたら荷台の壁の上を走って、運転室の屋根に乗れ。そこで鉄が全部落ちるまで待つんだ」

私は長い鉄の上に座った。父はゴミ箱の下にフォークリフトの先を突っ込んで、私と廃材を持ち上げ、フルスロットルでトレーラーの前方にローダーを走らせはじめた。私はなんとか放り出されないようにしていた。最後のターンで、ゴミ箱が、激しく揺れ動いた。その勢いで、先の尖った鉄が私のほうに飛んでくると、膝下数センチのところを貫いた。まるで温かいバターにナイフを刺すように、皮下組織に突き刺さった。引き抜こうともがいたが、積み荷が動いたせいで、刺さった鉄の一方がゴミに埋もれてしまった。ローダーのブームが伸びるときに鳴る、水圧ポンプの低い音が聞こえてきた。ゴミ箱が荷台の壁と同じ高さになると、音は止まった。父が荷台の壁によじ登るための時間を与えていたのだ。しかし、私は鉄に貫かれ、動けないでいた。「動けないの！」と叫んだが、ローダーのけたたましいエンジン音にすべてかき消された。私がトレーラーの運転室の屋根に安全に座るまで、父はゴミ箱を空にするのを待ってくれるだろうかと考えたが、そう考えながら、待たないことはわかっていた。父は時間に追われているのだ。

水圧ポンプが音をたて、ゴミ箱が、さらに八フィート持ち上げられた。ゴミ箱を空にするポジションだ。私はもう一度叫んだ。今度はより高い声で、つぎは低い声で。ブンブンと鳴りつづけるエンジン音にかき消されない声の高さを見つけようとしていたのだ。ゴミ箱は、ゆっくりと傾きはじめた。そして動きを加速した。私は大型のゴミ箱の奥で動けずにいた。縁に両手でつかまり、ゴミ箱が垂直になったときにそこにぶら下がれるかもしれないと考えていた。ゴミ箱は傾きつづけ、前方にあった廃材が滑りはじめた。少しずつ、巨大な鉄の山が崩れはじめた。尖った鉄の先はそのときもまだ足に刺さったままで、私を下のほうに引っぱっていた。両手がゴミ箱の縁から離れ、私も滑りはじめると、尖った鉄がとうとう抜けて、荷台にけたたましい音とともに落ちた。やっとのことで体は自由になったが、転落寸前だった。両腕を振りまわし、下のほうに落ちていかない何かをつかもうと必死だった。ようやく手のひらがほとんど垂直になっていたゴミ箱の側壁に触れた。私はそちらに体を移動させ、側壁に張りついたまま落ちつづけた。ゴミ箱の真んなかからではなく、はじから落ちることで、なんとかして——私は祈った——地面に落下したいと。粉砕された金属が牙を剝く荷台のほうではなく地面に。私はゆっくりと滑り落ちていった。青空を見ながら、尖った鉄が背中に刺さるか、それとも地面の衝撃を受けるのか、待ちながら。

私は背中を鉄に強打した。それは荷台の壁だった。体が二つ折りになり、両脚が頭の上に跳ね上がった。私は神に見放されたような姿で地面まで落下していった。一度目の落下はたぶん七フィートから八フィート〔約二~二・五メートル〕、ぶつかったあとはたぶん一〇フィート〔約三メートル〕ほどだ。土の味を感じてほっとした。

エンジンの音が止まり、父の大きな足音が聞こえてくるまで、一五秒ほどは倒れたままだった。

「どうしたんだ?」父は私の横にひざまずいた。

「落ちちゃった」と私は息も絶え絶えに答えた。うまく呼吸ができず、背中には強烈な、脈打つような痛みがあった。体を真っぷたつに引き裂かれたようだった。

「どうやって抜け出したんだ?」と父は言った。彼の声は、気の毒そうではあったが、明らかに不満そうだった。私は情けない気持ちになった。やり遂げることができたはずだと思った。だって、簡単なことだもの。

父は私の足の深い裂傷を見た。尖った鉄が抜け落ちたため、傷は広く引き裂かれ、まるで深い穴のようだった。皮下組織が押し込まれ、内側がどんな状態かはうかがいしれなかった。父はフランネルのシャツを脱ぐと、私の足に押しつけた。そして「家に帰りなさい」と言った。「お母さんが出血を止めてくれるから」

私は、父が見えなくなるまで牧草地を足を引きずって歩くと、背の高い小麦が生えた場所に倒れ込んだ。体は震え、飲み込むようにして息を吸い込んでいた。なぜ泣いているのか、自分にも理解できなかった。私は死んでいない。だから大丈夫。天使がちゃんと守ってくれたじゃない。それなのに、なぜこんなに怖くてたまらないの？

めまいを感じながら、家の前に広がる最後の草むらを歩いた。そして裏口から家のなかに飛び込んだ。兄たちがそうするように、ロバートとエマがかつてそうしたように、精一杯の声をあげて母を呼んだ。真っ赤な私の足跡を見た母は、リノリウムの床を猛スピードで走り抜け、大量出血と出血性ショックを治療するために使うレスキュー・レメディーと呼ばれるホメオパシー薬品を持ってきた。そして私の舌の裏側に、透き通って味のない液体を一二滴落とした。母は私の足の深い傷に優しく左手を置いて、右手の指を交差した。母は目を閉じていた。パチン、パチン、パチン。そして「破傷風の心配はないわ」と言った。「傷は閉じます。いつかね。でも、ひどい痕が残るわね」

母は私をうつ伏せにすると、内出血の様子を確認した——人間の頭ほどの大きさの深い紫色のあざができていた——臀部が数インチ盛り上がるほどだった。ふたたび、母は指を交差させ、目を閉じた。パチン、パチン、パチン。

「肝臓を傷めてしまったようだわ」と母は言った。「ジュニパーとマレインの新鮮なオイルを作らなくちゃ」

膝の下の深い傷にはかさぶたができていた――それは真っ黒く光っていた。まるでピンク色の肉に流れる黒い川のようだった。私は決意を固めた。

父がカウチに座り、聖書を膝の上に広げる日曜日の夕方を選び、私はその前に立った。まるで何時間も立っていたように感じたが、父は顔を上げることもしなかった。だから私は言ってやろうと決めていたことを、ほとばしるように口にした。「あたし、学校に行きたい」

彼には私の声が聞こえていないようだった。

「お祈りをして、学校に行きたいって思ったの」と私は言った。

とうとう、父は顔を上げてまっすぐ前を見た。その視線は私の後ろの何かを見つめていた。静寂が重くのしかかるようだった。「私たち家族は」と彼は言った。「神の掟(おきて)に従うんだ」

父は聖書を手に取った。文字を追う両目は痙攣(けいれん)していた。私はその場を離れたが、出入り口に差しかかると父がふたたび口を開いた。「ヤコブとエサウの話を憶えているか？」

「憶えてる」と私は言った。

父はふたたび聖書に戻り、私は静かにその場を去った。説明など必要なかった。その話の意味は知っていたからだ。私は父が育てた娘ではなく、信仰の娘なのだ。私は一杯のポタージュのために、生得の権利を売り渡そうとしたというわけだ〔空腹のエサウはポタージュを得るためにヤコブに長子の権利を譲り渡した。長子の権利は霊的な財産であるにもかかわらず。旧約聖書「創世記」より〕。

第7章　主の導き

雨の少ない夏だった。午後になると燃えるような太陽が空に昇り、その乾いた熱で山を焼き尽くした。草原を通って家畜小屋に向かう朝には、野生の小麦の茎が足元で割れるのを感じたほどだ。

すべてが太陽の色をしたある夏の朝、私は母に言いつけられてレスキュー・レメディーを作っていた。基本のフォーミュラ――これは勝手に使われたり、汚染されることがないよう母の裁縫棚に保管されていた――を一五滴、小さなボトルに入った蒸留水に加える。そして人差し指と親指で円を作り、そこにボトルをくぐらせるのだ。母いわく、ホメオパシーの強さは、何回円をくぐり抜けたか、何回私のエネルギーを引き出したかによるそうだ。私はいつも、五〇回で止めていた。

父とルークは山にいた。家から四分の一マイル〔約四〇〇メートル〕ほど離れた牧草地にある廃材置き場で作業をしていた。二人は、父がその週の後半の作業のために雇ったプレス屋に車を渡す準備をしていた。そのときルークは一七歳だった。引き締まった筋肉質の体をしていた。屋外にいるときは、おだやかに笑みを浮かべているような人だった。ルークと父はタンクからガソリンを抜いていた。燃料タンクが積み込まれたままの車をプレス屋は引き取ってはくれない。爆発のリスクがあるからだ。だから、タンクはすべて空にして、取り外す必要があった。骨の折れる仕事だった。タンクにハンマーと杭で穴を開け、燃料が流れ落ちるのを待つ。それが終われば切断トーチを使ってタンクを安全に取り外すことができる。父は手順を省略する方法を考え出した。八フィート〔約二・四メートル〕の長さのある巨大な鉄の大釘を使うのだ。父がフォークリフトで車を持ち上げて、ルークが車のタンクがちょうど大釘の真上にくるように誘導する。そして父がフォークリフトの先端を下げる。すべてが順調にいけば、車はその大釘に突き刺されて、ガソリンがタンクから勢いよく流れ出し、大釘を伝って、父が溶接して作った底の平らなコンテナに溜められるはずだった。

夕方までに、二人は三〇台から四〇台分の車からガソリンを抜いた。ルークは五ガロン〔約一九リットル〕が入るバケツに燃料を集めると、牧草地を往復しながら父のトレーラーまで運んだ。途中、ルークは転んでジーンズを燃料でびしょ濡れにしてしまった。だが、夏の太陽がデニムを数分で乾かした。彼はバケツを運び終えると、昼食のために家に戻った。

その日の昼食のことを、私は奇妙なまでにはっきりと記憶している。牛肉とジャガイモのキャセロールの脂のにおい、トールグラスに入れられた氷がカラカラと鳴る音。暑さでグラスには水滴がついていた。昼食後、難しい出産を控えた助産婦を指導するためにユタに行くから、皿洗いをしておいてほしいと母に言われたのを憶えている。夕食までに戻ることができないかもしれないけれど、冷凍庫にハンバーガーが入ってると母は言った。

私はずっと笑いころげていた。父がキッチンの床に寝ころがって、私たちが住む小さな農村に最近になって施行された条例について冗談を言っていたからだ。野良犬が男の子をかんで、住民たちが激怒していた。その野良犬は誰の所有でもなかったのに、市長は一家族が飼ってよい犬の頭数の上限を二頭と決めたのだ。

「あの天才の社会主義者どもは」と父は言った。「屋根を作ってやらなくちゃ、雨を見ただけで溺れちまうんだ」私は笑いすぎてお腹が痛くなった。

父とともに山に戻り、切断トーチの準備を整えるまでに、ルークはジーンズのガソリンのことなどすっかり忘れてしまっていた。ルークは後ろのポケットにトーチを入れ、火打ち石を鉄に打ちつける。ほんのわずかな火花が炎となって燃え上がり、彼の脚を包み込んだ。

私たちの記憶と、その後、私たちが何度も何度も語りつづけて家族の言い伝えとまでなった物語によると、ガソリンにまみれたジーンズをルークはすぐに脱ぐことができなかった。あの朝は、いつもの朝と同じように、ルークは荷造り用の撚りひもをベルト代わりにして自分のジーンズを引っぱり上げていた。撚りひもは滑らかで滑りやすいので、ホースマンズ・ノット〔馬術師が使う結び目〕でかなりしっかりと結ばれていた。履いていた靴にも問題があった。つま先に鉄の入ったブーツはぼろぼろで、朝はガムテープで貼りつけ、夜にポケットナイフでテープを切り落とすという状態が何週間も続いていた。さっと撚りひもを切断し、ブーツを脱ぎ捨てることができたかもしれないが、ルークはパニックになり、牡鹿のようにダッシュして、干上がるような夏の太陽に焼かれてもろくなっていたヤマヨモギとカモジグサに火を広げてしまった。

叫び声を聞いたとき、私はキッチンの流しに汚れた皿を積み上げ、水で満たしていた——甲高く、喉を絞められたかのようにはじまったその叫びは、最後にはまったく別の声に変わっていった。人間の声だということは疑いようもなかった。動物がそんな叫び声を上げるのを聞いたことがなかったからだ。高さと音調が変わりつづける、あんな叫び声なんて。

外に走り出て、ルークが草原をよろめきながら歩いている姿を目にした。彼は母を力のかぎり呼び、そして倒れ込んだ。ルークのジーンズの左脚部分がなくなっているのを見たのはそのときだった。溶けてしまっていたのだ。左脚の一部は青黒く変色し、流血もしていた。残りは真っ白になり、壊死(えし)したかのようだった。紙のような皮膚が太腿にそっと巻きついてふくらはぎまで垂れ下がっていた。まるで安物のキャンドルに垂れるろう(ヽヽ)のようだった。

ルークは白目を剥(む)いていた。

私は猛然と家に戻った。作ったばかりのレスキュー・レメディーを取ってくるつもりだったのだが、カウンターに置かれた基礎となるフォーミュラが目に入った。それを手にすると、私は走って家の外に出て、ルークの痙攣する唇にボトルの半分を流し込んだ。ルークに反応はなかった。彼の両目は真っ白なままだった。

やがて一筋の茶色いきらめきが彼の瞳に浮かび、そしてまた一筋、見えはじめた。彼はなにごとかつぶやきはじめ、そして叫び出した。「燃えてる！　燃えてるよ！」彼は叫びつづけた。寒気が体を走り抜けたようで、歯がかたかたと鳴っていた。全身を震わせていた。

私はそのときわずか一〇歳で、その瞬間は本当に心細かった。ルークは私の頼れる兄で、何をしたらいいか教えてくれると思っていた。だから、彼の両肩をつかんで、強く揺すった。「冷やせばいいの？　それとも温めたらいいの？」と私は叫んだ。ルークははっとあえいだだけだった。

やけどはけがだと私は考えた。だから、まずはやけどを治療することは理にかなっている。私は裏庭にある冷凍庫から氷の袋を持ってきた。袋を脚につけると、ルークは悲鳴を上げた——背中を弓なりにし、目を剝きながら叫び声を上げたのだ。私はその叫び声で混乱してしまった。脚を冷やすための、別の方法を探さなくては。私は冷凍庫を空にして、そのなかにルークを入れる方法を考えたが、冷凍庫はふたを閉めてはじめて作動するもので、ふたを閉めたら彼は窒息してしまう。

私は頭のなかで、家に何かないかと探しまわった。そうだ、家には大きなゴミ箱がある。巨大なゴミ箱だ。腐った食べ物がくっついていたから、クローゼットにしまい込んでいた。私は家に飛び込むと、ゴミ箱の中身をリノリウムの床にまき散らした。前の日にリチャードが投げ入れていたネズミの死骸が見えた。ゴミ箱を外に運び出して、庭用のホースで汚れを洗った。食器用洗剤などで徹底的に洗浄すべきだとはわかっていたけれど、草むらでもがくルークを見ると、時間があるとは思えなかった。最後の残飯をホースの水で吹き飛ばすと、私はゴミ箱を立て直し、水で満たした。

ルークが私のほうに急いでやってきて、ゴミ箱にまさに脚を入れようとしていたとき、母の声がこだまのようによみがえってきた。母が誰かに、熱傷の恐ろしさはダメージを受けた組織ではなく、感染なのだと説明していたときの声だ。

「ルーク！」と私は叫んだ。「だめ！　脚を入れちゃだめ！」

彼は私を無視して、ゴミ箱に這って近づいていった。その目は表情を失い、彼にとってそのとき大事なのは、燃えるように痛む脚だけだったことを物語っていた。私は素早く動いた。ゴミ箱を押し倒すと、大量の水が草の上を波打って流れ出した。ルークは息を吸い込むような音を漏らした。まるで首を絞められているかのように。

私はキッチンに走って戻ると、ゴミ箱にぴったりのサイズの袋を見つけ、ルークのために一枚を開いて、脚を入れるように言った。ルークは動かなかったけれど、私が袋のなかに、肉が剝き出しになった彼の脚を入れることは許してくれた。私はゴミ箱を立て直すと、そこに庭用ホースを突っ込んだ。ゴミ箱が水で満たされるあいだに、片脚立ちになるルークを支えて、黒いビニールの袋に包まれたやけどをした脚をゴミ箱に入れられるようにした。その日の午後はうだるような暑さだった。水はすぐに温まってしまう。たくさんの水をゴミ箱に入れた。

ルークが正気を取り戻すまで、それほど長い時間はかからなかった——二〇分か三〇分ぐらいだったと思う。次第に落ちついてきて、気持ちを立て直したようだった。そこにリチャードが地下室からはい出てきた。ゴミ箱は芝生の真んなかにあって、日陰からは少し離れた場所にあり、午後の太陽が照りつけていた。水がいっぱいに満たされたゴミ箱は、私たちで動かすには重すぎたし、ルークは一分であっても脚をそこから出すのを拒否していた。私はおばあちゃんがアリゾナでくれた藁のソンブレロを持ってきた。ルークの歯は、そのときもかちかちと音を立てていたので、ウールの毛布も持ってきた。ルークは、ソンブレロを頭にかぶり、毛布を肩からかけ、ゴミ箱に片脚を突っ込んで立っていたというわけだ。彼はバケーションを楽しむ人とホームレスの中間ぐらいに見えた。

太陽光が水を温めると、ルークは居心地悪そうに体を動かすようになった。冷凍庫に戻ってみたが、もう氷は入っていなくて、冷凍野菜の袋が大量に入っているだけだった。だから、それをゴミ箱に投げ入れた。豆と人参の泥みたいなスープのできあがりだ。

父はしばらくして、やつれて、打ちのめされた表情でふらふらと家に戻ってきたが、それがいつのことだったのか私にはわからなかった。状況はようやく落ちつき、ルークは休んでいた。立ったままではあったけれど、一応は休むことができていた。ソンブレロをかぶっていたにもかかわらず、ルークの手と腕は真っ赤に日焼けしていた。父はゴミ箱を日陰に運んだ。母が戻るまで、脚はそのままにしておくのが一番いいと父は言った。

母の車が高速道路に見えたのは夕方六時ごろだった。私は丘の中腹で母を出迎えると、起きたことを話した。母は走ってルークのところに行き、脚を見せてと言った。ルークは水の滴る脚をゴミ箱から出した。プラスチックの袋がやけどに張りついていた。母はもろくなってしまった組織を引き裂きたくないと、ゆっくりと袋を切り取っていった。注意深く、脚が見えるようになるまで。血液はいっさいついておらず、水疱もなかった。皮膚がなければ水疱は生まれない。ルークの脚には皮膚がほとんど残っていなかったのだ。母の顔色が灰色がかった黄色になったが、落ちついてはいた。両目を閉じて、指を交差させ、大きな声でルークの傷が感染症を起こしているかどうかを聞いた。パチン、パチン、パチン、パチン。

「タラ、今回はラッキーだったわよ」と母は言った。「でも、やけどをゴミ箱に入れるなんて、正気なの？」

父はルークを家のなかに担ぎ込んだ。母が外科用メスを持ってくる。母と父はその晩、焼けただれてしまった肉を削り落とすことにほとんどの時間を費やした。ルークは叫ばないように耐えていたが、両親が焼けただれて壊死してしまった皮膚がどこまでなのか、生きている皮膚はどこからなのかを確かめるため、皮膚片を持ち上げて伸ばすたびに、彼は腹の底から出るようなうめき声を上げ、目からは涙をあふれさせた。

母はルークの脚にマレインとコンフリーの軟膏を塗った。それはやけどに詳しい母――やけどは彼女の専門分野だ――の特製の処方だった。それでも彼女はみるからに心配そうだった。ルークのやけどほどひどいものは見たことがないと母は言った。このあとどうなるかはわからないと。

母と私は一晩中、ルークのそばにいた。ルークはほとんど眠ることができず、熱と痛みで意識が朦朧としていた。発熱していたので、彼の頭と胸に氷を載せた。痛みには、ロベリア、バーベナ・ハスタータ、そしてスカルキャップを与えた。これは母のもうひとつの特製の処方だった。私は廃材用のゴミ箱から落下したとき、足の傷が閉じるまでに感じたずきずきとした痛みを弱めるために飲んだことがある。それはほとんど効果がなかった。

病院の薬を使うことは神に対して恥ずかしい行為だと私は信じていたけれど、その晩、もしモルヒネを持っていたなら、ルークに与えていただろう。彼はあまりの痛みに呼吸すら困難だった。ベッドでは上半身をいくらか起こしたままで、玉のような汗を額から胸に滴らせていた。呼吸を止めると、顔が真っ赤になり、そして紫色になった。まるで脳に送る酸素を止めることでしか、その状況を乗り越えることができないかのように。肺の苦しさがやけどの痛みを超えたとき、彼はあえぐような大きな悲鳴とともに息を吐き出す――

肺の苦しさを解放する悲鳴、そして脚の痛みによる苦悶の悲鳴だった。

母が体を休められるように、次の晩は私が一人でルークを看病した。私は浅く睡眠をとりつつ、うめき声や体重がかすかに移動する音が聞こえるとすぐさま目を覚まして、ルークが完全に意識を取り戻し、また痛みに苛まれる前に、氷とチンキ剤を取りに行けるようにした。三日目の晩は、母が看病をした。私は戸口に立って彼のあえぐような呼吸を聞き、母が看病する姿を眺めた。母の表情はうつろで、その目は心配と疲労で落ちくぼんでいた。眠りにつくと夢を見た。目撃してもいない火事の夢だ。ベッドに寝ているのは私で、体にはミイラのように緩く包帯が巻き付けられていた。母は私の横で床にひざまずき、石膏で固められた私の手をルークの手にそうしたようにさすり、額を軽く叩き、祈りを捧げていた。

その週の日曜日、ルークは教会に行かなかった。つぎの日曜も、そのつぎの日曜も行かなかった。父は私たちに、ルークは具合が悪いと教会の人たちに言うように命じた。政府にルークの脚のけがについて知られたら、厄介なことになり、役人が子供たちを連れ去るだろうと父は言った。政府はルークを病院に入れ、入院すれば彼の脚は感染症にかかり、そしてルークは死ぬというのだ。

火事が起きて三週間後、母はやけど周辺の皮膚が再生してきたと宣言した。やけどが最悪だった部分にも希望が持てると。ルークはもう、自分で体を起こせるようになっていた。その一週間後に寒波がやってきた日には、松葉杖を使って一、二分ほど立ち上がることができるようになっていた。まもなくして、まるでサヤインゲンのように細くなってしまった彼は、家のなかをどたどたと歩き回るようになり、失ってしまった体重を取り戻すために、がつがつと食べるようにもなった。そのころには、撚りひもは家族の語り草になっていた。

ルークが廃材置き場に戻ることができるほど元気になった日の朝、「男は本物のベルトが必要だ」と父は言って、鉄のバックルがついた皮のベルトを手渡した。

「ルークには似合わないよ」とリチャードが言った。「ルークは撚りひものほうが好きだよ。なにせおしゃれな男だから」

ルークはにっこりと笑った。「美しさは何より大事だからな」と彼は言った。

一八年間、私は一度も、あの日のできごとを検証してみようと考えたことはなかった。あの暑い午後に記憶が引き戻されることがあったとしても、思い出すのはまずベルトのことだった。ねえルーク、と私は思うだろう。ほんとにお兄ちゃんって野蛮なんだから。まだ撚りひもをベルトにしてるの？

二九歳になったいま、あの日のできごとを古ぼけた記憶の残響から再構成しようと、こうやって文章にしている。書いては消している。最後までたどりつき、手を止めてしまう。この話には矛盾がある。まるで幽霊が潜んでいるかのように。

物語を読む。もう一度読む。ほら、わかるでしょ。

誰がルークの火を消したの？

長いあいだ眠っていた声が、「父が消した」と私に告げる。

でも、私がルークを見つけたとき、彼は一人だった。もし父がルークと一緒に山にいたのなら、父がルークを家に連れ戻すはずだ。やけどの手当もしていたはずだ。父はどこか遠くで仕事をしていて、だからルークは一人で山を下りなければならなかったのだ。なぜ彼の脚は一〇歳の少女によって手当されなければならなかったのか。なぜゴミ箱に脚を浸けるという事態に至ってしまったのか。

私はリチャードに聞くことに決めた。彼は私よりも年上で、記憶もより鮮明だ。それに、最後に聞いた話によると、ルークはいま電話を持っていないらしいのだ。

リチャードに電話をかけた。リチャードが最初に思い出すのは撚りひものことで、それはいかにも彼らしい。「荷造り用の道具」とリチャードは表現していた。つぎに思い出すのは、こぼれていたガソリンのことだそうだ。あんなふうにショック状態だったルークがどうやってひとりで山から戻り、自分で火を消すことができたのかと聞くと、父さんが一緒にいたんだとリチャードはあっさりと答えた。

なるほど。

じゃあ、なぜ父は家にいなかったの？

リチャードは、なぜならルークが雑草のあいだを走り抜け、山に火をつけたからだと言った。あの夏のこと、憶えてるだろ。乾燥して、焼けつくように暑かった。乾燥した夏に農業地帯の森に火をつけたら大変なことになる。だから父さんがルークをトラックに乗せて、家まで運転して戻って母さんに見せろと言ったんだ。母さんは外出中だったけどね。

なるほど。

何日か考えて、そして書きはじめた。父は最初、家にいたのだ——床に寝ころんで、社会主義者と犬と、リベラルたちを溺れさせないための屋根について面白いジョークを言っていた。そしてルークと山に戻り、母は車で出かけていき、私はシンクを水で満たしていた。もう一度書き直し、三回目にようやくしっくりときた。

山のうえで何かが起きていたはずだ。想像することしかできないが、頭でははっきりと見ることができる。自分の記憶よりも、より鮮明に描き出すことができる。何台もの廃車がそこにあり、燃料タンクには穴があき、ガソリンが漏れ出している。父は積み上げられた車のところで両手を振って、「ルーク、そのタンクを切ってくれるか？」と言い、ルークは「わかったよ、父さん」と答える。ルークは切断トーチを自分の腰に立てかけて、火打ち石を打った。どこからともなく炎が出現し、彼を包み込む。彼は叫び出す。撚りひもを外そうと必死になって、もう一度叫び、そして雑草のあいだを走り抜けていく。

父は彼を追いかける。じっと立っていろと彼に命令する。ルークは人生ではじめて、父の言いつけを無視したのだろう。ルークは素早いが、父は賢い。父はピラミッドのように積まれた廃車のあいだの近道を抜け、ルークにタックルをし、地面に彼を叩きつける。つぎに起きたことを思い描くことはできない。なぜなら、ルークの脚で燃え盛っていた火を父がどうやって消したのか、誰も教えてくれなかったからだ。そして記憶がよみがえってくる——あの晩のキッチンでの父の姿が。赤く腫れ上がり、水疱ができた両手に母に軟膏を塗ってもらって顔をゆがめていた父の姿——私には父がやったにちがいないことがわかった。

ルークの火は消えた。

決断の瞬間を想像してみる。父はあっという間に燃え盛っていく雑草を目にする。草たちはじりじりと焼けつくような太陽の下で、炎を切望しているかのようだ。父は息子の姿を見る。火が小さいうちに消すことができれば、山火事を防ぐことができる。家を守ることができるかもしれない。

ルークは意識がはっきりしているように見えた。彼の脳は起きたことを、まだ処理できていないが、まだ痛みはじめてはいない。神が導いてくださると父は考えたのだろうと想像する。神がルークの意識を保ってくださった。

私は父が大声で祈りを捧げている姿を想像する。目を天に向けて祈りながら、息子をトラックまで運び、運転席に座らせる。エンジンをかけ、ギアを一速に入れると、トラックが動き出す。トラックはスピードを上げて走り出し、ルークはハンドルにしがみついている。父は走り出したトラックから飛び降りて、地面に叩きつけられ、転がり、いまとなっては、より高く、広く燃えはじめた山火事に向かって急いで走って戻る。神が導いてくださる、そう父は唱え、そしてシャツを脱いで炎に打ちつける[3]。

第8章　小さな売春婦

私は廃材置き場から離れたかった。そうするには方法はひとつしかなく、それをすでにやってのけたのは姉のオードリーだった。仕事を見つけ、父が働き手を集めるときに家にいなければいいのだ。問題は、私がまだ一一歳だということだ。

私は家族が住んでいた小さな村の、ほこりまみれの中心地まで、一マイル〔約一・六キロメートル〕ほどの道のりを自転車に乗っていった。中心にはほとんど何もなく、あるのは教会と、郵便局と、パパジェイズと呼ばれるガソリンスタンドだけだった。私は郵便局に立ち寄った。カウンターの向こう側に座っていたのは、マーナ・モイルという名の年配の女性で、マーナと彼女の夫ジェイ（パパジェイ）がガソリンスタンドのオーナーだった。父は、市が条例で一家族が飼うことができる犬の頭数を二頭に制限した背後には、彼らがいると言っていた。二人は別の条例も推し進めたらしい。毎週日曜日になると、教会から戻った父が、マーナとジェイ・モイル夫妻について大声で文句を言うようになっていた。

モントレーだかシアトルだか出身のあの二人は、西海岸の社会主義をアイダホの善良な人たちに押しつけることができると考えている輩なんだと。

私は掲示板にカードを掲載してもらえるかどうかマーナに聞いた。彼女は目的を聞いてきた。私はベビーシッターの仕事を探したいのだと答えた。

「何時ころだったら働けるの？」とマーナは聞いた。

「いつでもいいです。何時でも」

「放課後ってことかしら？」

「いえ、いつでもいいって意味です」

マーナは私を見て、首をかしげた。「娘のメアリーが末っ子の子守を探していたと思うから、聞いてみるわね」

メアリーは学校で看護の仕事について教えていた。父いわく、医学界と政府の両方のために働くなんて、完全に洗脳された人間のすることだそうだ。そんな彼女のために働くことを父は許さないだろうと思った。でも、どういうわけか父は許してくれて、まもなく私はメアリーの娘の面倒を、毎週月曜、水曜、金曜の朝にみることになった。さらにメアリーの友達のエヴァの三人の子供のベビーシッターを火曜日と木曜日にすることになった。

道を一マイルほどさらに行った場所で、ランディーという名の男性がカシューナッツ、アーモンド、そしてマカダミアナッツを売る店を自宅に開いていた。ある日、彼が郵便局に立ち寄り、箱詰めの作業にどれだけ疲れたか、子供を雇うことができたらどれだけいいかと、マーナとおしゃべりをしたのだそうだ。子供たちは全員、フットボールやバンド活動で忙しいのだと。

「この町でひとり、忙しくない子供がいるわよ」とマーナは言った。「あの娘だったら、喜ぶと思うわ」彼女は私のカードを指さした。そして私は月曜から金曜まで、朝八時から午後まではベビーシッターとして働き、その後、ランディーの店まで行って、夕食までの時間、カシューナッツの箱詰めの仕事をした。あまりたくさんは稼げなかったが、これまではどんな仕事に対してもお金を払ってもらったことがなかったので、私には大金のように思えた。

教会の人たちは、メアリーがピアノを美しく弾くことができると言っていた。彼らは「プロフェッショナル」という言葉を使っていた。とある日曜日に、メアリーがピアノのソロを礼拝のために弾くのを聴くまで、私はその言葉の意味を理解できていなかった。その音は私の息を止めた。賛美歌の伴奏として、ピアノの演奏は何回も聞いたことはあったけれど、メアリーのピアノの演奏は、雑然とした音とはかけ離れたものだった。まるで液体のようであり、空気のようだった。それはあるときは岩となり、つぎの瞬間に風になった。

翌日、メアリーが学校から戻ると、私はお金をもらう代わりにレッスンをしてほしいと頼んだ。二人でピアノのベンチに腰かけると、メアリーが指の運動のやりかたをいくつか見せてくれた。そして、ピアノ以外に何か習っているのかと聞いた。父が、誰かに学校について聞かれたときの答えを教えてくれていた。「毎日、勉強しています」と私は答えた。「ほかの子供には会ったことがあるの？」とメアリーは聞いた。「友達はいる？」「もちろん」と私は言った。メアリーはレッスンに戻った。レッスンが終わり帰ろうとすると、「妹のキャロラインが毎週水曜日にパパジェイの店の裏でダンスを教えているの。あなたの年ごろの女の子がいっぱい来ているのよ。あなたも習えばいいのに」とメアリーは言った。

その週の水曜日、私はランディーの店を早めに出ると、ガソリンスタンドまで自転車をこいだ。私はジーンズに大きなグレーのTシャツを着て、つま先に鉄板の入ったブーツを履いていた。ほかの女の子たちは黒いレオタードに、薄くてきらきらとしたスカート姿で、白いタイツとピンク色の小さなバレエシューズを履いていた。キャロラインはメアリーよりも若かった。彼女は完璧にメイクアップして、カールした栗色の髪には金色の輝きが混じり合っていた。

キャロラインは私たちを一列に並べて、短めの振り付けを見せてくれた。部屋の隅に置かれたラジカセから音楽が流れていた。私にとってそれははじめて聴く曲だったけれど、ほかの女の子たちは知っているようだった。私は鏡に映った自分たちの姿を見た。一二人の女の子が、光沢があり、柔らかく、ふわふわとした黒、白、ピンクの衣装を身につけて、つま先でくるくると回っていた。そして私といえば、大きなグレーのTシャツ姿だ。レッスンが終わったときに、キャロラインがレオタードとダンスシューズを準備するようにと私に言った。

「買えません」と私は言った。

「あら、そうなの」と彼女は言い、居心地が悪そうにしていた。「誰かが貸してくれるかもしれないね」

彼女は誤解したのだ。彼女は私がお金を持っていないと考えたようだ。「慎み深くないからよ」と私は言った。彼女は驚いて、口を軽く開けた。さすがカリフォルニアのモイル一家だわと私は思った。

「でもね、ブーツじゃダンスはできないのよ」と彼女は返した。「お母さんと話してみるわね」

数日後、母が四〇マイル〔約六五キロメートル〕離れた小さな店まで車で連れていってくれた。棚には見たこともないような珍しい靴や、奇妙なアクリル製のコスチュームが並べられていた。どれも慎み深くは見えなかった。母はカウンターまでまっすぐ歩いていくと、黒いレオタードと白いタイツとジャズシューズが欲しいと店員に伝えた。

「部屋にしまっておきなさい」と、母は店を出るときに言った。それ以上は何も言う必要がなかった。レオタードは父に見せるべきではないと私もとっくに理解していた。

つぎの水曜日、私はレオタードとタイツを穿き、グレーのTシャツをその上に重ねた。Tシャツはほとんど膝丈ほどの長さだったけれど、それでも、私は自分の脚を見ることが恥ずかしかった。父が本物の女性は足首から上をけっして見せないと言っていたからだ。

ほかの女の子たちはほとんど私に話しかけてこなかったけれど、みんなと一緒にいるのはとても楽しかった。私は、誰かと調和しているというその感覚を愛していた。ダンスを学ぶことは、何かの一員になることのように感じられた。動きを記憶し、そうすることで、彼女たちの意識に入り込む。彼女たちが息を吸うときに息を吸い、彼女たちが手を上げるときに私も自分の手を上げることができる。くるくると回る少女たちのなかに自分の姿を探しても、見つけられないときさえあった。自分がグレーのTシャツを着ていることなど、どうでもよくなった——白鳥の群れのなかの一匹のガチョウであったとしても。私たちは揃って動く、ひとつの群れだった。

私たちはクリスマスの発表会のためのリハーサルをはじめていた。キャロラインは母に電話をしてきて、コスチュームについて話してくれた。「そのスカートの丈ってどれぐらいですか？」と母は言った。「布地は薄いんですね？　それは無理だわ」キャロラインがクラスのほかの女の子たちがどんな衣装を着るのかを説明する声が聞こえてきた。「タラはだめです」と母は言った。「ほかの女の子たちがそんな衣装を着るのでしたら、タラは家にいさせます」

キャロラインが母に電話をした日の翌週の水曜日、私はパパジェイの店に数分早く到着した。年少の子供たちのクラスがちょうど終わったところで、店内は六歳児であふれかえっていた。みなスパンコールがちりばめられた赤いベルベットのハットとスカート姿で、踊るようにして母親を探していた。子供たちが楽しそうに身をくねらせ、飛び跳ねながら店のなかを通り抜ける姿を私は見ていた。細い脚は、薄い、きらきらとしたタイツで覆われていた。まるで「小さな売春婦」だと私は思った。

私のクラスの子供たちが集まってきた。年少の子供たちは、キャロラインが彼女たちの、ために
どんな衣装を用意してくれたのかを見ようと、争うようにしてスタジオに走っていった。キャロラインは大きなグレーのスウェットシャツが入った段ボール箱の横に立っていた。そしてそれを生徒たちに手渡しはじめた。「これがコスチュームよ！」と彼女は言

った。女の子たちはスウェットシャツを開いて見て、眉毛を上げて信じられないといった表情をした。あの子たちが期待していたのは、シフォンやリボンであって、パジャマではなかった。キャロラインはスウェットシャツをより魅力的に見せられるように、前身ごろに大きなサンタを縫い付け、きらきらとしたラメで縁取りをしていた。でも、この工夫はみすぼらしいスウェットシャツをよりみすぼらしく見せていただけだった。

母は父に発表会のことを伝えてはいなかった。私も伝えていなかった。父に来てくれとは頼まなかった。これまでの経験から直感が働いたのだ。発表会の日、母は父に、夜に「ちょっとした用事がある」と話していた。父はしつこく質問をくり返し、母を動揺させた。数分後、母はダンスの発表会があると認めてしまった。私がキャロライン・モイルからレッスンを受けていたことを母が話すと、父は顔をゆがませた。カリフォルニアの社会主義について話しはじめるのではないかと思ったが、父はそうはしなかった。その代わり、父はコートをつかみ、私たちは三人で車に向かったのだ。

発表会は教会で開かれた。誰もがそこに、フラッシュ付きのカメラとかさばるビデオカメラを持って参加していた。私は日曜学校の教室でコスチュームに着替えた。ほかの女の子たちは楽しそうにおしゃべりをしていた。私はスウェットシャツを引っぱって、もう少し生地を伸ばせないかと必死になっていた。ステージに横一列に並んだときでさえ、私はスウェットシャツを下に引っぱっていた。

ピアノの上に置かれたステレオから音楽が流れ、私たちは足を一人ずつタップさせながら踊りはじめた。つぎは、飛び跳ねて、上に手を伸ばしてくるりと回るはずだった。でも、私の足は舞台にくっついたままだった。手を頭上に放り上げる代わりに、私は肩の高さまで手を上げただけの姿だった。ほかの女の子たちがしゃがんでステージを手で叩いたときも、私は体を傾けただけだった。側転をする場面では、ふらふらと動いただけで、重力に身を任せず、スウェットシャツが脚の上のほうに上がってこないようにしていた。

音楽が終わった。ステージを降りたときには、女の子たち全員が私をじっとにらんでいた——私一人でせっかくのパフォーマンスを台無しにしたのだ——でも、彼女たちを見る余裕さえなかった。その部屋にいた人で、私にとって唯一リアルな存在だったのは、父だけだった。観客のなかを探して父を見つけるのは簡単だった。父は部屋の一番後ろに立ち、ステージのライトを四角い眼鏡に反射させていた。表情は硬く、冷静だったが、私はそこに怒りを見てとることができた。

家まではわずか一マイルのドライブだったが、私には一〇〇マイルにも感じられた。私は後部座席に座り、父のどなり声を聞いていた。私が公衆の面前で罪を犯すことを、なぜ母は許したのか？　発表会のことを隠した理由はなにか？　母はしばらくは唇を噛みながら父の話を聞いていたが、手を空中で開くと、衣装があんなにも不謹慎なものになるなんて想像もしていなかったと言った。「私だってキャロライン・モイルに腹が立っているのよ！」と母は言った。

私は身を乗り出して母の表情を見ようとした。母に私を見てもらいたかった。そして私が心のなかで聞いていた質問を見てとってほしかったのだ。だって、私はこれっぽっちも理解できなかったのだ。母がキャロラインに腹を立てていないことはわかっていた。何日も前にスウェットシャツを見ていたのだから。キャロラインに電話までして、娘が着られるコスチュームを選んでくれたことに礼を述べてまでいたのに。母は窓の外を見ていた。

私は父の後頭部の白髪を見つめていた。父は母が話すのを静かに聞いていた。母は、コスチュームがどれだけショッキングだったか、どれだけ卑猥だったかとキャロラインを非難しつづけていた。父は凍てついたでこぼこの幹線道路に車を走らせながら、うなずいていた。母の非難をひとつ聞くたびに、父の怒りも収まっていった。

その晩の父の説教は、いつまでも続いた。あることを教えると言いつつ、ほかのことを教えるキャロラインのクラスは公立学校と同じく悪魔の欺瞞（ぎまん）のひとつであると父は言った。そのクラスはダンスを教えていると主張しているが、その代わりに不謹慎で猥雑（わいざつ）なものを教えている。悪魔は抜け目ないのだと父は言った。それを「ダンス」と呼ぶことで、悪魔は善良なモルモン教徒に、娘たちが主の家で売春婦のように飛び跳ねることを受け入れさせたのだと。この事実が父の気分を何よりも害した。教会という場所で淫らな行為が行われたことに。

　父が疲れ果てて寝室に向かったあとも、私は布団をかぶって暗闇を見つめていた。誰かがドアをノックした。母だった。「もっと考えておくべきだった」と母は言った。「あのクラスの本当の姿をちゃんと見ておくべきだった」

　発表会のあと、母は罪悪感を覚えていたにちがいない。その後、何週間もかけて、ダンス以外で私ができることを探していた。父が禁止しない何かを。母は私が自分の部屋でタイラーの古いラジカセを使ってモルモン・タバナクル合唱団を聴いていることを知っていて、ボイストレーナーを探しはじめた。見つけるには数週間かかったし、トレーナーが私を生徒として受け入れてくれるよう説得するのに、それからまた数週間かかった。授業はダンスのクラスよりもずっと高価だったけれど、オイルを売って稼いだお金で払ってくれた。

　トレーナーは背が高くてやせていた。ピアノの鍵盤の上で指を走らせると、長い爪がかちかちと音を立てた。彼女は私の姿勢を正すために、襟足の髪をつかんで引き上げ、顎を引かせた。私を床に寝かせてストレッチをさせ、腹筋を鍛えるといっては足で踏んだ。取り憑かれたようにバランスにこだわり、私の膝をたびたび叩いては、力強く立ち、自分の空間を確保しろと言った。

何度めかのレッスンののち、先生は私が教会で歌う準備ができたと言った。もう手はずは整えてあると。その週の日曜日に、信徒たちの前で賛美歌を歌うのだという。あっという間に日々が過ぎていった。何かを恐れているとき、時間が瞬く間に過ぎていくのと同じだ。日曜日の朝になって、私は教会の演壇に立ち、信徒席に座っている人たちの顔をじっと見ていた。そこにはマーナとパパジェイ、二人の後ろにはメアリーとキャロラインが座っていた。まるで私が恥をかかされているかのように、気の毒そうにこちらを見ていた。

母が前奏を弾いた。音楽が止まった。歌う番だ。その瞬間、私はいろいろなことを考えていたのかもしれない。先生のことを、先生が教えてくれたことを——足を開いて立ち、背筋を伸ばして、顎を引くなんてことを。でもそれよりも、私はタイラーのことを、彼の机の横のカーペットに寝ころんで、彼のウール・ソックスを眺めながら、モルモン・タバナクル合唱団が声を震わせ歌うのを聴いていたことを思い出していた。私にとって彼らの歌声はバックスピークと同じぐらい美しかった。タイラーは、彼らの声で私の頭を満たしてしまった。

母の指が鍵盤の上を右往左往していた。沈黙が居心地の悪いものになった。信徒たちが不安そうにしている。私は声を思い出そうとしていた。奇妙に矛盾する彼らの声だ――空気を響かせながら、暖かい風のように柔らかく、しかし鋭く突き刺さるような声を。私はその声に手を伸ばし、そして心のなかに引き寄せた――ほら、聞こえるでしょう。いままで、これほど自然に感じたことはなかった。まるで、声を思考したかのようだった。思考することで、それを現実のものとしたのだ。現実が私の思考に譲歩したことは、それまで一度もなかったというのに。

歌い終えて、私は信徒席まで戻った。礼拝の最後のお祈りが捧げられると、人びとが私のところに押し寄せるようにしてやってきた。花柄の服を着た女性が、ほほえみながら私の手をしっかりと握ってくれ、堅苦しい黒い背広を着た男性が、肩を叩いてくれた。合唱団の指導者が私を合唱団に誘ってくれ、デービス兄弟がロータリークラブで歌ってくれないかと言ってくれ、ビショップ――モルモン教では司祭に相当する――が、葬儀で私に歌ってほしいとまで言ってくれたのだ。私はすべての依頼に、もちろんと答えた。

父はそこにいたみんなに笑顔を振りまいていた。父が異教徒――医者を訪ね、公立学校に子供を通わせる人たちのこと――と呼んでいない人など教会にはほとんどいなかった。

だがあの日、父はカリフォルニアの社会主義やイルミナティについてはすっかり忘れていたようだった。私の横に立ち、手を私の肩に置いて、愛想よく賛辞を受けていた。「私たちは神から祝福されているんですよ」と父は言いつづけた。「とても祝福されている」パパジェイが教会の向こうからやってきて私たちの席の前で足を止めた。彼は私がまるで天使のように歌い上げたと言った。父はしばらくパパジェイを見つめ、そして両目を輝かせながらパパジェイの手を、まるで旧友のように握りしめた。

父のこういった一面はそれまで見たことがなかったけれど、これ以降、私が歌うたびにこのような光景を何度も目にすることになった。廃材置き場でどんなに長時間働いていようと、父は渓谷を越えて車を走らせ、私の歌を聴きにきた。パパジェイのような社会主義者に対して父が苦々しく思っていたとしても、彼らが私の声を褒めたたえるときには、長年のイルミナティとの大きな戦いをけっして忘れなかった父でさえ、「私たちは神に祝福されています、私たちは祝福されているんです」と言った。それはまるで、世界が私を堕落させる恐ろしい場所で、安全な場所である家に私を閉じ込めておかなくてならないことを、その瞬間だけ父が忘れてしまったかのようだった。父は私の声が人びとに届くことを願ったのだ。

町にあった劇場では『アニー』が上演されていて、私のボイストレーナーはその監督に歌を聞かせたら主役をもらえるかもしれないと言った。母は私に希望を抱きすぎないように釘を刺した。リハーサルのために週に四晩も一二マイル〔約二〇キロメートル〕先の町まで車を走らせるお金はなく、もしあったとしても、父が私を一人でほかの人たちに預けるわけがないと言った。

私はとにかく『アニー』に出てくる歌を練習した。その歌が好きだったからだ。ある晩、私が部屋で『トゥモロー』を歌っているときに、父が夕食に帰ってきた。彼は静かにミートローフをかみしめながら私の歌を聴いていた。

眠りにつくころになって「金は集めてくる」と父が母に言ったそうだ。「オーディションに連れていってやってくれ」

第9章　完璧な人

私が『アニー』の主役を務めたのは、一九九九年の夏のことだ。父が本気で戦時に備えているときだった。ウィーバー家が急襲された、私が五歳のとき以来で、もっとも「忌まわしい日」に近づいていると父は確信していた。

父はそれを「Y2K〔二〇〇〇年問題のこと〕」と呼んでいた。一月一日に、世界じゅうのコンピュータ・システムがダウンするのだという。電気がいっさい点かなくなり、電話も通じなくなる。世界じゅうが混乱のなかに沈み、そしてこれが主の再臨につながるのだという。

「その日はどうやってわかるの？」と私は聞いた。

父は、政府が六桁の日付でコンピュータをプログラムしたと説明した。そのため、年を表すのに数字が二桁しか使われない。「九九が〇〇になったら、さて困ったぞ」と彼は言った。「コンピュータはそれが何年なのか理解できない。すべてがシャットダウンだ」

「直すことはできないの？」

「直すことはできないんだよ」と父は言った。「人間は自らの強さを信じたが、それは儚いものだったということだ」

教会で、父はY2Kについて警告をしてまわった。パパジェイにガソリンスタンドに壊れない鍵をつけろとアドヴァイスして、攻撃のための武器さえ必要かもしれないと言った。「あの店は飢饉になったら最初に狙われる場所ですよ」と父は言った。ブラザー・マムフォードには、まっとうな大人であれば、最低でも一〇年分の食糧と燃料、銃と金を準備すべきだと言った。ブラザー・マムフォードはため息をついただけだった。「誰もが君みたいにまっとうにはなれないよ、ジーン」と彼は言った。「僕らのなかにも罪人はいるからね！」誰も父の話を聞かなかった。彼らは夏の日差しのもと、いつもの生活をつづけていた。

一方で、私たち家族は桃を茹でては皮を剝き、アプリコットの種を抜き、リンゴをかき混ぜてソースにした。すべてを圧力鍋で調理して、封をして、ラベルを貼って、草原に父が穴を掘って作った地下貯蔵庫に入れた。入り口は小さな丘で隠されていた。父は、その場所は誰にも教えてはいけないと私に言った。

とある日の午後に、父は掘削機に乗り込むと古い納屋の隣に穴を掘った。そして、ローダーを使って一〇〇〇ガロン〔三七八五リットル〕も入るタンクをその穴に埋めて、シャベルで土を覆いかぶせて、周囲に注意深くイラクサを植えた。そしてかぶせたばかりの土にアザミの種を蒔いて、成長させてタンクを隠すようにした。父は『ウエスト・サイド物語』の『すてきな気持ち』を口笛で吹きながらシャベルを動かしていた。帽子のつばを上げ、きらきらと光るような笑顔を見せていた。そして「世界の終わりが来たら、燃料を持っているのは俺たちだけだ」と言った。「誰もが靴の裏を焦がしているときに、俺たちは車で移動することになる。ユタまでタイラーを迎えにいくことだってできるぞ」

町で唯一の信号機近くにある荒れ果てた劇場、ウォーム・クリーク・オペラハウスでのリハーサルはほとんど毎晩のように行われた。劇場は別世界のようだった。Y2Kの話をする人は誰もいなかった。

私が慣れている家族のやりとりと、ウォーム・クリークの人たちのそれはまったく異なるものだった。もちろん、家族以外の人と一緒に過ごすことはそれまでにもあったけれど、その場合も私たち家族のような人たちとだけだった。子供を母に取り上げてもらった女性や、医学界を信じずに母にハーブをもらいに来るといった人たちだ。私にはジェシカという名の唯一の友達がいた。数年前、父が彼女の両親のロブとダイアンに公立学校は政府のプロパガンダのプログラムであると熱弁し、それ以来、二人は娘を家に留まらせていた。両親がジェシカを公立学校から退学させる前は、彼女はあの人たちの一員だった。だから私はけっして彼女と話をしなかった。でも退学してからは、彼女は私たちの一員となった。普通の子供たちが仲間はずれにしたから、彼女は私と一緒にいることになった。

私は、自分とは違う人たちとどうやって話をすればいいのか知らなかった――学校に通い、医師に診断を受けていた人たちのことだ。毎日、世界の終わりに備えることを、怠っている人たちのことだ。ウォーム・クリークはそんな人たちでごった返していた。別の現実世界で生み出されてきたかのような言葉を使う人たちだ。監督が私にはじめて話しかけてきたときに感じたのも、そういったことだった。彼はまるで別の次元から私に話しているようだった。彼は、「FDRを探しておいで」と言ったのだ。私は動けなかった。

彼はもう一度言った。「ルーズベルト大統領〔『アニー』の劇中に登場する〕だ。FDRだよ」

「それってJCB〔イギリスの掘削機械メーカーのJ. C. Bamfordのこと〕ですか？」と私は言った。

そこにいたみんなが笑いころげた。「フォークリフトがいるの？」

台詞はすべて暗記していたけれど、リハーサルでは一人で座って、黒いバインダーに顔を埋めて台詞を暗記するふりをしていた。ステージで自分の順番がくると、大きな声で、恥ずかしく感じることもなく自分の台詞を復唱できた。そのことは私に自信をもたらした。私には言うことがなくても、アニーにはあるのだという気持ちだった。

初日の一週間前に、母が私の茶色い髪をチェリーレッドに染めた。監督は完璧だ、あとは土曜日にあるドレスリハーサルまでにコスチュームをそろえるだけだと言った。

わが家の地下室で、私はシミがつき穴の開いた大きなサイズのニットのセーターと、母が漂白したせいでくすんで見える、青く醜いドレスを見つけた。そのドレスは孤児にはぴったりの衣装で、簡単に見つかったことに安堵した。でも、第二幕で、アニーがウォーバックスさんの買い与える美しいドレスを身につけることを思い出した。そんな衣装はどこにもない。

母にそう言うと、彼女は暗い表情をした。二人で一〇〇マイルほど車で走り、道すがらの古着屋を一軒一軒訪ねて回ったが、なにも見つけられなかった。最後の店の駐車場に座り込んで、母は唇をきゅっとすぼめ、そして「もう一カ所あるわ」と言った。

私たちはアンジー叔母さんの家まで車を走らせ、おばあちゃんの家と同じ、白い柵の前に車を停めた。母はドアをノックすると、いったん離れて、髪を整えた。アンジー叔母さんは私たちを見て驚いた様子だった――母はめったに妹を訪ねなかったからだ――それでも温かい笑みを浮かべると、私たちを迎え入れてくれた。叔母さんの家のリビングルームにはシルクとレースがたっぷりあって、まるで映画に出てくるきれいなホテルのロビーのようだった。母と私は淡いピンクのプリーツのソファに座った。アンジー叔母さんは、母がなぜやってきたのかを説明するのを聞くと、娘が持っているドレスだったらきっと大丈夫だと言った。

アンジー叔母さんは私を二階の娘の部屋まで連れていき、両腕いっぱいのドレスを並べてくれた。母はピンクのソファに座って待っていた。ドレスはどれも、繊細だった。複雑な模様のレースがあしらわれ、上品にリボンが飾られていたから、最初は怖くて触ることができなかったほどだ。アンジー叔母さんはドレスを私に着せてくれ、サッシュを結び、ボタンをはめ、リボンをふんわりと結んでくれた。「これがいいわ」と言い、紺色で胸のあたりに白い組紐があしらわれたドレスを手渡してくれた。そして「おばあちゃまがこの飾りを縫ってくれたのよ」と言った。私はそのドレスと、白いレースが縫い付けられた襟のある赤いベルベットのドレスを選んだ。そして母と一緒に車で家に戻った。

舞台は一週間後に初日を迎えた。父は最前列で見ていた。お芝居が終わると父はずかずかとチケット売り場にやってきて、翌晩のチケットを購入した。その週の日曜日の教会で、父は初日の夜のことをずっと話しつづけていた。医者、イルミナティ、Y2Kといった言葉さえ口にしなかった。町に演劇がやってきて、一番下の娘が主役を務めているという話だけをくり返した。

父は、私がつぎの舞台やさらにつぎの舞台のオーディションを受けることを止めはしなかったが、家から離れる時間が長くなることは心配していた。「あの劇場でどんな浮かれ騒ぎが繰り広げられるかわかったもんじゃない」と父は言った。「姦通者や密告者の巣窟かもしれないしな」

つぎの舞台の監督が離婚をしたときに、その疑いは確信となった。長いあいだ公立学校に行かせなかったのは、舞台の上で堕落した娘を見るためではないと父は言いはじめた。それでも父は私をリハーサルに送り届けた。ほぼ毎晩のように、父は私が行くのをやめさせると言い、そしてある晩にはウォーム・クリークに突然姿を現すと、私を大声で呼んで家に連れ帰ったことさえあった。しかし舞台が初日を迎えると、必ず最前列に座って見ているのだ。

父がエージェントやマネージャーの真似ごとをしたこともある。私の演技を正したり、レパートリーに入れる曲を勧めてくれたり、健康に関して助言したりすることさえあった。喉を痛めて歌うことができなくなったときは、私を呼び寄せて、喉をのぞき込んで扁桃腺を見てくれた。

「見事に腫れ上がってるな」と父は言った。「アプリコットみたいな大きさだ」母のエキナセアとカレンデュラで腫れを落ちつかせることができないとわかると、父は自前のレメディーを勧めた。「誰も知らないことだけれど、太陽はもっとも強力な薬なんだ。だから夏に喉が痛むことなんてめったにない」父は自分の論理に納得したかのようにうなずいて、そして「もし自分の扁桃腺がおまえのようになっていたら、毎朝外に出て太陽の下に立って、口を開けるだろうな――太陽の光をあてるんだよ。三〇分から一時間ぐらいでいいだろう。そしたらすぐに小さくなるさ」父はそれを治療と呼んだ。

父の言うとおりに、私は一ヵ月間それを続けた。

頭を後ろにそらせて、口を大きく開けて、太陽の光が喉に届くように立っているだけなんて、とても心地が悪かった。三〇分ともたなかった。一〇分もすれば顎が痛みだし、アイダホの冬にじっと立っているのだから体も冷え切った。喉の状態はひどくなり、私の声が枯れてくると、父は「仕方ないだろ？ もう一週間も治療をさぼっているんだから！」と言うのだった。

彼をはじめて見たのはウォーム・クリーク・オペラハウスだった。それまで知らなかった少年で、公立学校に通う子供たちと談笑していた。大きな白い靴とカーキ色の半ズボン姿の彼は、にっこりと笑っていた。劇に出ていたわけではなかったけれど、町ではほかにやることもないので友達を訪ねてきたのだ。その週は彼と何度も顔を合わせた。そしてある夜、暗い舞台の袖を一人で歩いていた私は、角を曲がったところで木箱の上に座っている彼と遭遇した。そこは私のお気に入りの場所だった。木箱は他から離れた場所にあった——だから好きだったのだ。

彼は右によけて私の座る場所を作ってくれた。私はまるでその席が針でできているかのように、ゆっくり、緊張しながら座った。

「チャールズだ」と彼は言った。彼は私が自己紹介できるように少し待っていたが、私は何も言わなかった。「劇で君を見たよ」と、少ししてから彼は言った。「伝えたいことがあったんだ」私は心の準備をした。何を聞くことになるかはわからなかったけれど。そして彼はこう言った。「君の歌声は誰よりも素晴らしいと伝えたかったんだ」

ある日の午後、私がマカダミアナッツの袋づめをして家に戻ると、父と兄のリチャードがキッチンテーブルの上の大きな金属の箱の前に集っていた。その箱は二人が苦労して持ち上げてそこに載せたものだ。私と母がミートローフを作るあいだに、二人はなかに入っていたものを組み立てた。一時間以上はかかっていた。組み立てが終わると二人は少し離れた場所に立って、ミリタリーグリーンの巨大な望遠鏡のようなものを満足気に眺めていた。短い脚を広げた三脚の上には、細長い円筒が設置されていた。リチャードはとても興奮して足をバタつかせながら、それで何ができるかをくり返し話した。「一マイル以上も先を見ることができるんだ！　ヘリコプターだって撃ち落とせるぞ！」

父は目を輝かせて、静かにたたずんでいた。

「それはなんなの？」と私は聞いた。

「五〇口径ライフルだ」と父は答えた。「のぞいてみたいか？」

私はスコープをのぞき込んで、山のほうを探ると、はるか遠くの小麦の茎に照準を合わせた。

ミートローフのことなどすっかり忘れていた。私たちは外へ急いだ。すでに日没は過ぎていて、地平線は暗かった。父が凍てついた地面に身をかがめ、スコープをのぞき込んだ。そして一時間ほどにも感じられる時間が過ぎたあとに、父が引き金を引いた。爆発音は雷のようだった。私は耳をふさいでいた両手を下ろし、渓谷にこだまする銃声を聞いた。父が何度も何度も撃ったため、家に戻るころには耳鳴りがしていた。私がそのライフルが何のために準備されたのかと聞いたときも、父の答えはかろうじて聞き取れただけだった。

「防衛だよ」と父は言った。

翌晩、ウォーム・クリークでのリハーサルがあった。チャールズが現れて、私の横に座ったのは、私が木箱に腰かけ、舞台で一人芝居が行われているのを見ていたときだった。

「学校には行ってないんだよね」とチャールズは言った。

それは質問ではなかった。

「合唱団に参加すればいいのに。きっと気に入るよ」

「たぶんね」と私が言うと、チャールズはほほえんだ。彼の友達が袖にやってきて、彼を呼んだ。チャールズは木箱から立ち上がるとまたねと言った。彼が仲間に混ざり、軽く冗談を言い合う姿を私は見ていた。私は自分があの子たちの仲間だったらという別の現実を思い描いた。チャールズが私を家に招待し、ゲームをしたり映画を見たりする。想像しただけで喜びがこみ上げてきた。でもチャールズがバックスピークに来るときのことを想像すると、何か違う感情がわき上がってきた。パニックに近い感情だ。彼が貯蔵庫を見たら何と言うだろう？　燃料タンクを見られてしまったら？　そして私は、とうとう、ライフルの本当の目的を理解した。山から渓谷まで銃弾が届くほど特別な射程距離を持つあの並外れた銃身は、私たちの家を、私たちの備蓄を守るための防御壁のようなものだった。父は、ほかの住民が走って逃げているあいだに、私たちは車を運転していると言った。ほかの人たちが飢えて略奪しているときでも、私たちには食糧があると。ふたたび私はチャールズが丘をのぼって私たちの家にやってくる姿を想像した。でも、その想像のなかでは、私は尾根にいて、近づいてくる彼の姿を照準の向こうに捉えていた。

この年のクリスマスはとても侘しかった。貧しかったわけではない――母のビジネスは順調だったし、父はそのときも解体の仕事をしていた。私たちがすべてのお金を備蓄に使っていたからだ。

クリスマスの前、私たちはあらゆる備蓄が、それがささいな追加であったとしても生死に関わるかのように準備を続けていた。そしてクリスマスが終わるとその作業を止めて、私たちは待った。「本当に必要なときが来るまでに」と父は言った。「準備は終わらせておかなくては」

日々は遅々として進まなかったが、とうとう一九九九年一二月三一日がやってきた。朝食のときの父は落ちついていたが、その平穏さの裏には、興奮と切望に近い感情が潜んでいるのを私は感じていた。父はこのときを何年も待っていたのだ。銃を埋め、食糧を備蓄し、ほかの人たちにも同じことをするよう警告しつづけてきた。教会の人たちもみな、預言書を読んでいた。彼らも「忌まわしい日」が来ることは知っていた。それでも彼らは父をからかい、嘲った。今夜、父は汚名をそそぐのだ。

夕食が終わると、父は何時間もイザヤ書を読みふけった。一〇時ごろに父は聖書を閉じると、テレビのスイッチを入れた。テレビは新品だった。アンジー叔母さんの夫が衛星放送の会社に勤めていて、父に受信料の割引を提案してくれたのだ。父が提案を受け入れたときは、誰もが驚いたけれど、思い返してみれば、たった一日で、テレビもラジオもない生活から本格的なケーブルテレビのある毎日に移行してしまうのはまったく父らしい行動でもあった。あの年だったから、父はテレビを許可したのかもしれないと考えることがある。だって、彼はすべてが一月一日に消え失せると信じていたのだから。きっと、すべてが消えてしまう前に、私たちに本当の世界がどんなものなのかを垣間見させようとしていたのかもしれない。

父のお気に入りの番組は『ハネムーナーズ』〔五〇年代のアメリカの人気コメディドラマ〕で、その夜は特別番組として、再放送が延々と続いていた。私たちはそれを観ながら、終わりのときを待った。一〇時から一一時になるまで、私は数分ごとに時計を確認した。一二時までは数秒ごとに。自分以外の世界のことにはけっして動揺しない父でさえ、ちらちらと時計を見ていた。

一一時五九分。

私は息を止めた。あと一分で、すべてが消える。

一二時になった。テレビはまだがやがやとうるさく、光がダンスするようにカーペットの上を照らしていた。私は家の時計が進んでいるのではと考えた。キッチンに行き、蛇口をひねった。水は出る。父はテレビを見つめ、じっとして動かなかった。私はふたたびカウチに腰を下ろした。

一二時五分。

電気が切れるのはいつになるだろう？　ためてある電力があって、少しのあいだは点いたままなのかな？

ラルフとアリス・クラムデン〔『ハネムーナーズ』の登場人物〕の白黒の幽霊がミートローフをめぐってけんかをしていた。

一二時一〇分。

画面がちかちかとして、消えるのを待っていた。私はこの最後の豪華な瞬間を体じゅうで感じようと思っていた――ヒーターから勢いよく出る暖かい空気を、そしてまばゆい黄色い灯りを。世界がひっくり返って破滅しようとしているいま、私は自分が失いつつあるそれまでの人生を思い返し、懐かしささえ感じていた。

じっと動かず座り、破滅していく世界の最後のにおいを胸いっぱいに吸い込めば吸い込むほど、途切れない、確固とした現実に腹が立った。ノスタルジックな気持ちは、疲労にとって代わっていった。

一時半を過ぎたあたりで私は寝てしまった。部屋に向かうときに見た父の顔は暗闇のなかで凍りついたようだった。四角い眼鏡にテレビから漏れる光がチラチラと反射していた。まるでポーズをとるかのように座り、動揺することなく、恥ずかしがるでもなかった。夜中の二時まで独りで起きていて、ラルフとアリス・クラムデンがクリスマスパーティーの準備をするシーンをテレビで観ていることに対して、当たり前の説明が完璧につくかのようだった。

父は、朝に見たときよりも、もっとちっぽけな存在に思えた。落胆した父の様子はあまりにも幼稚に見え、一瞬、どうしたら神はここまで父を否定できるのかと考えた。ノアが自ら進んで苦労を重ねて箱舟を作ったように、父は自ら進んで苦しみに耐える、信心深いしもべなのだ。

それでも神は、洪水を起こさなかった。

第10章　羽毛の盾

一月一日が、ありきたりな一日のように訪れると、父の魂は壊れてしまった。父は二度とY2Kの話をしなかった。絶望にうちひしがれ、毎晩、無言で、重い体を引きずるようにして廃材置き場から戻ってくるようになった。何時間もテレビの前で座って過ごす父の頭上には暗雲が立ちこめていた。

母はもう一度アリゾナに行こうと言い出した。ルークが教会の布教活動に参加していたので、父が改造したシボレーアストロに乗り込んだのは、私とリチャードとオードリーだけだった。父は前の二席以外を外してしまっていて、後部座席があった部分にはクイーンサイズのマットレスを敷いていた。父はマットレスの上によじ登ると、旅のあいだじゅう、いっさい動かなかった。

数年前にもそうだったように、アリゾナの太陽は父をよみがえらせた。私たちが読書をしたりテレビを観たりするあいだ、父はポーチの固いセメントに寝ころがり、太陽の光を浴びていた。回復がはじまってから数日が経って、私たちは毎晩繰り広げられるだろう、おばあちゃんと父の口論に対する心の準備をした。おばあちゃんは、骨髄にがんが見つかり、多くの医者の診察を受けていたのだ。

「その医者とやらは、あんたを早く死なすだけだ」と父はある晩、診察から戻ったおばあちゃんに言った。おばあちゃんは抗がん剤治療を続けながら、母にもハーブ療法を頼んでいた。おばあちゃんが使ってくれればと、母はハーブをいくつか用意してきていた。おばあちゃんは赤色粘土に足を浸したり、苦みのあるパセリのお茶を飲んだり、ホーステイルやアジサイのチンキ剤を試してみたりしていた。

「効きやしないさ」と父は言った。「ハーブは信念があってはじめて効くんだ。医者なんて信じてないで、せめて神に癒(いや)しを求めるんだな」

おばあちゃんは何も言わなかった。ただ、パセリのお茶を飲んだ。

私はおばあちゃんの体が弱っていく兆しを探そうとした。でも何も見つからなかった。彼女は以前と同じように厳格で、屈服しない女性だった。

ほかの旅行の記憶はあいまいなままで、スナップショットのようなものしか私のなかには残っていない——おばあちゃんのために筋肉テストで治療をしている母、父の言うことを静かに聞き流すおばあちゃん、乾いた暑さのなかで大の字になって寝る父。

砂漠のオレンジ色の夕日の下、私が裏庭のハンモックで揺られていたとき、姉のオードリーがやってきて、父が荷物をまとめて家に戻ると言い出したと告げた。おばあちゃんは信じられないといった様子だった。「前回、あんなことがあったっていうのに？」と彼女はどなった。「また、夜通し車を走らせるっていうのかい？　嵐はどうするんだい？」父は嵐よりも俺たちのほうが速いと言った。私たちがバンに荷物を積み込むあいだ、おばあちゃんは歩き回って呪いの言葉を吐きつづけていた。父は何も学んでいないと彼女は言った。

最初の六時間はリチャードが運転をした。私は父とオードリーと一緒に後部座席のマットレスの上に寝ころがっていた。

午前三時。気候が砂漠の乾いた寒さから、高山特有の冬の強風による底冷えに変わったころ、私たちはユタ州の南から北に向けて車を走らせていた。道路は凍結していた。まるで小さな昆虫のように、雪の結晶がフロントガラスに吹きつけていた。最初はほんの少しだけ、まもなくとんでもない数が吹きつけてきて、道路がその姿を消した。私たちは嵐の中心に進んでいたのだ。バンは滑り、がたがたと揺れた。風は猛烈で、窓の外は真っ白だった。リチャードは車を停め、もう先へ進むのは無理だと言った。

すると父がハンドルを握り、リチャードは助手席へと移動した。母はマットレスの上で、私とオードリーと一緒に寝そべっていた。父は高速道路に入ると、まるで何かを主張するかのようにスピードを上げ、リチャードの倍の速さで車を走らせた。

「ねえ、もっとゆっくり走るべきじゃない？」と母が言った。

父は笑って、「天使に比べたらゆっくりなもんだよ」と言った。バンはそれでもスピードを上げつづけた。時速五〇マイル〔約八〇キロメートル〕、そして六〇マイル〔約九六キロメートル〕。

リチャードは緊張した様子で、ひじかけを握りしめていた。タイヤがスリップするたびに、彼の拳の関節が白くなった。母は私の横に寝ていた。私の顔の真横に母の顔があって、車がスリップして左右に揺れると、母は小さく息を吸い込み、父が車体をレーンに戻すまでは、息を止めていた。あまりにも体をこわばらせているから、そのうちに粉々に砕け散ってしまうのではと思った。私の体も母の体のように固まっていた。私たちは一体になって、つぎからつぎへと襲ってくる衝撃に耐えていた。

バンが道路から外れたのは、ある意味、救いだった。

目を覚ますと、暗闇のなかにいた。氷のように冷たいものが私の背中を流れていた。湖、に落ちてしまったのだ！　と思った。何かとても重いものが私の上に乗っていた。マットレスだ。蹴ってはねのけようとしたけれど、できなくて、私は逆さまになったバンの天井に両手両膝をついて、マットレスの下をくぐり、割れた窓までたどりついた。雪が降りしきっていた。私はようやく理解した。私たちは草原の真んなかにいる。湖ではない。窓からはい出して、外に出た。よろよろしながら立ち上がった。まっすぐ立てたような気がしなかった。周りを見まわしても、誰ひとり見えなかった。バンは空っぽだ。家族は消えてしまっていた。

父の丸まったシルエットを遠くの丘に見つけたのは、私が破損した車の周りを二度まわってからだった。私は父を呼び、父は草原に散らばっていたほかの家族に声をかけた。雪の吹きだまりの上を、父はやっとのことで私のところまで歩いてきた。割れたヘッドライトのビームが父を照らすと、腕のひどい切り傷と、そこから雪に滴り落ちる血が見えた。のちに、私は意識を失って、数分間マットレスの下敷きになっていたのだと教えられた。家族は私の名前を大声で呼んだそうだ。私が応えなかったから、割れた窓からバンの外に放り出されたにちがいないと思い、私を探してみな車を離れたのだった。

全員が破損した車に戻り、その周りにぎこちない様子で立ちすくみ、寒さからか、あるいはショックからか体を震わせていた。誰も父を見ようとはしなかった。責めたくなかったからだ。

警察がやってきて、そして救急車がやってきた。誰が呼んだのかはわからない。自分が意識を失ったことは彼らには言わなかった——病院に連れていかれるのが怖かったのだ。私はただ、警察車両のなかでリチャードの隣に座り、私が「丘へ向かうためのバッグ」に入れていたものとそっくりの保温カバーにくるまれていた。警察が父になぜ車に保険がかけられていなかったのか、なぜ座席とシートベルトを取り外したのかと聞いているあいだ、私たちはラジオの音に耳を傾けていた。

バックスピークまではかなり遠かったので、警察が家の最寄りの警察署まで私たち家族を連れていってくれた。父はトニーに電話をしたが、トニーは長距離トラックの仕事に出ていた。つぎに父はショーンに電話した。返事はなかった。その晩、ショーンが留置場にいたことを、私たちはあとから知ることになる。何かの乱闘に加わっていたらしい。息子たちに連絡を取ることができなかったから、父はロブとダイアン・ハーディー夫妻に電話をした。母が夫妻の八人の子供のうち、五人を取り上げたからだった。ロブは数時間後に笑いながら現れた。「前回も死にかけたんじゃなかったか？」

事故の数日後、私の首が動かなくなった。

朝起きたら、首がまったく動かない状態になっていたのだ。最初、痛みはなかったが、どれだけ懸命に頭をひねろうとしても、少ししか動かせなかった。背中から頭蓋骨に金属の棒が入っているかのように、麻痺状態は下のほうにまで広がっていた。前かがみになることもできず、首をひねることもできないうえに、痛みまで襲ってきた。治まることのないひどい頭痛に悩まされ、何かにつかまらなければ立っていることさえできなかった。

母はロージーという名のエネルギーのスペシャリストを呼んだ。戸口に現れた彼女の姿はゆらゆらと波打ち、ゆがみ、まるでプールの水のなかから見ているようだった。私は二週間寝たきりでベッドに横たわっていた。彼女の声は高くて、朗らかだった。健康で無傷の自分が、白い泡に守られている姿を想像してみてとロージーは言った。その泡のなかに、私の好きなものや、落ちついた気分にさせてくれる色を並べるようにと。私は泡を思い描いた。自分がその中心にいて、立って、走っている姿を想像した。私の後ろにはモルモン教の神殿があり、ルークが昔飼っていて、ずいぶん前に死んでしまったヤギのカミカゼがいた。緑色の柔らかな光があたり一面を照らしていた。

「その泡を毎日数時間思い出すのよ」とロージーは言った。「そうしたら治るからね」彼女は私の腕をぽんぽんと叩いた。そして彼女がドアを閉めて出ていく音を聞いた。

私はその泡を毎朝、午後、そして夜にも思い浮かべたが、私の首は一向に動かないままだった。一カ月を過ぎたあたりで、私は徐々に頭痛に慣れるようになった。どのように立てばいいのかを習得し、そして歩き方も憶えた。まっすぐ立つためには目を開けておく必要があった。一瞬でも目を閉じてしまえば、世界はぐらりと動き、私は倒れてしまう。私は仕事に戻った――ランディーの店での仕事と、ときどきは廃材置き場にも。そして毎晩眠りにつくときは、あの緑色の泡を想像した。

ずっとベッドにいた時期に、私は家のなかに、ある声を聞いていた。その声を憶えてはいたけれど、すでに親しみのわく声ではなくなってしまっていた。廊下にその茶目っ気のある笑い声が響いていたころから、すでに六年が経過していたからだ。

その声は、一七歳のときに父と口論になって家を飛び出し、トラックを運転したり、溶接をしたりといった定まらない仕事をしていた兄ショーンのものだった。彼が家に戻ったのは、父が助けを必要としていたからだ。ショーンが、父がちゃんとした働き手を見つけられるまで家にいると話すのを、私はベッドに寝ながら聞いていた。彼は、これは父が生活を立て直すまでのただの親切だと言った。

私にとってはほとんど他人のようなショーンが家にいるのは不自然なことだった。町にいる人のほうが、私よりも彼を知っているように思えた。ウォーム・クリークでは彼のうわさ話をよく聞いた。人びとは彼を厄介者だと言った。いじめっ子で、悪党だと。ユタや、もっと遠い荒れ地から流れついたごろつきを追いかけたり、ごろつきに追いかけられたりしているのだと。銃を持ち歩いていて、それを隠し持っているか、黒くて大きいバイクにくくりつけているかしているらしい。ショーンは本当は悪人ではなくて、けんかに巻き込まれる理由は、負け知らずと思われていたからだと言う人もいた——武術に通じていて、まるで痛みを感じないかのように戦う男。だから、渓谷のジャンキーたちは、ショーンを倒せば名を上げることができると考えたのだ。それは実のところ、ショーンの責任ではなかったのだと。町の人びとのうわさ話を聞いた私のなかで、彼は肉体というよりも伝説となってよみがえった。

私のショーンの記憶はキッチンではじまる。たぶん、二度目の事故から二カ月ほど経ったころのことだ。

私はコーンチャウダーを作っていた。ドアが背後で音を立て、私は腰をひねって振り返って誰が入ってきたのかを確認し、そしてまた頭を動かさないように前を向き、タマネギを刻んだ。

「いつまで歩くアイスキャンディーでいるつもりだ？」とショーンは言った。

「さあね」

「おまえはカイロプラクティックが必要なんだよ」

「お母さんがなんとかしてくれる」

「カイロプラクティックだ」と、彼はもう一度言った。

家族が夕食を食べ、そして散っていった。私はお皿を洗いはじめた。私の手が、熱くて泡がいっぱいの湯に浸かっていたときだ。後ろから誰かの足音が聞こえ、厚くて節くれだった手が、私の頭蓋骨を包み込んだ。私が反応する前に、彼は私の頭を素早く、乱暴に、思いっきり引っぱったのだ。ボキッ！　それはとても大きな音で、ショーンが私の頭を取り外してしまったのだと思った。私の体はぐしゃりと潰れるようにくずおれた。何もかもが真っ暗で、なぜだか回転していた。しばらくして両目を開けると、彼は両手で私の腕を持って、まっすぐに立たせていた。

「少ししたら立てるようになる」とショーンは言った。「立てたときは、別のところもやらなくちゃならないけどな」

めまいがひどく、吐き気もして、すぐに効果が出るとは思えなかった。でもその晩、私は小さな変化を感じとっていた。天井を見ることができた。リチャードをからかうときも、首を傾けることができた。カウチに座って、私の隣に座る人に笑いかけることができた。

その人は、ショーンだった。私は彼に視線を合わせてはいたけれど、彼を見ていたわけではなかった。私は自分が何を見ているのかもわからなかった——あの暴力的ながら思いやりのあるあんな行為をするのはどんな人間なのだろうか。私は彼のなかに父を見ていたのだと思う。あるいは、そうあって欲しいと私が願っていた父を私は見ていたのだ。ずっと待ちわびていた擁護者であり、空想上の王者であり、私を嵐に投げ込むようなことをしない、もし私が傷ついていても、もとの姿に戻してくれる父を。

第11章　本　能

「丘のふもとのおじいちゃん」が若かりしころ、家畜の群れは山じゅうに広がっていたそうだ。人びとは馬の背に乗って家畜の面倒を見ていた。おじいちゃんの牧場の馬たちのことは語り草となっていた。古い革のように年季を積んだ馬たちは、背に乗る人の意思に導かれるように、たくましい体を優雅に動かしていた。

少なくとも、そう聞かされていた。私は一度もその馬たちを見たことがない。年をとったおじいちゃんは牧場を小さく、畑も大きくして、ある日突然やめるまで農作業に打ち込んだ。馬が必要なくなり、高く売れる馬は売って、それ以外は放してしまった。馬は数を増やし、私が生まれるころには山に野生の群れができていた。

リチャードはそんな野生の馬をドッグフード・ホースだと言った。年に一度、ルークとリチャードと私は、おじいちゃんが精肉市場での競り用に一〇頭ほどを捕まえるのを手伝った。ある年、おじいちゃんは、グラインダー送りの、おびえた、小さな群れをざっと眺めてから、若い種馬が歩調を合わせ、はじめて捕らえられるという状況を受け入れたのを見てとった。おじいちゃんは目を光らせた。そしてその馬を指さすと、「あれは積み込むな。あいつは訓練だ」と言った。

でも野生の馬はそう簡単に譲歩しない。おじいちゃんのような人間に対してでもだ。兄たちと私には、ただ触るための信頼を馬から勝ち得るまでに、何日も、何週間もかかる。触ることができたら、長い顔を撫で、徐々に、もっともっと時間をかけて首の周りを触って、筋肉質の体に触れることができる。これを一ヵ月ほど続けたら、鞍を持ってくる。それでも、馬が急に頭を暴力的に振り上げることもあり、馬銜(はみ)が外れたり、手綱(たづな)が切れたりすることになる。大きな銅色の種馬がまるでそこに何もないかのように囲いの柵を突破して、血を流し、傷だらけの姿で外に逃げ出したこともある。

飼い慣らそうとしていたこの獣たちには名前をつけないようにしていたが、どうにかして彼らを区別しなければならなかった。私たちが選んだ名前はそれぞれの特徴を含んだものので、その名に愛着はなかった。例えば、大きな赤、黒い雌馬、白い巨体などだ。彼らは後退したり、後ろ脚で立ったり、転がったり、跳ねまわったりするので、私は多くの馬から投げ出された。めちゃくちゃに泥に叩きつけられ、その度ごとに、私は一瞬で立ち上がり、馬が報復しようとしてきたときのために、木や、トラクターやフェンスの陰に逃げ場を求めた。

私たちが馬たちを征服することはけっしてなかった。私たちの意志の強さは、彼らのそれが揺らぐずっと前でつまずいた。鞍を見ても跳ね上がらない馬もいくらかはいたし、柵の周りを歩く程度であれば、背に人間を乗せても我慢できる馬も数頭いたが、おじいちゃんでさえ山では馬に乗ろうとはしなかった。馬たちの本来の性質は変わらないのだ。無慈悲で、別世界から来た力強い神の化身。馬に乗ることは自分の足場を明け渡すことで、彼らの領域に入り込むことだ。追放される危険を冒すことなのだ。

私がはじめて見た飼い慣らされた馬は、うなり声を上げる去勢馬で、囲いの横に立ち、ショーンの手から角砂糖を食べていた。それは春のことで、私は一四歳だった。私が馬を最後に触ってから、何年も経っていた。

去勢馬は私のものだった。母方の大叔父からの贈り物だった。私は用心しながら近づいた。近づけば馬は跳ね上がるか、後ろ脚で立つか、突進してくるかだろうと確信していた。しかしそうする代わりに、馬は私のシャツのにおいを嗅ぎ、長い、濡れた跡をつけた。ショーンは角砂糖を私に投げて寄こした。馬は砂糖のにおいを嗅ぎつけて、私が手を開くまで、顎のひげでちくちくと刺した。

「訓練してみるか?」とショーンは言った。

まさか。私は馬をひどく恐れていた。自分が考える馬という生きものの姿に恐怖を抱いていた――それは、一〇〇〇パウンド〔約四五三キログラム〕を超える悪魔で、人間の頭を岩に打ちつける野望を抱く生きものだ。私はショーンに、彼が訓練してくれていいと言った。私は柵のこちら側から見ているからと。

　私は馬に名前をつけることを拒んでいたので、この馬は一歳馬と呼ばれていた。一歳馬はすでに端綱（はづな）とリードの訓練ができていたので、ショーンは初日から鞍を持ち出していた。一歳馬は鞍を見て、神経質そうに前脚で泥をかいた。ショーンはゆっくりと動きながら、馬が鐙（あぶみ）のにおいを嗅ぎ、興味深そうに鞍の角をかじるままにさせていた。そして絶え間なく、でも急がずに動きながら、ショーンは馬のたくましい胸の滑らかな皮膚に触れた。

「馬は見えないものが嫌いなんだ」とショーンは言った。「馬の前側から鞍をつけるのがベストだ。鞍に慣れ、においや肌触りを心地よく感じてくれるようになれば、背に載せることもできる」

　一時間後、鞍は馬につけられた。ショーンはそろそろ乗ってもいいだろうと言った。私は馬が囲いのなかで暴れるだろうと確信して、納屋の屋根に避難した。でも、ショーンが鞍にまたがると、一歳馬は少し早足で動いただけだった。蹄をわずかに泥から上げ、後ろ脚で立とうとしたが、考え直したような様子で頭を下げて、脚の動きを止めた。そのわずかな瞬間に、馬は人間たちの「馬に乗る」意思を、そして「人間たちを背中に乗せる」ことを受け入れた。つまり、自分が誰かによって所有されている世界をそのまま受け入れたのだ。野生化したことがない彼は、別の世界からの狂おしい呼び声を聞くことができなかったのだ。「別の世界」とは、山の上の、彼が誰にも所有されない、誰も背中に乗せることのない場所のことだ。

私は彼をバドと名づけた。一週間ほどは夜ごと、ショーンとバドが灰色の薄闇の霞(かすみ)の立ちこめる囲いのなかを早駆けする姿を眺めた。そしてあるおだやかな夏の日の夕方、ショーンに端綱をしっかりと持っていてもらい、私はバドの横に立った、そして手綱を握りしめ、鞍に乗った。

ショーンはそれまでの生活から抜け出したいと言った。その最初のステップはそれまでの友人たちから離れることだった。彼は何かやることを見つけては、毎晩家にいるようになった。ショーンはウォーム・クリーク・オペラハウスのリハーサル会場まで私を送り届けてくれるようになった。二人だけで高速道路を下っていると、彼はリラックスして、おしゃべりになった。ジョークを言って私をからかい、ときにはアドヴァイスまでくれた。そのほとんどが、「俺がやってしまったことはやるな」というものだった。でも劇場に到着すると、ショーンは豹変した。

まず彼は年下の男の子たちを用心深く見つめ、そしていじめるのだ。それは明らかな敵意からではなく、ささいな挑発だった。かぶっている帽子を指で弾き飛ばしたりだとか、飲んでいるジュースの缶を払い落として、男の子のジーンズにシミをつけ、笑ったりといったことだ。もし反抗してきたら――めったにそんなことはなかったが――ショーンはごろつきのような振る舞いをし、「文句あるか？」というこけおどしの表情を浮かべる。でもそのあとに私と二人だけになると、仮面は外され、虚勢は馬の胸当てのように外される。そして私の知っている兄に戻っていた。

彼の笑顔を愛していた。上顎の犬歯は一度も生えず、子供のころに両親が連れていった代替療法の歯科医は手遅れになるまでそれに気づかなかった。二三歳になって自分で口腔外科医に診察してもらうと、歯茎のなかで犬歯が横向きに生え、鼻の下の組織に突き出していることがわかった。抜歯した歯科医は、残った乳歯をできるだけ長く残すように言い、それが抜けたときに歯の土台を作ると言った。でも、幼少時代からの頑固な遺産である乳歯が抜けることはなかった。それは彼の意味もなく、終わりもない、むこうみずの好戦的態度を目撃した人たちに、彼がかつて少年だったことを思い起こさせた。*

私が一五歳になる一カ月前、もやのかかった夏の夕暮れどきのことだ。バックスピークの向こうに太陽は沈んでいたが、空にはまだ数時間残るだろう明るさがあった。ショーンと私は柵の囲いのなかにいた。その年の春にバドを調教したあと、ショーンは馬にのめり込むようになっていた。夏のあいだじゅう、ショーンはサラブレッドやパソ・フィノといった種類の馬を買い求めた。安く手に入れられるのは調教されていない馬がほとんどだった。私たちはその時点でもバドの調教をしていた。たびたび、彼を広々とした草原に連れ出したが、バドは経験の浅い、神経質で、予測不可能な馬だった。

その夜、ショーンは新しい馬にはじめて鞍をつけた。赤銅色に輝く雌馬だった。短時間であれば大丈夫だとショーンが言ったので、私たちは馬に乗った。ショーンは雌馬に、私はバドに。私たちは山を半マイルほど登った。馬を怖がらせないように、注意深く動き、小麦畑を蛇行して進んだ。私はそこで愚かなことをしでかした。雌馬に近づきすぎたのだ。去勢馬が後ろからついてくることを嫌い、彼女は先ぶれもいっさい見せずに、突然前方に

＊ショーンのこの痛みの多い高価な治療は、両親が私を矯正歯科に連れていった理由となった。同じ遺伝的欠陥を治療するためだ。つまり、ショーンが犬歯を失ったために、私は犬歯を失わずにすんだということだ。

跳ね、前脚に全体重をかけると、勢いよく、全力で、後ろ脚を使ってバドの胸元を蹴りつけた。

バドは荒れ狂った。

私はつかむことができるように手綱を手に巻いてはいたが、しっかりと握ってはいなかった。バドはすさまじい力で身を震わせると、ぐるぐると回りながら後ろ脚を蹴り上げはじめた。手綱がバドの顔の前に投げ出される。私は鞍頭につかまって、両脚をきつく閉じ、膨らんだ腹部に沿わせた。だが体をしっかり支える前に、バドは、渓谷にまっすぐ登るように全力疾走をはじめた。ときおり私を振り落とそうとしながらも、一目散に駆けつづける。

鐙（あぶみ）が足から外れ、ふくらはぎのところに引っかかる。

おじいちゃんと一緒に馬を調教して多くの夏をともに過ごしたが、おじいちゃんから受けた助言で唯一憶えていたのが、「何をやってもいいが、絶対に鐙に足を取られるな」というものだった。おじいちゃんの説明を受けるまでもなかった。どこにも引っかからずに落馬したら、大丈夫なのはわかっていた。少なくとも、地面に落ちることができる。でも、足が引っかかってしまったら、岩で頭が砕けるまで引きずり回されるだろう。

調教されていない雌馬に乗っていたショーンは助けに来られなかった。一頭の馬がヒステリックになれば、ほかの馬もヒステリックになる。とくに若くて元気がいい馬であればなおさらだ。ショーンの馬のなかでは唯一、七歳のアポロという名の灰色の馬だけが、十分成熟し、落ちつきがあり、助けになったかもしれなかった。猛スピードで加速し、ギャロップしながら、乗り手が体を離して、鐙から片足を外し、地面に降りて荒れ狂う馬の手綱をつかむという動作を、冷静に先導することができたかもしれない。でも、アポロは半マイル山をおりたところにある囲いのなかにいた。

本能が鞍頭から手を離せと私に言った——私を馬上につなぎ止めていたのは鞍頭だけだった。もし手を離したら落ちるけれど、もしかしたら空中に舞っている手綱をつかめる奇跡の瞬間があるかもしれないし、ふくらはぎを鐙から引っこ抜くことができるかもしれない。やってみろと本能が叫んだ。

こういった本能は私の守護者だった。以前にも私を助けてくれた。馬が振り落とそうとするとき、何度も私の動きを導いてくれた。いつ鞍にしがみついたらいいか、大暴れする馬からいつ体を投げ出せばいいのかを教えてくれた。数年前に、解体用ゴミ箱のなかにいた私が、父に捨てられそうになってゴミ箱にしがみついたときにも、同じ本能が私を導いた。なぜなら、私自身は頭では理解していなかったというのに、私の本能は父がどうにかしてくれると望むよりも、高いところから落ちるほうがましだとわかっていたのだ。私の生涯を通して、この本能はひとつの信条——他人は頼るな——とともに私を導いてくれた。

バドは後ろ脚で立ち、頭を高くまで突き上げていて、後ろに倒れるのではと思ったほどだった。勢いよく着地すると、今度は後ろ脚を蹴り上げた。私は鞍頭を必死につかみながら、また別の本能をもとにどうすべきか考えていた。絶対に両手を離さないでいよう。

調教されていない雌馬に乗っていても、ショーンは私に追いつくだろう。彼は奇跡を起こすはずだ。ショーンが「落ちつけ！」と命令を出しながらブーツを横腹に打ち付けたとしても、雌馬は理解すらしないはずだ。そんな衝撃をそれまで受けたことのない雌馬は、後ろ脚で立ち、体を激しくねじる。しかしショーンは頭を下げるよう手綱を押され、蹄が地面に触れたその瞬間、雌馬がもう一度後ろ脚で立つことを知りつつ、横腹を強めに蹴る。これをショーンは雌馬が走り出すまで続け、前方に進ませ、雌馬が持つ野生の加速を引き出しながら、なんとかして導くのだ。未知の動きを習得中の雌馬であったとしても、時を経るにつれ、馬と乗り手のあいだの言語のようなものが生まれる。このすべてが数秒間のうちに起こる。一年の訓練が、このいちかばちかの瞬間へと変化する。

不可能だとはわかっていた。想像しているだけで、無理だとはわかっていた。それでも私は鞍頭から手を離さなかった。

バドは錯乱していた。激しく飛び跳ね、上体を弓なりにそらせ、蹄を地面に叩きつけながら頭を振っていた。私の両目に映っていたのはあいまいな光景だった。黄金色の小麦があらゆる方向に見え、一方で青空と山は信じられないほど傾いていた。

　力強い茶色い雌馬が私の後ろにつくのが見えた。私は完全に方向感覚を失っていて、見たというよりは、それを感じたと言っていい。ショーンは鞍の上で腰を浮かせると、地面に向けて自分の体を投げ出した。片手で強く自分の手綱を握りしめつつ、もう一方の手でバドの手綱を茂みから拾い上げた。革の手綱が張りつめ、バドの頭を引き上げて、前方に進ませた。頭を上げられたバドは、もう跳ね上がることができなくなり、滑らかでリズミカルな早駆けをはじめた。ショーンは自分の手綱を強く横に引き、雌馬の頭を自分の膝に引き寄せ、円を描くように彼女を走らせた。雌馬の頭を強く引きつづけ、革の紐を固く前腕に絡めながら、激しく叩きつけていた蹄が、しっかりと地面につけられるまで円を徐々に小さくしていった。私は鞍から滑り落ち、小麦のうえに倒れ込んだ。ちくちくする茎がシャツの上から肌を刺激した。私の頭上では馬たちが息を切らせていた。その腹が膨らみ、そして凹(へこ)んだ。どちらの馬も地面に蹄を落ちつけていた。

第12章　フィッシュ・アイズ

兄のトニーがお金を借りて自分のトレーラーを購入した――セミトレーラーだ。そして、その支払いのためにはトラックを走らせつづけなければならなかった。常に路上にいなければならず、そこが彼の住処（すみか）となった。しかしそれも妻が病気になり、彼女を診察した医師が（彼女は医師に相談したのだ）療養を勧めるまでのことだった。トニーはショーンに電話してきて、一週間か二週間、セミトレーラーの運転手をしてくれないかと頼んだ。ショーンは長距離運転の仕事が大嫌いだったが、私が一緒ならやってもいいと言った。父の廃材置き場の手助けを求められてもいなかったし、ランディーは数日だったら私を貸しても問題はなかったので、私たちは出発することになった。まずはラスベガスに行き、そこから東のアルバカーキ、西のロサンゼルス、そして北に向かってワシントン州だ。町を観光できるかもしれないと思っていたのに、トラックストップ〔長距離トラックの運転手たちが休憩を取るレストランや給油所〕と州間道路ばかりを見ていた。フロントガラスはとても大きく、運転席はまるでコックピットのように独立しており、眼下を走る車がおもちゃのように見えた。ベッドがある寝台車は洞窟のように暗くてかび臭く、ポテトチップスやスナック菓子の袋が散乱していた。

ショーンはほとんど寝ずに数日運転しつづけ、五〇フィート〔約一五メートル〕の長さのトレーラーをまるで自分の腕でもあるように操った。検問所を通るときは必ず、運転記録を改ざんして、実際より長時間の睡眠をとっているように見せた。一日おきに、シャワーを浴び、ドライフルーツとグラノーラ以外の食事をとるためにトレーラーを停めた。

アルバカーキの近くで、ウォルマートの倉庫がいっぱいになって、二日間荷おろしができなくなった。私たちは郊外にいた――トラックの停留所と、どこまでも広がる赤い砂地があるだけだった。だから寝台でチートスを食べ、マリオカートをプレイした。二日目の夕暮れどきになると、ずっと座ったままの体が痛むようになり、ショーンは私に武術を教えようと言い出した。暮れかかる駐車場で最初のレッスンがはじまった。

「自分のやっていることがちゃんと理解できていたら、男だって簡単に倒すことができるんだ。たった二本の指で誰かの体をコントロールすることだってできる。弱点を知るということなんだ。そしてその弱点を攻める」彼は私の手首をつかむと、手のひらを折りたたむようにして曲げ、指が腕の内側にくっつくように、無理矢理にひねった。ショーンが力を加えつづけたので、私は痛みから逃れるために、体を軽くよじらせ、腕を背中に回すしかなかった。

「わかったか？　これが弱点だ」とショーンは言った。「もしこれ以上ひねったら、おまえは動けなくなる」彼は天使のようににっこりと笑った。「でもそんなことはしないよ。めちゃくちゃ痛いから」

ショーンは私の手を放すと、「さあ、やってみろ」と言った。

私は彼の手のひらを折りたたみ、強くひねった。彼の体が、私のときと同じようにバランスを崩すように力いっぱいやった。彼は動かなかった。

「おまえには別の戦略が必要かもな」とショーンは言った。

ショーンは私の手首を別のやりかたで握った——おまえを襲う者が握るやりかただと彼は言った。ショーンはその手を振り払う方法を教えてくれた。指は弱く、腕の骨はもっとも強いからその違いを利用するというのだ。あっという間に彼の力強い指を解くことができた。打撃を避けるための体重の移動の仕方、気管を潰すにはどこをパンチしたらいいのかも教えてくれた。

翌朝、ようやく荷おろしができた。私たちは新しい荷物を受け取り、ふたたび二日かけてトレーラーを走らせた。トレーラーのボンネットに催眠術のように吸い込まれていく白線を眺めつづけた。骨の色だった。他に暇つぶしの方法もなかったので、私たちはただひたすら会話ゲームを続けた。そのゲームには、二つのルールしかなかった。ひとつ目のルールは、話をするときは、最初の文字を入れ替えた単語を少なくとも二つ入れなければならないというものだった。

「おまえは俺のリトル・シスター（little sister）じゃない」とショーンは言った。「おまえは俺のシトル・リスター（sittle lister）さ」だが、ショーンがその言葉のｔとｄをあいまいに発音したせいで、それは「シドル・リスター」と聞こえたものだ。

二つ目のルールは、数字の音に似ているか、あるいはその言葉に数字が入っているのなら、その数字をひとつ増やして言うというものだ。例えば、「to」（トゥー）を使うときは、数字の２（two）に似ているから、「スリー（three）」と言わなくてはならない。

「なあ、シドル・リスター（siddle lister）」とショーンは言う。「ア・イレヴン・ション（attention）・プリーズ。前方に検問所があります。チケットをア・ファイヴ・ド（afford：購入）できません。シートベルトをしてください（Time three (to) put on your seatbelt）」とショーンは言う。

このゲームに飽きたときは、州間高速道路を走るトラック運転手たちの孤独なジョークをＣＢ無線で聞いた。

サクラメントとポートランドのあいだのどこかを走っているとき、「緑色の四輪車に気をつけてくれ」と、しゃがれ声が聞こえてきた。「三〇分ぐらい前からちょろちょろ走っていやがる」

四輪車とは、大きなトラックの運転手のいう、自家用車やピックアップトラックのことだとショーンは説明した。

ＣＢ無線から別の声が聞こえてくる。道路を時速一二〇マイル〔約一九〇キロメートル〕で飛ばしまくる赤いフェラーリに対しての文句だ。「青いシェビーにもう少しで衝突するところだったぞ、あの野郎」低いどなり声が電波の向こうから聞こえてきた。「クソッ、シェビーに子供が乗ってる。誰か前を走ってるやつ、このばかをどうにかできないか？」その声はフェラーリの位置を説明した。

ショーンは距離標識をチェックした。私たちはフェラーリの前方を走っていた。「こちら冷凍車を引いた白色のピータービルトだ」と彼は言った。運転手たちがミラーをチェックして、ピータービルトのトレーラーを確認するあいだの沈黙があった。最初の人の声よりもさらにがらがらの声が応えた。「俺は青いＫＷで、ドライボックスを引いてる」「見えるよ」とショーンは言うと、数台先の紺色のケンワーストラックを指さした。ショフェラーリが現れた。同時に多くのトラックのミラーにもフェラーリが映り込む。

ーンは全速力で走り、エンジンを吹かしながらケンワースの横にぴったりとついた。五〇フィートのトレーラーを二台並んで走行させ、二車線道路をブロックする。フェラーリはクラクションを鳴らし、車体を左右に揺らし、ブレーキをかけ、ふたたびクラクションを鳴らした。

「どれぐらい邪魔していればいいだろうな?」とがらがらな声の主は言い、低い声で笑った。

「やつが落ちつくまでさ」とショーンは返した。

五マイル〔約八キロメートル〕ほど先で、二台はフェラーリを先に行かせた。

この旅は一週間ほど続いた。そしてトニーにつぎは帰路のためにアイダホ行きの荷物を探してくれと言った。

「さて、シドル・リスター」とショーンは廃材置き場の横にトラックを停めて言った。

「仕事に戻るぞ (back three (to) work)」

ウォーム・クリーク・オペラハウスは新しいミュージカルの上演を発表した。『回転木馬』だ。ショーンは私を車でオーディションに連れていってくれ、なんと自分もオーディションを受けた。チャールズもそこに来ていて、一七歳のセイディーという名の女の子と話をしていた。彼女はチャールズの言うことにうなずいてはいたけれど、視線はショーンに釘づけだった。

最初のリハーサルでセイディーはショーンの横に座り、腕に触れたり、笑ったり、髪をかき上げたりしていた。とてもかわいらしい女性で、柔らかそうに膨らんだ唇と大きな茶色い瞳を持っていたが、私がショーンに彼女のことを好きかと聞くと、好きではないという答えが返ってきた。

「魚の目(フィッシュ・アイズ)、だよ」と彼は言った。

「魚の目?」

「ああ、魚の目。魚ってのはとんでもなくばかなんだ。美しいけれど、まるでタイヤみたいに空っぽなんだ」

セイディーは仕事の終わりが近くなると廃材置き場に来るようになった。いつもミルクシェイクをショーンに持ってきていた。あるいはクッキーかケーキを。ショーンは彼女と話すこともなく、ただ彼女が持ってきたものをつかみ、家畜の囲いに向かった。彼女は馬の世話をする彼を追いかけて、なんとか話しかけようとする。そしてある日の夕方、彼に馬の乗りかたを教えてくれと頼んだ。私はセイディーに、私たちの馬は完全に飼い慣らされているわけではないと説明したが、どうしても習いたいと譲らなかった。ショーンは彼女をアポロに乗せて、私たち三人は山に向かった。ショーンは彼女もアポロも無視した。私に昔してくれたようなレッスンはいっさいしなかった。険しい渓谷を下るときに鐙にどうやって立つのか、馬が枝を飛び越えるとき、どういうふうに腿（もも）を閉じるのかも教えなかった。セイディーはずっと震えているようだったけれど、乗馬を楽しんでいる風に装い、ショーンが彼女のほうを見るたびに、笑顔をとりつくろった。

つぎのリハーサルでのことだ。チャールズがセイディーにある場面について質問した様子を、ショーンが見ていた。数分後にセイディーがやってきたが、ショーンは彼女と話そうとはしなかった。彼は背を向け、彼女は泣いてしまった。

「あれ、何よ？」と私は言った。

「べつに」

でも、数日後のそのつぎのリハーサルでは、ショーンはそれをすっかり忘れたかのように振る舞った。セイディーは用心しつつ近づいてきたが、彼は笑顔を見せ、数分後には会話をはじめて、笑いあっていた。ショーンは彼女に通りの向こうの雑貨店でスニッカーズを買ってくるよう頼んだ。セイディーは頼みごとをされ、喜んだように急いで出ていったが、数分後に彼女が戻りチョコレートバーを渡すと、「なんだよこれ？　俺が頼んだのはミルキーウェイだ」とショーンは言った。

「違うでしょ」とセイディーは言った。「スニッカーズって言ったじゃない」

「俺が欲しいのはミルキーウェイだ」

セイディーはもう一度店に行き、ミルキーウェイを買ってきた。彼女が不安そうに笑いながらショーンにそれを渡すと、ショーンは「スニッカーズは？　また忘れたのかよ？」

「スニッカーズはいらなかったんでしょ！」とセイディーは言った。ガラス玉のように目を潤ませながら。「チャールズにあげちゃったわよ！」

「じゃあ、取り戻してこい」

「もうひとつ買ってくるわ」

「だめだ」と、ショーンは冷たい目をして言った。いつもは彼にいたずらっぽい表情をもたらし、陽気に見せる乳歯が、そのときは移り気で、怒りっぽい印象を与えていた。「あのスニッカーズが欲しいんだ。取ってこいよ。無理だったらもう戻ってくるな」

セイディーの頬に涙が一筋流れ、マスカラを溶かした。彼女は涙を拭くために一瞬黙り込み、どうにかしてほほえんだ。そしてチャールズのところまで歩いていき、まるでたいしたことでもないかのように、スニッカーズを返してもらえないかと聞いた。彼はポケットに手を伸ばすとスニッカーズを取り出して、彼女がショーンのところまで歩いて戻る姿を見ていた。セイディーはそのスニッカーズをまるで仲直りのしるしかのようにショーンの手のひらに乗せると、じっとカーペットを見つめていた。ショーンは彼女を自分の膝に座らせ、ぱくぱくとスニッカーズを食べた。

「おまえの目はとってもきれいだよ」と彼は言った。「まるで魚の目だ」

セイディーの両親は離婚寸前の状態で、彼女の父親のことが町じゅうのうわさになっていた。ショーンがセイディーに興味を抱いたのは、そのうわさを聞いたからだと母は言った。「彼はいままでずっと、翼の折れてしまった天使を助けてきたのよ」

ショーンはセイディーの授業の時間割を調べて、暗記した。彼は高校まで一日に何度も車で行き、とくに彼女が建物から建物に移動する時間帯には必ず行くようにしていた。高速道路に車を停め、遠くから彼女を見守るのだ。彼女がやってくるには遠すぎたが、彼女から見えない場所には停めなかった。私はいつもショーンに同行していた。二人で町に行くときは必ず、場合によっては町に用事がないときでさえ行ったものだ。しかしそれも、セイディーがチャールズと一緒に校舎の階段に現れるまでのことだった。二人は笑いあっていた。セイディーはショーンのトラックに気づいていなかった。

私はショーンの表情がこわばり、そしてリラックスするのを見ていた。彼は私に笑いかけ、「完璧なお仕置きがあるんだ」と言った。「ただ単に会わないのさ。会わなければいいだけ。それで彼女は苦しむ」

ショーンは正しかった。彼が電話に応えないと、セイディーは落ち込んだ。同級生の男子たちに自分に話しかけないように頼んだ。ショーンに見られるのを恐れたからだ。そしてショーンが彼女の友達の一人を嫌いだと言うと、その友達に会うことをやめた。

セイディーは放課後になると毎日私たちの家に現れ、私は違う形で、違うもので、スニッカーズのときのようなやりとりが延々とくり返されるのを目撃した。ショーンは彼女に水を一杯頼む。セイディーが持ってくると、彼は氷が欲しいと言う。彼女が持ってくると、今度はミルクだと言い、そして水をふたたび頼み、氷を入れろ、氷なしと続き、そしてジュースを頼むのだ。最後に私たちの家にないものを頼むという試練が与えられるまで、三〇分ほどやりつづける。するとセイディーは町まで車を走らせ、買いに行く――バニラアイス、ポテトフライ、ブリトー――そして彼女が戻った直後にショーンは別のものを要求する。

夜、二人が出かけてくれると、私はほっとしたものだ。

とある晩、ショーンはずいぶん遅くに、妙なムードで家に戻ってきた。私以外の家族は全員寝ていて、私はソファに座って、寝る前の聖句の朗読をしていた。ショーンは私の横に座った。「水を一杯持ってきてくれ」

「足を骨折でもしたの？」

「持ってこなければ、明日、町まで送っていかないぞ」

私は水を持って戻った。手渡すとき、ショーンが笑顔を浮かべているのを見て、何も考えずに彼の頭に水を全部かけてやった。廊下に行き、部屋に戻る寸前、彼は私をつかまえた。

「謝れ」と彼は言った。水が鼻からTシャツに滴り落ちていた。

「いやよ」

ショーンは私の髪をその拳いっぱいにわしづかみにした。すごい力で根元をつかまれていたせいで逃れられず、簡単にトイレまで引きずり込まれた。両手を伸ばしてドア枠につかまろうとしたが、彼は私を床から持ち上げ、自分の体を使って私の両腕を固定すると、便器に私の頭を突っ込んだ。「謝れ」と、もう一度彼は言った。私は何も言わなかった。私の頭は便器にさらに突っ込まれ、鼻がシミのついた便器をこすった。目をつぶったけれど、自分がどこにいるのか、その悪臭が忘れさせてはくれなかった。

私は何か別のものを想像しようとした。いまの自分を忘れられるような何かを。でも、思い出したのはセイディーの、うずくまるような従順な姿だった。吐きそうになった。ショーンは、私の鼻を一分ほど便器に押しつけつづけ、そして立たせた。髪は濡れ、頭皮はひりひりと痛んだ。

それで終わりだと思っていた。ショーンが私の手首をつかんで曲げ、指と手のひらをひねりはじめると、私は後ずさりした。彼は私が体をよじらせるまでひねりつづけ、そしてよりいっそう力を込めた。私は意識することも気づくこともなく、腰を折り、頭を床につきそうになるまで下げていた。腕は背中に回されていた。

駐車場でショーンがこの型を見せてくれたときは、体は少ししかねじれなかったし、身体的な必要性というよりは、彼の説明に応えるように体が反応しただけだった。あのときは十分にその威力を理解できなかったが、いまや、これが何のための手順なのか理解できた。制圧だ。動いたり、息をしたりしたければ、手首を骨折するつもりで抵抗するしかなかった。ショーンは私を押さえつけるのに片手しか使っていなかった。もう一方の手は体の横でぶらぶらとさせていた。こうすることがどれだけ簡単か、見せつけていたのだ。

い、い、い、い、い、い、い。

セイディーのときよりも、ひどいと私は思った。

私の心を読んだかのように、ショーンはよりいっそう私の手首をひねり上げた。私の体はさらにねじ曲がり、顔が床をこすった。手首にかかる力から逃れようと必死だった。もしもっとねじ曲げられれば、手首は折れてしまう。

「謝れ」とショーンは言った。

腕に火がついたような痛みが走り、痛みは脳にまで流れこんだ。長い時間が経過した。

「ごめんなさい」と私は言った。

ショーンが私の手首を離した。私は床に倒れ込み、彼が廊下を歩いて去っていく音を聞いていた。私は立ち上がり、静かにトイレのドアの鍵をかけ、そして鏡のなかで手首を押さえている少女の姿をじっと見た。両目はガラス玉のように潤んでいて、頬には涙が流れていた。私は少女の弱さに腹が立った。傷ついているなんて。彼が少女を傷つけることができるなんて、あんな方法で傷つけるだなんて。絶対に許すことができない。

私が泣いているのは痛いからだと自分に言い聞かせた。手首が痛むからだ。それ以外に理由なんてないじゃない。

この瞬間が、この夜の、そして一〇年にわたるこのような多くの夜の私の記憶を形作ることになった。記憶のなかの私は壊れず、石のように固い。そう信じつづけることで、ある日を境にそれは真実になった。真実になってしまえば、私は自分自身に嘘をつくことなく、あの事件が私に影響を与えることはなかったし、彼は私に影響を与えなかったと自分に言い聞かせることができた。そもそも、私に影響を与えられるものなど何もないのだ。しかし、私は自分がどれだけ病んでいたのかを理解していなかった。自分をどれだけ空(から)っぽにしてしまったのかを理解していなかった。あの夜の結果に執着するあまり、きわめて重要な真実を歪曲(わいきょく)してしまっていた。影響がなかったわけがない。この夜こそがはじまりだったのだ。

第13章　教会のなかの静寂

この年の九月、ツインタワーが崩落した。それまでに、ツインタワーについて耳にしたことは一度もなかった。飛行機が吸い込まれていき、想像もできないような高い建物が揺らぎ、そして崩れた。動転してテレビから目が離せなかった。父は私の隣に立っていた。この光景を見るために廃材置き場から戻ってきていたのだ。その夜、父は慣れ親しんだイザヤ書、ルカによる福音書、ヨハネの黙示録から、戦争と戦争に関する流言について記された聖句を選び、大きな声で朗読した。

三日後、一九歳になったオードリーが結婚した——相手は農家の息子、金髪のベンジャミンだ。オードリーが町でウェイトレスをしていた縁で知り合った。結婚式は厳粛なものだった。父は祈りを捧げ、啓示を受けた。「対立がはじまる。聖地への最後の争いとなるだろう」と彼は言った。「息子たちは戦地へと送られる。戻ってこない子もいるだろう」

あの夜のトイレでの一件以来、私はショーンを拒絶していた。彼は私に謝罪した。あれが起きた一時間後、彼は私の部屋にやってきた。目を潤ませ、声を震わせながら、許してくれと頼んだ。私は許すと、もう許していると言った。でも、本当はそうではなかった。オードリーの結婚式で、黒いスーツ姿の兄たちを見て、私の怒りは恐怖へと変わった。兄たちを失うことへの恐怖だ。だから、私はショーンを許した。許すことは簡単だった。どのみち、私たちは世界の終わりに直面していたのだから。

一ヵ月のあいだ、息を殺すようにして暮らした。しかし、軍による召集も、さらなる攻撃も起きなかった。空は光を失わず、月は血の色になりはしなかった。遠い場所での戦乱のうわさは流れていたが、山での生活は以前と変わりなかった。父は引きつづき用心しておくべきだと言ったけれど、冬になるまでに私の関心はふたたび日常のドラマに注がれるようになっていた。

私は一五歳で、時間との競争を肌で感じていた。私の体は変わりはじめていて、膨らみ、突き出し、伸び、肉をつけた。この変化が止まってくれと祈ったが、もはや自分の体が自分のものではなくなってしまったようだった。私の肉体は体そのものに属してしまい、この奇妙な変化は、それを私がどう思おうと、私が子供でいることをやめたいと、ほかの何かになりたいと求めているかどうかも、いっさい構わなかった。

何か別の感情が、私をそわそわとさせた。私は怖かった。兄たちとは違う姿に成長することはずっと理解してきたけれど、それがつまりどういう結果になるのかを考えたことは一度もなかった。頭のなかは疑問でいっぱいになった。男女の違いを理解しようとヒントを探し、いったん探しはじめると、違いばかりが見つかるのだった。

とある日曜日の午後、私は母を手伝い、夕食用に肉を焼いていた。父は靴を蹴るようにして脱ぎながら、ネクタイをゆるめていた。教会を出てからずっとしゃべりっぱなしだった。

「ロリのスカートの裾が、膝上三インチぐらいだった」と父は言った。「あんな服を着るなんて、いったい何を考えているんだ、あの女は？」母は人参を刻みながら、ぼんやりとうなずいた。こう言った父の説教に母は慣れっこになっていた。

「それからジャネット・バーニーだよ」と父は言った。「襟ぐりの深いブラウスを着るんだったら、前かがみになっちゃいけない」母は同意した。私はジャネットがその日着ていたターコイズ色のブラウスを思い描いた。襟のラインは鎖骨からわずか一インチ下なだけだったけれど、ブラウスはゆったりとしていて、前にかがめばすべて見えてしまっただろう。私はそんな彼女の姿を想像しながら不安になった。タイトなブラウスを着れば、ジャネットは慎み深くかがむことができるけど、体にフィットするブラウス自体は控えめな印象は与えないはずだ。正しい女性はタイトな服を着ない。別の世界の女性がそんな服を着るのだ。

私はブラウスの適切なタイトさを正しく理解しようとしていた。「俺が見てるのをわかって、ジャネットは前かがみになって賛美歌集を拾ったんだ。俺に見てほしかったんだ」と父は言った。母は許せないという風に舌打ちすると、ジャガイモを四つに切った。

父のこの発言は、これ以前の何百ものこういった言葉とは違った形で私のなかに残りつづけた。この日から何年ものあいだ、この言葉をくり返し思い出し、考えれば考えるほど、自分が間違った女性になってしまうのではと心配になった。間違った女性のように歩かないように、前かがみにならないように、しゃがまないように。そんなことで頭がいっぱいになると、部屋を自由に歩き回ることさえできなかった。慎み深く前にかがむ方法は誰も教えてくれなかったから、きっと自分は間違った方法でかがんでいるのだろうと思っていた。

ショーンと私はウォーム・クリークで上演されるメロドラマのオーディションを受けた。最初のリハーサルでチャールズを見かけ、その夜の半分の時間を使って、なんとか話しかける勇気を奮い起こした。やっとのことで話しかけると、彼はセイディーのことが好きなのだと打ち明けてきた。それは理想の会話とはいかなかったけれど、少なくとも私たちは話すことができた。

　ショーンと私は車で一緒に家に戻った。彼は運転しながら、まるで裏切者でも見るかのように道路をにらみつけていた。

「おまえ、チャールズと話をしてただろ」と彼は言った。「例の女たちのように思われたくはないよな？」

「男と話をするような女の人ってこと？」

「俺の言ってる意味はわかるだろ」

　翌晩、ショーンは私の部屋に突然やってきて、オードリーのお古のマスカラをつけている私を見つけた。

「今度は化粧か？」

「まあね」

　彼は踵を返して部屋を出ようとしたが、ドアのところでいったん止まった。「もっとましな人間だと思ってた」と彼は言った。「おまえもあいつらと同じなんだな」

　彼は私をシドル・リスターと呼ばなくなった。「さあ行こう、フィッシュ・アイズ！」と、ある夜、彼は劇場の向こうから、そう大声で叫んだ。チャールズが誰のことかとあたりを見まわした。ショーンがその名前の意味を説明しかけたので、私は笑いだした——ショーンの声をかき消そうと大声で。まるでその名前が気に入っているみたいに、私は笑いつづけた。

はじめてリップグロスをつけた日、ショーンは私を売春婦と呼んだ。ベッドルームの鏡の前に立ち、グロスを試していたところにショーンがやってきたのだ。彼は冗談めかしてそう言ったのだけれど、私はグロスを唇から拭い取った。その日の夜になって、劇場でチャールズがセイディーを見つめているのに気づいたとき、私は自分の唇にグロスを塗り直した。ショーンはそれを見て表情をゆがめた。家までのドライブには緊張感が漂っていた。外の気温は氷点下をはるかに下まわっていた。私はショーンに寒いと言い、彼はヒーターの温度を上げようと手を伸ばした。しかしすぐ手を止めると、笑い声を上げ、そしてすべての窓を下げた。一月の冷たい風がまるでバケツ一杯の氷のように私を打ちつけた。私は自分の横の窓を上げようと必死になったが、ショーンがチャイルドロックをかけてしまった。私は窓を上げてくれと頼んだ。「寒いんだって」と私はくり返し、「本当に、本当に寒いの」と言っても、彼は笑うだけだった。彼はその先一二マイル〔約一九キロメートル〕もそのままで走りつづけた。まるでそういうゲームだと言わんばかりにけたけたと笑いころげていた。まるで私たちが二人してそのゲームに興じているかのように、まるで私の歯ががちがちと音を立てていないかのように。

ショーンがセイディーを捨てたとき、状況は良くなるものだと考えていた——私はたぶん、ショーンの彼女に対する仕打ちは、彼女自身の責任だと自分を納得させていたのだと思う。セイディーがいなければ、ショーンは変わると思っていた。セイディーのあとは、前のガールフレンドのエリンとよりを戻した。彼女はショーンよりも年上で、彼のゲームに一緒に興じるタイプではなかったから、最初は自分の考えが正しいと思っていた。たしかに、ショーンは態度を変えたようだった。

しかし、チャールズがセイディーを夕食に誘い、セイディーが承諾し、それをショーンが聞きつけた。私は残業中だった。夜遅く、ランディーの店に口角泡を飛ばしながらショーンが現れたとき、私は残業中だった。彼と一緒に店を出て、なんとか彼を落ちつかせようと思ったが、無理だった。彼は二時間も町じゅうを車で走り回り、チャールズのジープを探した。あのくそ野郎を見つけ出したら「顔を潰してやる」と呪いの言葉を吐きつづけながら。私は助手席に座り、エンジンが回転速度を上げる音を聞き、黄色い線がボンネットの下に消えていく様子を見つめていた。私は自分が記憶しているかつての兄を、私が記憶していたい兄の姿を思い描いていた。アルバカーキとロサンゼルスのことを、あのころの、二度と戻ってはこない、州間高速道路でのドライブのことを。

私と彼のシートのあいだにはピストルが置かれていた。ギアを変えるとき以外、ショーンはそれを手に取って、もてあそんでいた。ときにはまるでガンマンのように、ピストルを人差し指でくるくると回し、それからシートに戻した。対向車のライトがスチール製の銃身を光らせていた。

頭のなかに針を感じて目が覚めた。何千もの針だ。それは突き刺すように痛み、すべての感覚を遮断していた。そして、一瞬のめまいとともに針は消え去り、私の意識が戻ってきた。

それは早朝のことだった。寝室の窓から琥珀色の朝日が降り注いでいた。私は立ち上がっていたけれど、自力で立っていたわけではなかった。二つの手が私の喉を締め上げ、体を揺さぶっていた。刺すような痛み、脳が頭蓋骨に激突しているかのような痛み。状況を理解するのに、私にはほんの数秒の時間しかなかった。針が戻ってきて、思考がまた寸断された。目は開いていたが、白い閃光しか見えなかった。耳にはこんな音が届いていた。

「尻軽女！」

「売春婦！」

別の声が聞こえてきた。母だ。泣いていた。「やめて！　死んでしまうわ！　やめなさい！」

母が兄に飛びついたにちがいない。ショーンがよろけるのを感じた。私は床にくずおれた。目を開けると母とショーンがにらみ合っていた。母はぼろぼろのバスローブしか身につけていなかった。

私はなんとか立ち上がった。ショーンは私の髪をわしづかみにした――前と同じく抵抗できないよう根元から――そして私を廊下に引きずり出した。頭は彼の胸元に押しつけられていて、見えるのは、よろつく自分の足元を素早く流れていくカーペットの断片だけだった。頭がずきずきと痛み、呼吸もままならなかったけれど、何が起きているのか理解しはじめていた。そして涙が出てきた。

痛くて泣いているのだと私は思った。

「くそ女が泣き出しやがった」とショーンは言った。「なぜ泣くんだ？　おまえが尻軽女だってことがばれたからか？」

ショーンを見ようとした。兄である彼の顔を探そうとした。しかし、彼は私の頭を床に押さえつけた。私は倒れ込んだ。それでも四つんばいで逃げ出して、どうにか起き上がった。キッチンがぐるぐると回っていた。ピンクと黄色の奇妙な点が見えた。

母は泣きながら、髪をかきむしっていた。

「おまえの正体はわかってる」とショーンは言った。両目が狂気じみていた。「おまえは聖人のような、模範的な信徒のようなふりをしているだけさ。俺にはわかる。売春婦みたいにチャールズといちゃつくのを見たんだ」彼は母を見て、自分の言葉の効果を確かめた。母はキッチンテーブルに突っ伏していた。

「するわけないわ」と母は小声で言った。

ショーンはそれでも母のほうを向いていた。彼は母に、私がどれだけ母に対して嘘をついているか、どれだけ母をばかにしているか、どれだけ家ではいい子のふりをしながら、町では嘘つきの売春婦のように振る舞っているかを説明した。私は裏口のほうへ少し動いた。

母は彼女の車を使って行きなさいと言った。ショーンはこちらに振り向いた。「これがなきゃ行けねえよ」と言い、母の車のキーを掲げて見せた。

「売春婦だって認めるまで、どこにも行かせない」とショーンは言った。

彼は私の手首をつかんだ。私の体は憶えのある体勢にねじ曲げられる。頭を押さえつけられ、腕は背に巻きつけられる。手首は不自然な方向に折り曲げられる。まるでダンスのステップのようだ。私の筋肉はそれを記憶していて、音楽の先を行くように反応する。体を前に倒し、手首の骨がわずかでも楽になるようにする。肺から息が漏れる。

「言え」とショーンは言った。

でも、私の思考は別のところにあった。私は未来にいた。数時間後、ショーンは私のベッドの横にひざまずき、心から反省していると言うだろう。私にはそれがわかっていた。いまここで背を丸めていてさえも。

「どうしたんだ？」男性の声が、階段の吹き抜けから聞こえてきた。

頭を上げて、木製の手すりのあいだから見え隠れする顔を確認する。タイラーだ。幻覚なのだろうか。タイラーが家に戻っているはずはなかった。そう思った瞬間、私は高い声でけらけらと笑いはじめた。狂ったのでもなければ、こんな場所に戻ってくるわけがないよね？　視界には、たくさんの黄色とピンクの点が光っていて、まるでスノードームのなかに入っているかのようだった。いい兆しだった。気絶する兆候だ。気絶するのが待ちきれなかった。

ショーンは手首を放し、私はまた倒れ込んだ。顔を上げて、ショーンの視線が吹き抜けに釘づけになっているのを見た。そのときになってようやく、タイラーが本当にそこにいることに気づいた。

ショーンは一歩退いた。彼は父とルークが家を出て仕事に行くのを待っていたのだ。そうすれば、邪魔する者は誰もいないからだ。だから、タイラーと対峙することになるとは——ショーンに比べ危険ではないが力はそれなりにある——考えてもいなかったのだろう。

うにじりじりと前に進んだ。

母は泣きやんだ。恥ずかしかったのだ。タイラーはいまとなってはよそ者だ。彼は長く家を離れていて、自分たちの秘密を明かせない人たちの一員になっていた。とくに、いま、いま起こっているようなことを。

タイラーは階段をのぼり、兄に近づいた。その顔は張りつめ、呼吸は浅かったが、驚いた様子はいっさいなかった。まるで、タイラーは何が起きているのか正確に知っているかのように見えた。二人がもっと幼かった時期、いまのように互角ではなかったころにも、ショーンは同じようなことをしていたのかもしれない。タイラーは立ち止まった。瞬きひとつしなかった。まるで、ここで起きていたことが何であれ、もうおしまいだと言わんばかりに、ショーンをにらんでいた。

ショーンは、私の服装や私が町でしたことをぶつぶつと話しだした。タイラーは手を振って彼をさえぎると、「知りたくもない」と言った。そして、私を見ると、「さあ、行くんだ」と言った。

「どこにも行かせない」とショーンはくり返し、キーリングをちらつかせた。

タイラーは自分の車の鍵を投げて寄こした。「いいから行くんだ」

私はショーンのトラックと鶏舎のあいだに停められていたタイラーの車まで走った。バックさせて車を出そうとしたが、アクセルを踏み込みすぎた。タイヤが空まわりし、砂利が跳ね上がる。やり直すと、今度はうまくいった。車が勢いをつけて後退し、半円を描く。タイラーがポーチに現れたとき、私はギアをドライブに入れ、まさに丘を下りようとしていた。私は窓を下げた。「仕事場に行くんじゃないぞ」とタイラーは言った。「あいつが追いかけてくるから」

その夜に家に戻ると、ショーンはいなかった。母はキッチンでオイルを調合していた。母は朝起きたことについて何も言わなかったし、私も言うべきでないとわかっていた。ベッドに入ったが、数時間後にピックアップトラックが丘をのぼってくる音を聞いたときにも、眠ってはいなかった。数分後、私の寝室のドアがギシリと開いた。ランプを点ける音が聞こえ、明かりが壁に伸びたのが見えた。彼がベッドに腰かけたのがわかった。私は寝返り、彼のほうを向いた。彼は黒いベルベットの箱を私の横に置いた。私が触れないでいると、箱を開けて、なかから真珠を取り出した。

ショーンは、私の行く末が見えると言った。それはよくない未来だと。私は自分自身を失いかけている。ほかの女の子たちのように軽薄になり、人を操るようになる。ほしい物を手に入れるために外見を利用するようになると。

私は自分の体が遂げてきたこれまでの変化を考えていた。その変化に対する自分の気持ちをほとんど理解できていなかったけれど、たしかにその変化を知ってほしいと思ったときもあるし、称賛を受けたいと思ったこともあった。でもジャネット・バーニーの件を思い出してからは、そんな気持ちに嫌悪感を抱いていた。

「おまえは特別な子だよ」とショーンは言った。

本当に？　そうだと信じたかった。何年も前に、タイラーも私が特別な子だと言ってくれたことがある。モルモン書から引用した聖句を読んでくれたのだ。「真面目で観察眼の鋭い子供」についての句を。タイラーは「ここを読むと君のことを思い出すよ」と言った。

この一節は、偉大な預言者であるモルモンについて記されたものだ。私はその事実に困惑していた。女性は絶対に預言者にはなれないのに、タイラーは私を見ると偉大な預言者の一人を思い出すと言うのだ。いまだに彼がどういうつもりでそう言ったのかはわからないが、当時私が考えたのは、自分自身を信じていいということだった。私のなかに預言者だけが持つ何かがあり、それは男とか女とか、年寄りだとか若者だとかに関係なく、私にもともと備わっていた価値で、それをゆるがすことはできないのだと。

部屋の壁に映るショーンの影を見つめながら、私は、自分の成熟しつつある体を意識した。その邪悪さと、それを使って邪悪なことをしたいという欲望を意識したそのとき、記憶の意味が変わった。突然、自分の価値は条件つきにすぎず、時には奪われ、消費されるもののように感じられたのだ。それはもともと備わったものなんかではない。それは授けられたものだ。価値があったのは私ではなく、私を縛ってきた、うわべだけの制約としきたりのほうだったのだ。

私は兄を見た。その瞬間、兄は年老いて、賢く見えた。彼は世界を知っている。彼は世慣れた女を知っている。だから彼に、私がそうならないように見守っていてほしいと頼んだ。

「わかったよ、フィッシュ・アイズ」とショーンは言った。「そうするよ」

翌朝目覚めると、首にはあざがあり、手首は腫れていた。頭痛がした――その痛みは頭のなかで起きているのではなく、脳の実際の痛みだった。まるでその臓器そのものが過敏になってしまったかのようだった。仕事には行ったけれど早退して、暗い地下室の隅に寝て、痛みが消えるのを待った。私がカーペットに寝そべり、脳のずきずきとした痛みが過ぎ去るのを待っていたとき、タイラーが私を見つけ、私の頭のそばにあったソファに座った。私は彼を見たくなかった。髪をわしづかみにされ家じゅうを引きずり回されるよりもいやだったのは、タイラーにすべてを見られたことだった。最後までやられるか、タイラーがそれを止めるか、どちらかを選べるとしたら、最後までやられることを選んだだろう。絶対にそちらを選んだ。ほとんど気絶寸前だったし、そうなればすべて忘れることができたはずだ。一日か二日経てば、リアルにさえ感じなかったはずだ。それはただの悪夢となり、一カ月も経てば単なる悪夢の残響となる。でもタイラーが目撃したことで、現実となってしまった。

「家を出ようと思ったことは？」とタイラーが聞いた。

「出てどこに行くっていうの？」

「学校だよ」

私はうれしくなった。「九月に高校に入学するのよ」と私は言った。「お父さんは喜ばないけど、でも私、行くつもり」私はタイラーが喜んでくれるはずだと思っていた。でもその代わり、彼は顔を曇らせた。

「前にも同じことを聞いた」

「行くってば」

「たぶんね」とタイラーは言った。「ここで父さんの世話になっているかぎり、父さんがだめだと言えば行くのは難しい。一年先送りするのは簡単さ。そして、もう行けなくなってしまう。二年生からはじめたって、卒業できると思うか？」

　卒業なんてできないことは、二人ともわかっていた。

「離れるときが来たんだよ、タラ」とタイラーは言った。「長くここにいればいるほど、離れられなくなる」

「家を出ろと言うの？」

　タイラーは瞬きもせず、ためらいもしなかった。「ここは君にとっては最悪の場所だ」彼は優しくそう言ったが、まるでそれは彼の叫びかのように聞こえた。

「どこに行けばいいの？」

「僕が行った場所に行けばいい」とタイラーは言った。「大学に行くんだ」

　私はふんと鼻を鳴らした。

「ブリガム・ヤング大学は自宅学習者（ホームスクーラー）の受け入れをしているんだ」と彼は言った。

「それって私たちのことなの？」と私は言った。「ホームスクーラー？」私は最後に教科書を読んだときのことを思い出そうとしていた。

「入学審査委員会は僕らが言うことしかわからない」とタイラーは言った。「ホームスクーラーだと言えば、彼らは信じてくれる」

「合格するわけない」

「できるさ」と彼は言った。「アメリカン・カレッジ・テスト（ACT）に合格すればいい。簡単さ」

タイラーは立ち上がった。「タラ、世界は目の前に広がっているよ。君のためにね」と彼は言った。「君の耳に自分の考えをふきこむ父さんから離れたら、世界は違って見えてくる」

翌日、私は町にある工具店に車を走らせ、寝室のドア用にスライドボルトの鍵を買った。私は買ってきたボルトをベッドの上に置き、作業場からドリルを持ってきて、ネジ止めをした。ショーンは出かけているものだとばかり思っていた――私道に彼のトラックが停められていなかったからだ――しかし、ドリルを手に振り返ると、ドアのところに彼が立っていた。

「何をやってるんだ？」と彼は言った。

「ドアノブが壊れたの」と私は嘘をついた。「ドアが開いちゃうの。これは安い鍵なんだけど、ごまかせるかなと思って」

ショーンは分厚いボルトを指で触った。ショーンだったらそれが安物ではないことがすぐにわかるだろうと覚悟した。私は静かに立ち上がって、恐怖に身をすくませていたが、同時に彼に対する哀れみも感じていた。あの瞬間、私は彼を心から憎んでいたし、彼の顔に向かってそう叫んでやりたかった。私はショーンがぺしゃんこになるさまを、私の言葉の重みと自分に対する強い嫌悪感で彼が潰されるさまを想像した。そのときでさえ、私は真実を理解していた。私が彼を憎むよりもずっとずっとひどく、彼は自分自身を憎んでいた。

「ネジが違うよ」とショーンは言った。「壁にはもっと長いネジが必要だ。それにドアにはグラバーねじだよ。これじゃあすぐに使いものにならなくなる」

私たちは作業場まで歩いた。ショーンは数分間なかをあさると、手にいっぱいのスチール製のネジを持ってきた。私たちは一緒に家まで歩いて戻り、鍵を取り付けた。彼はハミングしながら笑い、乳歯を見せていた。

第14章　行き場のない思い

一〇月、父はマラド・シティで穀物倉庫を建設する契約を勝ち取った。マラドは、バックスピークの向こう側にあるほこりまみれの農業の町だ。それは彼の小さなチームにとっては大きなビジネスだった――メンバーは、父、ショーン、ルーク、そしてオードリーの夫であるベンジャミンだけなのだ。ショーンは優秀な現場監督だった。彼が責任者を務めたおかげで、父は早くて信頼できる仕事をする人物だという評判を得ていた。

ショーンは父が手間を省くことを許さなかった。作業場を通りすぎると、二人のどなり声を聞いたものだった。父はショーンが時間を無駄にしていると言い、ショーンは父が誰かの頭をもう少しで切り落とすところだったと叫び返すのだ。

ショーンは長時間働いて、倉庫建設のための資材の清掃と裁断と溶接をした。やがて建設がはじまると、マラドの現場につきっきりになった。日没の数時間後に家に戻る彼と父は、ほとんど毎回ののしりあっていた。ショーンは建設のプロのように作業を進めるべきだと考え、マラドで得た利益を新しい設備に投資することを望んだ。父は何も変えたくはなかった。ショーンは父が、建設はスクラップよりもずっと競争の激しいものだと理解していない、本格的な契約を結びたいのであれば、本格的な設備投資をするべきだと言った――とくに、新しい溶接機とゴンドラつきの高所作業車だ。

「フォークリフトとチーズ運搬用のぼろぼろの積荷台（パレット）を使いつづけるわけにはいかないんだよ」とショーンは言った。「見た目も悪いし、高い場所は危険だ」

父は高所作業車のアイデアを大声で笑い飛ばした。彼はフォークリフトとパレットで二〇年もやってきたのだ。

私はほぼ毎晩、夜遅くまで働いていた。ランディーは新しい得意先を見つけるために長旅に出ようと計画していて、彼がいないあいだは、私が店を見ることになった。ランディーは帳面をつけたり、注文を処理したり、在庫管理したりするためのコンピュータの使いかたを教えてくれた。はじめてインターネットという言葉を聞いたのはランディーからだった。彼は私にインターネットへの接続の仕方、ウェブページへのアクセスの仕方、メールの書きかたを教えてくれた。私にいつでも連絡できるように携帯電話を手渡し、彼は出かけていった。

私が仕事から家に戻ろうとしていたある日の夜、タイラーが電話を入れてきた。ＡＣＴのための勉強をしているかどうかの確認のためだ。「テストなんて無理よ」と私は言った。「数学をやったことがないんだから」

「お金はあるんだろ」とタイラーは言った。「本を買って学ぶんだよ」

私は黙っていた。大学は私の人生には関係のない場所だ。自分の人生がどうなるのかはもうわかっていた。一八か一九で結婚をする。父が農園の一画を私に与えてくれて、夫がそこに家を建てる。母がハーブについて、そして片頭痛が減ってようやく再開した助産婦の仕事について教えてくれる。子供ができたら、母が子供を取り上げてくれ、そしていつの日か、きっと私が助産婦になるのだ。その人生に大学が入る余地はなかった。

タイラーは私の気持ちを読んでいるかのようだった。「シスター・シアーズを知ってるかい？」と彼は言った。シスター・シアーズは教会の合唱団の監督だった。「なぜ彼女が合唱団を率いることができるかわかるかい？」

私はずっとシスター・シアーズに憧れてきた。彼女の音楽への造詣の深さに嫉妬心さえ憶えていた。それまで一度も、どうやって彼女が音楽を学んだかなんて、考えたことがなかった。

「勉強したんだよ」とタイラーは言った。「音楽で学位をとれるって知ってたかい？もし持っていたら、教えることができるし、教会の合唱団の指導だってできるようになる。父さんだって反対しないはずだ。するとしても少しだけだ」

母は最近になってトライアル版のAOL〔インターネットのプロバイダ〕に加入していた。私はランディーの店で、仕事以外でインターネットを使うことはなかったが、タイラーとの電話を切ったあとにコンピュータをたち上げて、モデムがダイアルするのを待った。タイラーはブリガム・ヤング大学のホームページのことを話していた。見つけるのには数分しかかからなかった。画面は写真でいっぱいになった――美しいレンガ造りの建物。鮮やかな緑色の樹木に囲まれたサンストーン色の校舎。本を脇に抱え、バックパックを肩にかけた美しい人たちが歩きながらほほえんでいた。まるで映画のワンシーンのようだった。それも、幸せな映画だ。

翌日、私は最寄りの書店まで四〇マイル〔約六四キロメートル〕車を走らせて、ACT用の真新しい参考書を買い求めた。私はベッドに座り、数学の模擬テストのページを開いた。最初のページを読んだ。方程式を解く方法を知らないというわけではなかったが、数学の記号がわからなかった。つぎのページも、そのつぎのページでも同じだった。

私はテストを母のところに持っていった。「お母さん、これって何？」と私は聞いた。

「数学よ」と彼女は言った。

「じゃあ、数字はどこなの？」

「それは代数よ。記号が数字の代わりになっているの」

「どうやって解いたらいいの？」

母はペンと紙を数分もてあそんでいたけれど、最初の五問の方程式を一問も解くことはできなかった。

翌日も同じく四〇マイルを車で走り、往復八〇マイル〔約一二八キロメートル〕の道のりをかけて、分厚い代数の教科書を持ち帰ってきた。

毎晩、作業チームがマラドを出発する前に、父は家に電話をしてきた。トラックが丘をのぼって戻ってくるまでに、母が夕食を準備できるように。その電話がかかってくると、私は母の車に乗って家から去った。理由はわからなかった。私はウォーム・クリークに行って、バルコニー席に座ってリハーサルを眺めた。足を梁（はり）の上にのせ、数学の教科書を目の前に開いた。割り算の筆算を最後に、数学の勉強はしてきておらず、数学的な概念には慣れていなかった。分数の理屈はわかっても、計算には苦労した。ページに小数が出てくると、ドキドキした。一カ月間、毎晩、私はオペラハウスの赤いベルベットの椅子に座り、もっとも基本的な問題を解いた――分数のかけ算、逆数の使いかた、小数の足し算、かけ算、割り算。舞台上では、出演者が台詞を暗唱していた。

私は三角関数を学びはじめた。見たこともないような公式と方程式には癒しがあった。私はピタゴラスの定理とその普遍性に心惹かれた——いつでもどこでも、直角をはさむ三点の特性を予測できるのだ。私が廃材置き場で学んだ物理学は多くの場面で安定せず、気まぐれだった。しかし、三角関数には生命の次元を定義して把握する真理があった。現実は、完全に不安定ではなかったのかもしれない。そこにも理由づけができ、予測できるものがあるのかもしれない。きっとそれは、何か意味をなすよう創造されたのかもしれない。

だけど、ピタゴラスの定理を終えて、サイン、コサイン、タンジェントを学びはじめると、すべてが混乱するようになった。私にはその抽象的概念が理解できなかった。そこに論理は感じとることができたし、対称性と秩序を与える力があることは理解できたけれど、それを解き明かすことができなかった。秘密は守られ、それは私があると信じた法則と原理の世界への入り口のようになった。でも、入り口の門は開かなかった。

母は、私が三角関数を学びたいというなら、教えるのは自分の務めだと言った。ある夜、母は私の勉強に付き合ってくれた。二人でキッチンテーブルで紙に文字を書き殴り、髪をかきむしりながら問題を解いた。ひとつの問題を三時間も考えたあげく、導き出した答えはすべて間違っていた。

「高校のときも三角関数は苦手だったわ」と母は嘆き、教科書をパタンと閉じた。

「そのうえ、全部忘れてる」

父はリビングルームにいて、穀物倉庫の設計図をパラパラと見ながら、ぶつぶつと独り言を言っていた。以前に父が計算をしている姿や、角度をいじったり、梁を伸ばしたりする姿を見ていた。父は数学の正式な教育など受けていないが、その才能を否定することは不可能だった。方程式を差し出せば、父はどうにかしてそれを解くことができるはずだ。私には確信があった。

父に大学に進学する計画があることを伝えると、女の居場所は家庭で、私はハーブについて学ぶべきだと言った——「神の薬局」と父は呼び、そして一人でほほえんでいた。そうすれば母の仕事を受け継ぐことができるというのだ。もちろん、父はそれ以外のことも山ほど言っていた。例えば、私が神の知識ではなくて、男の知識を求める淫(みだ)らな人間であるとか、そんなことだ。それでも私は、父に三角関数について質問しようと心を決めていた。絶対にその知識を持っていると私は信じていたのだ。

私は解けなかった問題をきれいな紙に写し書きした。私が近づいても、父は顔を上げようとしなかった。とてもていねいに、そっと、私はその紙を設計図の上に滑り込ませた。

「お父さん、これ、解ける？」

父は鋭い目で私を見たが、すぐにその視線は柔らかくなった。彼は紙をくるりと回転させ、しばらく見つめ、そして、数字、円、そして大きく弧を描く線を書いた。父の解きかたは、私の教科書には記されてはいなかった。それまで見たこともないような解きかただった。父はひげをぴくぴくと動かして、何かをつぶやいた。そして書くのをやめると、顔を上げて、正解を示した。

どうやってその問題を解いたのか聞いた。「解く方法なんてわからない」と父は言いながら私に紙を手渡した。「それが答えだ。それしかわからない」

私はキッチンに戻り、美しくてバランスの取れた方程式の解答と、完成していない計算式とぐちゃぐちゃなスケッチとを比較してみた。私はその奇妙さに打ちのめされた。父はこの科学の指揮を執り、その言語を解読し、論理を見抜き、ねじ曲げ、折り、圧力をかけることができた。しかし、それが父を通過すると、カオスになるのだ。

三角関数に一カ月をかけた。サイン、コサイン、タンジェントの神秘的な角度や脳震盪を起こさせるような計算法の夢を見ることもあったが、実際には一歩も前進していなかった。三角関数を独学で学ぶことはできなかった。でも、それをやり遂げた人がいるのを知っていた。

タイラーは私にデビー叔母さんの家で会おうと言った。というのも、彼女はブリガム・ヤング大学の近くに住んでいたからだ。三時間のドライブの距離だった。叔母さんの家のドアをノックするのはきまりが悪かった。彼女は母の妹で、タイラーはブリガム・ヤングの一年生のときに彼女の家に居候していたのだが、私が彼女について知っていたのはそれくらいだったからだ。

ドアを開けたのはタイラーだった。デビー叔母さんがキャセロールを準備してくれているあいだ、私たちはリビングルームに座っていた。タイラーはいとも簡単に方程式を解いてみせ、すべてのステップについてきちんと説明を書いてくれた。彼は機械工学を学んでいて、クラスをトップレベルの成績で卒業するところで、卒業後はすぐにパーデュー大学の博士課程に進むことになっていた。私の三角方程式は彼の能力には易しすぎたとしても、退屈したそぶりは見せなかった。彼はただ、辛抱強く何度もその原理を説明してくれた。門は少しだけ開き、私はそのなかをのぞき見ることができた。

タイラーが叔母さんの家から去り、デビー叔母さんがキャセロールの皿を私の手に押しつけたそのとき、電話が鳴った。母からだった。

「マラドで事故があったの」と彼女は言った。「早く家に戻ってきて」

母はほとんど何も知らなかった。ショーンが転落した。頭から落ちた。誰かが救急隊を呼び、ポカテロにある病院までヘリコプターで搬送された。彼が持ちこたえられるかどうか、医師たちもわからなかった。母が知っていたのは、それがすべてだ。

私はこの先の見込みについてもっと知りたかった。たとえそれが単に彼らにとっては悪い状況を示すものであったとしても。母には「たぶん大丈夫よ」と言ってほしかったし、「もしかしたらだめかもしれない」でもよかった。母が言った「何もわからないの」以外だったら、なんでもよかった。

母は私に病院に来るように言った。ストレッチャーに乗ったショーンの、命が失われていく様子を想像していた。大きな喪失感の波に襲われ、膝からくずおれそうになったけれど、つぎの瞬間、違う感情もわき上がった。安堵だ。

嵐が近づいていた。私たちの渓谷の入り口を守るサーディン・キャニオンには三フィート〔約九〇センチメートル〕の雪が積もることになっていた。デビー叔母さんの家まで走らせてきた母の車は、タイヤがすり減っていた。私は母に、このタイヤで大雪のなかを進むのは無理だと伝えた。

ショーンがどのようにして転落したのかは、その場にいたルークとベンジャミンから、断片的に伝えられた。とても寒い日の午後のことだった。風が強く吹き荒れていて、柔らかい雲のようなほこりを巻き上げていた。ショーンは二〇フィート〔約六メートル〕の高さにあった、木製のパレットの上に立っていた。彼の一二フィート〔約三・六メートル〕下には未完成のコンクリートの壁があり、串のように鉄骨が突き出ていた。ショーンがパレットの上で何をやっていたのかはわからないが、たぶん柱の取り付けか溶接をやっていたのだろう。なぜなら、彼の仕事がそういう類のものだったからだ。父はフォークリフトを運転していた。

ショーンが転落した理由については、矛盾する話をいくつか聞いた。[4] 父がフォークリフトの腕を突然動かしたせいで、端にいたショーンが落ちたという話もあった。しかし、ショーンがパレットの縁に立っていて、どういうわけか後ずさり、足場を失ったという話がもっとも多かった。彼は一二フィート転落するあいだ、空中でゆっくりと体をひねったために、鉄筋が突き出したコンクリートの壁に頭から激突した。そして最後の八フィートをまっすぐに落ちて、地面に叩きつけられたという。

これが私に説明された彼の転落の詳細だ。でも、私の考えは、違っていた――白いページに等間隔に線が引かれている、私の心のなかのスケッチブックではだ。そのスケッチブックでは、ショーンはパレットに乗って持ち上げられ、傾斜のせいで落下し、鉄筋に打ちつけられ、そして地面に落ちる。私は三角形を思い浮かべる。するとページ上の論理は父に行き着くのだ。

父はショーンのけがの様子を確認していた。ショーンはふらついていた。片方の目の瞳孔が開いており、もう片方は閉じていたが、誰もそれが意味するところを知らなかった。誰も、それが脳出血のサインだとは気づかなかった。

父はショーンに休むように言った。ルークとベンジャミンは、ショーンがピックアップトラックに寄りかかれるよう手助けして、そして仕事に戻った。

これ以降の事情はさらに不明瞭だ。

私が聞いた話では、この一五分後にショーンは現場までふらふらと歩いてやってきた。父は仕事に戻るのだと思い、パレットに登るように言ったが、指図されるのが大嫌いなショーンは父にどなりはじめた――設備のこと、穀物倉庫の設計のこと、給料のことについて。彼は喉を嗄らしてわめき散らし、そして突然大人しくなったと思ったとたん、父を腰のあたりでつかみ、まるで穀物の袋のように放り投げた。父があわてて立ち上がる前に、ショーンはその場を離れ、飛び跳ね、吠え、笑いころげた。ルークとベンジャミンは、まずいことが起きていると確信し、ショーンを追った。ルークが最初に追いついたが、ショーンをつかまえることはできなかった。そこでベンジャミンが自分の体重をかけて押さえにかかると、ショーンの動きは少しゆっくりになった。結局、三人の男性がタックルをして、ようやく地面に押さえ込んだ。ショーンが抵抗したこともあって、ここでも頭を強打したが、やっとのことで静かに横になったのだ。

ショーンの頭部への二度目の強打で何が起きたか、誰も説明してくれなかった。発作が起きたのか、嘔吐したのか、意識を失ったのか、私にはわからない。でも、誰かが——たぶん父か、ベンジャミンが——救急隊を呼んだ事実には身も凍るような思いがした。私の家族はそれまで一度も救急隊を呼んだことがなかったからだ。

ヘリコプターは数分で到着すると彼らは言われた。父とルークとベンジャミンがショーンを無理矢理地面に押し倒したとき——すでに脳震盪を起こしていたのだ——ショーンはすでに危篤状態だった可能性があるというのが医師の見解だった。頭を強打したときに命を落とさなかったのは、奇跡のようなものだと言われたらしい。

ヘリコプターを待っている彼らの姿を想像するのは難しかった。救急隊が到着したとき、ショーンは泣いていて、母を呼んでいたと父は言った。病院に到着するころには、彼の意識はまた別の状態にあった。両目は腫れ上がり、充血していて、裸でストレッチャーの上に起き上がると、つぎに近づいてきたやつの目をえぐり出してやると叫んだ。そして倒れ込むようにして泣きだし、最終的には意識を失ったのだという。

その夜をショーンは生き延びた。

朝になると、私はバックスピークの家に車を走らせた。私には、自分が兄の病院に急いで行かなかった理由がわからなかった。母には仕事があると言った。

「あなたのことを呼んでいるわ」と母は言った。

「誰のこともわからないって言ったじゃない」

「たしかにわからない」と彼女は言った。「でも看護師に、タラという名前の人はショーンの知り合いかって、さっき聞かれたの。今朝、あなたの名前を何度も言ったんですって。眠っているときも、意識が戻ったときも。タラは妹だって伝えたわ。そしたら、あなたが来てくれたらって言うのよ。あなたのことはわかるかもしれない、そしたら何か起きるかもしれない。入院してからショーンが口にした名前はそれだけなんだから」

私は黙り込んだ。

「ガソリン代だったら払うから」と母は言った。私が病院に行かないのは、病院までの三〇ドルのガソリン代が理由だと母は思っていたのか。そんな風に思われたことが恥ずかしかったが、でも、お金の問題でなかったとしても、私には行く理由がないのだけれど。

「じゃあ行くから」と私は言った。

病院でのことを、私は不思議なことにあまり記憶していないし、兄がどのような姿だったのかもはっきりとは憶えていない。おぼろげながら、兄の頭がガーゼで覆われていて、私がその理由を聞いたら、医師が手術をしたのだと母が答えたことは記憶している。頭蓋骨を開いて脳圧を下げた、あるいは出血を止めた、あるいは何かを治した――実際のところ、母がなんと言ったのかは思い出せない。ショーンはまるで熱を出した子供のように、寝返りを打ちつづけた。私はそばに一時間ほど座っていた。ショーンは数回目を覚ましたが、もしそのとき意識があったとしても、私に気づいてはいなかった。

翌日も病院を訪ねると、ショーンは目を覚ましていた。病室に入っていくと、彼は瞬きをして母を見た。母も私のことが見えているのか、確認しているかのようだった。「来てくれたんだな」とショーンは言った。「来てくれるとは思わなかったよ」彼は私の手をとると、眠りに落ちた。

耳から額にぐるりと包帯を巻かれたショーンの顔をじっと見て、私は心が苦しくなった。なぜもっと早くに来なかったのかを、そのとき理解した。もし彼が死んだら私は喜ぶかもしれないからだ。そう感じることを恐れていたのだ。

医師が彼を入院させておくべきと考えていたのは間違いないが、私たち家族は健康保険に加入していなかった。すでに医療費は莫大で、ショーンがすべてを支払うのに一〇年はかかるだろう。移動できる程度に病状が安定した時点で、私たちは彼を家に連れ帰った。ショーンはリビングルームのソファで二カ月間過ごした。すっかり体力を失っていた——できたのは、トイレに行って戻ってくることだけ。片耳は完全に聴力を失い、もう片方の耳も聞こえにくくなっていた。誰かに話しかけられると首を回し、視線ではなく、聞こえるほうの耳を話している人のいるほうに向けた。この奇妙なしぐさと手術後の包帯以外は、彼はいたって普通に見えた。腫れやあざは残っていなかった。医師によると、この理由はダメージが深刻だからだそうだ。外傷が少ないということは、損傷がすべて内部的なものであることを意味するのだそうだ。

見た目は変わっていなかったけれど、ショーンが以前と同じではないと、しばらくしてから気づいた。彼の話は明快なようでいて、よく聞くと筋が通っていなかった。一貫した物語を話すことができず、次々とわき道へそれていくのだ。

病院にすぐにかけつけなかったことに罪悪感を抱いていた。罪ほろぼしをするために仕事をやめ、日夜、彼の看病をした。水が欲しいと言えば、水を取りに行った。彼が空腹になれば、料理をした。

セイディーが家に来るようになり、ショーンは彼女を迎え入れた。私は彼女が来てくれることを待ち望んでいた。来てくれれば勉強の時間がとれるからだ。母は私がショーンといることが大切だと考えていたからか、誰も私の邪魔をしなかった。人生ではじめて何の制約もなしに、長時間勉強することができた——廃材処理もチンキ剤を漉すこともランディーの店の在庫管理も何もしなくてよかった。私はタイラーのノートを精査して、彼の注意深い解釈を何度も何度も読み込んだ。これを続けて数週間が経過すると、魔法なのか奇跡なのか、数字の持つ概念がその姿を現した。私はもう一度模試を受けた。高度な代数はそれでも解けなかった——私の知覚能力の外側にある世界から来たものだったからだ。でも、三角関数は理解できるようになり、私にもわかる言語で書かれたメッセージが、黒いインクと白い紙の上だけに存在していた論理と秩序の世界からこちらに届くようになった。

一方、現実世界は大混乱に陥っていた。医師たちが母に、けがはショーンの人格を変えてしまったかもしれないと伝えた。ショーンが病院で見せていた精神的不安定さや暴力的な傾向がずっと続くかもしれないと。

たしかにショーンは怒りに身をまかせ、誰かを傷つけるためにやみくもな激情を見せるようになった。彼は、母を幾晩も泣かせるような、破壊的な言葉を選ぶ直感めいた力を持っていた。怒りは姿を変え、さらに悪化した。ショーンの体力が戻ると、私は毎朝のトイレ掃除のときにランチ前には自分の頭がここに突っ込まれるかもしれないと不安になった。母は、私だけが彼を落ちつかせることができると言い、私はそれが真実だと自分に言い聞かせた。他に誰がいるの？　そして私は考えた。だって彼は私に影響を及ぼさないから。

いま思い返してみると、彼がけがによって変わったのかどうか確信はない。けれど、私は自分自身にそう言い聞かせていたし、彼の残酷さは、完全に新しい人格なのだと考えていた。この時期の自分の日記からは心の変化の過程を読むことができる――少女が歴史を塗り替えている様子だ。現実に、彼女はパレットから転落する前の兄には何も問題がなかったという物語を描いている。私の親友が戻ってきてくれればいいのにと日記には書いてある。けがの前に、痛めつけられたことなど一度もなかった。

第15章　もう子供じゃないから

あの冬、あの瞬間、私はカーペットにひざまずいていた。母は神からヒーラーという天職を与えられたのだと、父が厳かに宣言するのを聞いていた。私は息が苦しくなり、自分が空(から)っぽになったように感じていた。両親もリビングルームも目に入らなかった。私が見ていたのはひとりの大人の女性だ。理性があり、自分自身の祈りの言葉を持ち、父の足元に子供のように座ることなどしない女性だ。

その女性の膨らんだお腹を見た。それは私のお腹だった。女性の横には助産婦である母が座っている。彼女は母の手を取り、病院で医師の手による出産をしたいと言う。車で連れていってあげると母は言う。女性はドアに向かって歩いたが、その前に立ちふさがるものがあった——神への忠誠と盲信が。父が。彼はじっと動かずに立ち尽くしていた。しかし女性は彼の娘であって、彼の信念と説得力のすべてに引き寄せられていた。彼女は彼を押しのけ、ドアを通り抜ける。

私はそんな女性が求める未来を想像しようとした。彼女と父親がそれぞれ別の精神である光景を思い描こうとした。その女性が父親の助言を無視し、自分の意思を持つ場面を。でも父は私に、ひとつの主題に対して二つの分別ある意見は存在しないと教えていた。ひとつの真実か、嘘か、それだけだ。私はカーペットの上にひざまずき、父の声を聞きながら、この見知らぬ女性のことも観察していた。そして、そのあいだに捕らわれたような気持ちになった。二人に惹きつけられ、そして双方から拒絶されるのだ。どんな未来もこの二人を止めることはできないと私は理解した。どんな運命も彼を、そして彼女を許さないだろう。私は永遠に、常に子供のままでいなければ、彼を失ってしまう。

父の声がドアの向こうから聞こえた。私はベッドに横たわって、かすかなライトの光が天井に映す影を見ていた。本能的に、私は敬礼でもするみたいに急いで立ち上がったが、そうしたところで何をしていいのかわからなかった。前例がなかったからだ。父が私の部屋に来たことなんてそれまで一度もなかった。

父は私の横をずかずかと通りすぎると、ベッドに腰かけた。そしてマットレスの自分の隣を叩いた。私は緊張してそこに座った。両足はやっとのことで床に触れていた。父が話しはじめるのを待ったが、時間は静かに過ぎていった。父は目を閉じて、口をわずかに開けて、まるで天使の声に耳を傾けているかのようだった。「祈りを捧げていたんだ」と父は言った。彼の声は柔らかく、優しかった。「おまえが大学に行くと決めたことについて」

父は目を開けた。瞳孔がランプの明かりによって広がり、虹彩の淡い茶色をのみ込んだ。暗闇に支配されたそんな目を私はそれまで見たことがなかった。この世のものではない、スピリチュアルな力の象徴のように感じられた。

「神が私を呼んだのだ」と父は言った。「神はお怒りだ。おまえは体を売って人間の知識を求め、神の恵みを忘れてしまった。神の怒りはおまえに向けられている。その怒りはすぐさま届くだろう」

父が立ち上がって部屋を出ていった姿は憶えていない。けれど、そうしたはずだ。私は座って、恐怖にしばられたように身を固くしていた。神の怒りは都市を荒廃させ、地球全体を水没させる。私は自信を失い、無力感に苛まれた。私は自分の人生が自分のものではないことを思い出していた。いつ何時でも、私は体の支配を奪われ、天国まで引きずられていって、怒りに震える神と対面させられるのだ。

翌朝、私は母がキッチンでオイルを調合しているのを見つけた。「ブリガム・ヤング大学には行かないことにしたわ」と私は言った。

母は顔を上げ、私の後ろにあった壁に目をそらせると、静かにこう言った。「そんなことは言わないで。聞きたくない」

理解できなかった。神に屈服する私を、母は喜んでくれるかと思ったのに。

母の視線が私に戻った。その目に力強さを感じたのは久しぶりのことだった。私は驚いていた。「私の子供のなかで、あなたが一番にここを勢いよく飛び出していく子だと考えてたの。タイラーじゃないと思ってた——たしかにあれも驚きだったわね——でもね、あなたがここに残るなんて。だめよ。行きなさい。何があってもあきらめちゃだめ」

父の足音が階段の吹き抜けから聞こえてきた。母はため息をついて、そして視線を泳がせた。まるで催眠状態から抜け出したかのように。

父はキッチンテーブルに座り、母は父の朝食を作りはじめた。父はリベラルな学者たちについて物申しはじめ、母はパンケーキのたねを混ぜはじめた。くり返しあいづちを打ちながら。

現場監督のショーンがいなくなると、父の建設業は徐々に縮小していった。私はショーンの面倒を見るためにランディーの店の仕事を辞めていた。お金が必要だったので、父がその年の冬にスクラップの仕事に戻ると、私もそうした。

廃材置き場に戻った日の朝は、凍てつくようだった。廃材置き場の様子は変わっていた。廃車の柱はまだあったものの、それはもう景観を支配してはいなかった。数年前、父はユタ電力に雇われ、数百本の送電塔の解体をした。山形鋼〔L字鋼〕を貰い受け、それを積み上げていたのが――四〇万パウンド〔約一八一トン〕もの鋼が絡まり合って、山となって、廃材置き場の至るところにあった。

私は毎朝六時に起きて勉強していた――なぜなら、廃材の処理で疲れきったあとより、朝のほうが集中できたからだ。神の怒りに恐怖を抱いていたものの、ACTに合格する確率はとても低く、合格するには神の御業が必要だろうと考えていた。もし神が私を合格させるのであれば、学校に行くことは神の意志に他ならない。

ACTは、数学、英語、科学、読解の四科目で構成されている。数学の学力は向上しつつあったが、得意とはいえなかった。模試のほとんどの設問を解けるようになったが、時間が足りなかった。全問を解くには試験時間の二倍か三倍が必要だった。私には基礎的な文法の知識もなかった。それでも名詞から学びはじめ、前置詞、動名詞へと進んでいった。科学はミステリそのものだった。唯一読んだことのある科学の本は取り外し可能なぬり絵のページがあるような、子供向けのものだった。その四科目で私が自信を持っていると言えるのは唯一、読解だけだった。

ブリガム・ヤングは難関校だった。入学するには高スコアを取らなければならなかった——最低でも二七点。それは受験者の上位一五パーセントにあたる。私は一六歳で、それまで一度も試験を受けたことがなく、体系立った学習に取り組みはじめたばかりだった。それでも、私はテストを受けるための登録を済ませた。まるでサイコロを振ったような気分だった。運命は私の手を離れた。あとは神が判定してくれるはずだ。

試験の前夜、私は眠ることができなかった。脳がさまざまな悲惨なケースを再生しつづけ、まるで熱を出したかのように燃えていた。朝五時にはベッドから抜け出して、朝食を食べ、そして車を四〇マイル〔約六四キロメートル〕走らせて試験会場のユタ州立大学に向かった。白い教室に三〇人の生徒たちと一緒に導かれると、みなは自分の席に座って鉛筆をデスクに置いた。中年の女性がテストを配布した。それまで一度も見たことがなかった奇妙なピンク色の紙だ。

「あの、すいません」と、紙を手渡してくれた女性に質問をした。「これ、何ですか？」

「マークシートです。解答を書き込むものよ」

「どうやって使うんですか？」

「ほかのマークシートとまったく同じ」と彼女は言い、私から離れようとした。明らかに苛ついていた。まるで私が悪ふざけでもしていたかのように。

「いままで一度も使ったことがないんです」

彼女はその瞬間、私をじろりと見た。「正解を塗りつぶすのよ」と彼女は言った。「しっかりと塗りつぶすの。わかりました？」

試験がはじまった。人であふれかえるような部屋で、四時間も机に座ったことは、それまで一度もなかった。雑音が耳に障ったけれど、それが聞こえているのは私だけのようだった。ページをめくる音や鉛筆が紙をこする音を聞くだけで集中が途切れてしまった。

試験が終わり、数学はギリギリかもしれないが、科学を落としたことはたしかに思えた。解答の一部は、推測のレベルにも到達できていなかった。すべてでたらめで、あの奇妙なピンクの紙の上に並んだ単なるドットのパターンのようなものだった。

私は車を運転して家まで戻った。情けない気持ちだったが、情けないというよりは滑稽だった。自分以外の生徒たちを見てしまった――きれいに列をなして教室に入っていき、席に座り、落ちついて解答を書き入れるその姿。まるで練習を重ねた演目を披露しているかのようだった。上位一五パーセントに入ることができると考えたなんて、本当に非常識だった。

あれはあの人たちの世界なのだ。私は普通の世界に足を踏み入れ、そして自分の世界に戻った。

春にしてはとても暑いあの日、私とルークは母屋桁（もやげた）を引っぱっていた――屋根の長さと同じだけ水平に伸びる鉄の梁だ。母屋桁はとても重く、太陽の光は容赦がなかった。色が塗られた鉄に鼻から汗が落ちた。ルークはシャツを脱いで、袖のところを引っぱって裂いて、風が通りやすいように大きな穴を開けた。私にはそんな過激なことはけっしてできない。でも、母屋桁を二〇本も運ぶと、背中が汗でひどくベタついた。私はTシャツの裾であおいで風を送り、袖を肩が見えるところまで巻き上げた。数分後、私を見た父が急いでやってきて、袖をもとに戻した。「ここは売春宿じゃないんだ」と彼は言った。

私は父が立ち去るのを見て、何も考えずに、自分の意思ではないかのように、袖をまくり上げた。一時間後に戻った父は、私を見ると、戸惑った様子で足を止めた。彼は私に指示を出し、私はそれを無視したのだ。父は困ったように立ち尽くすと、私のところにやってきて、両方の袖をつかんで、引き下げた。私は彼が一〇歩も行かないうちに、ふたたび袖を巻き上げた。

父に従いたかった。本当にそうだった。でも、その日の午後は本当に暑くて、腕に当たる風は心地よかった。たかが数インチの話だ。私はこめかみからつま先まで汚れで覆われていた。鼻の穴と耳から黒い汚れをかき出すのに、その晩は三〇分ほどかかるだろう。欲望だとか誘惑だとかの対象になるような気分ではない。まるで人間フォークリフトだ。数インチの肌を見せることに何の意味があるの？

私は給料を貯め込んでいた。授業料が必要になったときのためにだ。父はそれに気づくと、ささいなことでお金を請求しはじめた。二回目の自動車事故のあと、母は保険に加入したが、父は私が自分のぶんの保険料を払うべきだと言った。だから、払った。つぎに彼は、車検証の費用も請求した。「政府の要求する金はおまえを破産させる」と、現金を手渡す私に父は言った。

こうした行為が父を満足させたのは、試験結果が届くまでのことだった。廃材置き場から家に戻ると、私は白い封筒が届いていることに気づいた。それを破って開くと、紙に油ジミをつけながら、科目ごとの得点を飛ばして総合点を見た。二二点だ。私の心臓が早く打ちはじめた。幸せの鼓動だった。二七点ではなかったけれど、可能性は開かれた。アイダホ州立大学はどうだろう。

私は母にスコアを見せて、母はそれを父に伝えた。父は動揺し、そして家から出ていけと叫びはじめた。

「もう給料をもらえる歳なんだったら、家賃を払え」と父はどなった。「家を出ればいいさ」母は父と口論をはじめたが、ものの数分で言い負かされた。

私はキッチンに立ち、自分の選択肢をまとめていた。母が「金曜までに出ていける？」と私に向き直って聞いたとき、いったいどうして父に貯蓄の三分の一である四〇〇ドルを渡してしまったんだろうと考えていた。

私のなかで何かが決壊した。まるで水流に翻弄されているようだった。自分自身を支えていられなくなった。叫んだけれど、その叫びは声にならなかった。私は溺れていた。どこにもいく場所がない。アパートを借りるお金はないし、あったとしても、借りることができるアパートは町にしかない。町に住むなら車がいる。私には八〇〇ドルしかない。そんなことを吐き出すように母に言うと、走って自分の部屋に戻って、勢いよくドアを閉めた。

少しして母がドアをノックした。「不公平だって思っているのでしょうね」と彼女は言った。「でも私があなたの歳のときには、一人で暮らしながら、お父さんと結婚する準備をしてたのよ」

「ママは一六で結婚したの？」

「何を言ってるのかしら」と彼女は言った。「あなた、一六歳じゃないわ」

私は母をじっと見つめた。「そうよ、私は一六歳だよ」

母は私を探るように見た。「あなたは二〇歳よ、最低でも」彼女は頭をかしげた。「そうじゃないの？」

私たちは何も言わなかった。心臓が早鐘のように打ちつづけた。「九月に一六歳になったんだよ」と私は言った。

「あら」と母は唇を嚙んだ。そして立って、笑顔をとりつくろった。「それじゃあ心配しなくていいわね。ここにいればいいわ。お父さんったら、何を考えていたのかな。忘れちゃったのね、たぶん。子供の歳って憶えているのが大変だわ」

ショーンはふらつく足取りのままで仕事に戻った。チョコレートブラウンのオイルレザーで作った、オーストラリア製アウトバックハットをかぶっていた。それはとても大きく、つば広だった。事故の前は、馬に乗るときにしか帽子をかぶらなかったが、事故のあとは常にかぶるようになった。家のなかでもそうで、それを父は無礼な態度だと言った。父に対して無礼を働くことが、ショーンが帽子をかぶっていた理由かもしれないけれど、私は別の理由を疑っていた。それはおそらく、とても大きくてかぶり心地がよいうえに、手術による傷を隠すことができるからだ。

働きはじめは一日に数時間だった。そのころ父はバックスピークから二〇マイル〔約三二キロメートル〕ほど離れたオネイダ郡で搾乳施設を建てる契約を結んでいた。ショーンは牧草地をうろついて、配線図を調整したり、I形梁の寸法を測ったりしていた。

ルークとベンジャミンと私は廃材の処理をしていた。父は農場いっぱいに積み上げられた山形鋼を処分するころあいと決めたようだった。売るためには、四フィート〔約一・二メートル〕の長さにそろえる必要があった。ショーンはバーナーを使って切断することを提案したが、父はそれでは遅すぎるし、燃料代がかかりすぎると却下した。

数日後、父が恐ろしい機械を持って家に戻ってきた。そんな機械はそれまで見たことがなかった。父はそれを「大バサミ」と呼んでいた。一見して、三トンほどの重さのある巨大なハサミに思えたが、実際にそれは、見たままのものだった。刃は厚さが一二インチ〔三〇センチメートル〕の高密度の鉄でできていて、長さは五フィート〔約一・五メートル〕。それは物をその鋭さで切断するのではなく、力と質量で切断する。大きな顎で嚙み砕くのだ。巨大な鉄の車輪に取り付けられた大きなピストンがその動力で、車輪はベルトとモーターによって動かされている。機械に何か挟まれば、機械を止めるのには三〇秒から一分ほどの時間がかかる。列車が通りすぎるよりも大きな音を立てながら、人間の腕ほどの太さのある鉄を上下に動きながら嚙み砕くことができるのだ。鉄は切断されるというよりは、引きちぎられるようだった。鉄を押さえている人を鈍い刃の方向に引っぱることさえあった。

父は過去にも数々の危険な計画を思いついたものだったが、私に本当にショックを与えたのはこの機械がはじめてだった。このショックはたぶん、明らかに死の可能性からくるものだ。間違って使えば、手足を失うと確信していた。あるいは、それがまったく必要のない機械だったからかもしれない。それは手ぬきだった。まるでおもちゃだった。おもちゃというものが、人間の頭を落とすことができるとしたら。

ショーンはこれを殺人マシーンと呼び、父はわずかに保っていた良識さえも失ったのだと言った。「誰かを殺すつもりかよ？」とショーンは言った。「俺のトラックに銃があるけど、それだったらもっと簡単にやれる」父はにやにやを抑えることができなかった。父があれほどうっとりしているのを見たことはなかった。

ショーンは頭を振りながら作業場に戻った。父は大バサミに鉄をかませた。切断しようとすればするほど父は前方に持っていかれ、二度ほどは、危うく頭から刃に突っ込むところだった。私はぎゅっと目を閉じていた。もし父の頭が挟まってしまったら、刃は動きを緩めるでもなく、首を刻みつづけることはわかっていた。

父は機械がちゃんと動くと確信して、ルークに指示して代わるように言った。常に父を喜ばせようとするルークは作業を志願した。五分後、ルークの腕は骨が見えるほどまで切り刻まれ、彼は血を流しながら家に走って戻った。

父は私たちを見まわした。そしてベンジャミンを手招きした。でもベンジャミンは頭を振って、指を失いたくないから結構ですと言った。父は何かを待ち望むかのように家のほうを見ていた。どれぐらい待ったら母がルークの止血を終えるかと考えていたのだろう。つぎに彼の視線が止まったのは私だった。

「来い、タラ」と父は言った。

私は動かなかった。

「こっちへ来なさい」

瞬きもせずに私はゆっくりと前に進み出た。大バサミが襲ってくるかのように、それを見つめていた。ルークの血はまだ刃についたままだった。父は六フィート〔約一八〇センチメートル〕の長さの山形鋼を持ち上げると、その一端を私に渡した。「しっかり持っておけよ」と彼は言った。「体を持っていかれそうになったら、手を離すんだ」

刃が鋼を貪（むさぼ）り食った。上下に動きながら、しゃきんしゃきんとうなり声を上げていた。まるで犬が吠えて警告するかのようだと私は思った。近寄るんじゃないという警告。でも、父のこの機械に対する狂気が、彼の理性を吹っ飛ばしていた。

「簡単だろ」と彼は言った。

私は祈りながらつぎの鋼を機械に入れた。けがを避けるための祈りではない――けがを避けるなど不可能だった――しかし、ルークのように、肉を少し切り裂くぐらいのけがでありますようにと祈ったのだ。そうであれば、私も家に戻ることができる。自分の体重で振動を押さえ込めるように、私は小さな鉄を探した。しかし、小さな鉄はもうなかった。残っている鉄のなかでも一番小さいものを選んだが、それでもとても厚かった。私はそれを機械に差し込んで、大きな顎が嚙み砕くのを待った。厚い鉄が割れる音は雷のようだった。鉄はがたがたと揺れ、私を上に持ち上げ、両脚が地面から離れた。私は鉄から手を離し、地面に倒れ込み、支えを失った鉄は刃によって乱暴に嚙み砕かれ、空中に跳ね上げられ、そして私の真横に落下した。

「ない、いったい、なにやってるんだ？」とショーンが私の視界の隅に現れた。こちらにまっすぐ進んでくると、私を立たせ、くるりと向きを変えて父に顔を向けた。

「五分前にこの化け物はルークの腕を引きちぎるところだったんだぞ！　それなのにタラにやらせたのか？」

「タラは強いのさ」と父は言い、私にウィンクした。

ショーンは目を見開いた。興奮すべき体調ではないのだが、彼は激怒しているように見えた。

「頭が取れちまうよ！」と彼は叫んだ。こちらを見て、鉄の加工場のほうに私を手で追いやった。「母屋桁に合う留め具を作るんだ。この機械のそばに近寄るんじゃない」

父は一歩前に出た。「俺のチームだ。おまえは俺の下で働いているし、タラもそうだ。大バサミを動かせと言ったのは俺だ。続けさせる」

二人は一五分以上もどなり合いを続けた。以前の口げんかとはまるで様子が違っていた——今回は、なぜか抑えが効かず、憎しみが渦巻いているようだった。私は誰かがあんなにも父にどなり散らすのを見たことがなく、それが父の容貌にもたらした変化に驚き、恐ろしく思った。父の表情は明らかに変わり、こわばり、そして絶望の色を浮かべていた。ショーンは父のなかの何か、けっして譲れない何かを目覚めさせたのだ。父はこの口論に負けるわけにはいかなかった。面目（めんぼく）を保たねばならなかった。私が大バサミを動かさなければ、もう父は父でいられなくなる。

ショーンは前のめりになって、父の胸元を強く押した。父はよろよろと後退して、バランスを失い、倒れた。父は泥のなかに横たわり、ショックを受けた様子だったが、すぐさま立ち上がると息子めがけて突進した。ショーンが殴打をさえぎるために腕を上げると、父の拳（こぶし）は下半身を狙った。たぶん、ショーンが歩けるようになったのがつい最近のことだと思い出したのだろう。

「あの子にやれと言ったのは俺で、絶対にやらせる」と、父は低く怒りのこもった声で言った。「やらなければ家を追い出すまでだ」

ショーンは私を見た。彼は私が荷物をまとめて家を出るのを手伝うべきか考えているようだった——ショーンは私の年齢で父から逃げて家を出たのだから——でも私は首を振った。私は家を出ない、こんな形では。とにかく私は大バサミを動かす仕事をする。ショーンも理解していた。彼は大バサミを見て、そしてその横に山積みにされている二三トンほどの鉄を見た。「あの子はやるよ」とショーンは言った。

父はまるで五インチ〔約十二センチ〕ほど大きくなったように見えた。ショーンはふらふらとしながらかがんで、重い鉄の塊を持ち上げると、大バサミのほうに持っていった。

「馬鹿な真似はやめろ」と父は言った。

「あの子がやるんだったら、俺だってやるさ」とショーンは言った。けんか腰ではなくなっていた。私はショーンが父に譲歩したのをはじめて見た。これまでただの一度もなかったことだが、彼はこの口論から退く決断をしたのだ。ショーンは理解していた。もし彼が服従しなければ、私が必ず服従することを。

「おまえは監督だぞ！」と父は叫んだ。「オネイダの仕事ではおまえが必要なんだ。スクラップなんてどうでもいい！」

「だったら大バサミを片づけるんだな」

父はののしり言葉を吐きながら去っていった。激怒していたが、ショーンが疲れて夕食前には監督の仕事に戻るとでも考えたのだろう。ショーンは父が遠ざかるのを見てから、こちらにやってきた。「いいかい、シドル・リスター。おまえが鉄を持ってきてくれ。そしたら俺が機械に入れる。もし鉄が分厚いんだったら、そうだな、半インチの厚さだとしたら、後ろで俺を支えて体重をかけてくれ。そうすれば刃のほうに投げ出されなくてすむからな。わかったか？」

私とショーンは一カ月間、大バサミを稼働させた。父は頑固で、大バサミの稼働を停止しようとはしなかった。バーナーで鉄を切るより、現場監督が仕事を放棄していることのほうがコストがかかるのだけれど。作業が終わると、私にはいくらかのあざが残ったものの、けがはしていなかった。ショーンは生命力を奪われたようだった。パレットから転落して数カ月しか経っていないのだ。彼の肉体は疲労に耐えきれなかったのだ。長い鉄が思いもよらない角度で跳ね上がり、彼の頭に何度も打ちつけられた。そのたびに、ショーンは両手で目をふさぎながらしばらく地面に座り込み、そして立ち上がってつぎの鉄の棒を手にした。夕方には、シミのついたシャツとほこりまみれのジーンズ姿で、キッチンの床に寝ころんでいた。あまりにも疲れていてシャワーも浴びることさえできなかった。

私はショーンが求める水や食料をすべて運んだ。セイディーもほとんど毎晩彼を訪れるようになり、私と彼女は一緒になって、彼が氷を求めれば氷を持ってきて、彼が氷はもうどかせと言えばそのとおりにし、やはり氷だと言えばそうした。私たちは二人とも「フィッシュ・アイズ」だった。

翌日の朝には、私とショーンはふたたび大バサミに戻り、彼はその大きな顎に鉄を差し込む。機械の持つあまりの力にショーンの体は、ゲームで遊んでいるかのように簡単に宙に浮いてしまう。まるで彼が幼い子供であるかのように。

第16章　不実の人間、服従しない天国

オネイダ郡の搾乳施設の建設がはじまった。ショーンはメインフレーム――建物の骨組みを形成する大きな梁――を設計し、自ら溶接もした。梁はローダーで持ち上げられないほど重く、クレーンが必要だった。それはとても繊細な手順で、溶接作業をする人間たちは、支柱に梁が載せられた状態で、両端のバランスを取りながら正しい位置に溶接しなければならなかった。だから、ショーンが私にクレーンの操作をしてほしいと言い出したときは、誰もが驚いた。

「タラにクレーンは無理だ」と父は言った。「あの子に操作を教えるだけで、午前中の半分はかかってしまう。それに、教えたって理解できるわけがない」

「でもあの子は気をつけてやるさ」とショーンは言った。「一度も落ちるなんてごめんだ」

一時間後、私は操縦席に座り、ショーンとルークは上空二〇フィート〔約六メートル〕

私はレバーを軽く撫でるように触り、油圧シリンダーが伸びるときに出すシューッという音を聞いていた。梁が正しい位置に来ると、ショーンは「ストップ！」と叫んだ。そして二人は溶接用ヘルメットをかぶり、溶接作業を開始した。

私がクレーンを操作することは、父とショーンのあいだに繰り広げられたその夏の幾多の論争のなかでも、ショーンが勝利を収めた珍しいケースだった。論争の多くは平和的には解決しなかった。二人はほとんど毎日言い争っていた——配線図の欠点、家に忘れてきた道具などについて。父は誰がトップなのかを示すため、進んで論争を仕掛けているように見えた。

ある日の午後、父は歩いてやってきてショーンの真横に立ち、ショーンが溶接する様子を見ていた。一分後、何の理由もなしに、父はどなりはじめた。ランチに長い時間をかけたとか、メンバーを早く起こさなかったとか、しっかり働かせていないとか、ショーンに大声で文句を言いはじめた。父は数分にわたって声を荒らげ、そしてショーンはヘルメットを外すと、落ちついた様子で父を見て、「仕事をしたいんで、黙っててもらえない？」と言った。

それでも父はどなりつづけた。ショーンが怠け者で、チームのまとめかたを知らず、ハードワークの価値を知らないと言った。ショーンは溶接をやめると、平台型（ひらだい）のピックアップトラックのほうに向かった。父はショーンを追いかけ、叫びつづけていた。ショーンはゆっくりと、ていねいに、指一本ずつ、手袋を外した。まるで、顔からすぐの場所で叫びつづけている男がそこにいないかのように。しばらくショーンはその場に立ち、言葉の暴力を全身に浴びたあと、トラックに乗り込んでその場を去った。大声を張り上げる父を、土ぼこりのなかに残して。

私はピックアップトラックが砂利道を走り去るのを見ながら、畏怖の念を抱いていたのを憶えている。ショーンは父に立ち向かい、その心の強さと、たゆまぬ信念で父を屈服させることができた、唯一の人だった。私は父が激怒して兄たちをどなりつける姿をよく目撃していた。でも、父を置いて立ち去ることができるのはショーンだけだった。

あれは土曜日の夜のことだった。私は「町のおばあちゃん」の家にいて、キッチンテーブルに数学の教科書を広げていた。私の横にはお皿にのったクッキーが置いてあった。私はACTをもう一度受験するために勉強をしていた。父の説教を聞きたくないので、おばあちゃんの家で勉強するようになっていた。

電話が鳴った。ショーンからだった。映画が観たいって言ったかって？　そうね、言ったわねと私は答え、その数分後にはやかましいエンジン音が聞こえてきた。私は窓から外を見た。ブンブンと鳴りつづける黒い大型バイクに乗り、つば広のオーストラリア製のレザーハットをかぶったショーンは、おばあちゃんの家の白い柵を背景にすると、完全に別世界から来た人のような印象だった。おばあちゃんはブラウニーを作りはじめ、ショーンと私は二階に行って映画を選んだ。

おばあちゃんがブラウニーを持ってきてくれたので、私たちは映画を一時停止して、黙って食べた。スプーンがおばあちゃんの磁器のお皿に当たって大きな音を出していた。食べ終わると、「二七点ぐらい取れるよ」と唐突にショーンが言った。

「もういいよ」と私は言った。「どちらにしても、大学には行かないと思う。だってお父さんが正しかったらどうするの？　洗脳されちゃったら？」

ショーンは肩をすくめた。「おまえは父さんと同じように賢いんだろ。父さんが正しいかどうかは、行けばわかるさ」

映画が終わった。私たちはおばあちゃんにおやすみなさいと告げた。それは心地よい夏の晩で、バイクに乗るには最高の日だった。ショーンが車は明日取りに来ればいいからバイクで一緒に家まで帰ろうと言った。彼はエンジンをふかして、私が乗るのを待っていた。私は一歩、彼のほうに踏み出したが、おばあちゃんのテーブルに数学の本を忘れてきたのに気づいた。

た。

「先に行って」と私は言った。「あとからすぐに追いかけるから」

ショーンは帽子をぐいと下げると、バイクの向きを変えて、人影のない通りを走り去った。

私は上機嫌で車を走らせていた。漆黒の夜だった――あの深い暗闇があるのは、家がまばらで外灯などない田舎だけだ。星の輝きも空にあるだけだ。私はいままで何度となくしてきたようにベア・リバー・ヒルを下り、ファイヴマイル・クリークと平行する平坦な道を気ままに走り、曲がりくねった高速道路を進んだ。その先の道路は上り坂で、右に曲がっているはずだ。見なくても、その先にカーブがあるのはわかっていたけれど、暗闇のなかにヘッドライトが光っている理由はわからなかった。

私は坂を上りはじめた。左側には牧草地があり、右側には溝があった。坂道の傾斜が本格的になったとき、三台の車が溝の近くに停車しているのが見えた。ドアは開き、車内のライトが点いていた。七、八人の人たちが溝のなかにある何かを囲んでいた。私は車線を変更して彼らを迂回するように車を走らせたが、高速道路の真んなかに小さな何かが落ちているのを見て、車を停めた。

それはつば広のオーストラリア製のレザーハットだった。

私は溝の周りにたたずむ人たちのほうに走った。「ショーン！」

人びとが広がって私を通してくれた。ショーンは顔を下にして溝に横たわっていた。ヘッドライトに照らされて、ピンク色に見える血の海に倒れていた。彼は動かなかった。「角を曲がってきた牛と衝突したみたいだ」と男性が言った。「今夜はすごく暗いから、見えなかったんだと思う。救急車はもう呼んだから。動かさないほうがいい」

ショーンの体は不自然にねじ曲がっていた。救急車が到着するまでどれくらい時間がかかるかわからなかった。出血も大量にしていた。血を止めるために、まず手を彼のわきの下に差し込んで持ち上げようとしたが、[5]動かすことができなかった。人混みに目を向けると、知っている顔が見えた。ドウェインだ。彼は私たちの仲間だった。母は彼の八人の子供のうち四人を取り上げたのだ。

「ドウェイン！　手伝って」

ドウェインはショーンを背負った。私はほんの一瞬ではあったが、しっかりと兄を見た。こめかみから右頬に血が滴り落ち、耳を越えて流れた血は彼の白いTシャツを濡らしていた。両目は閉じられ、口は開いていた。血はこめかみにできたゴルフボール大の穴から流れ出していた。アスファルトの上を引きずられ、こめかみの皮膚と骨が削り取られてしまったようだ。私は兄に近づいて、傷口を凝視した。何か柔らかくて、スポンジのようなものがきらめいていた。私はジャケットを脱いで、ショーンの傷口を押さえた。

私が擦り傷に触れると、ショーンは長いため息を漏らして、目を開けた。

「シドル・リスター」と彼はつぶやいた。そして、意識を失ったようだった。

ポケットに携帯電話が入っていた。家にかけると、父が出た。

取り乱して、早口でしゃべったにちがいない。ショーンがバイクで事故を起こして、頭に穴が開いていると言った。

「ゆっくり話しなさい。何があったんだ？」

私はすべてを一気に話した。「どうしたらいい？」

「家に連れてきなさい」と父は言った。「お母さんがなんとかしてくれるから」

私は口を開いたがしばらく言葉が出てこなかった。「冗談を言ってるわけじゃないの。脳が見えてるの！」と、やっとのことで口にした。

すると、ツー、ツーという鈍い音が聞こえてきた。父が電話を切ったのだ。

ドウェインは話を聞いていた。「うちはこのすぐ近くなんだ」と彼は言った。「お母さんにそこで治療をしてもらえばいい」

「だめよ」と私は言った。「父は家に戻せと言ってる。車に乗せるのを手伝って」

持ち上げるとショーンはうめき声を上げたが、言葉は発さなかった。誰かが救急車を待つべきだと言った。別の誰かは自分たちで病院に運ぶべきだと。私たちが本当に彼を家に連れて帰るなんて誰も信じてなかっただろうと思う。こめかみから脳を滴らせたかのような状態のショーンを。

私たちはショーンを後部座席に押し込んだ。私がハンドルを握り、ドウェインが助手席に乗り込んだ。バックミラーを高速道路が見えるように調整したが、やはりミラーを下げて、ショーンの表情のない血まみれの顔が映るようにした。足はアクセルを踏めずにいた。三秒、いや、四秒ほど過ぎた。それ以上ではないはずだ。

「早く！」ドウェインがどなった。でも、私の耳にその声はほとんど届いていなかった。パニックになっていたのだ。猛烈な怒りの霧のなかを、私の思考は、激しく、高熱を帯びたかのようにさまよっていた。夢を見ているようだった。五分前に受け入れざるをえなかったいつもの嘘から、解き放たれた気がした。

それまで、ショーンがパレットから落ちた日のことなど考えもしなかった。考えなければならない理由がなかったのだ。彼が落ちたのは神がそう望んだから。そこに、それ以上の深い意味はなかった。現場にいたらどう感じていただろうと、想像さえもしなかった。ショーンが転落しながら空気をつかもうとする姿。地面に衝突し、体をぐしゃりと折り曲げ、動かなくなる場面。その後の顚末を想像することを、私は自分に禁じていた——ピックアップトラックの側にショーンを放置することを決めた父のことや、ルークとベンジャミンとで見交わされただろう不安な表情を。

兄の顔のしわは血液の小さな川のようになっていた。それを見ながら、私は思い出していた。ショーンがピックアップトラックの側に一五分間座っていたときも、彼の脳は出血していたことを。そして怒りの発作を起こしたショーンを男たちが地面に倒すと、ふたたび脳にダメージを負ったことを。医師はショーンは死んでいたかもしれないと言った。あの事故のせいでショーンは二度と元のショーンに戻ることができないのだ。

最初のけがが神の意思なのであれば、二回目は誰の意思なのか？

町の病院には一度も行ったことがなかったけれど、見つけるのは簡単だった。

私は車をUターンさせ丘の斜面をスピードを上げて下り出した。ドウェインはいったい何をしているのかと言った。私はショーンの浅い息を聞きながらファイヴマイル・クリーク沿いの渓谷を走り抜け、ベア・リバー・ヒルを大急ぎで上った。病院では緊急車両用の駐車場に車を停め、ドウェインと一緒にショーンをガラスドアのなかに運び込んだ。私は大声で助けを呼んだ。看護師が走って現れ、別の看護師もやってきた。そのときまでにショーンの意識は回復していた。病院のスタッフがショーンを連れていき、私は待合室に入れられた。

つぎにやらなければならないことは決まっていた。私は父に電話をした。

「近くまで来ているのか？」と父は言った。

「病院にいるわ」

沈黙のあとに、父は「いまから向かう」と言った。

一五分後、父と母が現れ、私たち三人は気まずく待ちつづけた。私はパステルカラーのソファに爪を噛みながら座り、母は指を弾きながらそわそわと歩き、父はやかましい壁時計の下で動かなかった。

医師はショーンをCATスキャンで調べた。傷はひどく見えるがダメージは最小限だと医師は言った。医師が最後に言った言葉を憶えている——頭部のけがというものは、見た目の印象ほど深刻ではないんですよ。パニックを起こしてショーンを病院に担ぎ込んだことを恥ずかしく感じた。骨に開いた穴は小さいとも医師は言った。自然にふさがってしまうかもしれないし、そうでなければ外科医が金属のプレートを入れるだろうと。ショーンが傷の治り具合を観察したいと主張したため、医師は骨に開いた穴を皮膚でふさいで縫うだけにした。

明け方の三時ごろ、ショーンを家に連れて帰った。父が運転し、母がその隣に座り、私はショーンと後部座席に座っていた。誰も話さなかった。父はどなったり、説教したりしなかった。実際のところ、父はそれ以降、その夜のことを一度も話すことはなかった。でも、かたくなに私を見ようとしない父の態度に何かを感じていた。分かれ道に来たのだと私は悟った。私と父は別の道を歩み出していたのだ。あの夜のあと、家に留まるか、それとも去るのか、迷うことはなくなった。まるで未来に生きているような感覚だ。私はすでにそこにはいなかった。

いまになってあの夜のことを思い出しても、暗い高速道路や血の海に横たわる兄のイメージは浮かんでこない。私が思い出すのは、待合室の淡青色のソファと白い壁だ。殺菌された空気のにおい、プラスチックの時計のかちかちという音。

私はいい娘ではない。真実はそこにある。私は裏切者で、羊のなかの狼なのだ。私のなかには彼らと異なる何かがあり、その違いは良いものではないのだ。父の膝にしがみついて、涙を流しながら二度と同じ過ちをくり返さないと約束したい。でも、狼である私は、それでも嘘をついていて、父は嘘を嗅ぎつけるだろう。私たちは二人とも、このさき万が一、血まみれになったショーンを高速道路でふたたび発見することがあるとしても、私がまったく同じことをすると知っている。

私は後悔などしていない。ただ恥じていた。

ショーンがようやく回復した三週間後、一通の封筒が届いた。私はぼんやりとしつつそれを破って開けた。まるで有罪判決が下されていると知りつつ判決文を読んでいるかのようだった。総合点を探して下まで目をやった。二八点。私はもう一度確認した。自分の名前も確認した。間違いない。どうにかして——奇跡としか言いようがないのだけれど——やり遂げたのだ。

最初に感じたのは決意だった。父のためには二度と働かないと心に誓った。ストークスという名の、町で唯一の食料品店に車を走らせ、食料品を袋に詰める仕事に応募した。私はまだ一六歳だったけれど、店長にはそれを言わなかった。彼は週四〇時間の契約で私を雇ってくれた。翌朝四時、はじめてのシフトがスタートした。

家に戻ると、父が廃材置き場のなかでローダーを走らせていた。私はローダーのはしごにのぼって手すりにつかまった。エンジン音が響くなか、父に仕事を見つけたこと、誰か別の人を見つけるまで、午後は私がクレーンを操縦すると話した。父はブームを下げると、前をじっと見た。

「もう決めたんだろ」と、父は私を見ることもなく言った。「長引かせる意味はない」

一週間後、私はブリガム・ヤング大学に出願した。入学願書の書きかたがわからなかったので、タイラーに代わりに書いてもらった。そのなかで彼は、私は母の作った厳格なプログラムに従って教育を受けており、高校を卒業するためのすべての要件を満たしていると記していた。

出願に対する私の気持ちは日ごとに変わった。ほとんど分ごとにといってもよかった。二八点を取らせてくれたのだから、神が私を大学に行かせたかったのだと確信するときもあった。きっと合格はしないだろうから、そのときは神が、出願したことや家族を捨てようとしたことで私を罰するだろうと思うときもあった。しかし結果がどうであれ、私が家を出ることは確実だった。行く先が学校でなくても、私は必ずどこかに行くだろう。ショーンを母のところではなく、病院に連れていった瞬間から、家は私にとって家ではなくなった。私は家の一部を拒絶していたが、家もいまや私を拒絶しているのだ。

入学審査委員会はとても効率的だった。長く待つこともなく、ありふれた封筒に入れられた知らせが届いた。見た瞬間、がっくりと落ち込んだ。不合格通知の入った封筒は小さいんだなと私は思った。そして封筒を開けると、「おめでとうございます」という文字が目に飛び込んできた。一月五日にはじまる新学期からの入学が認められたのだ。

母が私を抱きしめてくれた。父は明るく振る舞おうとしていた。「ひとつ、わかったことがある」と父は言った。「わが家のホームスクールは、学校教育と同じレベルだ」

一七歳になる三日前、母が私をユタに連れていってくれた。アパート探しのためだ。丸一日かかってしまい、家に戻ったのは夜遅くだった。父は冷凍食品を食べていたが、ちゃんと調理することができなかったようで、ぐちゃぐちゃの状態だった。父はみるからに苛ついていて、いまにも爆発しそうだった。母は靴を脱ぐこともせず、キッチンに急ぎ、フライパンを振ってちゃんとした夕食を作りはじめた。父はリビングルームに移動して、ビデオデッキに向かって怒りをぶちまけはじめた。廊下からは、出力ケーブルが接続されていないのが見えていた。それを指摘すると、父はついに爆発した。汚い言葉を吐いて手を振りまわし、ケーブルは必ず接続されていないといけないし、ビデオデッキにケーブルが接続されていないなんてありえないとどなりはじめた。俺が抜くはずがないだろう？キッチンから母が急いでやってきた。「私が抜いたのよ」と彼女は言った。

父は母を責めたて、叫びつづけた。「なぜいつもあの子の味方をするんだ！　妻は夫をサポートするものなんだ！」

私はケーブルを持ってあたふたとしていた。父が前に立ちはだかってどなり散らすので、ケーブルを何度も落としてしまった。パニックで混乱し、考えがまとまらなくなった。赤いケーブルを赤いソケットに入れ、白いケーブルを白いソケットに入れることすら思い出せなくなった。

そして何かが弾けた。顔を紫色にして、首に血管を浮き上がらせている父の顔を見上げた。まだケーブルはつなげていなかった。しかしそんなことはもうどうでもよくなって、私は立ち上がると、部屋を去った。キッチンにたどりついても、まだ父はどなり散らしていた。廊下に出てから振り返った。母が私のいた場所にいて、ビデオデッキにかがみ込み、ケーブルを手探りでつないでいた。父は母を見おろしていた。

その年のクリスマスを待つことは、断崖から飛び降りるのを待つようなものだった。何か悲惨なことが起きる、私がそれまで知っていたすべてが否定されるようなことが起きると考えたのは、Y2K以来だった。そして、すべてが否定されたら何が残るのだろう？私は教授、宿題、教室などを加えた未来を想像しようとしたけれど、うまくできなかった。私の想像のなかに未来はなかったのだ。年末がやってきたら、それより先には何もなかった。

私が高校相当を修了しているとタイラーが大学に申告していたため、事前の準備をすべきだとはわかっていた。でも、どうやって勉強すればいいのかわからなかったし、タイラーに助けを求めたくはなかった。彼はパーデュー大学で新たな人生をスタートさせていた——彼は結婚もする予定だった。私の人生にまで責任を持ちたくはないだろう。

クリスマスにタイラーが家に戻ってきたとき、彼は『レ・ミゼラブル』という本を読んでいた。大学生が読むべき本はこういったものにちがいない。私も同じ本を買って、歴史や文学を学べるかと期待してみたが、そんなことは起きなかった。所詮無理な話だった。なぜなら私は、フィクションと事実の違いを理解できなかったからだ。ナポレオンはジャン・バルジャンと同じぐらい、私にとってはリアルではなかった。どちらの名前も、それまで一度も聞いたことがなかったのだ。

第2部

第17章　聖なるままで

一月一日、母が新しい生活の場まで私を送り届けてくれた。あまり多くは持ってはいかなかった。ホームメイドの桃の瓶詰めを一ダース、寝具類、それからゴミ袋に詰めた服だけだった。州間高速道路を飛ばしながら、風景が様変わりし、険しくなっていくのを眺めていた。ベア・リバー山脈の起伏に富んだ黒い頂が、カミソリのように鋭いロッキー山脈に姿を変えていく。大学は地球から突き出した白い大山塊、ワサッチ山脈の中心部に位置していた。とても美しい山だったけれど、私にとってその美しさは攻撃的で、まるで威嚇されているようだった。

私のアパートメントはキャンパスから一マイルほど南に位置していた。キッチン、リビングルームに加えて小さなベッドルームが三部屋あった。もう一人の住人の女性はクリスマス休暇から戻ってきていなかった――それが女性だと知ったのは、ブリガム・ヤング大学では、すべての住居が性別によって分けられていたからだ。荷物を車から運び入れるのにものの数分しかかからなかった。母と私は所在なげにキッチンに立っていたが、しばらくして母は私を抱きしめると、あっという間に車で去っていった。

私は誰もいない静かなアパートで、三日間を過ごした。でも、実際のところまったく静かとは言えなかった。どこに行ってもやかましいのだ。街で数時間以上過ごしたことはそれまで一度もなく、ひっきりなしに侵入してくる聞いたこともないような騒音から自分を守ることは不可能だった。横断歩道の信号の音、サイレンのけたたましい音、エアブレーキのシューッという音。歩道をいく人びとのささやき声でさえ私の耳には別々の音として届いていた。山頂の静寂に慣れていた私の耳は、すっかり疲弊していた。

一人目のルームメイトが現れたときには、すでにひどい睡眠不足になっていた。彼女の名前はシャノンで、通りを挟んだ場所にある美容学校で学んでいた。派手なピンク色のパジャマズボンに、細いストラップがついた体にフィットする白いタンクトップを着ていた。私は剝き出しになった彼女の肩をじっと見つめた。このような服装の女性たちに出会ったことは前にもあった――父は彼女らを異教徒と呼んでいた。不道徳さが伝染でもするかのように、私は異教徒の女性には近づかないようにしていた。そういった女性がまさに私の部屋にいる。

シャノンは明らかにがっかりした様子で私を眺めまわした。私は大きなフランネルのコートとぶかぶかのジーンズという格好だった。「あんた、いくつ？」と彼女は聞いた。「新入生よ」と私は答えた。一七歳だとは認めたくなかったし、私は高校三年生のはずなのだ。

シャノンは流しまで歩いていった。彼女の背中には「ジューシー〔セクシーという意〕」という文字が書いてあった。それは私には受け入れがたいものだった。自分の部屋に向かって後ずさりながら、もごもごと、もう寝ると伝えた。

「いいじゃん」と彼女は言った。「教会は早いから。私はいつも遅くまで起きてるけど」

「あなた、教会に行くの？」

「あたりまえじゃん。あんたも行くでしょ？」

「もちろん行っているけど。でもあなたが、本当に？」

彼女は私をじろりと見て、唇を嚙んだ。そして「教会は八時だから。おやすみ！」と言った。

寝室のドアを閉めた私は混乱していた。あの彼女が、どうしたらモルモン教徒だっていうの？

父は異教徒はありとあらゆる場所にいると言っていた――モルモン教徒の多くですら異教徒で、彼らはそれを知らないだけなのだと。私はシャノンのタンクトップとパジャマを思い出し、突然、ブリガム・ヤング大学の学生はすべて異教徒なのではないかと不安になった。

翌日、もう一人のルームメイトが到着した。彼女の名前はメアリーで、三年生で幼児教育について学んでいた。彼女は床に届く長さのスカートという、私が日曜日のモルモン教徒に期待する格好をしていた。彼女の服装は私にとっては合い言葉のようなものだった。それは彼女が異教徒ではないという信号に思えて、しばらくは孤独を感じることがなかった。

ただそれも、その夜までのことだった。メアリーは突然ソファから立ち上がると、「明日から授業がはじまるから、食料品を買いだめしないと」と言った。そして家を出て、一時間後に紙袋を二つ抱えて戻ってきた。安息日に買い物をすることは禁止されている――私はそれまで、日曜日にはガム程度のものしか買ったことがなかった。でもメアリーは神の戒律を破るものだと認めるふうもなかった。何ごともなかったかのように、卵やミルクやパスタを紙袋から出して共用冷蔵庫に詰めていた。それからメアリーはダイエットコークの缶を取り出した。それは父が神の健康への忠告に反するものだと常々言っていた飲みものだ。私はふたたび部屋に逃げ帰った。

翌朝、乗るバスを間違えた。なんとか学校にたどりついたときには、講義は終わりに近づいていた。繊細な顔立ちをした細身の教授が、最前列近くの唯一空いていた席を手で示してくれるまで、私はぎこちなく教室の後ろに立っていた。周囲の視線を感じながら席についた。その授業はシェイクスピアに関するもので、私がそれを選択したのは、シェイクスピアという名前は聞いたことがあったし、それは良い兆しだと思ったからだ。しかし講義に参加してみれば、私はシェイクスピアのことなど何ひとつ知らないことに気づいただけだった。聞いたことがある言葉、それだけのことだった。

ベルが鳴ると、教授が私の机のところまでやってきた。「ここはあなたが来る場所じゃないわ」と彼女は言った。

私は困惑しながら教授を見つめていた。もちろん、私が来るべき場所ではなかったけれど、彼女はどうやってわかったのだろう？　いまにも彼女にすべてを白状しそうになっていた――それまで一度も学校に行ったことがなかったこと、高校の卒業に必要な要件をしっかりと満たしていなかったこと――でも彼女は「ここは四年生のクラスだから」と言った。

「四年生のクラスがあるんですか?」と私は言った。

私がジョークでも言ったみたいに、教授は目をくるりとまわした。「ここは三八二教室。あなたは一一〇教室でしょ」

彼女が言ったことを理解するのに、私はキャンパスじゅうを歩き回らなければならなかった。自分の授業の時間割を調べ、そしてはじめて授業名の横に数字が書いてあることに気づいた。

教務課に行くと、新入生を対象としたコースのすべてが定員に達していると知らされた。数時間ごとにネットをチェックして、誰かがキャンセルしたらその授業を受講すればいいのだと言われた。その週の終わりまでには、英語初級、アメリカ史、音楽、宗教の授業になんとか滑り込むことができたが、西洋芸術史のクラスは大学三年生レベルに留まることになってしまった。

新入生の英語のクラスは、「エッセイ形式」と呼ばれるものについて話しつづける、二〇代後半の明るい女性が担当していた。彼女によれば、それはすでに高校で学んだはずのものだった。

つぎのクラスはアメリカ史で、預言者のジョセフ・スミスにちなんで名づけられた講堂で授業は行われた。合衆国建国の父については、父から教えてもらっていたので、アメリカ史は簡単だと思っていた——ワシントン、ジェファーソン、マディソンのことは知っていた。でも教授はほとんど彼らについて言及せず、その代わりに「哲学的基盤」について語り、それまで一度も聞いたことがなかったキケロ〔〈一〇六～四三B.C.〉ローマの政治家、哲学者〕とヒューム〔〈一七一一～七六年〉スコットランドの哲学者〕の諸作品について話していた。

次回の授業のはじめには読解の小テストがあると伝えられた。私は二日間をかけて、教科書にぎっしり詰まった文章からなにかしら意味を読み取ろうともがいたが、「公民的人文主義」や「スコットランド啓蒙」のような言葉がブラックホールのようにページ上に点在し、ほかの言葉をすべてその穴に吸い込んでしまった。テストを受けたが、全問不正解だった。

その失敗は私の心に残りつづけた。それは、自分がなんとかやっていけるか、私が受けた教育が十分だったかどうかを推しはかる最初のハードルだった。テストのあとでは、答えははっきりと出たように思えた。十分ではなかったのだ。その事実に気づくことで、自分の生い立ちに怒りを感じるべきなのかもしれないが、そうはならなかった。父に対する忠誠心は、私たちの距離に比例して高まっていた。山の上では、私は反逆者でいられた。でもここでは、このやかましくて、明るい場所、悪魔を装った異教徒に囲まれた場所では、私は父が与えてくれたすべての真実と教義にすがりついた。医師たちは地獄の申し子だった。ホームスクールは神の掟だったのだ。

小テストでの失敗は、古い信念への私の新たな献身に何の影響も及ぼさなかった。しかし西洋芸術史の講義での失敗は違った。

その朝、教室につくと、明るい陽光が高い壁の窓から柔らかく差し込んでいた。私はハイネックのブラウスを着ていた女子の横の席を選んだ。彼女の名前はヴァネッサだった。「一緒にいようよ」と彼女は言った。「このクラスで新入生なのは私たちだけみたいだから」

小さな目と尖った鼻が特徴的な年老いた男性が窓を閉め、講義をはじめた。彼がスイッチを入れると、プロジェクターの白い光が部屋じゅうを照らした。それは絵画の映像だった。教授はその構図、筆の運び、そして歴史について語りはじめた。そしてつぎの絵画を見せ、そのつぎを見せ、またつぎを見せた。

そしてプロジェクターは奇妙な映像を映し出した。色あせた帽子とオーバーコートを着ている男性の絵だ。その男性の後ろには、そびえ立つようなコンクリートの壁があった。小さな紙を顔の近くに持っていたが、男性がそれを見ている様子はない。彼はこちらを見ていたのだ。

もっと詳しく見ようと、講義のために購入した画集を開いた。その絵の下に、ある言葉がイタリック体で書かれていたが、私にはその意味が理解できなかった。真んなかに書かれたそのブラックホールのような文字列は、残りのすべてを呑み込んでいた。ほかの生徒が質問する姿を見て、私も手を上げた。

教授が私を指名した。私は文章を大きな声で読み上げ、そしてその文字列で立ち止まった。「この言葉、よくわからないんですけど」と私は言った。「どういう意味なんですか？」

部屋じゅうが沈黙した。静けさでもなく、騒音をかき消したのでもなく、それは完全な、暴力的なまでの静寂だった。紙がこすれる音も、鉛筆が出すさらさらとした音も聞こえなかった。

教授は口を固く結んだ。「もう結構です」と彼は言い、自分のメモに視線を戻した。

残りの時間、私は身動きひとつできなかった。自分の靴を見つめつづけ、いったい何が起きてしまったのかと考えた。そしてなぜ、私が顔を上げるたびに、まるで化け物を見るように誰かが私をじろじろと見ているのだろうと考えた。もちろん、私は化け物だったのだ。そして私はそれを知っていた。でも、どうやって彼らがそれを知ったのかが理解できなかったのだ。

ベルが鳴り、ヴァネッサがバッグにノートを突っ込んだ。そして一瞬動きを止めて、そしてこう言った。「からかうべきじゃないわ。ジョークじゃないんだからね」私が答える前に、彼女は立ち去った。

全員が出ていくまで私はそこに座っていた。コートのチャックがひっかかってしまったふりをして、誰とも目を合わせないですむようにしていた。そして私は、「ホロコースト」という文字を検索するため、コンピュータ室に急いだ。

そこにどれだけの時間座り込んで、その記述を読んでいたのかわからないけれど、ある時点で、私はもう十分だと思った。背もたれに体を預けて、天井を見た。きっとショック状態だったのだろう。しかしそれは、恐ろしいできごとを知るに至ったショックだったのか、自分の無知を悟ったことに対するショックだったのか。私にはわからなかった。収容所でもなく、穴でも、ガス室でもなく、私は母の顔を思い浮かべていた。感情の波に圧倒されていた。それまでいっさい経験したことがなかった強烈な感情で、いったいそれが何なのか、理解できなかった。母にわめき散らしたい気持ちだった。実の母に対してそのような感情を抱いた自分自身に、私は怖くなった。

記憶をたどった。「ホロコースト」という言葉は完全に未知なものではなかったように思えたのだ。たぶん母は、二人でバラの実を摘んでいたとき、ホーソンのチンキ剤を作っていたとき、私に教えてくれていたのだろうと思う。ずっと昔、ユダヤ人がどこかで殺害されたというあいまいな知識は私にもあったように思う。でもそれは、小さな紛争だったと考えていた。父がよく話していた、専制的な政府によって五人の殉教者が命を落としたボストン虐殺事件のような。そんな勘違いをするなんて——五人と六〇〇万人はあまりに大きな差だ——ありえないと思った。

つぎの講義の前にヴァネッサを見つけたので、ジョークについて謝罪した。言い訳はしなかった。なぜなら言い訳などできなかったからだ。ただ、申し訳ないことをした、二度としないとしか言えなかった。その約束を守るため、私は学期末まで一度も挙手することはなかった。

土曜日、私は宿題を山積みにして机に向かっていた。安息日をないがしろにすることはできなかったから、その日のうちにすべて終わらせなければならなかった。

午前と午後を使って歴史の教科書を読み解こうとしたが、うまくいかなかった。夜になって、英語の授業用に自分についてのエッセイを書こうとしたが、それまで一度もエッセイを書いたことがなかったし——誰にも読まれていない、罪と後悔についてのエッセイは別だが——どうやって書いたらいいかもわからなかった。教師が言った「エッセイ形式」

という言葉の意味がさっぱりわからなかったのだ。私は何行か書いては消し、そしてふたたび書きはじめた。真夜中すぎまでそれをくり返した。

やめるべきだとわかっていた——だってもう神の時間になったのだから——でも音楽理論の課題にも手をつけておらず、提出期限は月曜の朝七時だった。安息日は寝て起きたときにはじまるのだという理屈をでっちあげ、私は勉強を続けた。

机に突っ伏した状態で目が覚めた。部屋はすでに明るかった。シャノンとメアリーがキッチンにいる音が聞こえた。私は日曜日用のドレスを着て、教会まで三人で歩いて向かった。学生集会の日だったので、誰もがルームメイトと一緒に座ることになっていた。私はルームメイトと一緒に信徒席についた。シャノンがすぐに、後ろに座っている女の子とおしゃべりをはじめた。私は教会のなかを見まわして、膝上のスカートをはいている女性の多さにショックを受けた。

シャノンと話をしていた女の子は、午後に映画を観においでと誘ってくれた。メアリーとシャノンは同意したが、私は首を振った。日曜日に映画は観ないからだ。

シャノンは目をまわして見せた。「彼女ってほんっとに信心深いから」と彼女はささやいた。

父がみんなとは別の神を信仰していたことは知っていた。子供のころから、町に住む人たちと同じ教会に所属してはいても、私たちの信仰は違うのだと知っていた。人びとは慎み深さを信じていたが、私たちはそれを実践していた。人びとは神の治癒力を信じていたが、私たちは神の手に自らのけがを委ねた。人びとはキリストの再臨に備えるべきと信じていたが、私たちは実際に準備していた。記憶をたどってみても、真のモルモン教徒とよべるのは私の家族しかいなかったけれど、それでもどうしたわけか、この大学で、そしてこの教会のなかで、私ははじめてほかの信徒との隔たりの大きさを感じたのだ。いまは理解できる。私は自分の家族か異教徒のどちらか一方の側に立つことはできたが、そのあいだには足場がなかったのだ。

礼拝が終わり、私たちは日曜学校に向かった。シャノンとメアリーは一番前に近い席に座った。二人は私の席をとっておいてくれたけど、安息日の約束を破ったことを考えると、そこには座れなかった。大学にきて一週間も経っていないというのに、神の時間を一時間も盗んでしまったのだ。たぶんこれが、父が私にここに来てほしくなかった理由なのだろう。彼女たちのような、信心が足りない人たちと暮らしたら、私が同じようになってしまうと知っていたのだ。

シャノンが私に手を振ると、TシャツのVネックの胸元が下がった。私は彼女を通りすぎてそのまま歩きつづけ、シャノンとメアリーからできるだけ遠く離れた教会の片隅まで行った。懐かしい光景に私は安堵を覚えた。幼いころの私も、日曜学校の他の子供たちから離れ、ひとり教室の隅にたたずんでいたものだった。同じ光景がいま再現されていた。この場所に来てはじめて感じたその懐かしさを、私は楽しんだ。

第18章　血と羽根

それ以降、私はシャノンとメアリーとほとんど話をしなくなった。彼女たちもめったに話しかけてこなくなったが、家事分担だけはしっかりやるように言われた。でも、私はそれを無視した。部屋は私にはきれいに見えた。腐った桃が冷蔵庫にあって、シンクに汚れた皿があるから、なんだっていうんだろう？　ドアから部屋に入ったときのにおいが耐えられるレベルなら、部屋はきれいなのだ。私はこの哲学を自分自身にもあてはめていた。シャワーを浴びるとき以外、石鹸は使わなかった。シャワーは週に一、二回程度で、シャワーに入っても石鹸を使わないときさえあった。朝、トイレから出て、廊下の洗面台を素通りする私とは対照的に、シャノンとメアリーはいつも——本当にいつも——手を洗っていた。彼女たちが眉をひそめるたびに、町のおばあちゃんのことを思い出した。取るに足らないことだと私は自分に言い聞かせた。べつに、手におしっこがついてるわけじゃないんだから。

アパートの雰囲気は張りつめていた。シャノンは私のことを狂犬病の犬のように見るし、私は彼女を心安らかにさせようともしなかった。

銀行口座の残高は徐々に減っていた。単位を取得できるかどうかも心配ではあった。しかし、学期がはじまって一ヵ月が過ぎ、授業料を支払い、家賃を支払い、食料と本の代金を支払った時点で、たとえ単位を取得できたとしても、学校に残るのはどうやっても無理なのではと思いはじめた。金銭的な余裕がなかった。奨学金を得るための条件をインターネットで調べてみた。学費の全額免除には、ほぼ完璧なGPA〔グレード・ポイント・アベレージ。学業平均点〕が必要だった。

授業開始から一ヵ月しか経っていなかったけれど、もうすでに奨学金なんて愉快になってしまうほど遠い世界の話だとわかっていた。アメリカ史は徐々に理解できるようになってきた。でもそれはテストで完全には落第していないという程度だった。作文の才能があると先生は言ってくれたが、私の選ぶ言葉は妙に堅苦しく、ぎこちなかった。読み書きは、聖書、モルモン書、それからジョセフ・スミスとブリガム・ヤングの説教から学んだとは彼女には言えなかった。

しかし、本当に問題だったのは西洋芸術史だ。一月の段階でヨーロッパを大陸ではなく国だと思っていた私にとって、講義はちんぷんかんぷんの専門用語ばかりで、教授がくり出す言葉のほとんどが理解できなかった。そのうえホロコースト事件があってからは、疑問が生じても質問はできなかった。

とはいえ、ヴァネッサのおかげで、西洋芸術史は私のお気に入りの講義になった。講義のたびに一緒に座った。彼女が好きだったのは、私と同じようなモルモン教徒に思えたからだ。ハイネックのシャツとぶかぶかの服を好んでいたし、それまで一度もコークを飲んだこともなければ、日曜日に宿題をやったこともないと彼女は言った。大学で出会った人たちのなかで、彼女が唯一、異教徒とは思えない人だった。

二月、教授が、中間テストを行わない代わりに、毎月テストを実施すると発表した。一回目は翌週だった。私はどう準備したらいいのかわからなかった。授業には教科書がなく、画集とクラシック音楽のＣＤ数枚しか使われていなかったのだ。私は音楽を聴きながら、画集のページをめくった。誰が何を描いて、どの曲を作曲したか記憶しようとあいまいな努力を重ねたが、綴りを憶えることはしなかった。ＡＣＴがはじめて受けたテストであり、そのテストには選択肢があったから、ほかのテストも同じだとばかりと思っていた。

テストの日の朝、教授は全員にブルーブック〔答案用紙〕を出すよう指示した。全員がバッグからそれを出すまでに、私にはブルーブックがいったい何なのか、考える時間もなかった。みんなの動きは流れるように滑らかでシンクロしていた。まるで練習でもしたかのようだった。私はリハーサルをやらなかった舞台上のダンサーだった。私はヴァネッサにもう一冊持っているかと聞き、彼女は持っていた。ただブルーブックを開いても、そこに選択肢はなかった。そこには何も書かれていなかった。

窓にブラインドが下ろされた。プロジェクターが点滅し、絵画を映し出した。作品のタイトルと画家のフルネームを書くために六〇秒が与えられた。私の頭のなかに浮かんだのは、鈍い雑音だけだった。この状態が数問続いた。私はこれっぽっちも動けず、ひとつも解答を書き入れることができなかった。

カラヴァッジョの絵が画面に映し出された――『ホロフェルネスの首を斬るユディト』だ。私はその絵をじっと見た。若い女性が落ちついた様子で刃を引き、男性の首を斬り落としている。まるでチーズに紐を通して切るかのように。かつて私は父と一緒に鶏の首を斬ったことがある。父が斧を振り上げ、ドカッという大きな音とともに下ろす。私は鶏の汚い脚をつかんでいた。斧が振り下ろされるとよりいっそう力を込めて握りしめ、全力で押さえつける。鶏は羽根を飛び散らせ、私のジーンズに血をまき散らしながら痙攣して死に至る。その鶏のことを思い出すと、カラヴァッジョの描くシーンのもっともらしさに疑問を抱いた。誰もあの顔をしていないのはなぜだろう――生きものの首を落とすときの、あの冷淡で無関心な顔だ。

　その絵画がカラヴァッジョのものだということはわかっていた。でも、記憶していたのは名字だけで、綴ることもできなかった。タイトルが、誰かの首を斬るユディトだとは確信していた。しかし、刃が私の首を落とそうとしていたとしても、ホロフェルネスという名前をひねり出すことはできなかっただろう。

　残り三〇秒。何でもいいからページに書けば、何点かは稼げるかもしれない――なんでもいいから――だから私はその名を発音のとおりに書いた。「Carevajio」だ。正しくは見えなかった。たしか、同じ文字が重なっていたはずだと思い出したから、いったん消して、「Carrevagio」と書いた。まだダメだ。別の綴りを試してみたけれど、書けば書くほどダメになる。残り二〇秒。

　私の隣ではヴァネッサが、ひっきりなしに書いていた。書くに決まってる。だって彼女はここにいるべき人なのだから。彼女の筆跡はとてもきちんとしていて、何を書いているのか読むことができた。Michelangelo Merisi da Caravaggio、その横には、同じようにきれいな字体で*Judith Beheading Holofernes*と書かれていた。一〇秒。私はその文字列を書き写した。でも、カラヴァッジョのフルネームは入れなかった。なぜなら、都合のよい誠実さで、それはいかさま行為がすぎると思ったからだ。プロジェクターはつぎの絵画を映し出した。

テスト中にヴァネッサの答案用紙を何度か盗み見たものの、望みはなかった。彼女のエッセイと同じものを書くわけにはいかなかったし、自分のエッセイを書き上げるための知識や作法のノウハウは持っていなかった。そんな状態だから、頭に浮かんだことをただ書きつづけるほかなかった。『ホロフェルネスの首を斬るユディト』について論評しろと聞かれたかどうかは思い出せないが、もし聞かれていたとしたら、私は自分の印象を述べただろう。女性の表情に浮かぶおだやかさは、私自身が鶏を食肉処理した経験から納得がいかないと。適切な言葉で書かれていたら、素晴らしい答えになったにちがいない――作品の全体的リアリズムと対極にある女性のおだやかさに対する意見だ。それでも、教授が「鶏の頭を落とすとき、血液と羽毛が口に入るから笑うべきではない」という私の意見に感銘を受けたとは思えない。

テストは終了した。ブラインドが開けられた。私は教室から出て、冬の寒さのなかにたたずんで、ワサッチ山脈の峰を見ていた。大学には残りたかった。山々はそれまでにもっともよそよそしく、威嚇するような雰囲気を発していたが、それでも私は残りたかった。

テストの結果を一週間待っているあいだに、私は二度ショーンの夢を見た。彼はアスファルトに生気なくうつ伏せになっていた。私は彼の体をひっくり返して、血で光ったその顔を見るのだ。過去の恐怖と未来の恐怖に囚われた私は、この夢のことを日記に記録している。その二つの恐怖には、まるで明らかな関係性があるかのように、いっさいの説明もなしに私は、なぜ子供のころにまともな教育を受けさせてもらえなかったのか、理解できないと書いている。

数日後にテスト結果が戻ってきた。落第点だった。

私がとても幼かったころの冬のある日、ルークが草原で、意識を失って凍りついたアメリカワシミミズクを見つけたことがある。煤のような色をしており、私の目には、私ほどの大きさに見えた。ルークはミミズクを家に運び入れた。私たちは柔らかな羽毛と情け容赦ないかぎ爪を見て驚嘆した。父が支えているだらりとしたミミズクの、とても滑らかでまるで水の流れのような縞模様の羽毛をみんなで撫でたのを憶えている。意識がある状態であればこれほど近づけないことを私は知っていた。触るだけで、私は自然に抗っていた。

羽毛は血に濡れていた。トゲが翼に突き刺さっていた。「私は獣医じゃないのよ」と母が言った。「私が治療するのは人間だから」それでも母はトゲを抜いて傷をきれいにした。父は、翼が治るには数週間かかるが、それよりもずっと早くミミズクは目覚めるだろうと言った。捕食者に囲まれ、囚われの身になったことを悟れば、命を賭しても逃げ出そうとする。それが野生の動物だと父は言った。自然界において、この傷は致命的なのだと。

私たちは裏口付近のリノリウムの床にミミズクを寝かせた。ミミズクが目を覚ましているあいだはキッチンから離れたほうがいいと母には伝えた。だが、ミミズクに明け渡すなんてまっぴらごめんだと彼女は言い、ずかずかとキッチンに入っていって、朝食を作るために鍋をやかましく振りはじめた。哀れなミミズクは、驚いてパニックとなり、バタバタと飛び回った。かぎ爪でドアをひっかき、頭を至るところに打ちつけた。私たちは叫び声を上げ、母はキッチンから出た。二時間後、父がキッチンの半分をベニヤ板で区切って覆った。ミミズクは数週間そこで過ごして回復した。罠で取ったネズミを食べるよう促したが、ミミズクは食べたり食べなかったりで、ネズミの死骸を片づけることができなかった。その死臭は内臓への一撃のように強烈だった。

ミミズクは次第に落ちつきを失っていった。食べ物をいっさい受け付けなくなったとき、私たちは裏口を開けてミミズクを逃がした。完璧に回復していたわけではなかったけれど、私たちといるより山に戻ったほうがチャンスはあると父は言った。ここにいるべきではない。教えてなじめるものではないのだと。

試験で失敗したことを誰かに話したかったけれど、タイラーに電話をする気にだけはならなかった。羞恥心だったのかもしれない。あるいはタイラーが父親になるところだったからかもしれない。彼はパーデュー大学で妻のステファニーと出会い、あっという間に結婚した。彼女は私たちの家族のことは何も知らなかった。タイラーはそれまでの家族ではなく、新しい人生――新しい彼自身の家族――を選んだのだ。私にはそう思えた。

私は実家に電話をした。父が出た。母は赤ちゃんの出産に立ち会っていた。片頭痛が収まってからの母は、以前よりも多くの赤ちゃんを取り上げていた。

「お母さんはいつ戻ってくるの？」と私は聞いた。

「さあね」と父は答えた。「私じゃなく神に聞くんだな。神がすべてを決めるんだから」

父はクスクスと笑った。そして、「学校はどうだ？」と聞いた。

ビデオデッキのことで父が私をどなりつけて以来、父と私はひと言も言葉を交わしていなかった。父が私を励まそうとしていたことはわかったけれど、落第点をとってしまったなんて、正直に言えるわけがなかった。大学生活は順調だと父には告げたかった。楽勝だよ、と、自分がそう言う姿を想像した。

その代わり、「それがあまりうまくいっていなくて」と私は口走っていた。「こんなに難しいとは思ってなかった」

電話の向こうからは何も聞こえてこなかった。父がいかついその顔をしかめる姿が目に浮かんだ。嫌味を言われるかもと身構えたが、父は静かな声で「大丈夫だよ、心配しなくていい」と言った。

「大丈夫じゃないよ」と私は答えた。「奨学金だってもらえない。進級だって無理だよ」私の声は震えていた。

「奨学金がもらえなかったとしても、それは仕方がないじゃないか」と父は言った。「お金のことだったら大丈夫だ。なんとかなる。元気を出すんだ、いいか?」

「うん」と私は答えた。

「戻ってきたかったら、そうしなさい」

私は電話を切って、自分がたったいま聞いたことを理解できずにいた。父の気分が長続きしないことはわかっていたし、つぎに話すときはすべてが変わっているかもしれない。この瞬間の優しさは忘れ去られるにちがいないし、永遠に続く私と父のあいだの葛藤がふたたび前面に押し出されるのかもしれない。でも今夜の父は私を助けたいと言った。それはいままでとは違った何かだった。

三月、西洋芸術史の講義でふたたび試験が行われた。今回の試験のために、私は暗記カードを作った。何時間もかけて、多くがフランス語(いまや、フランスがヨーロッパの一部であることを私は知っている）の見慣れない綴りを記憶した。ジャック＝ルイ・ダヴィッド、そしてフランソワ・ブーシェ。読むことはできなかったけど、書くことはできた。自分の講義ノートは意味不明だったので、ノートを参考にさせてもらえないかとヴァネッサに頼んだ。彼女は猜疑の目で私を見た。一瞬、試験で彼女の解答を盗み見たことに気づかれたのかと思った。彼女は、ノートを貸すことはできないけれど、一緒に勉強しようと言ってくれた。ということで、授業が終わると私は寮の部屋まで彼女についていった。私たちは脚を組んで床に座り込み、膝の上にノートを広げた。

自分の書いたノートを読んでみたものの、未完成の走り書きは暗号のようだった。「あなたのノートのことはいいから」とヴァネッサは言った。「教科書ほど重要じゃないの」

「教科書って何？」と私は答えた。

「教科書、だよ」とヴァネッサは言った。彼女は私がふざけているみたいに笑いころげた。私は緊張した。ふざけてはいなかったからだ。

「教科書は持ってない」と私は答えた。

「持ってるじゃない！」彼女は私が画家の名前と絵画のタイトルを暗記するために使った、分厚い画集を持ち上げて見せた。

「ああ、それ」と私は言った。「それは見たよ」

「見た、ってどういうこと？　まさか読まなかったの？」

彼女をじっと見つめた。理解できなかった。これは音楽と美術の授業なのだ。音楽を聴くためのCDと絵画を見るための画集を与えられていた。芸術の本を読むなんて、CDを読めと言われるぐらい思いもよらぬことだった。

「写真を見ればいいと思ってた」そう声に出して言ってみたが、とてもばかげた発言にしか聞こえなかった。

「ということは、シラバスで五〇ページから八五ページが割り当てられていたとして、そこを読まなくちゃならないとは考えなかったってわけ？」

「写真は見たんだけど」と私はもう一度言った。二度目は余計にばかばかしく聞こえた。ヴァネッサは教科書をめくりはじめた。それを見ていたら、本が突然、教科書のように見えだした。

「それじゃあ、悪いのはあなた」とヴァネッサは言った。「教科書を読まなくちゃダメだよ」彼女の声には多少のあざけりがこめられていた。私のすべての大失態――ホロコーストについて冗談を言ったことと、彼女の答案を盗み見たこと――には、もう付き合いきれない、私との関係も終わりだと言わんばかりだった。彼女は部屋を出ていってくれと言った。別の授業のための勉強をするからと。私は自分のノートを拾い上げて、その場を去った。

た。

それでも、「教科書を読め」は、最高のアドヴァイスとなった。つぎの試験のスコアで私はBを取り、学期末までにはAを取れるようになった。まるで奇跡で、自分自身でもそう受け取った。毎晩、明け方二時や三時まで勉強を続けた。神のサポートを受けるために、それは支払わなければならない対価だと信じていた。歴史の授業では良い成績を収めたし、英語はもっとよくできたし、最高だったのは音楽理論だった。授業料を完全に免除してもらえるほどの奨学金は疑わしかったけど、半分だったら不可能ではなかった。

西洋芸術史の最後の講義のとき、教授は、最初の試験で落第した学生が多かったので、評価対象にしないことに決めたと話した。ああ、奇跡の証だ。私の落第点はないものになったのだ。ガッツポーズをしたいぐらいだった。ヴァネッサにハイタッチしたかった。そしてふと、ヴァネッサはもう私とは座ってくれないのだと思い出した。

第19章　ビギニング

学期が終わり、私はバックスピークに戻った。数週間のうちに大学から成績が郵送されてくる。その結果で秋に大学に戻れるかどうかわかるだろう。

私は廃材置き場にはけっして戻らないという決意を日記に綴った。お金が必要だった——父であれば、私はモーセが叩き割った十戒の石板よりもみじめな状態だと言っただろう。だから、ストークスで以前の仕事ができないか、かけ合った。午後の一番忙しい時間に店に行った。その時間であれば人手がいつも足りないとわかっていた。見つけた店長は当然のように食料品を袋づめにしていた。私は彼に、私がやりましょうかと声をかけた。彼は三秒もしないうちにエプロンを外すと、それを私に手渡した。副店長が私にウィンクした。忙しい時間に聞くことを提案してくれたのは彼女だったのだ。ストークスは特別だった——まっすぐで清潔な通路と、そこで働く心の温かい人たち。私を落ちつかせ、幸せな気持ちにしてくれる。食料品店についてこんなことを言うのはおかしいかもしれないけれど、そこはわが家のようだった。

裏口から出ると、父が待っていた。私がエプロンをしているのを見て、父は「この夏は俺と仕事をしろ」と言った。

「ストークスで働くから」と私は答えた。

「スクラップ作業をするには自分は賢すぎるとでも言いたいのか?」父は声を荒げた。「おまえの家族はこっちだ。おまえはこちら側の人間だ」

父の顔はやつれ、目は血走っていた。父はひどい冬を過ごしていたのだ。秋に、新しい建設機械に多額の投資をした――掘削機と昇降機、それから溶接トレーラーだ。春になって、それらはすべて消え去っていた。溶接トレーラーは、ルークがあやまって火をつけてしまい、焼け落ちた。昇降機は荷台から落下した。なぜなら、誰かが――それが誰なのか正確には聞いていない――しっかりと固定していなかったからだ。掘削機は、ショーンが巨大なトレーラーに載せて牽引して角を曲がる際にスクラップの山に加わった。スピードを出しすぎたせいで牽引車もトレーラーも横転したのだ。ショーンは幸運にもその残骸からはい出すことができたが、頭を打ち、事故の数日前のことを思い出せなくなった。牽引車、トレーラー、そして掘削機のすべてが大破したのだ。

父の決意は、その顔に刻み込まれていた。声には厳しさがあった。父はこの対決において、絶対に勝利を収めなくてはならなかった。父は、私が彼のチームの一人であれば、事故は減り、状況の後退も少なくなると信じ込んでいた。父は私に何十回もこう言ったものだ。「おまえは亀が坂道をのぼるよりものろまなやつだ。でもおまえは、何も壊すことなく仕事を終える」

でも、私には父の仕事はできなかった。父を手伝うことは、後ろ向きに進むことを意味するからだ。私には家に、古い部屋に、それまでの人生に別れを告げたのだ。もし父と仕事をする生活に戻り、朝早く起きて鉄板の入ったブーツを履き、廃材置き場まで足を引きずりながら歩いたとすれば、いままでの四カ月がなかったことになる。まるで私が家を出なかったことになってしまう。

私は父を押しのけて、自分の部屋に閉じこもった。少しあとで母がドアをノックした。母は静かに部屋に入ると、ベッドにそっと座った。隣にいる彼女の重みは、ほとんど感じられなかった。私は母が前回と同じことを言うと思っていた。そして私は自分がまだ一七歳だと告げ、そして母は私にここにいてもいいわと言うのだ。

「お父さんを助ける機会が与えられているのよ」と母は言った。「あなたの助けが必要なの。あの人はけっして言わないけれど、そうなの。どうするかはあなた次第」そして母は黙り込み、こう付け加えた。「でも、手伝わないっていうのなら、ここから出ていきなさい。どこかよそで暮らしなさい」

翌朝四時、私はストークスまで車を走らせ、一〇時間のシフトを働いた。家に戻ったのは、午後の早めの時間で激しい雨が降っていた。私の服が前庭の芝生の上に置いてあった。私はそれを家のなかに運び入れた。母はキッチンでオイルの調合をしていた。私が水の滴るシャツとジーンズを持って横を通りすぎても、何も言わなかった。

自分の服から滴った水がカーペットに染みこむそばで、私はベッドに座っていた。電話を手に取って、それをじっと見つめながら、何をすればいいのかわからないでいた。電話をかけられる人なんていなかった。行く場所もなく、電話をする相手もいない。

インディアナ州に住むタイラーに電話をした。「廃材置き場で働きたくないの」と、電話に出たタイラーに言った。声はかすれていた。

「何があったんだ？」とタイラーは言った。心配している声だった。また事故があったと考えたようだ。「みんな無事なのか？」

「みんな無事だよ」と私は答えた。「でもお父さんが廃材置き場で働かないなら出ていけって言うの。もう絶対にやりたくない」私の声はぎこちなくうわずって、震えていた。

タイラーは「僕に何ができる？」と言った。

いま思えば、タイラーは文字どおり、私を助けるために何ができるか聞いてくれていたのだとわかる。でも、疑い深く、孤独になっていた私の耳には別の声として響いた。僕に、、、、、何を期待してるんだ？　私は震えだした。頭がくらくらした。タイラーは私の命綱だった。何年ものあいだ、彼は私の心のなかで最後の頼みとして、絶体絶命のときにすがりつける人として存在していた。最後の頼みとすがりついた私は、そのむなしさを悟った。結局のところ、彼は何もしてくれないのだと。

「何があったんだ？」とタイラーはもう一度言った。

「なんでもないよ。大丈夫」

電話を切ってストークスの番号をダイアルした。副店長が電話に出た。「今日のシフトは終わったの？」と彼女は明るく言った。私は彼女に、申し訳ないのだけれど辞めますと伝え、電話を切った。クローゼットを開けると、四カ月前に残していったものが、まだそこにあった。スクラップ作業のためのブーツ。私はそのブーツを履いてみた。まるで一度も脱いだことがなかったような感覚だった。

父はフォークリフトに乗って、波形のブリキの山を拾い上げていた。父には木製のブロックをトレーラーに並べる人間が必要だった。そうすればブリキをトレーラーに下ろせるようになるからだ。私を見た父は拾い上げたブリキの板を下げて、そこに乗ることができるようにした。私は板に足をかけ、トレーラーに乗り込んだ。

大学生活の記憶はあっという間に薄れていった。ペンや鉛筆が紙をこする音、プロジェクターがつぎのスライドを映し出すときのカシャッという音、授業の最後に鳴り響くベル――すべては鉄のガチャンガチャンという音とディーゼルエンジンのうなり声にかき消された。廃材置き場で一カ月過ごしたあとでは、ブリガム・ヤング大学は自分で作り出した夢のようなものだった。目覚めさせられたのだ。

私の日課は完全に以前と同じものに戻った。朝食のあと、廃材を分類する、あるいはラジエーターから銅を抜き取る。男性たちが建設現場に出るときは、一緒に行って、ローダーやフォークリフト、クレーンを運転することもあった。昼には母の料理を手伝い、皿を洗い、そして廃材置き場かフォークリフトに戻った。

唯一の違いはショーンだった。彼は私が記憶していたショーンとは違っていた。けっして乱暴な言葉を口にすることはなく、落ちついているようだった。GED〔一般教育修了検定〕のための勉強をしていて、仕事から車で戻るある夜、コミュニティ・カレッジに挑戦するのだと教えてくれた。彼は法律を勉強したがっていた。

その年の夏もウォーム・クリーク・オペラハウスではお芝居が上演された。ショーンと私はチケットを購入した。チャールズもそこに来ていて、私たちの数列前に座り、幕間(まくあい)にショーンが女の子と話すために席を立つと、私のところにやってきた。はじめて、緊張せずに彼と話すことができた。私はルームメイトのシャノンのことと、彼女が教会の人とどう接していたかを思い出していた。親しみやすく、朗らかな様子と、彼女の笑いかたを。シャノンになりきればいいと私は自分に言い聞かせた。そしてそのあとの五分間はシャノンになりきった。

チャールズは妙に私をじっと見ていた。男性がシャノンを見るときと同じ目つきだった。そして土曜日に映画に行かないかと誘ってきた。彼が提案した映画は粗野で世俗的で、私自身ではけっして選ばないものだったけれど、私はシャノンになりきっていたから、「ぜひ」と答えた。

土曜の夜もシャノンになりきろうと努力した。映画は最低で、想像よりもひどかったし、異教徒だけが見るようなタイプの映画だった。でも、チャールズを異教徒として見ることは難しかった。彼はただのチャールズだった。映画があまりにふしだらだったから、こんな類の映画は観るべきじゃないと言おうと思ったけれど、それでも——そのときもシャノンになりきっていたから——何も言わなかったし、アイスクリームが欲しいかと聞かれ、ほほえんだ。

家に戻ったとき、起きていたのはショーンだけだった。ドアを開けながら、私はほほえんでいた。ショーンはボーイフレンドでもできたのかとジョークを言った。それは本当にジョークだった。彼は私に笑ってほしかったのだ。チャールズは趣味がいい、だって私は自分が知っている唯一の礼儀正しい人間だからと言って、彼は寝てしまった。

自分の部屋で、私は鏡に映った自分自身を長いあいだ見つめていた。最初に気づいたのは、私の男物のジーンズと、ほかの女の子たちが履いているジーンズとのあまりの違いだった。つぎに気づいたのは、着ていたシャツが大きすぎて、私の体を実際よりもずっとがっちりとした体格に見せていたことだった。

数日後、チャールズが電話をくれた。一日じゅう屋根葺きの仕事をしたあとで、私はひとりで部屋にいた。ペンキの希釈液のにおいがして、灰色のほこりにまみれていたけれど、彼にはわからない。私たちは二時間も話しつづけた。その翌晩も電話をくれ、そしてその翌晩も電話をかけてくれた。そして、金曜に一緒にハンバーガーを食べようと誘ってくれた。

木曜日、私はスクラップ作業を終えると、四〇マイル〔約六四キロメートル〕運転して最寄りのウォルマートまで行き、女もののシャツを二枚とジーンズを購入した。二枚とも青色だった。着てみても、自分の体のくびれや曲線はほとんど気にならなかった。それでもなぜだかその服がふしだらに思え、シャツとジーンズをすぐさま脱いでしまった。なぜその服を求めたのか、自分ではわかっていた——体の線を見せたかったのだ——だから服自体がふしだらなものでなかったというのに、そう考えてしまったのだ。

翌日の午後、仕事場でチームが作業を終えると、私は家まで走って戻った。シャワーを浴びて、汚れを洗い流すと、ベッドに新しい服を置いてじっと見た。数分後にはその服を着て、ふたたび自分の姿にショックを受けていた。着替えなおす時間はなかったから、暖かい夜だというのにジャケットを着込み、ある時点で、いつ、そしてなぜとは言えないけれど、ジャケットはまったく必要ないと気づいた。その夜は、シャノンになりきろうとしなくてもよかった。私は自分を偽らなくても、笑い、話すことができた。

私とチャールズは、その週、毎晩一緒に過ごした。二人で公園やアイスクリームショップ、ハンバーガーショップやガソリンスタンドに足繁く通った。私がストークスに彼を連れていったのは、ストークスが大好きだったからだ。副店長がいつも、パンコーナーで売れ残ったドーナツをくれるのも理由のひとつだった。私たちは音楽について語り合った——私が一度も聞いたことがないバンドや、彼がミュージシャンに憧れ、世界じゅうを旅したいと思っていることなどについて。私たちは自分たちの話には触れないようにしていた——例えば二人がただの友達なのか、それ以上なのかといったことだ。彼が話してくれればと思ったけれど、その話題にはならなかった。私は彼が、別の方法で私に知らせてくれることを願っていた——優しく手を取るとか、体を抱き寄せるといったことだ——でも、彼はそれもしなかった。

金曜の夜、私たちは遅くなるまで二人でいた。家に戻ると、なかは真っ暗だった。母のコンピュータの電源がついていて、リビングルームにスクリーンセイバーの映す緑色の光が反射していた。私はそこに座って、無意識に大学のウェブサイトをチェックした。成績が掲示されているはずだった。私は落第していなかった。いや、それ以上だ。西洋芸術史以外の教科はすべてAという結果だった。学費の半分が免除される奨学金を得ることができるだろう。これで大学に戻れる。

翌日の午後を私はチャールズと公園で過ごした。タイヤのブランコをゆっくりと漕いでいた。私は奨学金のことを話した。ちょっとした自慢のつもりで言ったのだが、なぜか口から出てきたのは恐れの気持ちだった。私はそもそも大学にいる資格なんてない、まずは高校を卒業すべきだったのだと自ら告白していた。卒業どころか、高校に入学すらしていないのだと。

チャールズは私の話を聞きながら、静かに座り、聞き終えても長いあいだ、何も言わなかった。そして「ご両親が学校に行かせなかったこと、君は怒ってるのかい？」と聞いた。

私はほとんど叫ぶようにして、「私にとっては、いいことだったのよ！」と返した。その反応は反射的なものだった。それはまるでキャッチーな曲の一節を聴くようなもので、そのつぎの一節を暗唱せずにはいられなかった。私が少し前に言ったこととの矛盾を探るかのように、チャールズは懐疑の目でこちらを見ていた。

「僕は怒ってるよ」と彼はつぶやいた。「君が怒ってないとしてもね」

私は何も言えなかった。答えることができなかった。ショーン以外で誰かが私の父を批判するのをはじめて聞いたからだ。チャールズにイルミナティのことを教えてあげたかったけど、その言葉は父のもので、私の心のなかでさえその言葉は気まずく、使い古されていた。私は自分がその言葉を自分のものにできないことを恥じた。そのときは信じていたのだ——そして私のなかの一部はこれからもずっと信じるだろう——父の言葉は私の言葉になるべきなのだと。

一カ月ものあいだ、毎晩、私は廃材置き場から戻ると、一時間かけて爪のあいだのひどい汚れと耳のゴミを洗い流す生活を続けた。絡まった髪をブラシで解いて、不器用にメイクをした。たっぷりのローションを指の腹に塗りつけて、そこに出来たたこを柔らかくしようと努力した。その夜、チャールズが私の手に触れてきたときのために。

チャールズがとうとうそうしたのは、夕方の早い時間、私たちは彼のジープに乗り、映画を観るために彼の家に向かっている途中だった。ファイヴマイル・クリークと並行して走り出したちょうどそのとき、彼はギアの向こうから手を伸ばしてきて、私の手の上にのせた。その手は温かかった。彼の手を握り返したかった。その代わり、私はまるで焼かれたかのようにぱっと手を引っ込めてしまった。無意識の反応だった。直後にすぐ取り消したいと思った。彼がつぎに私の手に触れたときも、同じことが起きた。私の体は激しく震え、強く奇妙な本能に屈していた。

その本能は、ある言葉の形をとって私の体を駆け抜けた。太字で記された命令のような強い言葉だ。その言葉は知らないものではなかった。それはずいぶん前から私とともにあり、静かに、動こうともせず、まるでそこで眠っているかのように記憶の片隅にいた。私に触れることでチャールズがそれを呼び覚ましたのだ。いまやその言葉は脈を打ちはじめた。

私は膝の下に手を突っ込んで、車の窓のほうに身を寄せた。彼を近づけようとすれば、その言葉が、私のなかの言葉がどうしても思い出され、震えが止まらなくなった。その夜だけではなく、またその先の数カ月もそうだった。売春婦。それが私の頭に浮かんだ言葉だ。

彼の家についた。チャールズはテレビをつけて、ソファに座った。私は片側に浅く腰かけた。電気が消され、オープニングクレジットが流れはじめた。チャールズは私のほうに少し移動した。最初はゆっくりと、そして次第に大胆になり彼の脚が私の脚に触れた。心のなかでは、私は一目散に逃げ出していた。鼓動が一回打つあいだに数千マイルも走れるほど焦っていた。現実では、私はただ尻込みしていた。チャールズも同じだった――私は彼をひるませてしまった。私は体の向きを変えて、ソファのひじかけに自分の全身を押しつけていた。両脚を胸に抱え、必死に彼に触れられないようにしていた。私はその不自然なポーズを二〇秒ほど保っていた。チャールズはやがて、私が口にできなかった言葉を聞き取り、床に座った。

第20章　父たちの独唱会

チャールズは、父が私から遠ざけてきた世界でできたはじめての友達だった。彼はあらゆる点で平凡であり、父はあらゆる点でそういった平凡さを軽蔑していた。チャールズは世界の終わりでなく、フットボールや有名なバンドの話をした。高校生活を楽しんでいた。教会に通っていたし、ほかの多くのモルモン教徒と同じで、もし病気になったら、モルモン教の医師を訪ねるだろう。

私は自分の世界と彼の世界をどうしても和解させることができず、それを分かつことにした。毎夜、彼の赤いジープがやってくるかどうか窓から観察し、その姿が高速道路に現れるとドアまで走っていった。彼が丘をのぼってくるまで芝生で待ち、彼が降りる前にジープに飛び乗り、シートベルトについて彼と口げんかをした（私が着けるまで彼は出発しようとしなかった）。

一度、チャールズが時間より早く現れ、家の玄関まで来てしまったことがあった。私は母に、おどおどと口ごもりながら彼を紹介した。母はベルガモットとイランイランをブレンドし、指を鳴らして割合を探っていた。母は挨拶(あいさつ)はしたが、指の動きは止めなかった。チャールズは理由を尋ねるように私を見た。すると母が、神が指を通して話しかけるのだと説明した。「昨日、ラベンダーのお風呂が片頭痛を止めるかテストしてみたの」と彼女は言った。「お風呂に入ったわ。何が起きたと思う？　なんと今日は頭が痛くないのよ！」

「片頭痛が起きる前に止めるなんて、医者にはできないことさ」父が割って入った。「でも神はできる！」

チャールズのジープまで二人で歩いているときに、彼が「君の家っていつもあんなにおいがするの？」と聞いた。

「どんなにおいよ？」

「腐った植物みたいな」

私は肩をすくめた。

「わかるだろ」と彼は言った。「すごいにおいだよ。前にも感じたことがあるんだ。君からだよ。君はいつもあのにおいがしてる。もしかしたら僕も？」と、彼は自分のシャツのにおいを嗅いだ。私は黙っていた。においなんて私にはわからなかった。

父は私が「生意気」になってきたと言いはじめた。仕事が終わると廃材置き場から急いで戻ることや、チャールズと出かける前に油をきれいに洗い流すことが気に入らないのだ。車で一時間ほど北に行った場所にある、父が搾乳施設を建設中のほこりっぽい町ブラックフットでローダーを運転するぐらいなら、ストークスで食料品を紙袋に詰めるほうを私が選ぶことを父は知っていた。私が、別人のような服を着て、どこか別の場所に行きたいと思っていることも父はわかっていた。だから機嫌が悪いのだ。

ブラックフットの現場で、父は私に奇妙な仕事を割り当てた。それをやらせることで、私が本当の自分を思い出すとでも考えたかのようだった。上空三〇フィート〔約九メートル〕にある未完成の屋根の母屋桁（もやげた）に二人でよじ登っていたときのことだ。父も私も命綱はつけていなかった。私たちはいつも、命綱をいっさい身につけることなく作業していた。父が建物の反対側にチョークを置き忘れたと言い出した。「タラ、取ってきてくれ」と父は言った。私は頭のなかで地図を描いた。チョークを取りにいくには、母屋桁から母屋桁に飛び移る必要があった。四フィート〔約一二〇センチメートル〕間隔で設置された母屋桁は一五本もあった。帰りも同じ数の母屋桁を飛んで戻らなければならない。それは普段ならショーンが「タラにはやらせない」というタイプの父の命令そのものだった。

「ねえショーン、フォークリフトに乗せて連れていってくれない？」
「自分で取りにいけよ」とショーンは言った。「ステキな学校とステキな彼氏がおまえをお上品にしたんだったら別だけど」彼が急によそよそしくなった様子は、新しくも見憶えがあるようにも感じられた。

私は母屋桁の上をぐらつきながら進み、納屋の端の梁までたどりついた。そこはある意味、より危険な場所だ――右側に落ちても私を受け止める母屋桁はない。でも梁は母屋桁よりも太かったし、綱渡りのようにして歩くことができた。

父とショーンはこうして同志となった。二人は、教育を受けて生意気になった私に必要なのは、時間を巻き戻すことだと考え、その点については意見の一致をみたのだ。昔のバージョンの私に引き戻して、そこに縛りつけようというのだ。

ショーンは言葉の使いかたに長けていて、その才能を他人を定義するために使った。彼は私をさまざまなあだ名で呼びはじめた。「田舎娘」がしばらくはお気に入りだった。「おい、田舎娘、砥石を持ってきてくれ」と大声で言ったり、「ブームを上げろ、田舎娘！」と叫んで、そして私の顔を見て反応を確かめる。私はいっさい反応しなかった。つぎに彼は私を「ウィルバー」と呼んだ。私がよく食べるからだそうだ（児童書『シャーロットのおくりもの』に出てくる豚のウィルバーというキャラクターから）。私がネジをしめたり、寸法を測るためにかがみ込むと、「見事な豚だな」と大声で言い、口笛を吹いた。

　ショーンはチームが一日の仕事を終えたあとも、外で時間を過ごすようになった。チャールズが車で丘を上がってくるときに、私道のあたりにいたかったのだと思う。来る日も来る日も、トラックのオイルを交換していた。はじめてショーンが外に居座った日の夜、私は家から走り出て、ショーンが何か言う前にジープに飛び乗った。そのつぎの晩、ショーンは素早く行動に出た。「タラって美人だよな？」とチャールズに向かって叫んだ。「目は魚みたいだし、魚と同じぐらい賢いんだから」それは使い古された侮辱だった。ショーンは、仕事現場では私が反応しないと知っていた。そこで、チャールズの前であれば私を動揺させられるのではと考えて、その言葉を取っておいたのだ。

　そのつぎの晩は、「ディナーに行くのか？　ウィルバーの食事を邪魔するなよ。おまえもまるごと食われちまうぞ」と言った。

　チャールズは一度も応えなかった。バックミラーに映った山が消えた瞬間、私たちの夜がはじまるのだという暗黙の了解があった。二人で探検した世界には、ガソリンスタンドと映画館があった。小さな宝石のように高速道路を車が走り、笑いかける人、クラクションを鳴らす人、手を振る人がいた。なぜなら、私たちが住んでいたのは小さな町で、誰もがチャールズを知っていたのだ。石灰の白いほこりが積もった道路があって、ビーフシチュー色の運河があって、ブロンズ色の麦畑が果てしなく広がっていたけれど、そこにバックスピークはなかった。

日中、私に与えられていたのはバックスピークだけだった――そして、ブラックフットの建設現場だ。ショーンと私は一週間の大半を、母屋桁を作ることに費やした。搾乳施設の屋根を仕上げるためだ。まずは移動住宅ほど大きい機械を使って、桁をZの形になるようプレスする。そして研磨機にワイヤブラシを取り付けると、塗装の前に錆を吹き飛ばした。ペンキが乾いたのち、母屋桁を作業場の横に積み上げたが、山頂からの風のせいで数日で黒いほこりに覆われてしまった。ほこりが鉄の油と混じり合うと、ベタベタとした汚れになってしまう。取り付ける前に洗い落とさなければとショーンが言うので、私はぞうきんとバケツに入った水を持ってきた。

とても暑い日で、私は額から滴(したた)り落ちる玉のような汗を拭っていた。ヘアバンドが壊れてしまった。代わりのものは持っていなかった。山から風が吹き下ろすと、髪が目のなかに入ってしまうようになり、私は手で髪を払いつづけた。手は真っ黒で油にまみれていたから、顔を払うたびに汚れの跡を残した。

母屋桁がきれいになると、私はショーンに声をかけた。彼はI形梁の向こうから姿を現し、溶接用マスクを上げた。私の顔を見て、彼はニッコリと笑った。「俺たちのニガーが戻ってきた！」と彼は言った。[6]

大バサミを使って私とショーンが作業をしたある夏の日の午後のことだった。顔に流れる汗を何度も拭ったせいで、夕食のために作業をやめるころには、私の鼻と頬は真っ黒になっていた。ショーンが私を「ニガー」とはじめて呼んだ日だ。その言葉には驚いたが、聞いたことがない言葉ではなかった。父がその言葉を使うのを聞いたことがあったので、なんとなく意味は知っていた。でも一方で、私はその言葉の本当の意味をまったく理解できていなかった。それまで黒人は一人しか見たことがなかった。小さな女の子で、教会に通っていた、とある家族が養子として迎えた子だった。父がその子についてその言葉を使ったわけではなかったのだけれど。

ショーンはその夏じゅう、私をニガーと呼びつづけた。「ニガー、C型クランプを持ってこい！」「ニガー、ランチだぞ！」あのときはその言葉が私の手を止め、考えさせることもなかった。

しかし、私の世界はひっくり返っていた。大学に入学して、講堂に足を踏み入れ、目を見開いて、心ざわつくアメリカ史の講義を受けていたのだ。教授はリチャード・キンボール博士で、よく響く、耳を傾けたくなる声の持ち主だった。奴隷制度については知っていた。父が話しているのを聞いたことがあったし、父のお気に入りのアメリカの建国に関する本で読んだこともあったのだ。植民地時代の奴隷は、主人よりも幸せで自由だったと書いてあった。なぜなら、主人は奴隷の面倒を見るためのコストを負担していたからだ。その理由に私は納得していた。

キンボール博士が奴隷制度について講義をした日、彼は頭上のスクリーンに奴隷市場の様子を描いた木炭のスケッチ画を映し出した。スクリーンはまるで映画館のように大きくて、教室を支配しているようだった。スケッチは混沌としていた。女性は裸か半分裸のような状態で立たされ、鎖につながれていた。男性は女性を囲うように立っていた。プロジェクターがガシャンと音を出した。つぎのイメージは白黒写真で、年月が経っているため不鮮明だった。色あせて露出過度の写真は、あまりに象徴的だった。腰から上を裸にされた男性が座り、腫れあがり、地図のように縦横に切り刻まれた体の傷をカメラに向かって見せていた。皮膚はほとんど皮膚に見えなかった。

その後の授業で、私はより多くの画像を見た。大恐慌についてはアニーを演じたときに聞いたことがあったけれど、帽子をかぶり長いコートを着た男性が無料食堂に並ぶ映像は衝撃だった。キンボール博士が第二次世界大戦について講義をしたときには、爆撃されて建物の骨組みだけになった街と、列をなした戦闘機の写真がスクリーンに映し出された。

そこには何枚もの顔写真も混ぜられていた――FDR、ヒトラー、そしてスターリンだ。そしてプロジェクターの明かりとともに、第二次世界大戦は消えていった。

つぎの講義ではスクリーンに新しい顔が映し出され、その顔は黒人のものだった。スクリーンに黒人の顔が映し出されたのは久しぶりだ――私が記憶するかぎりではそうだ――奴隷制度を学んで以来のことだった。黒人のことについては忘れてしまっていた。私にとっては見知らぬ、別のアメリカ人たちだった。私は奴隷制度の終わりについて想像しようとはしなかった。もちろん、正義はくだされ、声は届けられ、問題は解決済みだと考えていたのだ。

キンボール博士が公民権と呼ばれることがらについて講義をはじめたときの私の理解はこの程度のものだった。「一九六三年」とスクリーンに表示された。何かの間違いだろうと私は思った。奴隷解放宣言が出されたのは一八六三年だ。この二つの年のあいだにある一〇〇年の説明がつかなかったために、単純な打ち間違いだと思ったのだ。私はその年号をノートに書き写して、教授が示唆していた年代がいつのものであるかがわかってきた。白黒だったけど、被写体は現代のものだった――鮮やかに、はっきりと写っていた。それは遠い昔のひからびたスチール写真ではなく、ある運動を記録していた。行進。警察。消防士が若い男性にホースを向ける姿。

キンボール博士は私がそれまで耳にしたことがない名前を読み上げた。最初はローザ・パークスだった。警察官が女性の指をスタンプ台に押しつけている写真が映し出される。キンボール博士は、彼女はバスの席を手に入れたのだと言った。教授の説明は、彼女がバスの席を盗んだという意味だと私は理解したけれど、盗むものとしてはおかしいように思えた。

女性の写真は別のものに切り替わった。白いシャツを着た黒人の少年がつば広の帽子をかぶり、ネクタイをしている。少年についての話は耳に入ってこなかった。ローザ・パークスのことを考えつづけていたのだ。どうやってバスの座席を盗むことができたのだろう。そしてつぎの写真には遺体が映っていて、キンボール博士は「彼の遺体は川から引きあげられた」と言った。

写真の下に一九五五年と書かれていた。一九五五年は、母が四歳のときだ。それに気づくと、エメット・ティルの遺体と自分との距離が消えた。この殺害された少年と私のあいだの距離は、私の知る人たちの人生で測ることができた。歴史的、あるいは地質学的な巨大な変化を前提としたものではない――文明の崩壊や、山の浸食もない。人間の皮膚のたわみだ。母の顔に刻まれた線で計算できるのだ。

つぎの名前はマーティン・ルーサー・キング・ジュニアだった。彼の顔はそれまで一度も見たことがなかったし、名前を聞いたこともなかった。そしてキンボール博士が話している人物は、私が聞き知っていたマルティン・ルター〔ドイツの宗教改革者〕ではないと気づくまで数分かかった。白い大理石の前に立つ濃い色の肌の男性は、多くの聴衆に囲まれていた。この写真とこの名前の意義に気づくまでさらに数分が必要だった。この男性が暗殺されたという事実を教えられてはじめて、この人物が誰であり、なぜ人びとの前でスピーチをしていたのかを理解した。それに驚いてしまうほど、私は無知だった。

「俺たちのニガーが戻ってきた！」

ショーンが私の顔に何を見たのかはわからない――ショックだったのか、怒りだったのか、それとも無表情だったのか。

それがどんな表情であれ、彼はそれを見て喜んでいた。私の弱い部分を、敏感な部分を見つけたのだ。無関心を装うことは私にはもうできなかった。

「そんなふうに呼ばないで」と私は言った。「意味もわからないくせに」

「もちろん知ってるさ」と彼は言った。「おまえの顔がニガーみたいに真っ黒だって意味だよ！」

その日の午後は――残りの夏の日々もずっと――私はニガーと呼ばれつづけた。私はそれまでずっとその言葉に無関心さで応えてきた。どちらかと言えば、私もそれを楽しんでいたし、ショーンは賢いとも思っていた。でもいまは、彼の口を閉じてやりたかった。もしくは、歴史の本を与えて、彼を座らせてやりたかった。ただし、リビングルームの額縁に入れられた憲法のコピーの下に置いてある父の歴史書以外の本をだ。

ニガーという言葉が私をどのような気持ちにしたのか、うまく説明することはできない。ショーンは私を侮辱するためにその言葉を使った。私を過去に、古い私に閉じ込めるために。でも、それは私をどこかに閉じ込めるどころか、私をもっとも遠い場所に連れていった。ショーンがその言葉を使うたびに――「おいニガー、ブームを上げろ」「ニガー、水準器を取ってくれ」――私の意識は大学に戻り、人類の歴史が展開される講堂に足を踏み入れ、自分の居場所を確認した。ショーンが「ニガー、つぎの列だ!」とどなるたびに、エメット・ティル、ローザ・パークス、そしてマーティン・ルーサー・キングの物語が、私の心を呼び覚ました。その夏、ショーンが母屋桁を正しい位置に溶接するたび、彼らの顔が私の心のなかで重ね合わされた。最後には、私はやっとのことで、すでに明らかだったはずのことを、ようやく理解しはじめた。平等を求めた大行進に反対した人がいたことを。自由を得ようとした人を妨げた人がいたことを。

私は兄のことをそんな人だとは思っていなかった。これから先も、彼をそんな人だと考えることはないと思う。それにもかかわらず、何かが変わってしまった。私はものごとを知る道を歩みはじめ、兄、父、そして自分自身について、根本的なにかに気づいた。故意でも偶然でもなく、無教養にもとづく教えを他人から与えられたことで、私たちの考えが形作られたことを理解したのだ。私たちは、誰かを非人間化し、残忍な仕打ちをすることだけが目的の議論に、自分たちの声を貸してしまっていた――だって、そんな議論に花を咲かせるほうが簡単で、いつの時代でも、権力の維持は進歩のように感じられるから、だ。

猛烈な暑さの午後、汗水垂らしてフォークリフトを運転していたあのとき、私がこれを言葉にできたわけではない。いまの自分が持っている言葉を、当時は持っていなかった。でも、たったひとつ理解していた事実がある。私は何千回もニガーと呼ばれ、それに対して笑っていたが、いまの私にはそれを笑うことはできない。その言葉もショーンの言いかたも変わっていないが、私の耳が変わったのだ。その言葉のなかには、ひと欠片のジョークも聞こえてこない。私の耳が聞いたのは、時間を経て送られた信号だ。そしてその信号はある確信とともに応答された。それは、自分が理解していない戦いのなかで、けっして雑兵のように扱われることを許さないという確信だ。

第21章　スカルキャップ

大学に戻る前の日、父が私に給料を渡してくれた。最初に約束した額には足りなかったものの、未払いだった半額の学費をまかなうには十分だった。私はアイダホでの最後の一日をチャールズと過ごした。日曜日だったけれど、教会には行かなかった。二日ほど耳に痛みがあり、ずきずきするその痛みは、夜になると鋭い、刺すような痛みに変わるのだ。熱もあった。視界がゆがみ、明るい光に敏感になった。チャールズが電話してきたのはそんなときだった。僕の家に来る？　と彼は聞いてくれた。私は車の運転ができないかもと答えた。一五分後、彼が迎えにきてくれた。

私は耳をふさいで、前かがみになって助手席に座り、ジャケットを脱いで頭にかぶって光をさえぎった。チャールズはどんな薬を飲んだのかと私に聞いた。

「ロベリア」と私は言い、「スカルキャップ」と付け加えた。

「それが効くとは思えないね」と彼は言った。

「効くわよ。数日かかるだけ」

彼は眉を上げたが、何も言わなかった。

チャールズの家は片づいていて、広々としていた。大きくて明るい窓があり、床はぴかぴかに磨かれていた。そこは「町のおばあちゃん」の家を思い出させるような場所だった。私はスツールに座り、冷たいカウンターに頭を押しつけた。キャビネットがきしむ音が聞こえ、プラスチックのふたがポンと開く音が聞こえた。目を開けると、カウンターの上に、赤い錠剤が二粒置いてあった。

「痛みにはこれだよ」とチャールズが言った。

「私たちには無理」

「私たちって誰だよ？」と彼は言った。「君は明日にはいなくなるんだろ。君は彼らの仲間じゃないよ」

私は目を閉じて、彼が黙ってくれるのを祈った。

「薬を飲んだら何が起きると思ってるの？」と彼は言った。

私は答えなかった。何が起きるか私にはわからなかった。母はいつも、医薬品は特殊な毒で、けっして排出されることがないと言った。体のなかからゆっくりと人間を腐らせていく。生きているかぎりずっと。母は、もし私が薬を飲んだなら、子供を産むのが一〇年後だったとしても、奇形の子供が生まれると言った。

「痛みがあれば薬を飲む」とチャールズは言った。「普通のこ、と、なんだよ」

彼はすぐに黙り込んだ。「普通」という言葉に私が顔をしかめたにちがいない。彼はコップに水を入れると、私の前に置いた。そして、私の腕に触れる場所まで優しく薬を押し出した。私は一錠を手に取った。そんなに近くで薬を見たことは一度もなかった。予想していたよりも小さかった。

一錠飲み込み、そしてもう一錠飲んだ。

私が記憶しているかぎり、切り傷や虫歯で痛みを感じていたときは、母がロベリアとスカルキャップのチンキ剤を作ってくれた。それは一度も、ほんの少しも痛みを和らげることはなかった。それが理由で、私は痛みを抑えてはいけない必要なものとして大切にし、崇拝するようにまでなった。

赤い錠剤を飲んで二〇分後、耳の痛みは消え去っていた。私は痛みの不在の意味を理解することができなかった。その日の午後は、痛みがぶり返さないかと願って頭を振って過ごした。大声で叫んだり、あるいは早く動いたりすれば耳の痛みが戻り、やっぱり薬なんて偽物だったとわかると考えたのだ。

チャールズは何も言わずに見守っていたが、私がこの奇妙な魔法の限界に挑戦しようと、鈍い痛みのある耳を引っぱりはじめたときは、ばかげていると思ったにちがいない。

翌朝、大学まで車で送り届けてくれる予定の母は、前夜から出産の立ち会いに呼ばれていた。私道には車が停めてあった――父がトニーから数週間前に購入したキア・セフィアだ。キーはささったままだった。私は自分の荷物を積み込んでユタまで運転した。父からの未払いの賃金に見合うと思ったからだ。父も同じことを考えていたのかもしれない。車を返せとはその後も言われなかった。

私は大学から半マイル離れたアパートメントに引っ越した。新しいルームメイトと住むことにしたのだ。ロビンは背が高くてスポーツが得意で、はじめて会ったときは短すぎるランニングショーツをはいていたけれど、私が彼女をぽかんと見ることはなかった。ジェニにはじめて会ったとき、彼女はダイエットコークを飲んでいた。私はコークをじっと見ることもなかった。だってチャールズは何十本も飲んでいたのだから。

ロビンは一番年上で、理由はわからないのだけれど、私に同情的だった。どういうわけか、私の過ちの多くが意図的ではなく、無知が原因だと理解していて、彼女は私の間違いを、優しく、そして率直に指摘してくれた。彼女は私に、同じアパートに住むほかの女の子たちと仲良くするには何をすべきで、何をすべきでないのか正確に伝えてくれた。食器棚に腐った食べ物を放置しないとか、シンクに汚れたままの食器を置いておかないとかいったことだ。

ロビンはこれをアパートのミーティングでも説明した。ロビンが話し終えたあと、もう一人のルームメイトであるメーガンが咳払いをしてからこう言った。

「みなさん、トイレに入ったあとは手を洗いましょうね。水洗いじゃだめ。ちゃんと石鹸(せっけん)を使おう」

ロビンはぐるりと目をまわした。「全員が手を洗ってるって思いますけど」

その夜、トイレを出たあと、私は廊下のシンクで手を洗った。石鹸で。

翌日から授業がはじまった。チャールズが私の時間割を組んでくれた。まずは二つの音楽の授業と宗教のコースだ。私には楽勝だと彼は言った。そして彼は難しいコースも選んでくれていた――ひとつは代数で、私にとってそれは恐怖だった。そしてもうひとつは生物学で、これには震えはしなかったけれど、その理由は、どんな教科なのか理解できていなかったからだ。

代数は私の奨学金に終止符を打つかもしれなかった。教授は黒板の前をうろつきながら、ぶつぶつとつぶやく人だった。授業についていけていないのは私だけではなかったけれど、私はそんななかでも一番理解が乏しかったと思う。チャールズは私を助けてくれようとはした。ただ彼も高校三年生に進級したところで、自分の宿題もあった。一〇月に中間試験が行われ、私は落第点だった。

私は眠らなくなった。髪の毛をかきむしりながら、教科書の意味を理解しようと夜半まで苦しんだ。そしてベッドに寝そべってはノートを読みふけった。胃には潰瘍ができた。アパートと大学のちょうど真んなかあたりの知らない人の家の庭で、私がお腹を押さえて倒れているのをジェニが発見した。胃が焼けつくように痛んだ。あまりの痛みに体が震えていたというのに、病院に連れていこうとする彼女を私は必死に制止した。彼女は三〇分ほどそばに座っていてくれて、その後、アパートまで一緒に戻ってくれた。

胃の痛みは悪化しつづけ、夜通し私を苦しめた。眠ることはほとんど不可能になった。家賃を稼ぐために、工学部の建物の管理人の仕事を得ていて、私のシフトは毎朝四時にはじまるのだ。胃潰瘍と管理人の仕事のはざまで、睡眠の余地はさらになくなっていった。ジェニとロビンが医者に行けと言いつづけたが、私は聞く耳をもたなかった。私は二人に、感謝祭のときには家に戻るし、母が治してくれるからと言った。二人は不安そうな視線を交わしたが、何も言わなかった。

チャールズは、私の態度は破滅的で、誰かに助けを求められないのはほとんど病的だと言った。彼はこれを電話口で伝えた。とても静かな、ほとんどささやくような声だった。

私は彼に、どうかしていると返した。

「じゃあ、代数の教授に話をしにいくんだ」と彼は言った。「単位を落としそうなんだろ。助けを求めるんだよ」

教授と話をするなんて、考えてもみなかった——学生が教授と話すことを許されている、なんて思ってもみなかったのだ。だからやってみようと決心した。チャールズに、私にはそれができると証明するためだけに。

感謝祭の数日前、私は教授のオフィスのドアをノックした。彼は講堂にいるときと比べると、オフィスのなかではより小柄で、より輝いて見えた。机の上の明かりが彼の頭と眼鏡を照らしていた。彼は机に置いた紙を次々とめくっていて、私が座っても顔を上げなかった。「このクラスの単位を落としてしまうと」と私は言った。「奨学金をもらえなくなってしまうんです」奨学金がもらえなかったら大学に戻ることができないとは言わなかった。

「申し訳ないけど」と、教授は私を見もせずに言った。「ここはタフな学校でね。もう少し年齢が上になってから戻ったほうがいいかもしれない。あるいは、転校(トランスファー)するとか」

「トランスファー」の意味がわからなかったから、何も言えなかった。私は立ち上がってオフィスを出ようとしたのだが、これが彼の態度が軟化するきっかけになった。「正直な話、単位を落としかけている学生が多いんだ」と、彼は椅子の背にもたれながら言った。「こんな感じでどうかな。期末テストですべてを決めると私がクラスで宣言するんだ。期末テストで完璧なスコアを叩き出した学生は——九八でなく、一〇〇だ——Aをもらえる。中間でどんな成績だったとしても。どうだい？」

私は、わかりましたと答えた。それは大きな賭けだったけれど、私はこれまでも大きな賭けばかりして生きてきた。私はチャールズに電話した。感謝祭にアイダホに戻ること、代数を教えてくれる人が必要だということを伝えた。彼はバックスピークで会おうと言った。

第22章　ささやいたこと、叫んだこと

バックスピークに戻ると、母が感謝祭の食事の支度をしていた。大きな樫の木のテーブルにはチンキ剤の瓶とエッセンシャルオイルの小瓶がいっぱいに置かれていて、私がそれを片づけた。チャールズが夕食を食べにやってくる予定だったからだ。

ショーンは不機嫌だった。テーブルの長椅子に座って、私が瓶を集めて隠す様子を見ていた。私は一度も使われたことのない母の陶器を洗って、それをテーブルに飾り、皿とフォークの位置に気を配った。

ショーンは私が大騒ぎしている様子に腹を立てていた。「たかがチャールズじゃないか」と彼は言った。「あいつのお目がそこまで高いってわけじゃないだろ。おまえと付き合ってるぐらいなんだから」

私は眼鏡を取りにいった。それを彼の前に置くと、ショーンは私の肋骨のあいだに指をねじ込もうとした。「触らないで！」と私は叫んだ。すると、天地がひっくり返った。私

は両脚をつかまれ、母の視界に入らないようにリビングルームに引きずられていった。ショーンは私をあお向けに寝かせて腹の上に乗り、膝を使って私の両腕を体の脇で押さえつけた。急に体重がかけられた衝撃で肺から空気が出た。ショーンは気管に腕を押し当てた。私は口をぱくぱくさせ、叫ぶのに十分な空気を吸おうとしたのだが、気道はふさがれていた。

「ガキみたいな態度を取るから、ガキのお仕置きが必要になるんだよ」

ショーンはそう大声で言った。ほとんどどなりつけるようだった。私に対して言っていたが、私のために言っていたわけではなかった。彼はそれを母のために、その瞬間の意味を明らかにするために言っていた。私は態度の悪い子供で、彼はその子供をしつけているのだと。気管を押さえつける力が弱まり、空気が肺いっぱいに入ってきた。彼は私が大声で叫ばないことを知っていたのだ。

母はキッチンから「やめなさい」と大声で言ったが、それは私に対してなのか、ショーンに対してなのかわからなかった。

「どなるなんて失礼だぞ」とショーンは言った。ふたたびその声はキッチンに向かっていた。「謝るまでここで寝ていろ」私はどなったことを謝った。そして、ようやく立ち上がることを許された。

私はペーパータオルを折ってナプキンを作り、各食器セットの横に置いていった。ショーンの皿の横に置いたとき、彼はもう一度指で私の肋骨のあいだを突ついた。私は何も言わなかった。

チャールズは約束の時間よりも早く現れた——父は廃材置き場から戻ってきてもいなかった。そして、彼をにらみつけ、瞬きもしないショーンの向かい側の席に座った。ショーンとチャールズを二人きりにしたくなかったけれど、母の調理には手伝いが必要だったのでコンロに戻ったが、こまごまとした用事を作ってテーブルに戻った。ショーンがチャールズに自分の銃や人を殺す方法について話しているのが聞こえた。私は、チャールズが冗談だと思ってくれるように願って、大声でその話に笑ってみせた。三回目にテーブルに戻ったとき、ショーンは私を引っぱって膝の上に座らせた。私はそれにも笑ってみせた。見え透いた嘘は夕食までもたなかった。大きな陶器の皿の上にロールパンを載せ、ショーンの横を歩いたときのことだ。ショーンが私のお腹を強く叩いた。私は息を吐き出し、皿を落とした。皿は割れてしまった。

「なんでそんなことするのよ?」と私は叫んだ。

それはあまりにもあっという間で、どんなふうに床に倒れたかはわからないけれど、私はふたたびあお向けにされ、ショーンが馬乗りになっていた。彼は皿を割ったことを謝罪しろと私に迫った。チャールズに聞こえないように、私は小さな声で謝った。これがショーンを激怒させた。彼は私の髪を、このときも頭皮の近くでつかんで体を引き起こすと、トイレまで引きずっていった。一瞬の動きに、チャールズは反応することさえできなかった。頭を押さえつけられた私が最後に見たのは、チャールズが立ち上がり、目を見開き、顔面蒼白になっている姿だった。

手首をつかまれ、腕を体の後ろでねじり上げられていた。頭を便器に突っ込まれ、鼻の頭が水すれすれのところにあった。ショーンは何か叫んでいたが、私には何を言っているのかわからなかった。廊下を歩いてくる足音が聞こえ、私はそれを聞いて錯乱した。チャールズにこんな姿を見せるわけにはいかない。私の見せかけの姿――私の化粧、新しい服、陶器のセッティング――ではなく、この本当の私の姿を。

私は体を激しく震わせ、背中をそらせてショーンから手首を自由にした。彼の隙を突いたのだ。彼が考えていたよりも私の力が強くなっていたからなのか、それともただ無謀だったのかもしれないが、ショーンは私を押さえつけていられなくなった。私はドアに向かって猛スピードで走った。ドアの枠を越えて廊下に一歩踏み入れたとき、頭が勢いよくガクンと後ろに引っぱられた。ショーンが私の髪をつかんで、強い力で引き寄せ、私たちは二人でもんどり打ってバスタブに突っ込んでいった。

つぎに私が憶えているのは、チャールズが私を引っぱり上げ、私がげらげらと笑っていたことだ——けたたましい、常軌を逸した笑い声だった。大声で笑うことができたら、なんとかなると思っていた。チャールズがすべてを悪ふざけだと思ってくれるかもしれないと。目からは涙があふれ出していた——足の親指は骨折していた——でも私は笑いころげていた。ショーンはドアのところで居心地が悪そうにしていた。

「大丈夫かい？」とチャールズは聞きつづけた。

「もちろんよ！　ショーンったら、本当に、本当に、本当に——面白いんだから」足に体重をかけると激痛が走り、最後の言葉はしぼり出すようにしか言えなかった。チャールズは私を抱きかかえようとしてくれたが、私は彼を押しのけてその場から立ち去り、泣かないよう歯を食いしばりながら、冗談っぽく、楽しそうに兄を叩いた。

チャールズは夕食を食べていかなかった。ジープまで走っていったあとは、数時間連絡がなかったが、やがて電話がきて教会で会おうと言った。彼はバックスピークに来ようとはしなかった。私たちは、空っぽの駐車場に停めた暗いジープの車内に座り、話をした。彼は泣いていた。

「見なかったことにして」と私は言った。

もし誰かに聞かれたら、私にとってチャールズは、世界でもっとも大切な存在だと答えただろう。でも、それは真実ではなかった。私はそれを彼に証明することになる。私にとってもっとも大切だったのは、愛でも友情でもなく、自分自身を納得させる嘘をつく能力だ。私が強いと信じる能力だ。そうではないと知ってしまったチャールズを、私はもう許せなくなった。

私は不安定になった。多くを要求し、敵対的な態度を取るようになった。奇妙な振る舞いをし、私への愛を量るため、大きくなりつづける課題を彼に突きつけた。彼がその要求に応えられないと、偏執的になった。怒りに屈して、父やショーンに抱いたすべての憤りとぞっとするような鬱憤を、唯一私を助けようとしてくれたチャールズに投げつけたのだ。口論になると、もう二度と会わないとどなりつけた。何度も何度もそう叫んだ。ある晩には、私が電話をしてまた会いたいといつものように言うと、彼はそれを拒んだ。

最後に会ったのは、高速道路そばの野原だった。バックスピークが私たちの横にそびえ立っていた。彼は、私を愛していたが、もう無理だと言った。君を助けることができなかった。それができるのは君自身だけなんだと。

私には彼の言葉が理解できなかった。

キャンパスは厚い雪で覆われていた。私は外出せず、代数の方程式を暗記していた。私は以前のように暮らそうと努力していた——私の大学での人生が、バックスピークの人生とは別ものだと思い込むために。その二つの世界のあいだの壁は難攻不落だった。チャールズはそこに開いた穴のような存在だった。

胃潰瘍が再発して、夜通し私を痛めつけていた。ロビンにゆすられて起きたこともある。寝ながら叫んでいたというのだ。顔に触ると濡れていた。彼女は強く抱きしめてくれ、私は繭に包まれたような気持ちになった。

翌朝、ロビンが一緒に病院に行こうと言った——胃潰瘍もそうだけど、足のレントゲンを撮ったほうがいいと。足の親指は真っ黒になっていた。私に医師は必要ないと答えた。胃潰瘍はそのうち治るし、誰かがすでに親指の治療はしてくれたと。

ロビンが眉を上げた。「誰？　誰が治療したの？」

私は肩をすくめた。ロビンは私の母だと推測したようだったから、そう信じてもらえばいい。本当は、ショーンだった。感謝祭の翌日、骨折してるかどうか私に聞いてきた。彼はキッチンの床に片脚をついて、自分の膝の上に私の足を載せた。私からはショーンが小さく見えた。彼はしばらく足を見ると、顔を上げて私を見た。彼の青い目に私は何かを見た。謝るのかと思い、彼の口が開かれるのを待っていたその瞬間、彼は私の足の親指の先をつかんで引っぱった。足が爆発したかのようだった。そのあまりの衝撃は脚全体を駆けめぐった。ショーンが立ち上がり、私の肩に手を置いて、「ごめんよ、シドル・リスター。でも、知らないほうが痛くないから」と言ったときもまだ、私はなんとかしてその痛みを飲み込もうと必死になっていた。

ロビンが病院に行こうと言ってくれた一週間後、ふたたび彼女にゆすられて目を覚ました。彼女は私を幼い子供にするみたいに抱きしめた。そうすることで私の心と体がバラバラになるのを防げるかのように。

翌朝、「ビショップに会ったほうがいい」と彼女は言った。

「私は大丈夫よ」と私は答えた。大丈夫じゃない人がよく言う台詞だ。「寝ればいいだけだから」

それからすぐあと、大学のカウンセリングサービスのパンフレットを机の上に見つけた。私はそれをほとんど見もせずに、ゴミ箱に捨てた。カウンセラーに会うことはできない。カウンセラーに会うということは、助けを請うことを意味する。私は自分が無敵だと信じていた。それは優雅な嘘で、精神的なピルエットだった。親指が骨折していないのは、私が無敵だから。無敵でないと証明するのはレントゲンだけ。レントゲンが私の親指を骨折させるのだ。

私の代数の最終決戦はこの盲信に支えられていた。私の頭のなかでは、試験とはある意味、神秘的な力を要求するものだった。私は狂気に駆り立てられるように勉強をした。この試験で最善を尽くすことができたら、完璧で不可能なほどの高スコアを取れたら、親指が骨折していても、チャールズがいなくても、私は最強だと証明してくれる。無敵だ。

試験の日の朝、私は足を引きずって試験センターに向かい、風通しのよいホールのなかに座った。試験は私の目の前にあった。問題はとても簡単で従順だった。次々と私の計算に屈服して、解答へと姿を変えていった。私は解答用紙を手渡して、寒い廊下に立って、私のスコアが表示されるスクリーンを見つめていた。スコアが表示されると私は瞬きをした。そしてもう一度瞬きをした。一〇〇だった。完璧なスコアだ。

全身がしびれるようだった。私はその感覚に酔いしれ、世界に向けて叫びたかった。ほら、いい、いい、いい、いい、いい、いい、これが証拠よ。誰も私に手出しできない。

クリスマス、バックスピークはいつもと同じ姿だった——雪の積もった山頂と、常緑樹で飾られた山肌。レンガとコンクリートを見慣れた私の目は、その大きさと透明さを受け止めきれずにいた。

私が丘を車でのぼっていると、リチャードがフォークリフトを運転している姿が見えた。父がフランクリンで建設していた作業場に使う母屋桁の山を動かしていたのだ。リチャードは二歳で、私が知るなかでもっとも賢い人のひとりだったが、高校の卒業証書を持っていなかった。車を運転しながら横を通りすぎたとき、ふと、彼はこのままフォークリフトを運転して一生を終えるのだろうと考えた。

タイラーが電話をかけてきたのは、私が家に到着して数分後だった。「ちょっと確認したかっただけだよ」と彼は言った。「リチャードがACTの勉強をしてるかなと思ってさ」

「受験するの?」

「さあどうかな」とタイラーは言った。「たぶんね。父さんと僕でそうさせようとしてるんだ」

「お父さんが?」

タイラーは笑った。「ああ、父さんだよ。リチャードに大学に行ってほしいらしいよ」

一時間後、夕食の席につくまでタイラーが冗談を言っているのだと思っていた。父が口いっぱいにジャガイモを詰め込んで、「リチャード、来週は休んでいいぞ。あの本で勉強するんだったら給料も払おう」と言うまでは。

私は説明を待った。それはすぐに聞くことができた。「リチャードは天才だからだよ」と、父はウィンクしながら私に言った。「リチャードはアインシュタインの五倍は賢いんだ。リチャードだったら社会主義者の理論や不道徳な推論を、すべて嘘だと証明できる。彼ならそこに入り込んで、クソみたいなシステム全体をぶっ壊すことができるさ」

父は熱狂的に話しつづけた。聞いている人たちがどう思っているかなど意識してはいなかった。ショーンは長椅子に座ったまま、背中を壁に預けて、顔を床のほうに向けていた。とても重苦しく、じっと動かない彼は、石から切り出された人間のようだった。リチャードは奇跡の息子で神からの贈り物で、アインシュタインに反証するアインシュタインだ。リチャードは世界を変える。ショーンには無理。パレットから転落したときに、彼は能力の多くを失った。父のフォークリフトを一生運転しつづける息子は一人いるけれど、それはリチャードではない。

リチャードはショーンよりもみじめに見えた。肩を丸めて、首を埋(うず)め、父の称賛の重みで押しつぶされているかのようだった。父が寝てしまうと、リチャードは私にACTの模試を二回受験したのだと教えてくれた。点数は低かったらしいが、詳しくは教えてくれなかった。

「どうも俺はアインシュタインらしくてね」とリチャードは言い、頭を抱えた。「どうしたらいいんだ？　父さんは絶対にできると言うけれど、合格する自信なんてないんだよ」

毎晩が同じだった。夕食のあいだじゅう、父は天才の息子が覆す、誤った科学理論を並べたてた。そして夕食後、私はリチャードに大学のこと、クラスのこと、本のこと、教授たちのことなどを話した。彼が持って生まれた学びたいという欲求に訴えかけたかった。私は心配だったのだ。父の期待が高すぎて、父をがっかりさせないようにと恐れるあまり、リチャードがACTを断念する可能性もあったからだ。

フランクリンで建設中だった作業場に屋根を張る準備が整った。クリスマスの二日後には、折れ曲がって黒くなったままの親指を鉄板入りのブーツに無理矢理押し込んで、屋根の上で亜鉛めっきされたブリキ板をネジ止めしていた。スクリューガンを置いたショーンがローダーから伸びたブームを揺らしたのは、その日の午後遅くだった。「休憩だ、シドル・リスター」と、彼が下から叫んだ。「町に行こう」

私がパレットに飛び乗ると、ショーンはフォークリフトのブームを地面に下げた。「おまえが運転しろ」と彼は言い、シートを倒し、目をつぶった。私はストークスに向かった。

駐車場に車を停めたときの奇妙な感覚を、私は詳細に記憶している——革の手袋のオイルのにおい、指に残るざらざらとしたほこり。ショーンは助手席でにやにやと笑っていた。何台もの車のなかに赤いジープを見つけた。チャールズの車だ。私は客用の駐車場を過ぎると、店の北側にある従業員用の開けたアスファルトの駐車場に車を停めた。私は車の日よけ板を下げて自分の姿を確認した。風の強い屋根の上にいたから髪はぼさぼさだったし、ブリキ板の油が詰まって、毛穴が茶色く目立っていた。服も汚れきっていた。

ショーンは赤いジープを見た。彼は私が親指をなめて顔の汚れをこする様子を見て、興奮したようだった。「行こうぜ！」と彼は言った。

「私は車で待つわ」

「おまえも来るんだ」

ショーンは恥を嗅ぎつける。彼はチャールズが私のこんな姿を一度も見ていないことを知っていた――去年の夏は一日も欠かさず、私は家に急いで戻って、すべての汚れと油ジミを洗い流し、切り傷と固くなった皮膚を新しい服とメイクで隠しつづけた。ショーンは、私が廃材置き場のすべてをバスルームの排水口に流し去り、別人のような姿で出てくる様子を何百回も見ていたのだ。

「おまえも来い」とショーンはもう一度言った。彼は車の周りを歩いてきてドアを開けた。そのさまは古めかしく、儀礼的でさえあった。

「行きたくない」と私は言った。

「美しい自分を彼氏に見てもらいたくないのかよ？」彼は笑って、指で私を突いた。彼はまるでこう言っているかのようだった。これがおまえの正体だ。おまえは別の誰かのふりをしていただけだ。もっとましな誰かの。でもおまえはこのままの姿のおまえだ。
ショーンは何か面白いことでも起きたかのように大声で笑いはじめた。何も起きていなかったというのに。それでも彼は笑いつづけ、私の腕を持って引っぱり上げると、消防士のように私を背負って運ぼうとした。私はチャールズに見られたくなかったから、ゲームを終了させた。私はきっぱりと「私に触らないで」と言った。

つぎに起きたことについては記憶があいまいだ。見たのはスナップショットだけだ――空が突然ひっくり返った。拳（こぶし）が私のほうに飛んできた。私の知らない男性の奇妙で獰猛（どうもう）な目。自分の手はハンドルを握っていた。力強い腕が私の足をねじるのを感じた。何かが足首のなかで動いた。折れたか、外れたかした。私は手を放すしかなかった。車から引きずり下ろされた。

冷たい歩道を背中に感じた。小石が肌を削っていた。ジーンズはお尻の下まで脱げかけていた。ショーンが私の足を引っぱるたびに、ジーンズが少しずつずり下がっていくのがわかった。シャツはめくれていた。私の体はアスファルトの上に投げ出され、ブラジャーと色あせた下着が見えていた。体を隠したかったけれど、ショーンが私の両手を頭の上に押さえつけていた。私はじっとそこに横たわり、寒さが体に染みこむのを感じていた。私は自分の許しを請う声を聞いていたが、それは私の声ではなかった。別の女の子のすすり泣きのように聞こえていた。

私は引っぱり上げられ、無理矢理立たせられた。私は服を引っぱって直した。すると体を二つ折りにされ、腕を背中に回され、手首を思い切り折り曲げられ、さらに折り曲げられた。手首の骨がたわみだしたとき、鼻は歩道すれすれの位置にあった。私はどうにかしてバランスを取り戻そうと思った。脚の力を使って抵抗したが、力を入れた瞬間に足首をひねってしまった。私は叫んだ。人びとが私たちのほうを見た。何の騒動なのかと首を伸ばしていた。私はすぐに笑いだした——激しい、ヒステリックな笑い声だったけれど、それは悲鳴に近かった。

「入るんだ」とショーンが言った。と同時に、手首の骨が砕けた。

私はショーンと一緒に明るい店内に入っていった。通路から通路へとうろつき、彼が買いたいものを集めながら、私は笑いころげていた。彼が言う言葉のすべてに私は笑い声を上げ、駐車場で目撃したかもしれない誰かがそれはすべて悪ふざけだったと納得するように努力していた。足首をねんざしたままで歩いていても、痛みは感じなかった。

チャールズには遭遇しなかった。

仕事場まで戻るドライブはたった五マイル〔約八キロメートル〕だったけれど、五〇マイルにも思えた。到着すると、足を引きずって作業場に戻った。父とリチャードがなかにいた。もともと足の指を痛めて足を引きずっていたので、新しいけがはそうわかりやすいものではなかった。それでも、リチャードは涙と油が流れたあとが残る私の顔を一目見て、何かあったと気づいたようだった。父は何も気づかなかった。

私はスクリューガンを左手で持ったけれど、指の力が一定に保てなかった。体重が片足にしかかけられないから、バランスもうまくとれなかった。ペイントされたブリキの板の上でネジが跳ねて、丸まったリボンのような長い跡をつけた。ブリキの板を二枚もダメにすると、父は私を家に帰した。

その夜、手首を包帯できつく巻いて、私はなんとか日記を書いた。私は自分自身に質問をした。なぜ彼は私が懇願してもやめてくれなかったのだろう？　まるでゾンビに殴られているようだったと書いた。彼には私の声がまるで聞こえなかったみたい。

ショーンがドアをノックした。私は日記をまくらの下に隠した。彼はがっくりと肩を落として部屋に入ってきた。彼は早口で話しはじめた。あれはゲームだったんだ。まさかけがをさせたなんて、私が腕を抱えて歩いている姿を仕事場で見るまで気がつかなかったのだと。彼は私の手首の骨をチェックし、私の足首を見た。彼はふきんに包んだ氷を持ってきてくれた。そしてつぎに遊ぶときには、何か問題が起きたのなら、ちゃんとそう伝えてくれと言った。彼は部屋を出ていった。私は日記に戻った。あれは本当は楽しいもので、ゲームだったんだろうか？　と書いた。私を痛めつけているのがわからなかったというの？　理解できない。本当にわからない。

私は自分を疑いはじめた。自分の意思をはっきりと伝えたのだろうか。なにをささやいて、何を叫んだのだろう？　違う方法で伝えていたら、もっと落ちついて話をしていたら、彼はやめてくれたはずだ。自分がそう信じられるまで日記を書きつづけた。長くはかからなかった。だって私は信じたかったのだから。悪かったのは自分だと考えると落ちついた。なぜなら、そうであれば私がどうにかできることだからだ。

日記を片づけてベッドに横になり、この日記を詩のように暗唱して記憶しようと決めた。それをほとんど記憶に刻み終えたときに、暗唱がさえぎられた。心のなかにさまざまなイメージが入り込んできたのだ――私があお向けに寝かされ、腕を頭の上に押さえつけられている姿。私は駐車場にいる。私は自分の白いお腹を見て、そして兄の顔を見る。彼の表情は忘れようもないものだった。怒りや激情はない。そこに激しさはない。静かな喜びだけがあった。私の屈辱こそが彼の喜びだったのだ。その考えに心は抗(あらが)っていたが、私の一部はそう理解しはじめていた。あれは事故や予想外のできごとだったのではない。あれこそが目的だったのだ。

このような確信は半ば憑(つ)きもののように私を支配していった。数分間、私はそれに乗っ取られたようになった。ベッドに起き上がり、日記を手にとって、それまで一度もやったことがないことをした。起きたことをそのまま書いたのだ。これまでの日記で使ってきた、あいまいで、遠まわしな言葉は使わないようにした。ほのめかしや示唆の影に自分を隠さないようにした。私は記憶に従って書きはじめた。彼が私を車から強制的に引きずり出して、私の両腕を頭の上に固定して、シャツがめくれ上がった。シャツを直したいと言ったのに、彼にはそれが聞こえていないようだった。私の姿をいやらしい目つきでじろじろと見ていた。私が小柄でよかった。もし私が大きな人間だったら、あの瞬間に彼を引き裂いていただろう。

翌朝、「手首をどうしたのかは知らないが」と父は私に言った。「そんな調子じゃ、チームの一員として失格だ。ユタへ帰ったらどうだ」

大学に戻るまでのドライブ中はずっと朦朧としていた。前日の記憶は、あいまいとなり、霞んでいた。

ただその記憶は、メールをチェックしたときにすべて明瞭になった。ショーンからのメールだった。謝罪メールだ。でも彼は、一度私の部屋で謝罪している。私は二度も謝るショーンを知らなかった。

私は自分の日記を見直して、別の日記を書いた。自分の記憶を改変した、ひとつ前の日記の隣にだ。すべて誤解だったと私は書いた。もし頼んでいたら、彼はやめていたはずだと。

しかし、私がどのように記憶したにしろ、あのできごとはすべてを変えたのだ。思い返してみても、何が起こったかよりも、何が起こったのかを私が日記に記したことに驚くのだ。あのもろかった殻のどこに――無敵だという作り話によって空っぽにされた少女のどこに――あんな炎が残っていたのだろう。

二つ目の日記が、ひとつ目の日記の言葉を打ち消しているわけではない。二つとも残るのだ。私の記憶と彼の記憶として。一貫性を保つためにどちらかを修正することはなく、どちらかのページを破り捨てなかったのは大胆でさえあった。不確実であることを認めるということは、自分の弱さを認めることであり、力のなさを認めることであり、そうであるにもかかわらず自分を信じることだ。それはもろさだけれど、そのもろさのなかには強さがある。他人のなかではなく、自分の心のなかで生きるという強い信念だ。私があの夜に書いたもっとも力強い言葉は、怒りや憤怒（ふんぬ）でなく、疑いから生まれたつぎの言葉ではないかとよく考える。「理解できない。本当にわからない」

私はずっと、自分がたしかに理解しているとは言えないことについて、それが確かだと主張する人たちに道を譲る以外の選択肢を持たなかった。つまり私の人生は、私以外の人たちによって語られたものだったのだ。彼らの言葉は押しつけがましく、語気が荒く、そして絶対的だった。自分の声に、彼らの声と同じような強さがあるかもしれないとは、それまで考えたこともなかった。

第23章　私はアイダホ生まれ

一週間後の日曜日、教会の男性が私をディナーに誘った。私は断った。数日後、別の男性から誘われた。私はそれも断った。承諾はできなかった。どちらの男性にも、私に近づいてもらいたくなかった。

するとビショップのもとに、信徒のなかに結婚という制度に異議を唱える女性がいると伝わったようだった。日曜日の礼拝のあとに彼の助手が私に声をかけ、事務所に来るようにと言った。

私の手首は、ビショップと握手をしたときにもまだ少し痛んでいた。ビショップは丸顔の中年男性で、黒い髪をきちんと分けていた。声はサテンのように柔らかかった。私が話しだす前から、私のことを知っているようだった（彼の行動でそう思ったのだ。ロビンが私のことをたっぷりと伝えていたらしい）。彼は私に大学のカウンセリングサービスに申し込むように言った。そうすればいつか、素晴らしい男性と永遠の結婚ができるかもしれないからだそうだ。

ビショップは話しつづけ、私はレンガのように無言で座っていた。ビショップは家族について聞いてきた。私は答えなかった。私はすでに家族を裏切っていた。あるべき愛しかたで、彼らを愛することができていなかった。そんな私にできるのは、沈黙を守ることだけだ。

「結婚は神によって定められたものです」とビショップは言い、そして立ち上がった。面談は終了だ。つぎの日曜日も部屋に来るようにビショップは言った。私はそうすると答えたが、ここに戻ることはないと知っていた。

アパートに戻る道すがら、体が重く感じられた。いままでの人生でずっと、結婚は神の意志であり、それを拒否することは罪なのだと教えられてきた。私は神に逆らっている。それでも、結婚はしたくなかった。子供や自分の家族は欲しかったけれど、それを求めてはいても、手に入れることはないと知っていた。私には能力がないのだ。自分自身を軽蔑せずにはどんな男性にも近づくことができないのだ。

私はそれまでずっと「売春婦」という言葉を愚弄してきた。その言葉は耳ざわりで、私にさえ時代遅れに聞こえた。ショーンがそれを口にするのをひそかにばかにしていたというのに、いつしかその言葉に自分を重ね合わせるようになった。古風だったからこそ、私自身と関連づける言葉に聞こえてしまうのだ。

一五歳のときだった。私がマスカラとリップグロスを使いはじめると、ショーンが父に、町で私のうわさを聞いたと言いつけた。悪評だと。父はすぐに、私が妊娠していると考えた。町で演劇などさせるべきではなかったと、父は母をどなりつけた。母は私が真面目で控えめな子だと言った。ショーンは真面目なティーンエイジャーなどいないと言った。彼の経験では、敬虔な女の子にかぎって堕落しがちなのだそうだ。

私は膝を胸に抱えながらベッドに座り、家族がどなりあう声を聞いていた。私って妊娠しているの？　私にはわからなかった。男の子と接触したときのことをひとつひとつ思い出していた。視線、そしてふれあいだ。私は鏡の前に行き、シャツを上げ、指でお腹を触って、隅々を観察し、たぶんと考えた。

男の子とキスをしたこともなかった。

出産を目撃したことはあったけれど、受胎のしくみを知っているわけではなかった。父と兄がどなりあうあいだ、無知が私を黙らせた。弁明できなかったのは、私がその告発の意味を理解していなかったからだ。

何日もあとになって自分が妊娠していないことがわかると、私は「売春婦」という言葉に対する理解を新たにした。それは、その行いというよりは、核心についてだった。私が何か間違ったことをしたのではなく、私が間違った方法で存在していたのだ。私の存在に何か不純なものがあったのだと。

愛する人に自分を支配させるのは奇妙なことだと私は日記に書いていた。でもショーンは私の想像よりもずっと大きな力で私を支配していた。彼は私を、私のなかに閉じ込めた。それよりも強い力は存在しなかった。

二月の寒い夜、私はビショップの事務所の前に立っていた。なぜ自分がそこにいたのか、私にはわからなかった。

ビショップは落ちついた様子でデスクの向こうに座っていた。彼は自分に何ができるのかを聞いた。私はわからないと伝えた。誰も私が求めているものを私に与えてはくれなかった。なぜなら、私が求めていたものは、やり直すことだったからだ。

「君を助けることはできる」とビショップは言った。「でも、君を悩ませているものが何なのか、教えてくれなくては」彼の声は優しかったけれど、その優しさが残酷だった。どなられたほうがましだ。そうすれば私だって腹が立つし、怒れば力を感じたはずだ。無力感に苛まれたまま、やりきれるかどうかわからなかった。

私は咳払いをして、一時間、話しつづけた。

春になるまで、私は日曜日ごとにビショップと面談をした。ビショップは私を支配する家長のような存在だったが、彼は私が事務所のドアを開けた瞬間、その権力を手放すように見えた。私は話し、彼は耳を傾けつづけた。ヒーラーが傷口から毒を抜き出すように、私から恥部を引き出した。

学期が終了するころ、私は夏休みを実家で過ごすとビショップに打ち明けた。お金がなかったのだ。家賃さえ払うことができなかった。そう言うと、彼の表情に徒労の色がにじんだ。「タラ、家に戻っちゃだめだ。教会が君の家賃を負担する」

教会にお金を出してもらうつもりはなかった。私はすでにそう決心していた。ビショップはひとつだけ私に約束をさせた。けっして父の仕事を手伝わないことを。

アイダホに戻った最初の日、私はストークスで以前と同じ職を得た。父は、大学に戻ることができるほど稼げるわけがないと一笑に付した。父は正しかったが、ビショップは私に、神が解決策を示されると言ったので、私はそれを信じた。私は夏のあいだじゅう、棚に商品を補充したり、お年寄りの女性に付き添って車まで歩いたりといった仕事を続けた。

ショーンのことは避けつづけた。新しいガールフレンドのエミリーがいたため、それほど難しくはなかったし、二人には結婚の話まで出ていた。ショーンはそのとき二八歳、エミリーは高校三年生だった。彼女は従順な女性だった。ショーンはセイディーのときのようなゲームをすることで、彼女に対する自分の支配力を試していた。エミリーはショーンの命令に完璧に従い、彼が声を荒げると震え、彼がどなり散らせば謝罪した。二人の結婚は、支配と暴力に満ちたものとなるだろう。私には確信があった――でも、この二つの言葉は私のものではない。この言葉を与えてくれたのはビショップで、私はそのときでも、この二つの言葉の意味について考えていた。

夏が終わると、私はたったの二〇〇〇ドルを握りしめて大学に戻った。戻った日の夜、私は日記を記した。請求書が山ほどあって、どうやってすべてを支払えばいいのかわからない。でも、神が成長のための試練か、成功のための手段を与えてくださるはず。この日の日記の文体は堂々として気高いけれど、私はそのなかにあきらめのようなものを感じる。学校はやめなければならないだろう。仕方なかった。ユタにも日用品店はある。商品を袋に詰めればいいのだし、いつの日か店長になれるかもしれない。

秋学期がはじまって二週間が経ったころだ。私は突然の顎の痛みで目を覚まして、あきらめの境地どころではなくなった。それまで、これほど強い痛みを感じたことはなく、しびれがくるほどだった。痛みを取り除くために、顔から顎を引きちぎりたかった。私はよろよろと鏡に近づいた。何年も前に欠けていた歯が痛みの原因だったけれど、その歯は深くまで割れていた。私は歯科医を訪れた。医師はその歯は何年もかけて腐ってしまったのでしょうと言った。治療には一四〇〇ドルかかる。その半額だけを払ったとしても、学校に残る余裕はなくなる。

私は家に電話をした。母はお金を貸してくれると言ったが、父はそこに条件をつけた。翌年の夏、父の仕事を手伝えば貸してやると言うのだ。私は検討さえしなかった。廃材置き場には二度と戻らない、絶対に。そして電話を切った。

痛みを無視して授業に集中しようと努力したが、狼に顎を食いちぎられながら講義を受けているようなものだった。

チャールズから痛み止めのイブプロフェンをもらって以来、一度も薬は飲んではいなかったものの、私はまるでミントでも食べるかのように痛み止めを飲みはじめた。それでもあまり効果はなかった。それは神経からくる痛みで、あまりにも激しかった。痛みはじめてからはほとんど寝ることができず、噛むことなんて不可能だから、食事を抜くようになった。ロビンがビショップに状況を知らせたのはそんなときだった。

日差しの眩しいある午後、彼は私を事務所に呼び寄せた。彼はデスクの向こうから優しいまなざしで私を見ると、「君の歯をどうしてあげればいいだろう?」と言った。私は顔の緊張をなんとかゆるめようとしていた。

「そんな状態で学業を続けるのは無理ですね」とビショップは言った。「でも、解決法は手の届く場所にある。実は、とても簡単なことだ。君のお父様の収入はどれぐらいかな？」

「そんなに多くはありません」と私は言った。「去年、兄たちが建設機械を壊してしまってから借金の返済をしています」

「素晴らしい」と彼は言った。「補助金申請の書類がここにあってね。君は間違いなくその対象者だ。そして素晴らしいことに、返済しなくていいのです」

政府の補助金については聞いたことがあった。それを受けることは、イルミナティに借りを作ることだと父は言っていた。「そうやってやつらはおまえをだますんだ」と父は言うだろう。「返さなくてもいい金を与えられ、気がつけばやつらに借りを作った状態になる」

父の言葉が頭のなかで響いていた。学生たちが補助金の話をしているのを聞いたことがあり、私はそれに反発していた。やつらに買われるぐらいなら、学校を去るほうがましだ。

「政府の補助金なんて信頼できません」

「なぜ？」

私はビショップに、父が言ったことをそのまま伝えた。彼はため息をついて上を見ると、「歯の治療にいくらぐらいかかるんだい？」と聞いた。

「一四〇〇ドルです」と私は答えた。「なんとかします」

「それは、教会が払います」と彼は静かに言った。「自由裁量の資金がありますから」

「そのお金は神聖なものです」

ビショップは宙に両手を広げた。私たちは静寂のなかで座っていた。すると彼はデスクの引き出しから小切手帳を取り出した。私は小切手の頭書きを見た。それはビショップ個人の口座のものだった。彼は私宛に一五〇〇ドルと記入した。

「こんなことが原因で学校を去るなんてことは許しませんよ」と彼は言った。

私は小切手を手にした。受け取りたかった。顎の痛みがあまりにも強かったからだ。でも一〇秒後にはそれをビショップに返していた。

私はキャンパス内のショップで、ハンバーガーを焼き、アイスクリームをすくう仕事に就いていた。未払いの請求書を無視し、ロビンからお金を借りてなんとかやりくりしていた。月に二回、数百ドルが口座に振り込まれても、数時間で消えるような生活だった。九月の終わりに一九歳になったとき、私は無一文だった。歯の治療はあきらめていた。一四〇〇ドルなんて絶対に無理だとわかっていた。それに、すでに痛みは和らいでいた。神経が死んでしまったか、その衝撃に私の脳が慣れたのか、どちらかだった。

それでも、私には支払わなければならない請求書があったので、唯一持っていた価値のあるものを売ることにした——馬のバドだった。ショーンに電話して、いくらになるか聞いてみた。ショーンは、雑種の場合あまり価値がないが、おじいちゃんのドッグフード用の馬のように、オークションに出すことはできると言った。私はバドが肉挽き器に入れられる姿を想像し、「まずは、バドを買ってくれる人を探して」と頼んだ。数週間後、ショーンは数百ドルの小切手を送ってきた。電話して、誰に売ったのか尋ねると、彼は口をにごして、トゥエレから来た通りすがりの男だともごもごと言った。

秋学期の私は無関心な学生だった。好奇心とは、経済的に安定している人のための贅沢(ぜいたく)だ。私の気持ちは銀行口座の残高や、誰にいくら借金があるか、一〇ドルとか二〇ドルで売れるものが部屋にあるかどうかなど、差し迫った問題にすべて奪われていた。宿題は提出して、試験に備えて勉強もしたが、恐怖でそうしていただけだった——GPAが落ちてしまったら、奨学金を失ってしまうという恐怖だ。授業に興味があったわけではなかった。

一二月、最後の給料が支払われると、口座には六〇ドルを残すだけだった。家賃は一一〇ドルで支払期限は一月七日だった。現金がすぐに必要だ。モールの近くに、血漿(けっしょう)を提供するとお金を支払ってくれるクリニックがあると聞いていた。そのクリニックは医療施設の一部のようだったが、何かを体に入れるのではなく、体から出すのだから、大丈夫にちがいないと自分に言い聞かせた。私の血管に針を刺すために看護師は二〇分も奮闘した。そして血管が細すぎると言い出した。

私は最後の三〇ドル分のガソリンをタンクに入れ、クリスマスのために家に戻った。クリスマスの朝、父が私にライフルをくれた——私はそれを箱から出さなかったから、どんなライフルかはわからない。ショーンに買い取ってくれるよう聞いてみたが、父はライフルを抱え上げ、安全に保管しておくと言って持っていってしまった。

それですべてだった。売れるものは残っていなかった。子供のころからの友達もいなければ、クリスマスのプレゼントもない。学校をやめて仕事に就くべきときが来たのだろう。私はそれを受け入れた。兄のトニーがラスベガスに住み、長距離トラックの運転手として暮らしていたので、クリスマス当日に彼に電話をした。数カ月であれば一緒に住んでもいいと彼は言ってくれた。家の向かいにあるイン・アンド・アウト・バーガーで働けばいいとも。

電話を切って廊下を歩きながら、トニーにラスベガスに行くお金を貸してと頼めばよかったと考えていたときだった。ぶっきらぼうな声が私を呼んだ。「おい、シドル・リスター。こっちへ来い」

ショーンの寝室は不潔だった。汚れた服が床に山積みになっていて、ピストルの銃尾がシミのついたTシャツの隙間から顔を覗かせていた。銃弾の詰まった箱と、ルイス・ラモールのウェスタン小説のペイパーバックの重みで書棚はたわんでいた。ショーンは肩を丸めて、股を開いてベッドに座っていた。しばらくその姿勢で、薄汚い部屋を見つめていたように見えた。そしてため息をつくと立ち上がり、私のほうに向かって歩いてきて、右手を動かした。私は思わず一歩下がったが、彼は自分のポケットに手を入れただけだった。そして財布を取り出すと、開いて、ぱりっとした一〇〇ドル札を取り出した。

「メリークリスマス」と彼は言った。「おまえだったら、俺みたいに無駄遣いはしないから」

私はその数百ドルが神のお告げだと信じた。私は学校に残ることに決まっていたのだと。私は大学に戻り、家賃を支払った。そして二月になればまた支払うことができなくなるとわかっていたから、ハウスクリーナーの仕事にも就いた。車で二〇分ほど北に走った高級住宅で週に三日、家を磨き上げる仕事だ。

ビショップと私は、まだ毎週日曜日に会っていた。ロビンが彼に、私が必要な教科書を買っていないことを報告していた。「まったくばかばかしいよ」と彼は言った。「補助金の申請をしなさい！　君はお金に困っているんだ！　そのために補助金があるんだから！」

　私がそれを拒絶している理由は、合理的なものではなく、本能的なものだった。

「私は結構稼いでいてね」とビショップは言った。「そして多額の税金を支払っている。補助金は私のお金だと考えたらいいじゃないか」彼は申請書をプリントアウトして、私に渡してくれた。「とにかく考えなさい。君は助けを受け入れることを学ぶべきなんです。それが政府からのものであっても」

　私は申請書を持ち帰った。ロビンが記入してくれた。私は郵送するのを拒否した。

「とにかく、書類をそろえるの」とロビンは言った。「それから考えたらいいから」

　両親の納税申告書が必要だった。両親が税金を払っているかどうかも確信はなかったが、もし払っていたとしても、私がそれを必要としている理由を父が知れば、けっして渡してくれないことはわかっていた。嘘の理由を山ほど考えたが、ひとつも信用に足るものはなかった。書類があるとすればキッチンの大きなグレーのファイルキャビネットのはずだった。私は盗むことに決めた。

　真夜中の少し前に、アイダホに向けて出発した。朝の三時ごろに到着すれば、全員が寝静まっているはずだ。バックスピークに到着すると、車を這うようにしてのろのろと私道をのぼらせた。タイヤの下で砂利が小さな音を立てるたびにたじろいだ。車のドアを音を立てないようにして開け、草むらを横切って裏口から忍び込み、静かに家のなかを移動して、ファイルキャビネットに手を伸ばした。

あと少しというところで、聞き憶えのあるカチャリ、カチャリという音がした。

「撃たないで！」と私は叫んだ。「私よ！」

「誰だ？」

私は電気のスイッチを入れた。ショーンが部屋の向こう側に座って、ピストルを構えていた。彼はピストルを下げた。「誰かと……思ったよ」

「そうみたいね」

私たちはぎこちなく立ち、そして自分のベッドに行った。

翌朝、父が廃材置き場に行ってしまうと、母に嘘の話のなかからひとつを選んで話した。ブリガム・ヤング大学に彼女の納税申告書を提出する必要があると伝えたのだ。彼女は私が嘘をついているとわかっていたはずだ――父が突然戻ってきて、なぜ納税申告書をコピーしているのかと聞いたとき、母は自分の記録のためよと答えた。

私はコピーを手にすると、大学に戻った。戻る前に、ショーンとはいっさい話をしなかった。夜中の三時に実家に忍び込んだ理由をショーンは聞かなかったし、ショーンが弾を込めたピストルを構えて夜中に誰を待っていたのかを私も聞かなかった。

申請書は机の上に一週間放置していたが、やがてロビンが一緒に郵便局までついてきて、私が職員にそれを手渡すのを見届けてくれた。そのあと、一週間、もしかしたら二週間ぐらい過ぎたかもしれない。それほど時間はかからなかった。知らせが届いたとき、私はドレーパーで家の掃除をしていた。私がいまとなっては共産主義者だというメモをつけて、ロビンが私のベッドの上に手紙を置いてくれていた。

手紙を破って開けると、小切手がベッドの上に落ちた。額面は四〇〇〇ドルだった。私は自分が強欲になった気がして、怖くなった。手紙には連絡先の番号が記されていた。私は電話をかけた。

「すみません、問題がありまして」私は電話に出た女性に打ち明けた。「小切手は四〇〇〇ドルのものなのですが、私が必要なのは一四〇〇ドルだけなんです」

彼女は何も言わなかった。

「もしもし？　もしもし？」

「ちょっといいですか」と彼女は言った。「あなた、小切手の額が多すぎるって言ってるんですか？　どうしてほしいのですか？」

「私が送り返したら、訂正したものを送ってくださいませんか？　私が必要なのは一四〇

○ドルだけなんです。歯の根管治療のためのお金です」

「ねえ、ちょっといいかな」と彼女は言った。「あなたがその額の小切手を受け取ったのは、あなたにはその額が必要だからなの。現金化するかどうかはあなた次第です」

私は歯の治療をした。教科書を買って、家賃も支払った。そしてお金が残った。ビショップは自分のために使うようにと言ったけれど、それはできないし、お金を貯めなくちゃいけないと私は答えた。彼は少しぐらいだったら使ってもいいのではと言った。「いいかい」と彼は言った。「来年だって、いくらかは申請することができるんだから」私は日曜日の礼拝のための新しい服を買った。

お金は私を支配するためのものだと信じていたが、お金が与えられることで、私は自身への約束を守りつづけることができた。父とは一緒に働かないという誓いを、私は生まれてはじめて信じることができた。

納税申告書を盗もうとしたあの日が、自分の家から実家に帰ったと言える最初の日になった。あの夜、私は父の家に侵入者として入っていった。心的言語の変化が起こり、バックスピークはもはや私の場所ではなくなったのだ。

私自身の言葉がそれを裏づけている。ほかの生徒に出身地を聞かれたら、私は「アイダホ出身よ」と答えていた。そのフレーズを何年ものあいだくり返してきたけれど、いつもしっくりこなかった。なぜなら私がずっとその土地の一部のままで、その土壌で生を営みつづけているのであれば、そこを出身地とは呼べない。その土地と決別することで、私はようやく「アイダホ出身」と口にできるようになったのだ。

第24章　武者修行

銀行口座には一〇〇〇ドルが入っていた。それを考えるだけで不思議な気分になった。ましてやその事実を口にするとさらにだ。一〇〇〇ドル。余分な一〇〇〇ドル。すぐに必要ではない一〇〇〇ドルなのだ。この事実を受け入れるのに数週間かかったが、とうとう受け入れたとき、それまで感じたことがないほど強く、お金を持つことのアドヴァンテージを感じた。つまり、私はお金以外のものごとを考える余裕が与えられたのだ。

教授たちのことが、突然、はっきりと見えるようになった。補助金をもらう前は、曇ったレンズを通して彼らのことを見ているようだったのに。教科書は意味を持ちはじめ、求められている以上の本も読み込むようになった。

私がはじめて「双極性障害」という言葉を聞いたのはそんなときだった。私は心理学101の授業に出ていた。教授が頭上のスクリーンに映し出された症状を大きな声で読んでいた。鬱(うつ)、躁(そう)、パラノイア、多幸症、誇大妄想、被害妄想。私はそれを興味深く聞いていた。

これは父のことだと私はノートに記した。教授は父の症状を説明している。

終了のベルが鳴る数分前に、とある学生が、精神疾患が分離主義に与える影響について教授に質問した。「テキサスのウェーコとか、アイダホのルビー・リッジの事件を念頭においているのですが」と学生は言った。

アイダホには有名なものが多くないから、「ルビー・リッジ」に関しては私も何か聞いたことがあるはずだった。学生はそれを事件だと言った。記憶をたどって、その言葉を聞いたことがあるかどうかを思い出そうとした。知っている気がする。そして頭のなかに、とあるイメージが浮かんできた。弱く、ゆがんでいて、まるで発信元からの電波が妨害されているかのようなイメージ。目を閉じると、その光景が鮮やかに浮かんできた。私は家のなかにいて、樺の木でできたキャビネットの後ろにうずくまっていた。母は私の隣にひざまずいていて、ゆっくりと疲れたように呼吸していた。彼女は唇をなめて、喉が渇いたと言い、私が止めるより前に立ち上がって、蛇口に手を伸ばした。つぎの瞬間、銃声の振動を感じ、私は叫んだ。何か重いものが床に倒れ込んで、ドスンと音がした。私は母の腕をどけて、赤ちゃんを抱き上げた。

ベルが鳴った。講堂は空っぽになった。私はコンピュータ室に行った。キーボードの前で少し躊躇した——知ってしまったら後悔するかもしれない——そしてブラウザの検索ウィンドウに「ルビー・リッジ」とタイプした。ウィキペディアによると、ルビー・リッジとは、ランディー・ウィーバーと、連邦保安局やＦＢＩを含む連邦政府関係機関が銃撃戦を行い、死傷者が出た場所の名前だった。

ランディー・ウィーバーという名前には聞き憶えがあったし、読めば、父の口からそれが発せられているように聞こえてくるほどだった。そして頭のなかで、一三年間にわたって私の想像に住みつづけていた光景が再生されはじめた。銃撃される少年、少年の父、そして少年の母。政府は家族全員を殺害した。彼らがやったことをもみ消すために、両親と子供を殺したのだ。

ページをスクロールして、事件の背景を読み飛ばし、最初の銃撃事件の詳細を読んだ。連邦捜査官がウィーバー一家の小屋を取り囲んだ。任務は監視だけで、犬が吠えはじめるまで一家は捜査官の存在に気づいていなかった。犬が野生動物に吠えているのだと思って、一四歳の息子サミーが森のなかに走っていった。捜査官が犬を撃ち、そして銃を持っていたサミーが撃ち返した。この銃撃戦で二人の人間が死亡した。捜査官と小屋に戻ろうと丘を駆けのぼり背中から撃たれたサミーだ。

私は読みつづけた。翌日、ランディー・ウィーバーが、息子の遺体に近づこうとし、同じく背後から撃たれた。息子の遺体は納屋に置かれていた。ランディーがドアの掛け金を上げたとき、狙撃手がランディーの背骨に照準を合わせて引き金を引いた。だが、弾は外れた。妻のヴィッキーが納屋に向かい夫を助けようとした瞬間、狙撃手がふたたび引き金を引いた。弾は彼女の頭部を貫き、一〇カ月になる娘を抱きかかえた彼女は即死した。九日間にわたり、一家は小屋のなかで母親の死体を囲んで過ごしていたが、最終的には取引に応じて膠着状態は終わり、ランディー・ウィーバーは逮捕された。

私は最後の一行を、理解するまで何度も読んだ。ランディー・ウィーバーは生きていた？　父はそれを知っていたの？

私は読みつづけた。国民は激怒した。主要新聞各社は、政府の人命軽視を批判した記事を次々と書きたてた。司法省は捜査を開始して、上院が公聴会を開催した。どちらも、致死的な武器を使う際の交戦規定の見直しを勧告した。

ウィーバー家は二億ドルの不法死亡訴訟を起こし、政府が妻のヴィッキーの三人の娘にそれぞれ一〇〇万ドルを支払うことで示談が成立した。ランディー・ウィーバーは一〇万ドルを得た。出廷拒否に関する二件の罪以外の罪はすべて取り下げられた。ランディーは主だった報道機関のインタビューを受け、娘とともに本の執筆までした。いまは、銃の見本市で講演をすることで生計を立てている。

もしそれが政府による隠蔽だったとしたら、お粗末なものだった。メディアでは報道され、公聴会があり、権力の監視体制があった。これは民主的手続きではなかったのか？

ひとつ、私には理解できないことがあった。そもそも、なぜ連邦捜査官はランディー・ウィーバーの小屋を包囲したのだろう？　なぜランディーが標的になったのだろう？　父が、我々だって狙われていたかもしれないと言っていたことを思い出した。父はいつも、連邦政府は洗脳に抵抗した者や子供を学校に入学させなかった者のところにやってくると言っていた。一三年ものあいだ、私はこれが理由で政府がランディーのところにやってきたのだと考えていた。つまり、子供を無理やり学校に通わせるためにだ。

ページのトップに戻り、記事全体を改めて読み直した。今回は背景を飛ばさずに読んだ。ランディー・ウィーバー本人を含む、すべての情報ソースによると、問題の発端は、ランディーが、カットオフした二挺のショットガンをアーリアン・ネイションズ〔白人至上主義者の団体〕の集会で知り合った覆面捜査官に販売したことだった。私はこの記事を一度ならず、くり返し読んだ。そして理解した。この話の核心となっているのは白人至上主義であって、ホームスクールではないのだ。そして、政府は、公的な教育機関に子供を通わせないという理由で人びとを殺すことはないのだということも。いまは自明に思えるが、なぜ私はずっとそんなことにさえ気づかなかったのだろうか。

父が嘘をついたのだ、と私は一瞬苦い気持ちにさせられた。しかし父の表情に浮かんだ恐怖と荒々しい息遣いを思い出して、彼は本気で私たちに危険が迫っていると信じていたのだと思い直した。父がなぜそんなことを信じられたのか。そう考えたとき、まだ見慣れぬ言葉が脳裏に浮かんだ。それは、私がつい先ほど学んだ言葉だった。パラノイア、躁、誇大妄想、被害妄想。そしてとうとう物語がつながったのだ——インターネットに書かれた物語と、私の幼少時の記憶に残っていた物語が。ルビー・リッジ事件について新聞で読んだにちがいない父が、その不安定な脳でどのようにかして情報を処理した結果、それが誰か別の人の話ではなく、自分自身の話にすり替わってしまったのだ。ランディー・ウィーバーを政府が追いかけていたのであれば、当然ジーン・ウェストーバーも追いかけられるにちがいない。何年にもわたってイルミナティとの戦いの最前線に立っている男なのだから。知らない誰かの勇敢な行いを読むだけでは満足できず、父はでっちあげのヘルメットをかぶり、老いぼれ馬に乗ったことにしたのだ。

私は双極性障害に夢中になった。心理学の小論文の課題で、私は双極性障害を取り上げて、それを口実に大学の神経科学者と認知科学の専門家に片っぱしから話を聞いた。私は父の症状を例に挙げたが、それが父の症状ではなく、架空の叔父の症状であると話した。

一部の症状は完璧に適合していた。適合しない症状もあった。教授たちは、症状は人それぞれだと教えてくれた。

「あなたが説明してくれた症状は、どちらかというと統合失調症だと思いますね」と、ある教授は言った。「その叔父さんは、一度でも治療を受けたことがあるんですか？」

私は「いいえ」と答えた。「叔父は、医師たちが政府の陰謀の一部だって言うんですよね」

「それはややこしいね」と教授は言った。

ブルドーザーなみの気づかいをしながら、私は双極性障害を持つ親が子供に与える影響について書いた。それは告発するような、遠慮のないものになった。私は双極性障害を持つ親に育てられた子供が二重の危険因子にさらされていると書いた。まずは遺伝的に気分障害を起こしやすいこと、そしてそのような親のいる家庭はストレスが多く育児環境も貧弱であることを指摘した。

授業では、神経伝達物質と、それが脳内の化学物質にもたらす影響について学んだ。そして、病気は避けようのないものだと理解した。この知識を得ることで、父への同情心が芽生えてもよかったのかもしれないが、実際そうはならなかった。怒りしか感じなかった。犠牲を強いられたのは私たちだと思った。母。ルーク。そしてショーンだ。私たちはあざを与えられ、切り傷を負い、脳震盪（のうしんとう）を起こし、足に火がつき、頭を手術した。常に恐怖にさらされて生きていた。危険なことがいつ起きても不思議ではないと警戒していた私たちの脳内はコルチゾールで満たされていた。父が常に、安全よりも信仰を優先していたからだ。父は自らが正しいと信じ込み、そう信じつづけていた――最初の事故のあとも、二度目の事故のあとも、ゴミ箱の事故のあとも、火がついたあとも、パレットの事故があったあとも。そして犠牲を強いられたのは私たちだ。

　小論文を提出した週の週末に、私はバックスピークに戻った。家に戻って一時間も経たないうちに、父と口論をはじめた。父は車の代金を払えと言った。父はただそう言っただけなのだが、私はヒステリックにどなり返した。生まれてはじめて、父に向かってどなったのだ――車のことではなく、ウィーバー一家について激怒したのだ。あまりの怒りに呼吸ができなくなり、言葉は言葉にならなくて、喉を詰まらせ、泣き声を吐き出しただけだった。なんでお父さんはこんなな の？　なんで私たちを怖がらせたの？　なんで偽物の化けものをそれほどまでに怖がったくせに、自分の家にいる化けものを放置したの？

　父は茫然と私を見つめていた。口をぽかんと開け、腕をだらりと下げていた。その腕は所在なげにぴくぴくと動いていた。父がそれほど無力に見えたのは、彼が壊れたステーションワゴンの横に身をかがめ、腫れ上がっていく母の顔を見ていたとき以来だった。電線が致命的な高電流を送りつづけている車体に近づけず、母に触れることもできなかったあのときだ。

羞恥心からか怒りからか、私はその場から逃げ出した。私は一度も車を停めることなく、まっすぐ大学に戻った。数時間後に父が電話をかけてきた。それには応えなかった。どなりちらしても何の意味もなかったのだとすれば、無視するのが正解なのかもしれない。学期が終了しても、私はユタに残った。バックスピークに戻らなかった夏はそれがはじめてだった。電話でさえも、父とは話さなかった。この父への離反は正式なものではなかった。単に、私が彼に会いたい気分でも、彼の声を聞きたい気分でもなかった、だから会いも話しもしなかったというだけだ。

私は普通とは何かを検証しようと考えた。一九年間、父の思うがままに生きてきた。そしていま、新しいことに挑戦するときが来たのだ。

私は町の反対側の、誰も私のことを知らない地域のアパートメントに引っ越した。新しいスタートを切りたかったからだ。教会でのはじめての週末、新しいビショップが私を温かい握手で迎え入れてくれた。彼はすぐさま別の新人とも握手を交わした。私は彼の無関心さに満足した。少しのあいだでも普通の人のふりができるのであれば、本当にそうなれるかもしれないからだ。

その教会で私はニックに出会った。ニックは四角い眼鏡をかけていた。髪の毛は黒く、ヘアジェルで針のようにつんつんと立たせていた。私がジェルを使う男性を好きになった理由は、父がそんな人をばかにしていたからかもしれない。そしてニックが発電機のクランクシャフトのことなんて知らないタイプの男性だったのも、彼を好きになった理由だった。彼がよく知っていたことといえば、本とテレビゲームと服のブランドだった。そして言葉だ。彼の語彙の多さには驚くばかりだった。

ニックと私は出会ってすぐにカップルになった。二度目に会ったときに、彼は私の手を握った。彼の肌が私の肌に触れたとき、彼を本能的に押しのけてしまわないようにと心構えをしたけれど、そんなことは起きなかった。それはとても不思議で、胸躍る感じがして、私のすべてがずっと続いてほしいと求めていた。昔通っていた教会に戻って、以前優しくしてくれたビショップのところに急いでいき、私はもう壊れていないと伝えたかった。

私は自分の進歩を過大評価していた。うまくいっていたことがらに集中し、何がうまくいっていないのかには気づかなかった。付き合って数カ月後には、彼の家族と何度も夕食をともにしていた。自分の家族のことについてはひと言も話していなかったが、あるとき考えもなしに、母のつくっているエッセンシャルオイルのことを無邪気にも話してしまった。すると、ニックは肩が痛いのだと言い出した。彼は興味を抱いた――ずっと私が家族のことについて話すのを待っていたのだ――私は思わず口を滑らせた自分に腹を立てていた。二度とそんな話はしなかった。

五月の終わりに、私は体調を崩した。弁護士事務所でインターンとして働いていたが、どうしても職場に行けずに一週間が過ぎた。夕方早い時間から寝はじめ、翌朝遅くまで寝るような日々だった。そして日中もあくびをして過ごす。喉が痛みはじめ、声がかすれ、さらに悪化してがらがら声に変わった。まるで声帯がヤスリになってしまったかのようだった。

最初、私が病院に行かないことをニックは面白がっていたが、病状が深刻になってくると面白がってもいられなくなった。彼はまず心配し、やがて困惑した。私は彼を一蹴した。「たいしたことない」と私は言った。「本当に具合が悪かったら病院に行くに決まってるじゃない」

さらに一週間が過ぎた。私はインターンシップを辞めて、日中も、そして夜も寝つづけた。ある朝、ニックが突然現れた。

「病院に行くぞ」と彼は言った。

私は行かないと言い張ったけれど、ニックの顔を見て悟った。彼は、質問はあるが、聞くつもりなどないと言いたげだった。口をきっと結び、目を細めていた。不信感とはこういう表情を言うのだろうと私は思った。

邪悪な社会主義者である医師に会うか、それともボーイフレンドに対して自分が医師を邪悪な社会主義者と信じていると認めるか。二つの選択肢に挟まれた私は、医師の診察を受けることを選んだ。

「今日行くわ」と私は言った。「約束する。でも、一人で行かせて」

「わかった」と彼は言った。

ニックは帰っていったけれど、もうひとつ問題があった。どうやって医師に診察してもらえばいいのかわからなかったのだ。私は同じクラスの友人に電話して、車で送ってくれないかと頼んだ。彼女は一時間後に迎えにきてくれ、私を乗せた車はアパートから数ブロック離れた病院の前を通りすぎた。私は混乱しながらもじっと様子をうかがっていた。彼女はキャンパスの北側にある、その病院よりも小さな建物に私を連れていった。彼女はそこを「クリニック」と呼んでいた。私は平静を装って、以前にも来たことがあるみたいに振る舞っていた。だけど、駐車場を歩いていると、母に監視されているような気がした。

受付の人に何を言えばいいのかもわからなかった。友人は私が黙り込んでいるのは喉の痛みのせいだとして、代わりに症状を説明してくれた。待つように言われた。やがて看護師が狭くて白い部屋に私を通し、体重を量り、血圧を測り、舌を綿棒で拭った。喉がこんなにも腫れて痛む場合は通常、連鎖球菌かモノウイルスかどちらかだと彼女は言った。どちらかは数日でわかると。

検査結果が出ると、私は今度は自分で運転してクリニックに行った。頭髪の薄い中年の医師が、結果を知らせてくれた。「おめでとう」と彼は言った。「君は連鎖球菌とモノウイルスの両方に感染してますよ。両方感染した人は今月はじめてですね」

「両方ですか？」と私はかすれ声で言った。「どうやったら二つに感染できるんですか？」

「とても、とても運が悪かったってことですよ」と医師は言った。「連鎖球菌にはペニシリンですが、モノウイルスに関してはあまりできることはありません。ウイルスが出ていくまで待つしかないでしょう。それでも、連鎖球菌がいなくなれば、具合はよくなるはずですよ」

医師は看護師にペニシリンを持ってくるように言った。「まずは抗生物質からはじめましょう。いますぐにね」と彼は言った。私は錠剤を手のひらにのせ、チャールズがイブプロフェンを飲ませてくれたときのことを思い出していた。私は母のことを考えた。母は抗生物質は体に毒だ、不妊や奇形児の原因となるのだとくり返し言っていた。神の魂は清潔でない容れ物には宿ることがなく、容れ物が神を見放し、人間に頼るのは、それが汚れているという証拠なのだ。もしかしたら、この最後の部分は父が言ったのかもしれない。私は錠剤を飲み込んだ。あまりにも体調が悪かったから、絶望していたのかもしれない。でも、理由はもっとありふれたものだったように思う。好奇心だ。医学の世界に潜入した私は、せっかくならばすべてを目にしてみたいと考えたのだ。私がそれまで恐れてきたものは、いったい何であったのかを。目から血の涙が出るの？　舌が取れてしまうの？　もちろん、何か恐ろしいことが起きるはずだ。私はそれを知らなければならない。

私はアパートに戻り、母に電話をした。懺悔することで罪悪感が和らぐのではと考えたのだ。私は母に、医師の診察を受け、連鎖球菌とモノウイルスに感染していたことがわかったと伝えた。「ペニシリンを服用してる」と私は言った。「知らせておこうと思って」

母は早口で話しはじめたけれど、私はたいして聞いてもいなかった。とても疲れていた。母の声の緊張がゆるんできたのを見計らって、私は「お母さん、愛してる」と言って電話を切った。

二日後に小包が届いた。アイダホからの速達だった。なかにはチンキ剤の瓶が六本、エッセンシャルオイルの瓶が二本、そして袋に入った白土が入っていた。その処方には見憶えがあった。オイルとチンキ剤は肝臓と腎臓を保護するもので、白土は毒を抜き出す足温浴のためのものだった。母からの手紙が同封されていた。ハーブは体内システムから抗生物質を洗い流します。どうしても薬を服用するのであれば、そのあいだは飲みつづけてください。愛しています。

私はまくらに頭をのせて寝ころがり、その直後に眠りについた。でも、眠りに落ちる前に、大笑いした。母は連鎖球菌やモノウイルス用の治療薬をいっさい送ってこなかった。彼女が送ってきたのは、ペニシリンに対するレメディーだけだった。

翌朝、電話が鳴って目が覚めた。姉のオードリーからだった。

「事故が起きたの」と彼女は言った。

彼女の言葉は私を過去へと送り込んだ。電話に出て、挨拶（あいさつ）代わりに同じ言葉を聞いた昔のことだ。あの日を思い出し、つぎに母が言った言葉を思い出した。私はオードリーが別の台本を読んでくれることを願った。

「お父さんよ」と彼女は言った。「急げば――いますぐそこを出れば――さよならを言えるから」

第25章　痛烈な言葉の作用

私が幼いころに聞かされた物語がある。とても幼いときから何度も何度も聞かされてきたので、誰が最初に話してくれたのか思い出すことはできない。それは丘のふもとのおじいちゃんが、どうやって右のこめかみにくぼみを作ったかという話だ。

おじいちゃんが若かりしころは、暑い夏には、カウボーイの仕事で使っていた雌の白馬に乗って、山の上で過ごしていたそうだ。背の高いその雌馬は、年齢を重ねるうちにおだやかになっていった。母いわく、その雌馬は岩のように安定していたから、おじいちゃんはさほど注意もせずに乗りこなすことができたという。気が向けば、結び目をつけた手綱を手から放して、ブーツのかえりを取ったり、赤い帽子を脱いでシャツの袖で顔の汗を拭くこともできた。雌馬はじっと動かず立っていた。しかし、落ちつきはらった彼女もヘビだけは恐れていた。

「雑草のなかをうごめいていた何かを見たにちがいないのよ」と、母はその話を聞かせながら言ったものだった。「おじいちゃんをあっさりと振り落としたんだから」おじいちゃんの後ろには、古い馬鍬（まぐわ）が置いてあったそうだ。おじいちゃんはその上に投げ出され、その歯がこめかみに穴を開けた。

何がおじいちゃんの頭蓋骨に穴を開けたのかについては諸説あった。鍬だという人もいれば、岩だという人もいた。誰も本当のことは知らなかったのかもしれない。目撃者がいないのだ。おじいちゃんはその一撃で意識を失い、家のポーチで血まみれになっているところをおばあちゃんに発見されるまでの記憶はいっさいないらしい。

おじいちゃんがどうやってポーチにたどりついたのかは、誰にもわからない。

山の上の牧草地から家までは一マイルほどの距離があった――岩の多い険しい丘のある一帯で、おじいちゃんの状態では家までたどりつけるわけがなかった。でも、彼は戻ってきた。かすかにこするような音を聞いたおばあちゃんがドアを開けると、そこにおじいちゃんが小山のように倒れていて、脳髄液が滴（したた）り落ちていた。おばあちゃんは町に急ぎ、おじいちゃんは頭に金属のプレートを入れることになった。

おじいちゃんが家に戻って落ちつくと、おばあちゃんは白馬を探しにいった。山のなかをくまなく探したが、雌馬は結局、牧場裏の金網につながれていたそうだ。彼女の父親のロット以外は使わない複雑な結び目だった。

おばあちゃんの家で、私が禁止されていた牛乳がけのコーンフレークを食べていたとき、おじいちゃんにどうやって山をくだったのか、何度か聞いたことがある。彼はいつも、どうやって山をくだったのかは見当がつかないのだと言った。そして深く息を吸い込む——とても長く、ゆっくりと、物語に入り込むというよりかはムードを高めるように——そして彼は最初から最後までを物語るのだった。おじいちゃんは口数が少なく、ほとんど寡黙といってもよかった。午後じゅうを彼と一緒に草原で過ごしたとしても、会話のようなものを引き出すことはほとんどできなかった。「ああ」とか、「それじゃない」とか、「そうだな」ぐらいしか言わない人なのだ。

でも、あの日にどうやって山をおりたのかを聞けば、おじいちゃんは一〇分程度は話をしてくれた。ただし、彼が憶えているのは、真夏の日差しが顔に流れる血を乾かしているあいだ、目も開けられないままで草原に倒れていたことだけなのだ。

帽子を脱いで、指でこめかみのくぼみをなぞりながら、おじいちゃんは「でも、これだけは確かだ」と言う。「草むらに横たわっていたら、声が聞こえてきた。まるで会話をしているかのような声だ。そのなかの一人の声に気づいた。だって、その声はロットじいさんの声だったからな。誰かに、アルバートの息子が大変だと伝えていたんだ。ロットじいさんが、本当に大変なんだ、だって私はここで見ているんだからって言ってたんだ」それからおじいちゃんは目をわずかに輝かせ、「ただし、ロットじいさんが死んでから一〇年以上経っていたけれどな」と言うのだった。

物語のこの部分は、聞く側に畏敬の念を求める場面だ。母とおじいちゃんは二人とも、ここを話すのを好んでいたけれど、私は母の語りのほうが好みだった。母の声はちょうどいいところで静かになるのだ。天使だったのよと母は言った。そう言って笑顔を作りながら、少し涙を流してみせたものだ。ロットひいおじいちゃんが天使を遣(つか)わしたのよ、そしておじいちゃんを山から運んでくださった。

くぼみはとても深く、額にクレーターのような跡をつけていた。子供のころの私は、そのくぼみを見て、白いコートを着た背の高い医師がそこにハンマーで鉄板を打ちつけている姿を想像した。私の想像のなかでは、打ちつけられていたのは、父が乾燥舎の屋根に使っていた波形のブリキと同じものだった。

でも、そんな想像をするのはときどきだった。実は私はいつも別のものを見ていたのだ。私の先祖たちが山頂を歩き回り、子供たちを見守り、天使を思いのままに操っていたという奇跡の証(あかし)を。

あの日、なぜ父が一人で山の上にいたのかはわからない。

自動車のプレス機が到着する予定だったそうだ。燃料タンクを取り外したかったのだろうと思うけれど、なぜ燃料を排出する前にバーナーに火をつけたのか、まったく理解できない。バーナーの火花がタンク内部に入り込むまでに、父がどれだけ作業を進めていたのか、鉄のベルトをどれだけ切断できていたのか、私にはわからない。でも、燃料タンクが爆発したとき、父が車の真横に立ち、体を車体に密着させていたことだけはわかっている。

父は長袖のシャツを着て、革の手袋をはめて、溶接用マスクをしていた。顔と手に爆発の直撃を受けた。熱はまるでプラスチックのスプーンを溶かすようにマスクを溶かした。父の顔の下半分は液状化した。火がプラスチックを、皮膚を、そして筋肉を燃やしつくした。同じようにして父の指をも溶かした――革の手袋は燃え盛る炎をさえぎることはできなかった――そして炎の舌が父の肩と胸に広がった。火に包まれた車の残骸から這って逃げたときの父は、命ある人間というよりは死体のように見えただろう。

父がどうやって動くことができたのかさえ、私にはわからない。ましてや、四分の一マイルの距離を体を引きずって、草原を渡り、溝を越えた姿は想像もできない。天使の力が必要な人間がいたとすれば、それは誰よりも父だっただろう。それでも、ありとあらゆる状況を乗り越え、そして――彼自身の父が何年も前に同じことをしたように――妻のいる家の前にたどりついた。ドアのノックもできない状態で。

その日、いとこのカイルが母のエッセンシャルオイルを瓶詰めにする作業を手伝っていた。女性数名も近くで作業をしており、乾燥したハーブを量ったり、チンキ剤を漉したりしていた。カイルの耳に、裏口からかすかな音が聞こえてきた。まるで誰かがひじでドアをノックしてるような音だった。彼女は裏口のドアを開けたが、ドアの向こうになにを見たのかは憶えていない。「私、記憶を遮断しちゃったみたい」と、あとになって彼女は私に言った。「なにを目撃したのかは憶えてないわ。自分が考えたことだけは憶えてる。皮膚がないって」

父はソファに運ばれた。レスキュー・レメディ――ショック状態のためのホメオパシー薬――が、唇だった場所にある空洞に注ぎ込まれた。痛みにはロベリアとスカルキャップが与えられた。それは何年も前に、母が脚をやけどしたルークに与えたのとまさに同じものだった。父は薬にむせた。飲み込むことができなかったのだ。父は激しい炎を吸い込み、体内が焼け焦げていた。

母は父を病院に連れていこうとした。だが、父はあえぐように呼吸しながら、医者に診られるのなら死んだほうがましだとささやくように言った。何もかもを支配する父にそう言われ、母はあきらめるしかなかった。

死んだ皮膚がていねいに切除され、父は腰から頭の上まで軟膏――これも母がかつてルークの足に塗ったのと同じ軟膏——を塗りたくられ、包帯でぐるぐる巻きにされた。母は父の口に氷を含ませ、水分を補給させようとしたが、口のなかと喉はひどいやけどで液体を吸収することができなかった。唇も周囲の筋肉も失っていたので、父は口のなかに氷を留めておくこともできなかった。もし氷が気管に滑り落ちていけば、間違いなく窒息してしまう。

事故当日の夜、家にいた人びとは何度も父を失いかけた。呼吸がゆっくりとなり、そして止まり、母が——そして母の仕事を手伝ってくれていた素晴らしい女性たちが——必死になってチャクラの調整をしたり、つぼを叩いたりして、弱りきった父の肺をふたたび動かすためにすべての手を尽くした。

オードリーが私に電話をしてきたのは翌朝だった[7]。夜のあいだに父の心臓は二度止まったと彼女は教えてくれた。心臓が父を殺さなかったとしても、肺が音をあげるだろうと。いずれにせよ、オードリーはその日の昼までに父は死ぬと確信していた。

私はニックに電話をした。深刻なことではないけれど、家族の用事で数日アイダホに戻ることになったと伝えた。彼には私が何かを隠していることがわかっていたようだ——彼の声から、私が秘密を打ち明けないことへの悲しみが聞こえてきた——でも、電話を切った瞬間にニックのことを自分の意識から消し去った。

鍵を握りしめて立ち、手をドアノブにかけたものの、躊躇(ちゅうちょ)していた。連鎖球菌のことだ。もし父に感染させてしまったらどうなるのだろう？　ペニシリンを、ほぼ三日間服用していた。医師は二四時間経過すれば私が誰かに感染させることはないだろうとは言っていたが、彼は所詮医師でしかない。信用するわけにはいかない。

私は一日待った。処方された量のペニシリンを何度か服用した。母に電話して、どうすればいいのか聞いた。

「戻ってきなさい」と母は言い、そして涙声になった。「明日になれば、連鎖球菌なんてどうでもよくなるから」

車窓から見た景色は思い出すことができない。私の目はトウモロコシ畑やジャガイモ畑、マツの木に覆われた暗い丘のことを記憶していない。その代わり、私は最後に会ったときの父の姿を、あのしかめられた顔を思い出していた。父をどなりつけたときの自分の甲高い声を思い出していた。

カイルと同じで、私も最初に父を見たときの記憶がない。その朝に母がガーゼを取ろうとすると、ひどく焼けただれ、べとついていた耳が、その裏側のシロップ状の組織にくっついてしまっていたそうだ。私が裏口から入っていったとき、まず目に飛び込んできたのは、バターナイフを握った母が、くっついた耳をはがしている姿だった。私はいまでもナイフを握っていた母の姿であれば思い出すことができる。母は目を見開き、集中していたが、私の記憶のなかの父がいるべき場所には、なにも存在しないのだ。

部屋に充満していたにおいは強烈だった――焼けただれた皮膚のにおいと、コンフリー、マレイン、そしてオオバコのにおい。私は母とオードリーが、父の包帯を替える様子を見ていた。二人は父の手から作業をはじめた。父の手はドロドロだった。溶けた皮膚か膿だと思われる白い液体に覆われていた。腕はやけどしていなかったし、肩も背中もやけどをしていなかった。でも、分厚いガーゼが父のお腹と胸を覆っていた。それが取り去られたとき、焼け焦げていない、真っ赤な皮膚がパッチのように残っていたのを見て私は少しほっとした。炎が噴きつけたと思われる場所にはクレーターのような傷がいくつかできていた。その傷には白い水が溜まり、腐敗した肉のような強烈なにおいを放っていた。

その晩に私の夢に出てきたのは、父の顔だった。額と鼻は残っていた。目の周りとその下の頬の皮膚はピンク色で状態はよかった。しかし、鼻の下の皮膚はあるべき場所にいっさいなかった。赤くて、めちゃくちゃで、垂れ下がっていて、まるでろうそくに近づけすぎたプラスチックの仮面のようだった。

三日間、父は何も飲み込むことが――食物も水も――できなかった。母はユタの病院に電話して、どうにかして点滴を送ってくれないかと懇願した。「水分を与えないといけないんです」と彼女は言った。「水分を補給できなければ死んでしまいます」医者はすぐにでもヘリコプターを向かわせると言ったが、母は断った。すると医師は「それでは無理ですね」と言った。「あなたは彼を死なせてしまいます。関わり合いになりたくない」

母は我を忘れていた。最後の望みとして、母は父に浣腸をした。可能なかぎり深くまで差し込み、父を死なせないためにできるかぎり多くの液体を直腸に送り込んだ。効果があるかどうか、母にはわからなかった——その部分の内臓が水分を吸収するかどうかも知らなかった——しかしそこは焼け焦げていない唯一の開口部だったのだ。

私はその夜、父が息を引きとるときにその場にいられるように、リビングルームの床に寝た。父があえいだり、身じろぎしたり、言葉を発するたびに何度か目を覚ました。父の呼吸は止まっては、またはじまった。

夜明けの一時間前、父が呼吸を止め、私はそれが最後だと確信した。父は死に、もう起き上がることはないのだと。オードリーと母が私の周りで動きまわり、何かを唱え、体のつぼを叩きはじめたとき、私は小さな包帯の上に手を置いていた。部屋は安らかな雰囲気ではなかった。たぶんそれは、私自身が安らかな気持ちではなかったからだろう。私と父は何年にもわたって対立してきた。終わりのない意志の対立を繰り広げてきた。私はその対立を受け入れてきたと思っていたし、私たちの関係性をありのままに受け入れたはずだった。でも、その瞬間、私がどれだけその対立が終わってほしいと願い、私と父がよい関係を築く未来を信じていたかを悟ったのだ。

私は父の胸をじっと見て、息をしてと祈った。でも、父は息をしなかった。長い時間が経過してしまった。姉と母が父に別れを告げられるよう、私が父のそばを離れようとしたそのときだった。父が呼吸をはじめた――もろい、きしむような、クレープ紙をたたんだような音がした。そして、まるでラザロ〔ヨハネによる福音書の奇蹟のひとつ。イエスの友人ラザロが生き返った逸話がある〕のように、父の胸が上下に動き出した。

私は母に、もう帰ると言った。父はたぶん大丈夫と。父が回復したとき、連鎖球菌が死因になってしまってはいけない。

母のビジネスは一時休止になった。母と一緒に働いていた女性たちはチンキ剤を混ぜたりオイルを瓶詰めにしたりする代わりに、バットに入った軟膏（なんこう）を作るようになった――これは新しいコンフリー、ロベリア、そしてオオバコを使った処方で、母が父のために特別に調合したものだ。母は一日二回、父の上半身に軟膏を塗った。彼女たちがそのほかに何をやっていたのかは憶えていないし、エナジー・ワークについても説明できるほど知っているわけではない。でも、最初の二週間で一七ガロン〔約六五リットル〕もの軟膏が作られ、母がガーゼを大量に注文していたことは知っている。

　タイラーはパーデューから飛行機で戻ってきた。母と交代して、毎朝、父の指の包帯を替え、夜には壊死した皮膚と筋肉の層をこそげ落とした。その作業が父に痛みを与えることはなかった。神経が死んでいたのだ。「何層もこそげ落としたよ」とタイラーは私に言った。「骨に触れてしまったこともあった」

　父の指は、関節から反るように不自然に曲がりはじめた。指の腱（けん）が縮んでしまったからだった。タイラーは腱を丸めたり、伸ばしたりして指の変形を防ごうとしたが、父はその痛みに耐えることができなかった。

　連鎖球菌が完全に体から抜けたことを確信すると、私はバックスピークに戻った。父のベッドのそばに座り、少しずつスポイトで水を与え、まるで幼児にそうするように、すりつぶした野菜を食べさせた。父はほとんど話をしなかった。痛みは彼から集中力を奪い、ひとつの文章を言い終えることすら困難だったのだ。母は父に、強い鎮痛剤を手に入れようか聞いたが、父は拒否した。これは神が与えた痛みだから、すべて感じたいのだと言った。

　バックスピークを離れているあいだに、私は一〇〇マイル圏内のビデオショップを探しまわって、『ハネムーナーズ』のコンプリート・ボックスセットを手に入れていた。私はボックスセットを父に見せてみた。彼は瞬きをして、見えているよと伝えてきた。私は父に、ドラマを観たいかと聞いた。父はもう一度瞬きした。私はビデオデッキに最初のテープを入れて、父の横に座って彼のゆがんだ顔を探り、そのすすり泣きを聞いていた。画面には、アリス・クラムデンが夫を何度も出し抜く場面が映し出されていた。

第26章　波を待つ

父は二ヵ月間、ベッドから離れることはなかった。兄のうちの誰かが父を担いで運ぶとき以外は。ボトルのなかに排尿して、浣腸を受けつづけていた。生き延びるだろうとみなが確信できたあとも、その先の暮らしがどうなるかは、誰にもわからなかった。私たちにできるのは待つことだけで、私たちがやってきたすべてのことは、形を変えた「待つ」という行為だったのではと思いはじめた――食べさせるために待つ、包帯を替えるために待つといったように。父がどこまで回復するのかを知るために、私たちは待った。

父のような男性――誇り高く、強く、身体的な――がずっと損なわれたままでいられるとは想像しがたい。母からずっと食事を与えつづけられるような生活に、どうやって父が適応していけるのか。もしハンマーを握ることができなくなったとしても、彼は幸せな人生を歩むことができるのだろうか。あまりにも多くのものが失われてしまった。

しかしこの悲しみとともに、私は希望も感じていた。父は常に厳しい人だった――すべてのことがらについて真実を知り、他人が話していることに興味を抱かなかった。私たちが彼の言葉を聞き、その逆はありえなかった。自分が話す必要のないときは、父は他に沈黙を求めた。

爆発事故は父を説教者から観察者へと変えた。常に痛みを抱え、喉も焼けただれていた。会話自体が難しかった。だから父は観察し、耳を澄ますようになった。何時間も何時間も、来る日も来る日も父は横たわっていた。目には警戒の色を浮かべ、口を閉ざしたままで。

数週間経つと、あの父が——数年前は私の年齢も正確に言えなかった父が——私の授業のこと、ボーイフレンドのこと、夏のアルバイトのことを知るようになった。直接話をしたわけではない。私とオードリーが彼の包帯を交換するあいだのおしゃべりを聞き、記憶していたのだ。

夏の終わりの日の朝に、「授業のことをもっと聞きたい」と、父はかすれ声で言った。

「すごく面白そうだ」

新しい何かがはじまる気がした。

ショーンとエミリーが婚約を発表したときも、父はまだ寝たきりだった。夕食の席で、家族がキッチンテーブルに集まると、ショーンはエミリーと結婚するつもりだと言った。

フォークが皿に当たる音以外は静かになった。母は本気なのかと尋ねた。ショーンは、本気ではなく、実際に結婚する前に誰かましな人が現れるかもしれないと言った。エミリーはショーンの隣に座り、ゆがんだ笑みを浮かべていた。

その夜、私は眠ることができなかった。ドアのボルトを確認しつづけた。現在は過去に対してとてももろくて、過去に飲み込まれてしまうかのように思えた。私が目をつむってまた開けば、一五歳のあのころに戻ってしまいそうだった。

翌朝、ショーンは、ブルーミントン湖までの二〇〇マイル〔約三二〇キロメートル〕の乗馬の旅をエミリーと計画していると言った。私自身もショーンも驚いたことに、私は一緒に行きたいと口にしていた。ショーンとともにあの手つかずの自然に身を投じることには不安を覚えたが、そんな気持ちは心から追い払った。私にはやらなければならないことがあった。

馬の上では、五〇マイルが五〇〇マイルに感じられるものだ。とくに体が鞍よりも椅子になれていればなおさらだ。湖に到着したとき、ショーンとエミリーは素早く馬からおりてキャンプの準備をはじめた。私にできたことと言えば、アポロの鞍を外して、倒木に座っていることぐらいだった。エミリーが、みんなでシェアするテントを立てているのを見ていた。彼女は背が高く、とても華奢（きゃしゃ）で、ほとんど銀色に見えるほど美しいブロンドのストレートヘアをしていた。

私たちは火をおこして、キャンプファイアーの歌を歌った。トランプをして楽しんだ。そしてテントに向かった。私はエミリーの横に寝て、暗闇のなかでコオロギの鳴き声を聞いていた。私はどうやって会話をはじめようかと考えつづけていた――どうやったら兄と結婚しないほうがいいと伝えられるのか。「ショーンについて話をしたいんだけど」とエミリーが言った。「彼に問題があるのは知ってるわ」

「そうね」と私は応えた。

「彼はスピリチュアルな人よ」とエミリーは言った。「神は彼に特別な使命を与えたの。人びとを助けることよ。彼がセイディーを助けたことは聞いたわ。そしてあなたを助けたことも」

「ショーンは私を助けてないわ」と私は言った。もっと何か言いたかった。ビショップがしてくれたように言葉を尽くして。でもそれはビショップの言葉であって、私のものではなかった。私には言葉がなかった。五〇マイルも旅して話しにきたというのに、何も言えなかった。

「悪魔はショーンを惑わせるのよ。誰に対してよりも強く」とエミリーは言った。「なぜって彼に与えられたものが大きいから。彼は悪魔にとって、脅威なの。だから彼には問題がある。彼の正しさゆえに」

エミリーは起き上がった。暗闇のなかに、彼女の長いポニーテイルの形が見えた。「ショーンは私を痛めつけるかもって自分で言ってたわ」と彼女は言った。「悪魔のせいだってわかってる。でもときどき怖くなるの。彼に何をされるのか考えると、とても怖い」

エミリーに、あなたを怖がらせるような人とは結婚すべきではない、誰もそんなことすべきでないと伝えた。でも、私の言葉は唇を出る前に死んでいたようだ。私は自分の言葉を信じていたけれど、それを生かしきる知恵がなかった。

暗闇のなかにエミリーの顔を探した。その表情から兄がどんな力で彼女を操っているのか知ろうとした。兄がかつてその力を私にも及ぼしたことはわかっていた。兄の影響はいまでも私から消え去ったわけではない。彼の魔力に屈してはいなかったが、かといって完全に自由でもなかった。

「彼はスピリチュアルな人よ」とエミリーはもう一度言った。そして寝袋に潜り込み、会話を終えた。

秋学期のはじまる数日前に、私は大学に戻った。私はまずニックのアパートメントに直接車を走らせた。私たちはほとんど話をしていなかった。彼が電話をかけてきても出ることができなかった。父の包帯を替えたり、軟膏を作ったりといった作業で飛び回っていたのだ。ニックは父がやけどを負ったことは知っていたが、そのひどさは知らなかった。私は情報のほとんどを彼に伏せていた。爆発があったことも、父を「訪ねた」のは病室ではなくて実家のリビングルームだったことも言わなかった。父の心停止についても言わなかった。ねじ曲がってしまった指も、浣腸も、父の体からこそげ落とした、液状化した体組織の重みについても黙っていた。

ニックのアパートのドアをノックすると、彼が応対した。私を見て驚いたようだった。一緒にソファに座ると、「お父さんはどう?」と彼は聞いた。

いま思い返してみれば、この瞬間は私たちの友情のもっとも大切な瞬間だった。私にはすべきことがあった。もっとましな判断ができた。でも、私がそれとは別のことをした瞬間だった。爆発事故のあと、ニックに会ったのはこのときがはじめてだった。私はもう少しで彼にすべてを伝えるところだった。家族が現代医療を信じてないということ、やけどの治療を軟膏とホメオパシーで行ったということ。それは恐ろしくて、いや、恐ろしいなんて言葉では言いつくせないほど悲惨で、私が生きているかぎり、あの焼けただれた肉のにおいを忘れることはないだろうこと。私はすべてを話すこともできた。重荷をおろして、私たち二人の関係にそれを背負わせて、より強くなれたのかもしれなかった。その代わりに、私は自分一人にその重荷をすべて背負わせた。すでに貧血気味で、栄養不足で、抜け殻のようだった友情は当然しぼんでいった。

友情へのダメージはいつか回復できると信じていた——私はいまやいるべき場所に戻ってきたのだ。ここにこそ私の人生があるのだ。ニックがバックスピークについて理解してくれるかどうかは、さして重要ではなかった。でも、バックスピークが私を手放してくれなかった。まとわりついてくるようだった。父の胸元のクレーターのような黒い傷跡が授業中に黒板の上に現れた。父の口のあたりにできた皮膚の垂れ下がる空洞が教科書のページに見え隠れした。どういうわけか、存在していた実際の世界よりも、この記憶のなかの世界のほうがより鮮明で、私はその二つの世界を行ったり来たりしていた。ニックが私の手をとれば、私はそこに彼といることができて、彼の肌が私の肌に重なる驚きを感じることができた。でも絡められた指を見れば、その手はニックの手には見えなくなる。絡められた血まみれのかぎ爪に見える。

眠れば、私は完全に山に引き戻された。ルークが白目を剝く夢を見る。父と、その肺から出てくるゆっくりとした、カラカラという音を夢に見る。駐車場でショーンが私の手首の骨を砕いた瞬間を夢に見る。私自身が、ショーンの隣を足を引きずりながら歩き、甲高い声でげらげらと笑う姿を夢に見る。でもその夢のなかでは、私は長くて銀色の髪をしているのだ。

結婚式は九月だった。

私は不安感をめいっぱい抱えたまま教会についた。まるで破滅的な未来から時空を超えて送り込まれたかのような気持ちだった。私の行動と思考には意味があり、結末を変えることができたのかもしれない。でも、何をするために送り込まれたかがわからず、私は手を強く握りしめて頬の裏側を嚙(か)み、決定的なタイミングを待っていた。式の五分前、私は女子トイレで嘔吐した。

エミリーが「誓います」と言ったとき、私は生命力を失った。私はまた幽霊のようになって、大学へと漂い戻った。自分の寝室の窓からロッキー山脈を眺めても驚くほど現実感がなかった。ただの絵のようにしか見えなかった。

結婚式から一週間後、私はニックと別れた——恥ずかしいことだが、とても冷淡に別れを告げた。結局、彼にはそれまでの私の人生についてなにも教えなかった。私と彼が共有した世界を侵略して破壊したもうひとつの世界の絵を、彼に描いてみせはしなかった。教えることもできた。「あの場所は私に取り憑いていて、もしかしたら一生逃げられないかもしれない」と伝えることもできた。それこそが真実に近かっただろう。その代わり、私は時間の海に沈むことにした。ニックに打ち明けるには遅すぎたし、私の行く先に彼を連れていくにも遅すぎた。だから私は別れを告げた。

第27章　私が女性だったら

私はブリガム・ヤング大学に音楽を学びにやってきた。いつか教会の合唱団を指揮したいと考えたのだ。しかし、大学三年のあの秋学期、私は音楽のクラスをひとつも取らなかった。なぜ上級音楽理論を受講せず、地理学と比較政治学を選んだのか、なぜ初見歌唱をあきらめてユダヤ人の歴史を選んだのか。自分でも説明することはできなかった。でも、シラバスでそれぞれのクラスの名前を見て、声に出して読み上げたとき、私は無限の時間を感じた。その無限を味わってみたかったのだ。

四カ月間、私は地理と歴史と政治の講義に出席した。マーガレット・サッチャー、三八度線、そして文化大革命について学んだ。世界の議会政治と選挙制度についても学んだ。ユダヤ人のディアスポラと『シオン賢者の議定書』の奇妙な歴史についても学んだ。学期も終わりに近づくと、世界は大きく感じられた。山や、キッチンや、キッチンの隣の部屋のピアノに戻ることなんて想像できなくなった。

これは自分にとっては危機と言えた。私の音楽への愛とそれを学びたいという欲求は、女性とはどうあるべきかという私の考えと相性がよかった。私の歴史と政治と世界情勢への情熱はそうではなかった。それなのに惹きつけられずにいられなかった。

期末試験の数日前、私は友人のジョシュと二人きりで、誰もいない教室のなかで一時間座っていた。彼はロースクールへの出願書類の見直しをしていた。私はつぎの学期のクラスを選んでいた。

「もしあなたが女性だったとしたら」と私は聞いた。「法律を学ぶと思う？」

ジョシュは顔を上げなかった。「もし僕が女性だったら」と彼は言った。「法律を学びたいとは思わないだろうね」

「でもあなたは、口を開けば、ずっとロースクールのことばかり話してる」と私は言った。「それがあなたの夢なんでしょ？」

「そうだよ」とジョシュは認めた。「でも、僕が女性だったらそれが夢にはならないだろうね。女は男とは作りが違うから、こういう類の野心は持たないはずだ。女性がだいいちに求めるのは子供さ」彼はそう言って笑いかけた。私が彼の言うことを当然理解しているとでもいわんばかりに。そして私は理解していた。そして笑ったのだ。私はほほえんで、二人とも数秒間はそれで納得していた。

でも私はつぎの瞬間、「でも、あなたが女性だったとして、それでもいまとまったく同じ気持ちを持っていたとしたら?」と聞いたのだ。

ジョシュはしばらくのあいだ、壁をじっと見つめていた。彼は実際に考えていた。そして言った。「自分はどこかおかしいのかなって感じるだろうね」

学期のはじめに、世界情勢の最初の授業に参加してからずっと、自分にはどこかおかしなところがあるのではと考えていた。私はどうしたら、女性らしくないことに惹きつけられながらも女性でいられるのか考えつづけていた。

誰かが答えを持っているにちがいない。私は教授の一人に質問することにした。選んだのはユダヤ人の歴史の授業を担当している教授だった。彼は物静かで、口調が優しかったからだ。ケリー博士は黒い目の、小柄な男性で、真面目な表情を崩さない人だった。暑い日でも、ウールのジャケットを着て講義をしていた。私は、彼のオフィスのドアを静かにノックした。博士が応えなければいいと願ったけれど、結局、彼の目の前に座っていた。自分が何を質問したいかもわかっていなかったし、ケリー博士も聞かなかった。その代わりに彼は、私に一般的な質問をした——学年、選択しているクラスなどだ。博士は、なぜ私がユダヤ人の歴史を選んで学ぶのかを聞いた。私は深く考えもせずに、自分がホロコーストについて学んだのは、たった数学期前だったことを話し、残りの歴史を学びたいのだと白状した。

「ホロコーストのことをいつ学んだって言った？」と博士は聞いた。

「大学に入学してからです」

「学校では教えてくれなかったのかい？」

「たぶん教えてくれたと思います」と私は言った。「ただ、そこにいなかったんです」

「じゃあ、君はどこにいたんだい？」

私は自分にできるかぎりの説明をした。両親が公教育を信頼していなかったこと、子供たちを家に閉じ込めていたことを。話し終えると、博士は難しい問題を熟慮しているかのように指を組んだ。「君は自分自身を伸ばしてあげる必要があると思う。何が起きるか見てみよう」

「どうやったら自分を伸ばすことができますか？」

博士は前のめりになった。たったいま良いアイデアが浮かんだという風だった。「ケンブリッジって聞いたことがあるかい？」

聞いたことがなかった。

「イギリスにある大学のことだ」と彼は言った。「世界トップクラスの大学のひとつさ。僕はそこで学生のための留学プログラムを組織していてね。競争率も、要求される学力もきわめて高い。受け入れてもらえるかどうかはわからない。でももし合格したとしたら、君は自分の本当の能力を知ることができるかもしれない」

教授との会話をどう解釈すべきなのか、考えあぐねながらアパートメントに歩いて戻った。私が求めていたのは道徳的なアドヴァイスだった。妻として、母としての自分の使命と、自分の耳に聞こえてきた別の使命との折り合いをつけるためのアドヴァイスが欲しかったのだ。でも、それが与えられる代わりに、教授はこう言ってくれたように思えた。

「まずは自分ができることを知り、そして自分が誰であるかを決めなさい」

私は留学プログラムに応募した。

エミリーが妊娠した。経過はあまり順調ではなかった。妊娠初期には危うく流産しそうになり、二〇週に近づいたころには、子宮収縮がはじまってしまった。助産婦である母は、彼女にセント・ジョンズ・ワートや、そのほかのレメディーを与えた。お腹の張りは弱まったものの続いていた。

クリスマスに私がバックスピークに戻ったとき、ベッドで寝ているとばかり思っていたエミリーが、キッチンカウンターに立って、女性たちと一緒にハーブを漉していた。彼女はほとんど話さず、笑うこともしなかった。クランプバークとマザーワートが入ったバットを運び、家のなかをひたすら歩き回っていた。透明になってしまったかのように静かで、数分もすれば、彼女がそこにいることを忘れてしまうほどだった。

爆発事故から六ヵ月が経ち、父は自分で立てるようになっていた。だが、以前のような父に戻れないのは明らかだった。部屋を横切るにもあえぐように息をしなければならないほど肺に大きなダメージを負っていた。顔の下半分の皮膚は再生しはじめていた。しかしその皮膚も、誰かが透明になるまでヤスリをかけたかのように薄く、蠟のようだった。耳は傷だらけで分厚くなっていた。唇は薄く、口は全体的に垂れ下がり、やつれた老人のように見えた。それでも一番目を引いたのは、顔ではなくて右手だった。右手の指のすべてが、それぞれの形で固まっていたのだ。丸まった指、反った指がからみあい、ねじれ、節くれ立ったかぎ爪のように見えた。反った人差し指と丸まった薬指のあいだにはさむようにしてスプーンを持つことはできたが、食べることはひと苦労だった。それでも、母がコンフリーとロベリアの軟膏で治療したほどの効果を、皮膚移植で得られたかは疑問だった。誰もが奇跡のようだと褒めそやし、母の処方には新しい名前がつけられた。父のやけどのあと、それは「奇跡の軟膏」として知られるようになった。

山頂に戻ってはじめての夕食の席で、父は、爆発事故は神からの情け深い慈愛のできごとだったと表現した。「恵みだったんだよ」と彼は言った。「奇跡だ。神は私の命を助けて、偉大なる使命を与えてくださった。神の力を証言するためだ。人びとに医学以外の道があると証明するためだったんだ」

父はステーキ肉を切ろうとしていたが、ナイフを強く握れないようだった。私は父が苦労するさまをじっと見ていた。「私は一度も危険な状態じゃなかった」と彼は言った。「証明して見せる。気絶することなく庭を歩き回ることができるようになったら、またバーナーを持ってタンクを外しにいくさ」

翌日、朝食を食べにキッチンに行くと、父の周りに女性たちが集まっていた。父は生死の境をさまよっていたときに垣間見た天国の様子を語っていた。女性たちはため息を漏らし、目を輝かせていた。父は、昔の預言者たちのように天使に助けられたと言った。女性たちが父を見つめる視線には何かが宿っていた。それは崇敬のようなものだった。

私はその朝の時間を通じて女性たちを観察して、父の奇跡がもたらした変化に気づいた。事故の前、母と一緒に働いていた女性たちは母に遠慮なく話しかけ、仕事について率直な質問を投げかけていた。だが、いまや彼女たちの話しかたはていねいになり、称賛の念さえ込められていた。劇的な事件の末、彼女たちは母と父からの評価を競って求めるようになっていたのだ。変化は単にこうまとめることができる。以前は従業員だった女性たちが、いまでは信奉者となったのだ。

父のやけどの話は、はじまりの神話のようになった。町に来たばかりの人、そして昔から住んでいる人のあいだで、何度も何度も語られるようになった。実際、奇跡の話を聞くことなしに、家でゆっくりと午後を過ごすようなことは難しくなっていた。その話も正確なものとはほど遠いときさえあった。母が、部屋に集まる熱心な表情の人たちに、父の上半身の六五パーセントはⅢ度の熱傷を負ったと語るのを聞いたことがある。それは私の記憶とは異なっている。私の記憶では、ダメージの大半は皮膚の表面だった──腕、背中、肩はほとんどやけどをしていなかった。Ⅲ度のやけどだったのは、顔の下半分と両手だけだ。でも私はこの事実を自分のなかにしまい込んだ。

はじめて、両親の心が一致したように思えた。母は父が部屋を出ても、父の発言を修正するのをやめた。彼女自身の意見を静かに述べるのもやめた。奇跡は母を変えた──母は父へと変身したのだ。私にとって母は若き助産婦で、預かる命に対してとても用心深く、従順でさえあった。しかし、いまの母には従順さの欠片もない。主が彼女の手を導くかぎり、不幸が起きてもそれは神の意志なのだ。

クリスマスの数週間後、ケンブリッジ大学はケリー教授に私の応募を却下したと伝えてきた。「競争が激しくてね」と、オフィスを訪れた私にケリー教授は言った。

教授に礼を言い、立って部屋を出ようとした。

「ちょっと待って」と彼は言った。「ケンブリッジが、異議があるなら申し立てるようにとも言ってきたんだ」

私には意味がわからなかった。教授は同じ言葉をくり返し、それから言った。「一人の学生だけしか助けられなかった。つまり君の席は用意してくれたらしい。君が望めばの話だけれど」

合格するなんて、ありえないことのように私には思えた。それにケンブリッジに行くにはパスポートが必要だと気づいた。本物の出生証明書がなくてはパスポートは取得できない。だが、証明書を取るなんて無理だと思った。私のような人間はケンブリッジにふさわしくない。まるで宇宙がそう考えて、私が行くという冒瀆（ぼうとく）を妨げているようだった。

パスポートの申請には、私が直接行った。窓口の女性は遅延出生証明書を見て、大声で笑った。「九年ですって！」と彼女は言った。「九年は遅延とは言いませんよ。ほかの書類はあるんですか？」

「はい」と私は言った。「でも、それには別の誕生日が記されているんです。ほかに別の名前が記載されているものもあります」

彼女はまだ笑っていた。「違う日付と違う名前？　無理ですよ。パスポートの取得は無理です」

私は窓口を数回訪れ、そのたびに絶望的な気分になったが、とうとう解決策が見つかった。叔母のデビーが郡庁舎に出向いて、私が私であるという宣誓供述書を提出してくれたのだ。私はパスポートの取得に成功した。

二月、エミリーが出産した。赤ちゃんは五七〇グラムほどの重さしかなかった。クリスマスにエミリーの陣痛がはじまったとき、母は妊娠の経過は神の意志によって明らかになると言った。結局、エミリーが自宅で二六週で出産することが神の意志だったようだ。

その夜は猛吹雪だった。巨大な山から吹きつけて、道路にあるものを洗いざらい片づけ、町を封鎖してしまうような嵐だ。病院に行く必要があると母が気づいたとき、エミリーの分娩は進行していた。ピーターと名づけられた赤ちゃんは、エミリーからものの数分であっさりと出てきてしまい、母はピーターを取り上げたというよりは「捕まえた」のだと言っていた。彼は動かず、灰色だった。ショーンはピーターが死んでいると思ったそうだ。しかし母は小さな鼓動を感じとった――薄いフィルムのような肌の向こうで、心臓が動く様子が見えたそうだ。父がバンに走っていって、雪と氷を落とした。ショーンがエミリーを担いでいき、後部座席に寝かせると、母がエミリーの胸元に赤ちゃんを置いて、布で包み、その場しのぎの保育器を作った。カンガルー式だと母はのちに言った。

父が運転をした。嵐が激しくなった。アイダホでは、このような嵐はホワイトアウトと呼ばれている。降る雪に強い風が激しく吹きつけると、道路が白いベールで覆い隠され、アスファルト、草原、川が見えなくなってしまう。見えるのは、白くて大きな波のようなものだけだ。雪とみぞれのなかを滑るようにして進み、町にたどりついた。だが、町の病院は設備が整っておらず、弱々しい命をケアするには十分ではなかった。医師たちは、オグデンにあるマッケイディー病院になるべく早く搬送しなければと言った。時間はなかった。ブリザードでヘリコプターは使えないからと、医師たちは救急車を手配した。大事を取って、二台も。一台目が嵐で事故にあったときのためだ。

何カ月も経過し、赤ちゃんの心臓と肺に何度も手術が施されてようやく、ショーンとエミリーは小枝のような子を家に連れ帰った。その子が甥だと私は告げられた。危険な時期は脱していたが、医師たちは赤ちゃんの肺は完全に成長しないかもしれないと言った。彼は生涯、病弱かもしれない。

父は、自分の爆発事故のときと同じように、神がこの誕生も指揮していたのだと言った。母は父の言ったことをくり返し、神が母の目にベールをかぶせて、陣痛を止めないように促したのだと付け加えた。「ピーターはこのようにして世界にやってくると決まっていたの」と母は言った。「彼は神からの贈り物。そして神はご自身で選んだ方法で贈り物を与えるわ」

第28章　ピグマリオン

ケンブリッジ大学のキングス・カレッジ〔ケンブリッジ大学は三一のカレッジから成る〕をはじめて見たとき、夢を見ているとは思わなかった。それはただ、私の想像力がこれほどまでに堂々とした建物を夢に見ることができないほど貧弱だったというだけだ。私の目は石の彫刻があしらわれた時計台に釘づけになった。時計台まで案内されると、そこを通り抜けてカレッジ内部に入っていった。見事に刈りそろえられた広大な芝生の向こうに象牙色の建物があり、漠然とそれがギリシャローマ風だと思った。しかしその建物は幅三〇〇フィート〔約九〇メートル〕、高さ一〇〇フィート〔約三〇メートル〕の石の山のようなゴシック様式の礼拝堂で、あたりの風景を威圧していた。

礼拝堂を通りすぎて、中庭に入り、そしてらせん階段をのぼった。ドアが開かれていて、そこが私の部屋だと伝えられた。くつろいで待つように告げられたが、この言葉を伝えてくれた優しげな男性は、私にとってそれがどれだけ不可能なことだったか気づいてはいなかった。

翌日の朝食は大広間で供された。それはまるで教会のなかで食事をとるような経験だった。天井は洞窟のように丸みを帯びていた。私は自分が監視されているような気がしていた。自分がその場にそぐわない人間だということが広間じゅうに知れわたっているようで不安だった。ブリガム・ヤング大学の学生でいっぱいの長テーブルを私は選んだ。女性たちは、イギリスに来る前に購入した服について話をしていた。マリアナはプログラムへの受け入れが決まったとき、服を買いに出かけたそうだ。「ヨーロッパではア、メ、リ、カ、とは違う服が必要だから」

ヘザーもそれに同意した。祖母が彼女の飛行機代を払ってくれたから、浮いたお金を使って、ワードローブをアップデートしたのだそうだ。「ヨーロッパ人のおしゃれって、洗練されてるよね。ジーンズなんかじゃ、ごまかせないよ」

自分が着ていたスウェットシャツとスニーカーを着替えたくなった。部屋まで走って戻りたかったが、そもそも着替えるものがなかった。マリアナとヘザーが着ているような服は一枚も持っていなかった——明るい色のカーディガンや、それのアクセントになる上品なスカーフなんて。留学費用を支払うために学費ローンから持ち出しをしていたくらいで、新しい服は一枚も買えなかった。それに、もしマリアナとヘザーの着ているような服を持っていたとしても、どうやって着たらいいかもわからなかった。

ケリー博士が現れて、私たちが礼拝堂のツアーに招待されたことを伝えた。礼拝堂の屋根にも登ることができるという。私たちはあわててトレーを返して、がやがやとケリー博士を追いかけ大広間を出た。中庭を歩いていくそのグループの一番後ろに私は位置していた。

礼拝堂に足を踏み入れたとき、私は息をのんだ。その部屋は——あれほどまでに広い空間を部屋と呼んでいいのであれば——まるで海全体を包み込めるほど広大な場所だった。私たちは小さな木製のドアからなかに導き入れられ、どこまでも続いていそうな石造りの狭いらせん階段をのぼった。そしてとうとう、階段は屋根まで達した。石の胸壁に囲まれた、傾斜のきつい逆V字形の屋根だった。風がとても強く、雲を勢いよく押し流していた。素晴らしい眺めだった。街はまるでミニチュアのようで、この教会に完全に圧倒されていた。私は我を忘れて屋根をのぼり、頂上の棟に沿って歩いた。風に身をまかせ、眼下に広がる曲がりくねった小道や石造りの中庭を見渡した。

「落ちることは怖くないんですね」と声が聞こえてきた。私は振り返った。ケリー博士だった。彼も後ろからのぼってきていたが、足元がおぼつかなかった。風が強く吹くたびに体を揺らしていた。

「おりましょうか」と私は言った。私は屋根を伝って、控え壁の近くの平らな通路まで戻った。ケリー博士もついてきたが、やはり足元が怪しく、前に歩くのではなく、体を横にしてカニのようにふらふらとしていたので、私は手を差し伸べ、彼はそれを受け入れた。風が強く吹きつけていた。最後の数歩まできたものの、博士があまりにふらふらと歩いていた。

「私は君を観察していたんですよ」と博士は言った。私たちはもう安全な場所にいた。「君はまっすぐ立って、ポケットに両手を突っ込んでいた」彼はほかの生徒たちを手で指し示す。「みんな、体を丸めているでしょう？　壁にしがみついて」博士は正しかった。数人が屋根の上で冒険をしていたが、おっかなびっくりといった体だった。ケリー博士と同じような不格好な横歩きで、風に吹かれてふらついていた。ほかの人たちは石の胸壁にしがみつき、腰を落とし、背中を丸めて、歩いたほうがいいのか、這ったほうがいいのかといった様子だった。

　私も手を伸ばし壁につかまった。

「その必要はないですよ」と博士は言った。「僕は批判したわけではないのですから」博士は一瞬考え込んだ。まるでそれ以上言葉を重ねるべきか迷うように。そして、「誰もが変化の過程にある」と言った。「ほかの生徒はこの高さに来るまではリラックスしていた。彼らはいま、断崖に立ち不安を抱いている。君は彼らとはまったく逆の旅をしてきたようだね。君がありのままの自分でいるのをはじめて見たような気がするよ。君の動きでそれがわかる。まるで、これまでずっとこの高さで生きてきたようでさえある」

突風が胸壁のあいだを吹き抜けた。ケリー博士はよろめき、壁にしがみついた。私は屋根に上がって、博士が控え壁に背をつけられるようにした。彼は私をじっと見つめ、説明を待っていた。

「乾燥舎の屋根を張ったことがあるんです」と私は観念して言った。

「ということは、足が強いというわけ？　だからこの風のなかで立っていられるのかい？」

答える前に考えなければならなかった。「私がこの風のなかで立っていられるのは、風のなかに立とうとしないからです」と私は言った。「風はただの風なんです。地上ではこの風に耐えることができてるんだから、上のこの場所でも耐えられるはずなんです。違いなんてありません。違いは自分の頭のなかで作り出してしまうものなんです」

博士はぽかんと私を見つめていた。理解できないといった様子で。

「私は立っているだけです」と私は言った。「先生は身をかがめて風に逆らっているんです。高いのが怖いから。でも、しゃがんだり、横歩きすることは自然じゃないんです。自分で自分を風に対して弱くしてしまってるんです。恐怖をコントロールできれば、こんな風はどうってことありません」

「君にはそのようだね」と博士は言った。

私は自分のなかに学者の精神が欲しかった。だが、ケリー博士が私に見いだしたのは、屋根職人の精神だったようだ。ほかの生徒の居場所が図書館である一方で、私にはクレーンがお似合いだった。

最初の週は、講義につぐ講義であっという間に過ぎていった。第二週は、生徒全員が指導教官を割り当てられた。私の指導教官は、著名だと私が後に学んだジョナサン・スタインバーグ教授だった。カレッジの前副学長で、ホロコーストに関する著作で高い評価を得ていた。

スタインバーグ教授との最初のミーティングは週の半ばだった。私は守衛の詰め所で教授を待っていた。やがて、やせた男性が現れた。彼は重そうな鍵を取り出すと、石に据えつけられた木製のドアを解錠した。私は彼についてらせん階段をのぼり、時計台の内部に入っていった。そこには明るい部屋があった。家具はシンプルで、椅子が二脚と机だけだった。

椅子に座ると、耳の後ろを血がどくどくと流れる音が聞こえた。スタインバーグ教授は七〇代だったが、けっして老人には見えなかった。その動きはしなやかで、目は強い好奇心を発しながら部屋じゅうを探っていた。彼の言葉は思慮深く、だが滑らかだった。

「スタインバーグ教授です」と彼は言った。「さて、あなたは何を読みたいのかな？」

私はぼそぼそと史学史だと伝えた。私は歴史そのものではなく、歴史家を研究しようと心に決めていた。私が抱いた興味は、ホロコーストと公民権運動を学んで以来感じていた、歴史学の土台の弱さに由来しているのかもしれない。人間が過去について知ることには限界がある。それはこれからもずっと同じだ。歴史は常に、他人が語ったものにすぎないのだ。思い違いを正されることがどういうことなのかを、私はよく理解していた——世界の方向を変えてしまうような大きな思い違いだ。歴史の偉大なる門番たちが、自らの無知や偏向をどのように受け入れてきたのか理解する必要があった。彼らが綴ったことは絶対ではなく、対話と修正の末の偏った結果にすぎないのだということであれば、世の中のほとんどの人が歴史と認識しているものが、私が教えられたものとは違っていたという事実について、自分自身と折り合いがつけられるのではないかと考えた。父は間違っていたかもしれないし、偉大なる歴史家カーライル、マコーリー、そしてトレヴェリアンも間違っていたかもしれない。しかし、彼らの論争の焼け跡から、私が住むべき場所を作り上げることができるかもしれない。地面が地面ではないと知っていたから、そこに立ちたいと願ったのだ。

私は自分の願いをしっかりと伝えられたかどうか自信がなかった。話し終えたとき、スタインバーグ教授は私をちらりと見て、それからこう聞いた。「君が受けた教育について教えてください。どこで学校に通ったんですか？」

部屋の空気が一瞬にして薄まったようだった。

「私はアイダホで育ちました」

「では学校もそこで？」

思い返してみれば、教授は事前に私について知らされていたのだと思う。たぶん、ケリー博士だろう。あるいは、私が質問にきちんと答えていないことに気づき、好奇心がかき立てられたのかもしれない。いずれにせよ、学校に行っていないことを私が認めるまで教授は満足しなかった。

「奇跡的だ」と、彼はほほえみながら言った。「まるでショーの『ピグマリオン』〔ジョージ・バーナード・ショーによる戯曲。映画『マイ・フェア・レディ』の原作〕の世界に足を踏み入れたみたいだ」

二カ月間、私はスタインバーグ教授と毎週面談を重ねた。教授はテキストを指定することはなかった。私たちは、私が読みたいと頼んだものだけを読んだ。それが本丸ごと一冊であろうと、一ページの何かであろうと。

スタインバーグ教授の文章指導法は、ブリガム・ヤング大学の教授たちとはまるで違っていた。コンマやピリオド、形容詞、副詞などの文法に教授は興味を示さなかった。彼は文法と内容のあいだに区別を設けることがなく、形式と要旨についてもそうだった。下手な文章は、つまらないアイデアの産物であり、彼の見解では、文法的論理でさえ同様に修正されるべき対象だった。「いいかい」と彼は言ったものだった。「なぜここにコンマを使った？ これらの語句のあいだに、君はどのような関係性を確立したかった？」私が理由を説明すると、「まったくそのとおりです」と返ってくることもあれば、長々と統語論の説明をして間違いを正すこともあった。

スタインバーグ教授と一カ月ほど面談をくり返したあと、私はエドマンド・バークをパブリウスと比較する小論文を書いた。パブリウスは、ジェイムズ・マディソン、アレクサンダー・ハミルトン、そしてジョン・ジェイが『ザ・フェデラリスト』を執筆した際に使用した匿名だ。私は二週間、ほとんど眠らなかった。目が開いているかぎり、読むか、文章を考えていた。

父からは書物とは、崇拝されるか追放されるか、どちらかの存在であると教えられてきた。神の書物――モルモン教の預言者によって書かれた書物、あるいは建国の父たちによって書かれた書物――は、その存在が完璧なものであって、研究したり、ましてや愛したりしてはならない存在だった。マディソンのような人物の言葉は鋳型であって、自分の心を石膏のように流し込んで読まなければならないと教えられてきた。彼らは完全無欠の理想型だった。その輪郭に沿うように自分の形を作り直すためにこそ読むのだ。どう考えるべきかを学ぶために読むのであって、自分自身どう考えるかを学ぶために読むのではない。神の書物でないものは追放される。それは危険で、パワフルで、狡猾で、とても抗いがたいものだから。

　小論文を書くためには、それまでとは違った方法で本を読まなければならなかった。恐れや憧れに惑わされることなく読むのだ。父であれば、イギリスの君主制を擁護していたバークを専制政治の工作員と呼んだだろう。父は彼の本を家に置くことを嫌がるにちがいない。私は、自分の理性を頼みながらバークの言葉を読み進めることに興奮を感じていた。私は同じ興奮を、マディソン、ハミルトン、そしてジェイを読むときにも感じた。バークを支持するために彼らの結論を否定したとき、そして両者の思想は実質的には違いがなくて、ただ形式が違うだけだと気づいたときには、とくにだ。論文のための読書によって私は素晴らしい仮説を得ることができた。それは書物は詭弁などではないし、私も無力ではないという仮説だ。

小論文を書き終え、スタインバーグ教授に送った。二日後面談に行くと、そこには感情を抑えた教授が座っていた。彼は机の向こうから私をじっと見ていた。私が待ち構えていたのは、その論文が悲劇だったという彼の言葉だった。無知な思考の産物であり、分不相応で、わずかな資料から多すぎる結論を導き出していると彼が言うものと思っていた。

「ケンブリッジでは三〇年以上教えてきた」と教授は言った。「君の小論文は、いままで読んだなかでも最高レベルのものです」

予想外だった。侮辱を受ける心構えをしていたのに。

スタインバーグ教授はこれ以外にも、小論文についてコメントをくれたかもしれないが、私の耳には届いていなかった。どうしても部屋から出たいという気持ちで頭がいっぱいだった。この瞬間、私はケンブリッジの時計台にはいなかった。私は一七歳で、赤いジープに乗っていて、愛していた男の子が私の手に触れたその瞬間に引き戻されていた。私は逃げ出した。

どんな残酷さにも耐えられたが、優しさを受け入れることには慣れていなかった。称賛は私にとっては毒でしかなかった。それは私を息苦しくさせる。教授にどなってもらいたかった。あまりにもそうしてほしかったから、欠乏感からめまいがしたほどだ。私の醜さは、言葉で表現されなければならなかった。彼の言葉で発せられなかったとすれば、私は自分の言葉で表現しなくてはいけなくなる。

時計台をどうやって出たのか、どうやってその日の午後をやりすごしたのかは記憶にない。その日の夜には正装が必要な夕食会があった。大広間にはろうそくが灯されていた。美しかった。それは私を別の理由でも元気づけた。私はフォーマルな服を着ていなかった。ただの黒いシャツと黒いパンツという格好だったが、ほの暗い明かりのなかなら誰にも気づかれないと思ったのだ。友人のローラが遅れてやってきた。両親が訪ねてきて、フランスに連れていってくれたのだと彼女は言った。彼女は大学に戻ったばかりだった。スカートの部分にプリーツのついた深い紫色のドレスを着ていた。スカートの裾は膝から数インチ上のところでふわふわと揺れていた。一瞬、そのドレスをまるで売春婦のようだと思ったが、彼女の父親がパリで買ってくれたドレスだと聞いて考えを改めた。父親からのプレゼントが売春婦のようであるはずがない。私はこの不協和音に悩まされた——売春婦のようなドレスと、愛すべき娘への贈り物——食事が終わり、皿が片づけられるまで、このもやもやは消えなかった。

スタインバーグ教授はつぎの面談で、私が大学院に進学するつもりなら、どの学校を選ぼうとも私が受け入れられるように手配すると言った。「ハーバードには行ったことがありますか？」と彼は言った。「それとも、ケンブリッジがいいかな？」

私は自分がケンブリッジ大学で学ぶ姿を想像した。時代がかった廊下に足を踏み入れる。大学院生の長くて黒いローブが揺れる。でもその瞬間、バスルームに膝をつき、腕を背中にまわされ、頭を便器に突っ込まれている私の姿がよみがえる。想像のなかの大学院生に焦点を当てようとしたができなかった。ひらひらと揺れる黒いローブを着用した女性と、もう一人の女の子を重ね合わすことなく想像することができなかった。学者か売春婦か。両方とも真実にはなりえない。片方は嘘だ。

「行けません。学費が払えません」

「学費のことは心配しなくていいんです」とスタインバーグ教授は言った。


八月の終わり、ケンブリッジでの最後の夜、大広間で夕食会が開かれた。テーブルにセッティングされたナイフとフォークとゴブレットの数は、私がそれまで経験したなかでもっとも多かった。壁にかけられた絵画は、ろうそくの明かりに照らされて、まるで幽霊のようにぼんやりと見えた。その優美な雰囲気は、私を人目にさらされているような気分にさせたが、同時に、その優美さによって透明な存在にもされていた。通りすぎる学生をじっと見た。シルクのドレスのすべてを、そして濃く描かれたアイラインを。私は彼女たちの美に取り憑かれていた。

夕食の席で、私は友人たちの楽しいおしゃべりに耳を傾けていたが、本当は部屋で一人きりになりたいと望んでいた。スタインバーグ教授はハイテーブル〔一段高い場所にある教授用のテーブル〕に着席していた。彼の姿をちらっと見るたびに、古い本能が私のなかで作用しているのを感じていた。私の筋肉は緊張し、逃げ出すための準備をしていた。デザートが振る舞われるとすぐに、私はホールを抜け出した。洗練と美からの逃避は、私に安らぎをもたらした――美しくない姿でいること、ほかと相違があることが許された気がしたからだ。ケリー博士は私が立ち去る姿を見て、あとを追ってきた。

暗かった。芝生は真っ黒で、空はより黒かった。柱のような白亜色の明かりが地面から伸びて、教会を照らしていた。教会は光り輝き、夜の空に浮かぶ月のようだった。

「スタインバーグ教授は感銘を受けたそうだ」とケリー博士は言い、私の横に立った。「君にとっても忘れがたい教授になってくれるといいんだが」

意味が理解できなかった。

「こちらにいらっしゃい」と博士は言い、チャペルのほうに向かった。「君に伝えたいことがある」

私は彼の後ろを歩きながら、自分の足音が静かなことに気づいた。私のスニーカーでは、ほかの女の子たちが履いているヒールが出すような、エレガントな靴音は出ない。

ケリー博士は、私をずっと見ていたと言った。「君は別の人間を演じているように見える。そうすることが君の人生にとってすごく重要だと考えているみたいに」

私は何と言っていいのかわからなかった。だから黙っていた。

「君は考えたこともないだろうが、君はここにいるすべての人と同じだけ、ここにいる権利がある」教授は私が応えるのを待っていた。

「私には、夕食を提供するほうがお似合いなんです。食べることよりも」

ケリー博士はほほえんだ。「スタインバーグ教授を信じなさい。彼が君を学者と呼ぶのなら、君は学者だ。彼は君を『本物の金（ピュア・ゴールド）』だと褒めていたよ」

「ここって本当に魔法のような場所ですよね」と私は言った。「何もかもが、輝いてる」

「そんなふうに考えるのはやめなさい」と、ケリー博士は声を大きくして言った。「君は特別な明かりの下でだけ光る見せかけの金（フールズ・ゴールド）ではない。君がどんな人間を演じようと、何になろうと、本当の君はずっと変わっていない。それは君のなかにずっといたんだ。ケンブリッジにではない。君のなかにだ。君は金だ。ブリガム・ヤングに戻ろうとも、君が生まれた山に戻ろうとも、君が変わることはない。周りの見方さえ変わるかもしれない。君自身の自分への視線も変えられるかもしれない——金でさえも光によっては輝きが鈍る——

しかし、それこそが錯覚だ。そしてずっと錯覚だったんだ」

博士を信じたかった。彼の言葉を受け入れ、自分をやり直したかった。でも、私にはそこまでの自信がなかった。どれだけ自分の記憶を掘り下げても、どれだけ強くまぶたを閉じても、自己について考えても、浮かんでくるのは、トイレのなかの、そして駐車場のあの女の子のイメージなのだ。

ケリー博士にあの女の子の話はできなかった。私はケンブリッジに戻ることはできない。なぜなら、ここにいると、私の人生の暴力的で屈辱的な一瞬一瞬が、大いなるなぐさめに変わってしまうからだ。ブリガム・ヤングでは、過去を現在に溶け込ませることで、かつて起こったことをほとんど忘れていられた。でも、ケンブリッジでの他との違いはあまりにも大きすぎた。私の目の前の世界はあまりにも幻想的だった。過去の記憶はよりリアルだった――そして、より信じられるものだった――石造りの尖塔よりも。

ケンブリッジに自分がふさわしくない理由は他にもある。私はそう自分自身を偽ってもいた。階級と地位だ。私が貧乏だから、貧困のなかで育ってきたからだ。強風が吹きつける教会の屋根の上に立てたからだ。よろめきもしなかったからだ。ケンブリッジにふさわしくなかったのは、まさにそういう人間だ。売春婦ではないとしても、屋根職人なのだ。

私は学校に行くことができる、とその日の午後、日記に記した。私は新しい服を買うことだってできる。それでも私はタラ・ウェストーバーだ。ケンブリッジの学生がけっしてやらないような仕事をやってきた。どれだけ着飾ったって、所詮、私たちは違うのだ。衣服は私の問題を解決しなかった。何かが私のなかで腐っていた。芯から腐っていて、その悪臭は耐えがたく、着こなしなどでごまかせるものではなかった。

ケリー博士は私のこんな考えに気づいていただろうか。私には確信がない。しかし、彼はなぜ私がケンブリッジに戻らないのか、戻れないのか、ふさわしくないかの象徴として着るものに固執していたことは理解したようだった。立ち去る前に彼が言った最後の言葉は、私を驚かせた。大聖堂の横で、私は立ち尽くした。

「自分が何者であるかを決めるもっとも強力な要因は君のなかにある」と博士は言った。「スタインバーグ教授は、『ピグマリオン』だと言った。あの戯曲の意味を考えるんだ、タラ」彼は言葉を止めた。視線は射るように鋭く、声には力がこもっていた。「彼女は美しいドレスを着た、ただの下町の娘だった。それは、彼女が自分自身を信じるまでの話だ。信じることができたとき、どんなドレスを着ようと、彼女にとっては何の意味も持たなかった」

第29章　卒　業

留学プログラムは終了し、私はブリガム・ヤングに戻った。キャンパスはいつもどおりだった。ケンブリッジを忘れ、以前の暮らしに戻るのは簡単なことのはずだった。でもスタインバーグ教授は、私にケンブリッジを忘れさせてはくれなかった。彼はゲイツ・ケンブリッジ奨学金と呼ばれる奨学金制度の申請書を送ってきた。それは、教授いわく、オックスフォード大学のローズ奨学金に似たもので、ケンブリッジ大学に行くための奨学金だということだった。この奨学金は私がケンブリッジで学ぶための、すべての費用を負担してくれる。授業料、部屋代、そして食費をすべてまかなってくれる。私のような人間にとって、それは冗談みたいにありえない話だったけれど、教授はそんなことはないと譲らなかった。ということで、私は奨学金を申請した。

さほどかからないうちに、私は自分のもうひとつの変化に気がついた。わずかな変化だった。古代言語専攻の友人マークと夜のひとときを過ごしていた。私と同じように、また大学のほかの学生の大半と同じように、マークはモルモン教徒だった。

「教会の歴史を学ぶべきだって思うかい?」とマークは私に聞いた。

「思う」

「それが人を不幸にしてしまうとしても?」

言いたいことはわかっているつもりだったけれど、それでもマークの説明を待った。

「一夫多妻制を知ることで、多くの女性が信仰に疑問を持つよね」と彼は言った。「僕の母もそうだったらしい。彼女が一夫多妻制の意味を理解したことがあるとは思えない」

「私だって一度も理解したことはないよ」

空気が張りつめた。マークは私の言葉を待っていた。それは、私が信仰のために祈っているという言葉だ。そして実際に、私は祈ったことがある。何度も、何度も。

その瞬間、たぶん私たち二人ともが、教会の歴史について考えていた。もしかしたら私だけだったかもしれない。私はジョセフ・スミスのことを考えていた。彼には四〇人の妻がいた。ブリガム・ヤングには五五人の妻がいて、五六人の子供がいた。一八九〇年、教会は一時的に一夫多妻制を廃止したが、その教義を撤回したことはない。子供のころから、私はこう教えられていた——父から、そして日曜学校でも——そのときが来れば神が一夫多妻制を復活させ、死後、私は多くの妻たちのなかの一人となるのだと。私の仲間の妻の数は、夫の正しさにより変わる。彼が気高く生きれば、より多くの妻が与えられる。

これには一度も納得したことはなかった。少女のころは、真珠のようにきらきらとした霧のなか、白いガウンを着て夫の向かい側に立つ、天国の自分の姿を何度も想像した。でもカメラがズームアウトすると、私と夫の後ろには一〇人の女性がいて、同じ白いドレスを着ているのだ。私の空想のなかでは私は第一妻だが、必ずしもそうなるとはかぎらないことはわかっていた。大勢の妻たちのどこかに、自分が埋もれてしまう可能性はある。私の記憶では、このイメージが私の楽園のイメージの中核となっている——夫、それから彼の妻たちだ。天国の神の計算式では、一人の男性が何人もの女性とイコールの関係を築くことができる。そうと知ることには、心の痛みが伴った。

高祖母のことを思い出した。彼女の名前をはじめて聞いたのは一二歳のときだ。モルモン教では、子供から女性に変わる年齢とされる。日曜学校の授業に純潔や貞操といった言葉が含まれるようになるのがその歳だ。教会の宿題の一環として、自分の先祖について学ぶという課題が与えられる歳でもある。私は母に、先祖のどの人物を選ぶべきか聞いた。母はすぐさま「アンナ・マシア」だと答えた。私はその名前を大きな声で言ってみた。その名は、まるでおとぎ話の書き出しのように、私の口から滑らかに漂いでた。母は、私に声を与えてくれたアンナ・マシアを称(たた)えるべきだと言った。

「私たちを教会に導いたのは彼女の歌声なのよ」と母は言った。「彼女はノルウェーでモルモン教の宣教師たちの説教を聞いた。彼女は祈りを捧げた。すると神が彼女に信仰を授け、ジョセフ・スミスが預言者であると教えたの。彼女は父親にそれを話したのだけれど、モルモン教の悪いうわさを聞いていた父親は洗礼を受けさせてはくれなかった。だから、彼女は父親のために歌を歌った。モルモン教の賛美歌『高きに栄えて』だったらしいわ。歌い終わると父親は目に涙を溜めていたそうよ。そして、こんなに美しい音楽を生み出す教えは、神の御業(みわざ)にちがいないって言ったの。そして、二人で一緒に洗礼を受けたというわけ」

アンナ・マシアが両親を改宗させたのち、一家は神によってアメリカに呼び寄せられていると考えるようになった。預言者ジョセフに会うためにだ。彼らは渡航費を貯めたけれど、二年かけても家族の半分しかアメリカに渡らせることはできなかった。アンナ・マシアはノルウェーに残った。

アメリカへの旅は長く過酷なものだった。彼らがアイダホのウォーム・クリークと呼ばれるモルモン教徒の入植地にたどりつくころには、アンナの母は体調を崩し、命を落としかけていた。母の最後の願いは、もう一度娘のアンナに会うことだった。父がアンナに手紙を書いて、どうにかお金をかき集めてアメリカに来てくれと懇願した。アンナには恋人がいて、結婚するところだったのだけれど、フィアンセをノルウェーに残して海を渡ることになった。彼女がアメリカの海岸にたどりつく前に、アンナの母は亡くなった。

家族は困窮していた。アンナをフィアンセのもとに送り返し、いったんはあきらめた結婚をやり直させるお金もなかった。父親にとって、アンナは経済的な重荷となっていたので、ビショップが彼女に、裕福な農夫の二番目の妻になるよう説得して結婚させた。彼の最初の妻には子供ができず、アンナが妊娠すると第一妻は嫉妬した。アンナは赤ちゃんが傷つけられるのを恐れ、父のもとに戻り、双子を出産した。しかし開拓地の厳しい冬を生き延びることができたのは双子のうちの一人だけだった。

マークはまだ私の言葉を待っていた。そしてとうとうあきらめて、私が言うべき言葉をつぶやいた。すべて理解しているわけではないけれど、一夫多妻制は神の教えであるのだと。

私はマークに同意した。私はその言葉を口にして、そして屈辱の波に備えて心の準備をした――私が、顔のない男性の後ろに控える多くの妻たちの一人となっているあのイメージが、私の思考に攻め入ってくる準備を――でも、それはやってこなかった。私は心のなかを探して、そこに新しい確信を見つけ出した。私は絶対に一夫多妻制の妻にはならない。誰かの声が、これを絶対に揺るがない最終決定として宣言した。この宣言は私を身ぶるいさせた。神がそれを命じたとしたら？　と私は問いかけた。それでも、あなたはそうしないと声が答えた。そして私はそれが真実だとわかっていた。

私はふたたびアンナ・マシアを思い出していた。預言者を追いかけるために恋人と別れ、海を渡り、二番目の妻として愛のない結婚をし、最初の子供を埋葬した。そのうえ、二世代あとの子孫が不信心者として同じ海を渡るだなんて、彼女はどう思うだろうか。私はアンナ・マシアの継承者だ。彼女は私に声を与えてくれた。彼女は私に信仰も与えてくれたのではなかったのか？

私はゲイツ奨学金の最終候補リストに残った。二月にアナポリスで面接がある。どうやって準備をしたらいいのかまったくわからなかった。ロビンがアン・ティラー・ディスカウント・アウトレットのあるパークシティまで送ってくれ、紺色のパンツスーツとそれに合うローファーを選ぶのを手伝ってくれた。ハンドバッグも持っていなかったが、ロビンが彼女のものを貸してくれた。

面接の二週間前、両親がブリガム・ヤング大学にやってきた。それまで一度も訪ねてきたことはなかったが、二人はアリゾナに向かうまでの道すがら、立ち寄って私と夕食を食べることにしたのだ。私は二人を、アパートメントの前にあるインド料理屋に連れていった。

ウェイトレスは父の顔を普通より長く見つめていた。そして父の手を見ると目を見開いた。父はメニューの半分ほどを注文した。私はメインが三皿あれば十分だと言ったが、父はウィンクして、金の心配はないと言った。どうやら父の奇跡的な回復のうわさは広まりつづけ、二人のビジネスにはさらなる客が集まり、稼ぎが増えたようだった。山岳部のほとんどすべての助産婦やナチュラル・ヒーラーたちが母のハーブ製品を購入していた。

料理が届くのを待っていると、父が授業について聞いてきた。私はフランス語を習っていると話した。「それは社会主義者の言語だ」と父は言って、二〇世紀の歴史について二〇分ほど語りつづけた。父はヨーロッパのユダヤ人銀行家たちが第二次世界大戦を起こす目的で秘密裏に契約を交わし、アメリカにその対価を支払わせるために、アメリカに住むユダヤ人と手を組んだのだと言った。世界的な混乱から経済的な利益を得るために、彼らがホロコーストを生み出したのだそうだ。彼らは同じユダヤ人をガス室に送った。金のために。

同じような話を最近どこかで聞いた気がした。思い出すのに少し時間がかかったが、それはケリー博士が授業で触れていた『シオン賢者の議定書』だった。この議定書は一九〇三年に作成されたもので、世界征服を企んでいた有力なユダヤ人の秘密会議を記録したものとされている。ねつ造であるのではと疑問符がつけられたが、それでも拡散され、第二次世界大戦開戦前の数十年間の反ユダヤ主義運動に勢いをつけることとなった。アドルフ・ヒトラーも『シオン賢者の議定書』について、議定書は本物であり、ユダヤ人の本質を明らかにしたと書いている。

父は大声で話していた。山では普通だろうけれど、小さなレストランのなかでは、まるで雷鳴のように響いた。近くのテーブルの人たちは話をやめ、私たちの会話に耳を澄ましていた。私はアパートに近いレストランを選んだことを後悔していた。

父の話は第二次世界大戦から国連、欧州連合、そして差し迫る世界の破滅に移っていった。その最後の三つのことがらは父にとっては同じ意味を持つようだった。カレーが運ばれてきて、私はカレーに集中した。母は父の講義に疲れたようで、何か別の話をしてほしいと頼んだ。

「でも世界が終わりを迎えているんだぞ！」と父は言った。ほとんど叫んでいた。

「もちろんそのとおりよ」と母は言った。「でも、夕食のときはやめましょう」

私はフォークを置いて、二人をじっと見た。三〇分間続いた奇妙な発言のなかでも、なぜかこの母の言葉がもっとも衝撃的だった。そして、私は生まれてはじめて両親の存在自体にひどく動揺していた。これまでずっと、二人がしてきたことは私にとっては常に理にかなっていたし、私がよく知る論理に忠実だった。たぶんそれは、二人の後ろの景色のせいだったのかもしれない。バックスピークは両親のもので、二人はその山にカモフラージュされていた。だから、私の子供時代の、騒がしく鮮明な思い出の残骸に囲まれた二人にそこで会うと、二人は背景の一部かのように見えた。少なくとも、騒音は呑み込まれていた。でもここでは、大学近くのこの場所では、両親の存在はあまりにも非現実的で、ほとんど神話のようだった。

父は私を見ていた。意見を求めているように。でも、私はもはや自分自身ではないかのような気分だった。自分が誰になればいいのかわからなかった。山の上では、何も考えることなく彼らの娘であり、従者でもある私の声に入り込むことができた。でも、バックスピークの影のなかでは簡単に聞こえてきたその声を、ここでは見つけられなかった。

アパートまで歩いて戻り、両親に部屋を見せた。母がドアを閉めると、四年前に公民権運動について学んだときに貼ったマーティン・ルーサー・キング・ジュニアのポスターがあらわれた。

「これはマーティン・ルーサー・キングか？」と父は聞いた。「共産主義とつながっていたことは知ってるよな？」彼はかつて唇だった部分にある蠟のような組織を噛んだ。

このあとすぐ、二人は夜通し車を走らせるために帰っていった。私は二人が立ち去る様子を見送って、それから日記を取り出した。まったく疑うことなくすべてを信じていたことに驚いてしまうと私は書いた。世界が間違っていて、父一人が正しいだなんて。

タイラーの妻のステファニーが、数日前に電話で話してくれたことを思い出した。彼女は子供に予防接種を受けさせるために何年もかけてタイラーを説得したのだそうだ。タイラーは心のどこかでいまだワクチンは医学界の陰謀だと信じていたのだ。まだ耳にこだましている父の声を聞きながらそれを思い出して、私は兄を嘲笑った。タイラーは、とんだ科学者よね！　と私は書いた。なぜ両親の被害妄想の先の真実を知ろうとしないんだろう！　自分の文章を読み直し、さらに読み直したところで、兄に対する嘲笑は自分への皮肉に姿を変えた。その反面と私はつづけている。私だって一度も予防接種を受けていないんだから、タイラーのことをバカにはできない。

ゲイツ奨学金のための面接はアナポリスのセント・ジョンズ大学で行われた。完璧なまでに手入れされた芝生と美しいコロニアル様式のキャンパスが威圧感を放っていた。私は緊張した面持ちで椅子に座り、部屋に呼ばれるのを待っていた。パンツスーツの内で縮こまり、ロビンのハンドバッグをぎこちなく握りしめていた。でも結局は、スタインバーグ教授が力強い推薦状を書いてくれたおかげで、私がしなければならないことはほとんどなかった。

翌日、知らせが届いた。私は奨学金を得たのだ。

電話が鳴りはじめた――大学の学生新聞と、地元の新聞社だった。何度もインタビューを受けた。私はテレビにも出演した。ある朝には、大学のホームページに私の写真が掲載されているのを発見した。私はゲイツ奨学金を得ることができた三人目のブリガム・ヤングの学生だそうで、大学はそれを派手に宣伝していた。高校生時代の経験や、私を成功に導いてくれた小学校の先生は誰だったかなどと質問をされた。私はなんとか質問をかわし、受け流し、嘘をついた。一度も学校に行ったことがないとは言わなかった。

なぜそう言えなかったのかはわからない。みなが私の優秀さを褒めたたえ、背中を叩いていくなんて、どうしても耐えられなかった。お涙ちょうだいのアメリカンドリームの物語を語るホレイショ・アルジャー〔一八三二年生まれのアメリカ人小説家。アメリカンドリームを描いた作品を多く残す〕になんてなりたくなかった。自分の人生には意味を見いだしたかったけれど、そんな物語にはなんの意味も見いだせなかった。

卒業式の一カ月前、私はバックスピークを訪れた。父は私の奨学金についての記事を読んでいて、こう言った。「ホームスクールについて話してなかったじゃないか。おまえはもっと感謝してると思っていた。結果を見れば、お母さんとお父さんが学校に行かせなかったのは正しかったんだ。ホームスクールのおかげだとなんで言わなかったんだ」

私は無言でいた。父はそれを謝罪と受け取った。

父は私がケンブリッジに行くことに反対した。「私たちの先祖は命をかけて海を渡った。社会主義者の国から逃げるためにね。それでおまえはどうなんだ？　戻ってきて、また行くってのか？」

私はまた黙っていた。

「卒業式を楽しみにしているよ」と父は言った。「神は私に教授たちを非難するための選択肢を与えたんだ」

「やめて」と、私は静かに言った。

「神がお求めになるなら、私は立ち上がって話をする」

「やめて」と、私はくり返した。

「神の魂が歓迎されない場所だったら、行くことはない」

私たちのいつもの会話だった。丸く収まることを願っていたが、私がインタビューでホームスクールに触れなかったことに父はとても傷つき、その傷口は悪化していった。

卒業式前夜に夕食会があり、大学の歴史学科から、「もっとも優秀な成績を収めた学部生賞」を授与された。私は両親を校門で待っていたが、二人は現れなかった。遅刻しているのではと思い、母に電話をした。母は行かないわと言った。私は夕食の席に戻って、盾を授与された。空席があるのは私のテーブルだけだった。翌日は優秀な学生のための昼食会があり、私は各部長やオナーズプログラム〔成績優秀者を対象とした特別制度〕の責任者らと一緒に座ることになった。ふたたび、席が二つ空いていた。私は両親の車が故障したのだと言った。

昼食会が終わると、また母に電話した。

「あなたが謝罪するまでお父さんは行かないと言ってます」と母は言った。「だから、私も行かないわ」

私は謝罪した。「お父さんがここで何を言ってもかまわない。だからおねがい、来て」

二人は卒業式のほとんどを見逃した。私が卒業証書を受け取る姿を見たかどうかもわからない。私は式の音楽が鳴りだすまで友人たちと一緒に両親を待っていたことを憶えている。彼らの父親が写真を撮影し、母親が娘の髪を整える様子を見ていた。友人たちは、色鮮やかな花輪や贈られたばかりのジュエリーを身に着けていた。

式典が終わっても、私はたった一人で芝生の上に立ち、ほかの学生たちとその家族の姿を見ていた。そしてとうとう、私は両親の姿を見つけた。母は私を抱きしめた。友達のローラが写真を二枚撮影してくれた。ひとつは私と母がぎこちなく笑っている写真。もうひとつは私が両親のあいだに挟まれ、緊張に押しつぶされそうになっている写真だ。

その日の夜にはマウンテン・ウェスト〔アメリカ西部のロッキー山脈にかかる八州のこと。山岳部〕を離れる予定だった。荷物は卒業式の前にまとめていた。アパートは空っぽで、私のバッグがぽつんとドアの手前に置かれていた。ローラが空港まで車で送ってくれるはずだったが、両親は自分たちで私を連れていきたいと言った。

私は二人が空港の外で落としてくれるものだとばかり思っていた。だが、父はなかまで一緒に行くと言い張った。両親は私が荷物を預けるのを待ち、セキュリティ・ゲートまでついてきた。父は最後の瞬間に私が心変わりするのを待っているようだった。私たちは黙って歩きつづけた。セキュリティ・ゲートに到着すると、私は二人を抱きしめ、そしてさよならを言った。靴を脱ぎ、ラップトップ、カメラを置き、チェックポイントを通って、バッグにすべてを詰めなおし、そしてターミナルに向かった。

ちらりと振り返ると、父はゲートの手前にまだ立っていて、私が去るのをじっと見つめていた。ポケットに手を入れた父は、肩を落とし、口をなかば開けていた。私は手を振り、父はまるで私を追いかけるかのように一歩前に出た。何年も前、母が閉じ込められているステーションワゴンに電線が絡まり、何もできずに、ただ母の横に立ち尽くしていた、あのときの父を思い出した。

私が角を曲がるときも、父はそのままの姿で立っていた。あの父の姿は、きっと私のなかにいつまでも残りつづける。彼の顔に浮かぶ、私への愛情と恐れと喪失の表情。父が何を恐れていたのかはわかっていた。バックスピークで過ごした最後の夜、父はうっかり口にしていたのだ。卒業式には行かないと言った、あの夜だ。

「おまえがアメリカにいてくれれば」と彼はささやくように言った。「おまえを迎えにいける。どこにいたって。草原に一〇〇〇ガロンほど燃料を隠してるんだ。この世の終わりが来たときに、おまえを迎えにいける。家に連れ戻してやることができる。安全な場所に。でも、海を渡ってしまったら……」

第3部

第30章　全能の手

ケンブリッジ大学トリニティ・カレッジの入り口には石造りの門がある。その門には小さな木製の扉が取り付けられている。私はその扉からカレッジへと足を踏み入れた。黒いオーバーコートと山高帽を身につけた門衛の男性がカレッジ内を案内してくれた。私たちは学内にあるもっとも大きな中庭であるグレート・コートを抜け、石造りの通路を歩いて、小麦色の石で作られた屋根付きの回廊に入っていった。

「これが北歩廊ですよ」と門衛は言った。「ニュートンが足踏みして反響を確かめたのがこの場所です。音の速さをはじめて計算したんです」

私たちは入り口のグレート・ゲートに戻った。私の部屋はその真向かいの建物の三階にあった。門衛の男性が立ち去ると、私はスーツケースの横に立ち、神話に出てくるような石門と、別世界を思わせる銃眼付きの胸壁を小さな窓から眺めた。ケンブリッジは私の記憶どおりの姿だった。古めかしくて、美しい。私だって、昔とは違うのだ。訪問者ではないし、ゲストでもない。私は大学の一員だ。部屋のドアには私の名前が印字されていた。書類上では、私はこの場所に属しているのだ。

最初の講義には、目立たないような暗い色の服を選んだ。それでも自分がほかの生徒と同じような格好ができているとは思えなかった。それに、明らかに、私は彼らのように聞こえなかったようで、その理由は彼らがイギリス人だからというわけではなかった。彼らの話しかたには軽快なリズムがあり、話すというよりも歌っているようだった。私の耳には彼らの声は洗練され、教養にあふれているように聞こえた。私はと言えば、口ごもる癖があり、緊張すると、言葉が素直に出てこなかった。

私は大きな四角いテーブルの近くに陣どって、近くに座る学生二人が、講義のテーマであるアイザイア・バーリン〔一九〇九～九七　イギリスの哲学者。オックスフォード大学教授。主著に『自由論』〕の自由の二つの概念について議論するのを聞いていた。私の隣に座っていた学生は、オックスフォードでアイザイア・バーリンについて学んだと言っていた。もう一人の学生は、今回の講師がバーリンに関する授業をするのをケンブリッジで聞いたことがあると言った。ここの学部生だったのだ。私はそれまで一度もアイザイア・バーリンという名を耳にしたことがなかった。

講師は授業をはじめた。おだやかな話しかただったが、生徒がすでに知っていることだと言わんばかりに素早く資料をめくった。これはほかの生徒を見れば明らかだった。大半がメモを取ってはいなかったのだ。私はすべてをメモに取っていた。

「それでは、アイザイア・バーリンの二つの概念とはなんでしょう？」と講師は言った。ほとんど全員が手をあげた。講師はオックスフォードで学んだという学生に発言を求めた。

「ひとつ目は消極的自由です。他者からの干渉や制約からの自由のことです。行動を起こすことを肉体的に妨げられなければ、個人は自由と言えます」私はリチャードのことを一瞬思い出した。彼は読んだものを正確に暗唱できる。

「よろしい」と講師は言った。「そして二つめは？」

「積極的自由です」別の生徒が言った。「それは、内なる強制からの自由です」

この定義をノートに書き写したが、意味はわからなかった。

講師はこの意味を明確にしようとした。積極的自由とは自制――自分による、自分のルール――だと言った。積極的自由を得ようとするなら、自分自身の心を管理して、不合理な恐怖や信念、嗜癖（しへき）、迷信などありとあらゆる形の自己抑圧から解放される必要があるのだと。

自己抑圧が何を意味するのかわからなかった私は、教室のなかを見まわしてみた。誰も困惑しているようには見えなかった。私はノートを取る数少ない学生の一人だった。もっと解説を聞きたいと思ったが、何かが私を止めていた――私が質問することで確実に起きるのは、私がここにふさわしくないと教室じゅうに知れわたることだ。

講義が終わると、私は自分の部屋に戻り、窓の外の中世の胸壁と石門をじっと見つめた。そして積極的自由について考え、自分を抑圧するとはどういうことなのか、鈍い頭痛に苦しめられるまで考えつづけた。

家に電話をかけた。母が出た。私が泣き声で「もしもし、お母さん？」と言ったのに気づいた母は、興奮して声がうわずった。私は、ケンブリッジに来るんじゃなかったと言った。何もかも理解できないのだと。母は、筋肉テストのおかげで、私のチャクラのひとつが不安定になっているのはわかっていたと言った。母はそのチャクラを調整してくれるという。五〇〇〇マイルも離れた場所にいるのよと私は言った。

「そんなの関係ないわ」と母は言った。「オードリーのチャクラを調整したら、つぎにあなたまで飛ばすから」

「え、何するって？」

「飛ばすのよ」と母は言った。「生きているエネルギーに距離なんて関係ないの。ここから正しいエネルギーを送るから」
「そのエネルギーの速さはどれぐらい？」と私は聞いた。「音速ぐらいかしら、それともジェット機ぐらい？　直接飛んでくる？　それともミネアポリスに立ち寄るとか？」
母は笑って電話を切った。

私は大学図書館でほぼ毎朝勉強をした。いつもの小窓のそばの席に座って。ブリガム・ヤングからの友人のドルーが電子メールである曲を送ってきたのは、そんな朝のことだった。彼はそれが名曲だと書いていたが、私は聴いたことがなく、その歌手のことも知らなかった。ヘッドフォンで曲を聴いてみた。それはあっという間に私の心をつかんだ。私は北回廊をじっと見つめながら、何回も何回も聴いた。

精神的奴隷から自分自身を解放しよう
僕たちの精神を解き放つことができるのは、僕たちだけなのだ〔ボブ・マーリー『Redemption Song』〕

自分が書いていた小論文の余白に、この歌詞を書き込んだ。本を読むべき時間にも、この言葉について考えた。インターネットを検索して、ボブ・マーリーの足に発見された黒色腫（メラノーマ）について知った。同時に、マーリーがラスタファリアン〔一九三〇年代にジャマイカで起こった宗教運動〕で、ラスタファリは「傷のない身体」を信じていて、それが足を切断する手術を拒んだ理由だと知った。四年後、彼は三六歳で死んだそうだ。

精神的奴隷から自分自身を解放しよう。マーリーは自らの死の一年前、手術可能なメラノーマが肺、肝臓、胃、脳に転移していたそのとき、この詩を記した。歯の尖った、長くて細い指を持った強欲な外科医が、マーリーに切断手術を迫っている姿を私は想像した。医師と堕落した医学のイメージに恐怖を感じ、そのときになってはじめて、私は父の世界を手放したにもかかわらず、まだこの世界で生きる勇気を見つけられていなかったことに気づいた。

私は、積極的自由と消極的自由についての授業のノートをめくった。そしてページの隅にこう書き込んだ。僕たちの精神を解き放つことができるのは、僕たちだけなのだ。そして電話を手にして、番号をダイアルした。

「ワクチン接種をしたいのですが」と私は看護師に告げた。

水曜日の午後にあるセミナーに参加した私は、カトリーナとソフィーという二人の女性が、いつも並んで座っていることに気づいた。クリスマスまであと数週間と迫ったある日、一緒にコーヒーでもと言われてはじめて二人と話をした。コーヒーなんてそれまで一度も飲んだことがなかった——教会が禁止していたからだ——それでも私は近所のカフェまで二人にくっついていった。レジの人がいらいらしていたので、私は適当に飲み物を選んだ。テーブルスプーン一杯の泥のような色の液体が入ったお人形サイズのカップを渡され、私はカトリーナとソフィーが持っていた泡の入ったマグカップをじっと見つめてしまった。二人は講義の内容について議論をはじめた。私はコーヒーを飲むべきかどうかの議論を自分とはじめていた。

二人は複雑なフレーズをいとも簡単に口にした。例えば、「第二波」という、以前聞いたことはあるけれどもまだ意味がわからない言葉だ。それから「覇権的男性性（ヘゲモニック・マスキュリニティ）」という言葉もあった。舌がもつれてしまうぐらいだから、ましてや理解なんて無理な話だ。二人がフェミニズムについて話しているとわかるまでに、ざらざらして苦い液体を数回、口に含んだ。私は二人をガラスの向こうにいる人たちのように、じっと見た。「フェミニズム」という言葉が非難めいて使われていないのをはじめて聞いた。ブリガム・ヤングでは、「まるでフェミニストだね」という言葉は、議論の終わりを告げるサインだった。そして、それは私が議論で負けたという意味でもあった。

カフェを出て、図書館に向かった。五分を費やしてインターネットを検索し、書庫に何度か行き、いつもの場所に座って、第二波フェミニズムを代表する作家――ベティ・フリーダン、ジャーメイン・グリア、シモーヌ・ド・ボーヴォワール――の本を山と積み上げた。しかし、どの本も数ページをめくっただけで勢いよく閉じた。「ヴァギナ」と印刷された文字を見るのもはじめてだった。ましてやそれを声に出してみたことなどなかった。

インターネットに戻り、そして書庫に行き、第二波の本を第一波の本――メアリ・ウルストンクラフトとジョン・スチュアート・ミル――と交換した。その日の午後と夜を通して読み、子供のころから感じていた居心地の悪さを表す語彙を見つけた。

兄のリチャードが男子で私が女子だと理解したときから、自分とリチャードの未来を交換したいと思ってきた。私の将来は母親であることで、彼の将来は父親であることだった。二つは似ているけれど、まったく異なるものだ。一方になることは、決定者になること。統括すること。家族に命令することだ。もう一方になることは、命令される側の一人になることだ。

私の望みは不自然だ。自分でもそう考えていたけれど、私が知っている人、私が愛している人の声も私の心の中で同じことを言う。その声はずっとそばにいて、ささやき、驚き、心配する。私が間違っている、と言う。私の夢は堕落しているという。その声はさまざまな音色で、多くの調子で聞こえてくる。ときには父の声で。でも、多くは私自身の声だった。

　私は本を自分の部屋に運び、夜を徹して読みふけった。メアリ・ウルストンクラフトの燃えるように激しい筆致も好きだったが、ジョン・スチュアート・ミルによって記された一節が、私の世界を動かした。「これは結末がわからない問題だ」と彼は記していた。ミルが示した問題とは、女性の本来の性質のことである。ミルはこう主張していた。女性は、何世紀にもわたりだまされ、言いくるめられ、突き放され、さまざまな曲解に従わされてきた。だがいまや、女性の生まれ持っての能力や向上心をそんな曲解に押し込めることは不可能だと。

　脳に血液が上っていくようだった。可能性が広がり、そして境界が突破されるのを感じた。アドレナリンが放出され力がみなぎった。女性の本質についての最終的な答えは、まだわからないのだ。知識の欠如、つまりわからないことにこんなにも安らぎを感じたことはなかった。それは、あなたが何であれ、あなたは女性であるという意味に感じられた。

　一二月、最後の小論文を提出したあと、電車でロンドンに向かい、飛行機に乗った。母、姉のオードリー、ショーンの妻のエミリーがソルトレイクシティの空港まで迎えに来てくれ、一緒に州間高速道路を家へと急いだ。山が見えてきたときには、夜中になっていた。

インクのように真っ暗な空を背景に、山はその壮大なシルエットだけを見せていた。
キッチンに入ったとき、壁に大きな穴が開いていることに気がついた。その穴は、父が建設していた離れにつながっていた。母は私を連れてその穴に入っていき、ライトのスイッチをつけた。

「驚き、でしょ？」と母は言った。まさに「驚き」だった。

そこは教会の礼拝堂ほどの巨大な部屋だった。アーチ状の天井までは一六フィート〔約五メートル〕ほどの高さがあった。部屋は途方もなく広く、内装を見て回るだけでも時間が必要だった。壁にはシートロック印の石膏ボードが剝き出しの状態で貼られていた。アーチ状の天井に使われているウッドパネルとは見事なまでに対照的だった。赤いスエードのソファが、父が何年も前にゴミ捨て場から引きずってきたシミだらけの布張りの二人がけソファの横に鎮座していた。複雑な模様の厚いラグが床の半分に敷かれ、もう半分は打ちっぱなしのコンクリートだった。ピアノが数台置いてあったが、ちゃんと弾けそうなのは一台しかなかった。ダイニングテーブルほどの大きさのテレビもあった。部屋は父に完壁にマッチしていた。その人生よりも大きく、嘘みたいにつじつまが合わない。

父はいつもクルーズ船ほどの大きさの部屋が欲しいと言っていたけれど、父がその費用を持っているとは思えなかった。説明を求めて母を見たが、答えたのは父だった。事業が大成功しているのだと父は言った。エッセンシャルオイルが流行し、母の商品が市場でもっとも売れているのだそうだ。「とても良いオイルだから」と父は言った。「大企業の利益に食い込みはじめているんだ。やつらもアイダホのウェストーバー家をよく知っているよ」母のオイルの成功を警戒している会社があり、驚きの三〇〇万ドルで母の事業を買収しようとしたと父は教えてくれた。両親はその申し出を検討すらしなかった。ヒーリングは彼らの使命なのだ。いくらお金を積み上げても彼らを誘惑することなどできない。父の説明によれば、収益の大半は神への捧げものとなって、清められるのだそうだ――食料、燃料、もしかしたら本物の核シェルターなどで。私はにやりと笑いそうになった。見たところ、父は山岳部でもっとも資金力のある狂人になる道を進んでいるようだった。

階段の吹き抜け部分から兄のリチャードが現れた。彼はアイダホ州立大学で、化学の学士課程を修了しようとしていた。クリスマスだから、妻のカミと生後一カ月の息子ドノヴァンも一緒だった。一年前、結婚式の直前にカミに会ったとき、彼女があまりにも普通なことに私は衝撃を受けた。タイラーの妻のステファニーのように、カミはわが家ではアウトサイダーだった。彼女はモルモン教徒だったが、いわゆる、父が「メインストリーム」と呼ぶタイプの人だ。母のハーブのアドヴァイスに感謝はしたが、医療を放棄することへの母の期待には無関心のようだった。彼女はドノヴァンを病院で出産している。

ノーマルな妻と、アブノーマルな両親のあいだの不穏な水の流れを、どうやってリチャードは航行しているのだろう。彼をつぶさに観察すると、どうやら彼は両方の世界を生きようとしているようだった。両方の信条に忠実に従っているのだ。父が医者を悪魔の手先だと言えば、リチャードはカミを見て、くすっと笑って、父がジョークを言っているかのように振る舞った。でも父が眉を上げると、リチャードは熟考と同意の表情を見せるのだ。父の息子か、妻の夫か、どちらであるべきか確信が持てないまま、彼は状況に応じて態度を変えつつ、二つの世界を常に行き来していた。

母はクリスマス用の注文への対応に苦労していた。だから私は子供のころと同様の、バックスピークならではの時間を過ごすことになった。キッチンでホメオパシー薬を作るのだ。精製した水を注ぎ、基本のフォーミュラを数滴垂らし、親指と人差し指で作った輪に小さなガラスの瓶を通して、五〇か一〇〇を数え、つぎの作業に移る。父が水を飲みにキッチンに入ってきた。父は私を見てほほえんだ。

「ケンブリッジに行ったおまえが、本来の居場所のキッチンに戻ってくるなんて、誰が思っただろうな？」

午後になると、ショーンと私は馬に乗って、山を目指した。馬はお腹のあたりまで積もった雪の吹きだまりを半ばジャンプしながら這い登っていった。山は美しく、さわやかだった。空気は革と松のにおいがした。ショーンは馬の訓練の話をしながら、春に生まれる子馬が待ちどおしいと言った。ショーンは馬といるときが一番だということを思い出していた。

山に強い寒波がやってきたのは、家に戻って一週間ほど経ったときのことだった。気温は一気に氷点下となり、そこからどんどん下がりつづけた。私たちは馬を屋内に移動させた。汗をかけば馬たちの背中は凍ってしまう。飼い葉桶もかちかちに凍りついていた。氷をいくら割ってもきりがないから、水の入ったバケツをすべての馬に運んだ。

その夜は、家族全員が家のなかにいた。母はキッチンでオイルをブレンドしていた。父は私が冗談で礼拝堂と呼びはじめた離れにいた。赤いソファに寝ころんで、お腹の上に聖書を置いていた。リチャードとカミがピアノで賛美歌を弾いていた。私は父の近くの二人がけソファにラップトップを抱えて座り、音楽を聴いていた。裏口に何かがぶつかったとき、私はドルーにメッセージを書きはじめていたところだった。ドアが勢いよく開いて、エミリーが部屋に飛び込んできた。

エミリーは細い腕で体を抱きしめ、震え、必死に呼吸をしようとしていた。コートも、靴もなく、私が家に置いていった古いジーンズと、私が着古したTシャツ以外何も身につけていなかった。母は彼女をソファまで連れていくと、近くにあった毛布で彼女の体を包んだ。エミリーは息せききって話しはじめたが、母でさえ、しばらくは彼女に何が起きたのか、しっかりと説明させることができなかった。みんな無事なの？　ピーターはどこ？　甥は体が弱かった。年齢の標準よりはずっと小さく、肺が十分に発育しなかったため酸素チューブを手放すことができない。彼の小さな肺が動きを止めたの？　呼吸が止まってしまったの？

不規則なすすり泣きと、かちかちと鳴る歯の音。彼女はとぎれとぎれに話しはじめた。その日の午後、ストークスに食料品を買いに行ったエミリーはピーター用に間違えたクラッカーを購入してしまった。そこでショーンが怒りを爆発させた。「クラッカーひとつまともに買えないなんて、それでどうやってピーターを育てようっていうんだ！」と彼は叫び、彼女を抱え上げてトレーラーハウスから放り出し、そして雪の吹きだまりに放置したというのだ。彼女はドアを叩いて、どうかなかに入れてくれと懇願したが無駄だった。そして丘を走ってのぼり、この家にたどりついたという。彼女の足を凝視せずにはいられなかった。真っ赤になり、凍傷を負っているように見えた。

両親がエミリーをはさむようにして座り、肩を叩き、手を握っていた。リチャードは彼らの少し後ろを歩き回っていた。憤り、心配そうで、まるで暴れだしたいのに、止められているかのような雰囲気を見せていた。

カミはまだピアノの前にいて、ソファに座っている人たちを、当惑した様子で見つめていた。彼女はエミリーのことをまだよくわかっていなかった。リチャードが歩き回っている理由も、なぜリチャードが父の言葉や合図を待ち、数秒ごとに父をちらりと見るのかも、わかっていなかった。何をすべきかを示す、ささいな合図をだ。

私はカミを見て、胸が締めつけられた。これを見てしまった彼女に怒りさえ覚えていた。私はエミリーの気持ちを想像していたのだ。それは難しいことではなかった——そうせざるをえなかった。そして一瞬で、私が高い声で笑いころげ、世界に対して私の手首は折れてなどいないふりをしていた、あの駐車場に引き戻された。私は部屋を横切った。何をしているのか、自分でもわかっていなかった。兄の腕をつかんで、ピアノの近くまで引っぱってきた。エミリーはまだ泣いていた。私はその泣き声に隠れるような小さな声でカミにこう告げた。いま目撃しているのはとても内輪のことだから、きっとエミリーは明日の朝には恥ずかしい思いをしてしまう。彼女のためにも、それぞれの部屋に戻ってあとは父に任せましょうと。

カミは立ち上がった。私を信用しようと考えてくれたのだ。リチャードは躊躇して、父をじっと見ていたが、妻を追って部屋から出ていった。

私は二人と一緒に廊下を歩いてから、自分だけ引き返した。キッチンテーブルに座って、時計を見ていた。五分が経過し、一〇分が経過した。ショーン、早く来なさいよ。私はつぶやいた。早く。

数分以内に来るのであれば、エミリーが無事にこの家に着いたかを彼が心配していたのだと私自身を納得させられる。氷で滑って足を骨折していないか、草原で凍死していないか、確かめに来るのが当然だった。でも、ショーンはやってこなかった。

二〇分後、エミリーの震えがやっとのことで収まったとき、父が電話を手に取った。「妻を迎えにこい！」と父はどなりつけた。母は自分の肩にエミリーの頭をのせていた。父はソファに戻ってエミリーの腕を軽く叩いた。三人が一緒に座っている姿を見て、これははじめてのことではなく、各自の役はすでに何度も演じられてきたのだと思った。私の役でさえ、そう感じられた。

その夜に本当は何が起きたのか、私の本当の役がどんなものだったのかを理解するのに、この先何年もかかった。あの夜、私は黙っていなければならないときに口を開き、話さなければならないときに口を閉じた。あの夜必要とされていたのは革命だった。子供のころから私たちが演じてきたひ弱な役を覆すことだった。あの夜必要だったのは――エミリーに必要だったのは――偽りの姿から解放された女性、自分が男性にもなれると示すことができる女性だった。意見を口にすることだ。服従を拒否して行動を起こすことだ。父親という存在のように。

父が取り付けたフレンチドアがきしんだ音を立て、開いた。ショーンが大きなブーツに分厚い冬用コートという姿で飛び込んできた。赤んぼうのピーターが、ショーンが寒さから守るために彼を包んでいた厚い毛布から顔をのぞかせ、エミリーに手を伸ばした。彼女はしがみつくようにピーターを抱きしめた。父は立ち上がった。父はショーンにエミリーの隣に座るよう促した。私も立ち上がって部屋に戻りながら、最後にもう一度父を見た。父は長く息を吸い込み、長い説教をはじめようとしていた。

二〇分後、母が私の部屋の入り口までやってきた。「お父さんは厳しかったわ」と私を安心させるように告げた。エミリーに靴一足とコートを貸してやってくれないかと言うので、私はそれを手渡してから、エミリーが兄に肩を抱かれ、家を出ていくのをキッチンから見ていた。

第31章　悲劇、そして茶番

イギリスに戻る前の日、山岳地帯を七マイル〔約一一キロメートル〕ほど車で走り、狭いでこぼこ道に入り、そして淡青色の家の前に車を停めた。そしてその家と同じくらい大きなRV車の後ろに駐車した。私はドアをノックした。姉がドアを開けた。フランネルのパジャマ姿で、腰に子供を抱き、二人の幼い少女が両脚につかまっていた。六歳ぐらいの息子が、彼女の後ろに立っていた。オードリーは脇にどいて私を通してくれたが、彼女の動きは固く、こちらを直視することを避けていた。彼女が結婚してからというもの、私たちはめったに会うことはなかった。

私は部屋のなかに入り、立ち止まった。通路のリノリウムの床に約三フィート〔約九〇センチメートル〕ほどの穴が開いていた。地下室につながる穴だ。私はその穴をよけて歩きキッチンに入った。そこは母のオイルのにおいでいっぱいだった——バーチ、ユーカリ、そしてラベンサラだ。

会話はゆっくりで、とぎれとぎれだった。オードリーはイギリスのことも、ケンブリッジのこともいっさい聞かなかった。私の人生は彼女には無縁そのものだったのだ。私たちは彼女の生活について話をした。公立学校のシステムがあまりに腐敗しているから、子供たちには自分で勉強を教えているのだと彼女は言った。私と同じく、オードリーは一度も公立学校に通ったことがない。一七歳のときに、一般教育修了検定に合格しようとつかの間の努力をしたことはあった。ソルトレイクシティからいとこのミッシーを呼び寄せ、家庭教師をしてもらったのだ。ミッシーはひと夏かけてオードリーを教えたが、オードリーの学力は四年生から五年生のあいだぐらいのレベルで、一般教育修了検定は夢のような話だとさじを投げた。私は唇を嚙みながら、ぬり絵を見せてくれた彼女の娘を見た。教育を受けたことがない母親から、この子にはどのような教育が望めるのだろう。

私たちは子供たちに朝食を作り、雪のなかで一緒に遊んだ。ケーキを焼き、犯罪ドラマを見て、ビーズのブレスレットを作った。まるで鏡のなかに足を踏み入れ、山から出なかったら過ごしていたはずの人生を経験したような気持ちだった。でも、私は山を離れた。私の人生は姉の人生とはかけ離れてしまい、私たちのあいだにはなんの共通点もないように思えた。時間は無情にも過ぎていった。午後遅い時間になっても、彼女はまだ私との距離を感じていたようだ。かたくなに視線を合わせようとはしなかった。

私はおもちゃの小さな磁器のティーセットを子供たちにおみやげとして持ってきていた。だが、子供たちがそれをめぐって言い争いをはじめてしまったので、仕方がなくすべてを片づけた。すると一番上の女の子が、自分はもう五歳なんだから、おもちゃを取り上げるなんてずるいと言った。「子供みたいに振る舞うから、子供にするようにしなくちゃいけないの」と私は言った。

なぜそんなことを言ったのだろう。ショーンが私の頭のなかにあったのかもしれない。口を滑らしただけなのに、後悔の念がわき上がった。そんなことを言うなんてと自己嫌悪に陥った。姉にティーセットを渡しながら、彼女の判断でどうにかしてくれるだろうと考えたが、彼女の表情を見て、思わずティーセットを落としそうになった。姉は、あんぐりと口を開けていたのだ。

「それって、ショーンがよく言っていたわ」と姉は言った。彼女はついに私の目をじっと見ていた。

あの瞬間が忘れられない。ソルトレイクシティで飛行機に搭乗した翌日にも思い出した。ロンドンに着陸したときにも頭のなかにはそれがあった。消し去ることができない衝撃だった。姉は私と同じ人生を、私より前に送っていたのだ。そんなことはそれまで一度も考えたことがなかった。

新学期、私は大学に熱心に通いつめた。自分を作り替えることができる、精神を改めることができると信じていた。ほかの生徒たちと友達になれるように自分を叱咤した。何度も何度もぎこちなく自己紹介し、やがて小さな友人の輪ができた。そして、彼らとのあいだにあった障壁を取り除こうと試みた。はじめて赤ワインを飲んだ。新しい友人たちはまずそうに飲んでいる私の顔を見て笑った。ハイネックのブラウスを捨てて、もっとおしゃれな服を着るようになった——ぴたっとしていて、ときにはノースリーブで、襟ぐりが詰まっていないものを。写真に映ったこの時期の私の姿は、驚くほど周囲と調和している。みんなと同じ格好に見える。

四月になると、すべてがうまくいくようになってきた。ジョン・スチュアート・ミルの「自己主権」という概念に関する小論文を書いた。指導教官のデイヴィッド・ランシマン博士は、もし私の論文がこれと同じレベルのものになるなら、ケンブリッジで博士号を取得するのも夢ではないと言ってくれた。私は驚いた。この素晴らしい場所に忍び込んだ詐欺師の私が、いまとなっては玄関から入ろうとしている。私はふたたびミルを主題として論文を書きはじめた。

学期末近くのある午後、図書館のカフェテラスでランチを食べていたとき、私と同じ授業に参加している学生たちのグループを見かけた。小さなテーブルにみんなで座っていた。私はそこに行き、一緒に座っていいか尋ねた。背の高いイタリア人のニックがうなずいた。みんなの会話から、ニックがほかの学生たちを春休みにローマに来るよう誘っていることがわかった。「君も来ていいんだよ」と彼は言った。

学期最後の小論文を提出すると、私たちは飛行機に乗り込んだ。最初の夜、ローマの七丘のひとつに登って、大都市の景色を堪能した。ビザンチン様式のドームが風船のように街の上に浮かんでいた。もう少しで夕暮れどきだった。道路は琥珀色に染められていた。それは現代的な都市の鉄やガラスやコンクリートの色ではなかった。沈みゆく太陽の色だった。これは現実なのだろうか。ニックが、彼の故郷をどう思うか私に聞いてきた。私に言えたのは、とても現実とは思えないという言葉だけだった。

翌日の朝食のとき、友達が家族のことを話していた。誰かの父親は外交官で、別の誰かの父親はオックスフォードの特別研究員だった。私も両親のことを聞かれた。私は父が廃材置き場を持っていると答えた。

ニックは自分がバイオリンを習っていた音楽学校に連れていってくれた。それはローマの中心部にある豪華な建物で、大階段とホールがあった。こんな場所で学べるなんてどんな気持ちなのだろうと私は想像した。毎朝大理石の床を踏みしめ、来る日も来る日も美と学びを結びつけるのだ。でも、うまく想像できなかった。私が想像できるのは、私がいま経験している学校のことだけだった。そこはまるで博物館のように、誰かの人生の遺物だった。

二日にわたって、遺跡でもあり、いままさに生きている街でもあるローマを探検した。乾いた骨のように横たわる古代の建築物が、脈打つケーブルと単調な車の往来といった現代の生活の動脈のあいだに埋め込まれていた。パンテオン、フォロ・ロマーノ、そしてシスティーナ礼拝堂を訪れた。私の本能は祈りであり、深い敬意を払うことだった。街全体に私が感じたのは、まさにそれだ。けっして作り替えてはいけないもので、遠くから敬愛し、触れてはいけない、ガラスの向こう側にあるべきものだ。私の同行者たちは、街の重要性を知りながらも、それに征服されることはなかった。トレビの泉で沈黙することはなかったし、コロッセオで口をつぐむこともなかった。その代わりに、遺跡から遺跡へと移動しながら、ホッブズとデカルト、アクィナスとマキャヴェリなどについて哲学論議を交わしていた。この偉大なる遺跡と彼らのあいだには、ある種の共生関係があった。古代の遺跡を対話の背景にすること、それらが亡きものであるかのように祭壇で祈りを捧げるのを拒絶することで、彼らは古代建築に命を与えたのだ。

三日目の夜は暴風雨だった。ニックの家のバルコニーに立ち、空を走る稲妻を眺め、それを追いかける雷の音を聞いていた。地球と空に力を感じるなんて、まるでバックスピークのようだった。

翌日は晴天だった。私たちはワインとペストリーを持ってボルゲーゼ公園にピクニックに行った。太陽は照りつけるようで、ペストリーは美味だった。これほどの満足を最後に感じたのはいつのことだっただろう。誰かがホップズのことを口にして、私は無意識にミルの文章を暗唱した。そこに自分の声が混ざろうとも、過去からの声を、すでに過去にあふれているこの瞬間に持ち出すことは自然なことのように思えた。声の主を確かめるために、つかの間の静寂がもたらされた。誰かがそれは誰の一節なのかと聞き、そして会話は進んでいった。

週の残りは、みんなと同じようにローマを体験した。歴史ある街として、しかし同時に、生活、美食、渋滞、対立のある場所、そして雷の鳴る場所としてのローマを。街はもう、博物館には見えなかった。まるでバックスピークのように鮮やかに私の目に映っていた。ピアッツァ・デル・ポポロ。カラカラ浴場。サンタンジェロ城。それは私にとって現実の場所となった。故郷のインディアン・プリンセスや赤い鉄道車両、そしてあの大バサミと同様に。ローマの名所が映し出す哲学と科学と文学の世界――それは文明のすべてだ――は私がかつて営んでいた人生とはかけ離れた場所にあった。国立古典絵画館では、カラヴァッジョの『ホロフェルネスの首を斬るユディト』の前に立ったけれど、鶏のことはもう思い出さなかった。

何が私を変えたのか、なぜ突然に過去の偉大なる思想家たちを崇拝するだけでなく、彼らと交わることができるようになったのか、私にもわからない。でも、歴史がちりばめられ、車のライトがきらめき、白い大理石と黒いアスファルトのあるこの町はこう教えてくれた。私は過去を敬うことができるが、過去によって沈黙させられる必要はないと。

ケンブリッジに戻っても、古代の石のかび臭さは記憶に残っていた。私はドルーからのメールを読みたくて部屋までの階段を駆け上った。ラップトップを開くと、ドルーもメールをくれていたけれど、別のメールも届いていた。姉からだった。

オードリーのメッセージを開いた。それはひとつの長いパラグラフで書かれていた。句読点は少なく、スペルミスも多かった。まず私はその文法的な不規則性をじっと眺めた。その文章を黙らせるための手段として。でも、その言葉たちは鎮まらなかった。まるでモニターから私に叫びかけてくるようだった。

オードリーは、ずっと前に自分がショーンを止めるべきだったと書いていた。ショーンが彼女にしたことを私にする前にだ。若いころは、母に打ち明け、助けを求めることも考えた。けれど、母は信じてくれないだろうと思ったと。それについてはオードリーは正しかった。自分の結婚式の前に、彼女は悪夢とフラッシュバックに襲われた。ショーンの話を告白すると、母は、それは記憶違いで、ありえないことだと答えたらしい。**あなたを助けるべきだった**とオードリーは書いていた。**でも、自分の母が私を信じてくれないのだから、自分自身も信じられなくなっていた**と。*

　姉は過ちを正そうとしているのだ。ショーンが私以外の誰かを傷つけることを止めな**ければ、神は私に責任を負わせるでしょう。**そしてショーンと両親に立ち向かうために、私に味方になってほしいと彼女は書いていた。**あなたが協力しようと、しまいと、私はやります。でも、あなたがいなかったら、私はきっと負けてしまう。**

　私は暗闇のなかに長いあいだ座っていた。そのメッセージを送ってきた姉を恨んだ。私が幸せに過ごしていた世界から、人生から、彼女は私を引きずり出して、もとの世界に戻したのだから。

　返信をタイプした。私は彼女が正しいと書いた。もちろん私たちはショーンを止めるべきだ。しかし、私がアイダホに戻るまでどうか待ってほしいと。なぜ彼女に待つよう言ったのかはわからない。時間稼ぎをして、何をしようとしていたのかもわからない。両親に話したところで何を得られるのかも定かではないけれど、私たちが大きな賭けに出ているのは直観的にわかっていた。両親が助けてくれると信じられるのは、それまで一度も相談しなかったからにすぎない。二人に告げることはとてつもないリスクを冒すことだ。二人がすでに知っていたと、知ることになるかもしれないリスクを。

オードリーは一日として待たなかった。翌朝、彼女は私のメールを母に見せた。会話の中身は想像することができなかったけれど、オードリーにとってそれはとてつもなく大きな救済となっただろう。私の言葉を母に伝え、そしてとうとう、ほらね、私は頭がおかしかったわけではないでしょうと言えたのだ。タラにも同じことが起きていたのだと。

その日一日じゅう、母はじっくり考えたようだ。そして、私の口から直接聞こうと決心した。アイダホの午後遅く、イギリスでは深夜に近い時間だった。国際電話のかけかたもよくわからない母は、インターネットで私をつかまえた。モニターに映し出された文字は小さく、ブラウザの隅のテキストボックスに閉じ込められていたというのに、そのメッセージはなぜか部屋を呑み込むようだった。母は私のメールを読んだと書いていた。母の怒りに私は身構えた。

＊この前後で使われた太字は、直接の引用ではなく、参照されたメールの文言がわかりやすく書き換えられていることを示す。意味は変更されていない。

現実と向き合うのはつらいことですと彼女は書いた。なにか醜いことが起きていても、私は直視することを拒絶していました。*

母のこの文章を理解するために、私は何度も読み返さねばならなかった。母は怒っても、責めてもいなかった。ただの想像だと私を説得しようとしてもいなかった。私を信じてくれたのだ。

自分を責めないでと私は母に応えた。事故のあと、お母さんは以前とは変わってしまったんだから。

たぶんねと母は書いた。でも、私たちは病的であることを自分で選んでしまっていたのかもしれない。だってそちらのほうがある意味、都合がよかったから。

なぜ私を虐待するショーンを止めなかったのかと尋ねた。

ショーンはいつも、けんかをしかけたのはあなただと言ったわ。きっとそれを信じたかったのだと思う。そのほうが簡単だったから。だってあなたは強くて冷静で、ショーンがそうでないことは誰の目にも明らかだもの。

意味が通らない。もし私が冷静であったのなら、けんかをしかけたのは私だと言うショーンをなぜ信じたのだろう？　なぜ私が押さえつけられ、罰されなければならなかったのか。

私は母親ですと彼女は書いた。母親は子供を守るものです。そしてショーンは損なわれていた。

あなたは私の母親でもあるのよと言いたかった。でも、言わなかった。お父さんは絶対に信じないでしょうねと私はタイプした。

信じるわと母は書いた。**でも、難しいでしょうね。自分の双極性障害が家族をどれだけ傷つけたか思い出すことになるから。**

父が精神疾患かもしれないと母が認めたのはそれがはじめてだった。数年前、私が心理学のクラスで学んだ双極性障害と統合失調症について説明したときは、母は肩をすくめただけだった。しかし彼女はいまそれを認めたのだ。私は解放された気分になった。だが病気のせいで非難されるべきは父だけではなかった。だから母が、なぜもっと早くに言わなかったのか、なぜ助けを求めなかったのか聞いてきたときには正直に答えた。

だってお母さんだってお父さんに虐げられていたじゃない。あなたは家のなかでは弱者だった。お父さんがすべてを牛耳(ぎゅうじ)っていたし、お父さんは私たちを助けようとはしなかった。

＊本文内の太字は、直接の引用ではなく、わかりやすく書き換えられている。意味は変更されていない。

私は強くなったわと母は書いた。もう怖くはないのよ。

これを読みながら、若いころの母の姿を思い浮かべた。彼女は美しく活力に満ちていたが、同時に不安げで控えめだった。いまはやせ細り、長い白髪をなびかせている。

エミリーは虐待されているのよと私は書いた。

されているわ。私がされていたようにね。

彼女はお母さんと同じよ。

彼女は私ね。でも、いま私たちは学んだのよ。物語を書き換えましょう。

私は母にある記憶について聞いた。私がブリガム・ヤングで学ぶために家を離れる一週間前のことだ。ショーンがとくにひどかった日の夜だった。母を泣かせると、ショーンはソファにどさっと座り込み、テレビのスイッチを入れた。母はキッチンテーブルでむせび泣いていた。そして母は、大学に行かないでくれと私に頼んだ。「彼に立ち向かえるのはあなただけなの」と母は言った。「私はできないし、お父さんも無理よ。あなたでなくちゃダメなの」

私はゆっくりとタイプした。大学に行かないで、私しかショーンに立ち向かえないって言ったのは憶えてる？

ええ、憶えてるわ。

一瞬、間を置き、そしてつぎの言葉が現れた――聞く必要があったと気づきもしなかった言葉だ。それを見たとたん、いままでずっと、それを探し求めてきたのだと悟った。

あなたは私の子供よ。あなたを守るべきだった。

この言葉を読んだ瞬間に、私は人生を、私がかつて生きたのとは別の人生を生きることになった。私は別の人間になり、幼少時代にも別の意味が与えられた。そのときは、母の言葉の魔法を理解できなかったし、いまも完全には理解できてはいない。私にわかっているのは、ひとつだけだ。母が、彼女自身が望んだような母親にはなれなかったと言ったとき、母ははじめて、私が望んだとおりの母となったのだ。

愛してる。私はそう書いてラップトップを閉じた。

このチャットでのやりとりについては、一週間後に一度だけ母と電話で話をした。「もう大丈夫だから」と彼女は言った。「お姉ちゃんとあなたが教えてくれたことを、お父さんに伝えたから。ショーンはなんとかするわ」

私はこの問題を頭のなかから追い出した。母はすでに問題の原因を把握している。彼女は強い。母は自分のビジネスを立ち上げ、多くの従業員を雇い、いまとなっては父のビジネスよりもずっと大きくしている。地元のほかのどんなビジネスよりも大きいのだ。従順な女性だった母は、私たちには予想すらできなかった力を秘めていたのだ。そして父もそうだ。彼だって変わったのだ。柔軟になって笑顔も増えた。過去とは違う未来があるはずだ。過去だって、また違うものになれるかもしれない。私の記憶だって変えることができる。ショーンに床に押さえつけられ、首を絞められている音を、母がキッチンで聞いていたことだって、私はもう憶えていない。母が見て見ぬふりをしたことだって、もう記憶には残っていない。

私のケンブリッジでの生活は変化した——変化したというよりは、自らがケンブリッジにふさわしいと信じる誰かに私が変身していったと言ったほうがいいかもしれない。ほぼひと晩で、私がそれまで抱えてきた家族の恥が体の外に流れ出た。それまでの人生ではじめて、私は自分が来た場所を公(おおやけ)の場で語った。私は友達に、一度も学校に行ったことがないと伝えた。廃材置き場、納屋、畜舎が広がるバックスピークのことを説明した。小麦畑の貯蔵庫に備えがたくさんあること、古い納屋の近くにガソリンが埋められていることも話した。

私はそれまでお金がなく、無知だったと話した。そしてこれを話すことは、私にとってこれっぽっちも恥ずかしいことではなかった。そのときになってはじめて、私の恥がどこから来ているのかを理解したのだ。それは、自分が大理石の音楽学校で学ばなかったことや、父が外交官ではなかったこととは関係なかった。父が正気ではなかったとか、母がその父に従っていたとかいうことでもなかった。私の恥は、上下に動く大バサミの鋭い刃から私を引き離すのではなく、そこに押しやる父を持ったことからきていた。隣の部屋にいる母が、目を閉じ耳をふさぎ、私の母であることを放棄したのを知った、床で倒れていたあの瞬間からきていたのだ。

私は自分のために新しい歴史を作り上げた。狩猟をし、馬に乗り、廃材を片づけ、山火事と闘うという私の物語。その物語のおかげで、夕食の席にたびたび招かれるようになった。私の素晴らしい母は助産婦で、実業家だ。私のエキセントリックな父は廃材処理業者で狂信者だ。私は、とうとう自分のそれまでの人生に素直に向きあえたと思った。それは完全な真実ではなかったけれど、大まかには真実だと言えた。すべてが良い方向に向かっているいま、将来そうなっていくだろうという意味では真実だった。いま母には強さがある。

過去は亡霊で、実体もなければ、何の力もない。大事なのは未来だけだ。

第32章　広い家のけんか腰の女

つぎにバックスピークに戻ったのは秋のことで、丘のふもとの父方のおばあちゃんが天に召されるときだった。骨髄のがんによる九年間の闘病を経て、おばあちゃんはいまその戦いを終えようとしていた。母のメッセージが届いたのは、ちょうど私がケンブリッジで博士号を取得するためのポジションを得たころだった。「おばあちゃんがまた入院したわ」と母は書いていた。「早く戻りなさい。これが最後になると思う」

ソルトレイクシティに到着したとき、おばあちゃんの意識はすでに朦朧（もうろう）となっていた。ドルーが空港に迎えにきてくれていた。私たちは友達以上の関係になっていて、彼がアイダホの町中（まちなか）にある病院まで車で送ってくれると言ったのだ。

何年も前にショーンを連れていって以来、その病院には行ってはいなかった。消毒された白い廊下を歩くと、ショーンを思い出さずにはいられなかった。おばあちゃんの病室を見つけた。おじいちゃんがベッドの横に座って、おばあちゃんのシミだらけの手を握っていた。おばあちゃんは目を開けていて、私を見た。「私のかわいいタラがイギリスからはるばる来てくれたんだね」と言い、そして目を閉じた。おじいちゃんがおばあちゃんの手を握ったが、彼女はもう眠っていた。看護師が、おばあちゃんは数時間眠るだろうと言った。

ドルーが今度はバックスピークまで送ってくれると言った。私は同意したけれど、山が見えはじめると、自分の判断が正しかったかどうか不安になってきた。ドルーは私の話を聞いてはいたが、彼を連れていくことにはリスクがあった。これは物語じゃない。私が家族に割りふった役を、全員がそのとおり演じてくれるとはかぎらないのだ。

家はカオスだった。女性がいたるところにいて、電話で注文をとり、オイルを混ぜ、チンキ剤を漉していた。家の南側に別館が新しく建てられ、若い女性たちがガラス瓶にオイルを詰め、商品を発送するための梱包をしていた。私はドルーをリビングルームに残して、トイレに行った。トイレだけが私が知っている家の面影を残していた。トイレを出ると、大きくて四角い眼鏡をかけて、針金のような髪をしたやせた老女に出くわした。

彼女は「このトイレはシニアマネージャー専用」と言った。「瓶詰めの女性は別館のトイレを使いなさい」

「私、ここで働いていませんから」と私は言った。

彼女は私をじろりと見た。もちろん、ここで働いたことはある。ここでは誰もが働いている。

「このトイレはシニアマネージャー専用」と彼女はくり返した。そして背筋を伸ばした。

「あなたは、別館から出ないこと」

私が口を開く前に彼女は立ち去った。

まだ両親のどちらにも会っていなかった。私は人の波をすり抜けながら戻り、ドルーを見つけた。ソファに座った彼は、女性からアスピリンと生殖能力の低下の関係についてレクチャーされていた。私は彼の手をつかんで、私の後ろに引っぱってきて隠すと、見知らぬ人たちのあいだを抜けてさらに進んだ。

「ねえ、ここって現実に存在するの？」とドルーは言った。

地下の窓のない部屋で母を見つけた。母はそこに隠れていたようだった。ドルーを紹介すると、母は温かく笑いかけた。「お父さんは？」と私は言った。具合が悪くてベッドで寝ているのかもしれなかった。爆発事故で肺をやけどして以来、肺疾患にかかりやすくなっていたのだ。

「騒ぎのどこかにいると思うわよ」と母は言ってから、天井を見るようにして目をまわした。天井からはやかましい足音が聞こえていた。

母は私たちと一緒に上の階に上がってきた。母が顔を出すや、何人もの従業員がクライアントからの質問を彼女に浴びせかけるようにして聞いた。誰もが母の意見を求めているようだ――やけど、不整脈、低体重の子供について。母はそんな従業員を追い払うと、先へ進んだ。彼女が自分の家のなかを移動する様子は、混みあったレストランで気づかれないように振る舞うセレブリティのようだった。

父のデスクは車ほどの大きさがあった。それはカオスの中心に置かれていた。父は電話に出ていた。受話器は滑りやすい彼の手にはなく、肩と頬に挟まれていた。「糖尿病に対して医師ができることは皆無ですね」と彼は大声で言った。「でも、神はできますよ！」

私は笑みを浮かべているドルーを横目に見た。父は電話を切って、私たちのほうを見た。彼はドルーを大きな笑みで歓迎してくれた。父は家で繰り広げられている騒ぎを糧に、エネルギーを発しているようだった。ドルーはビジネスが盛況なことに感激したと言い、父は身長が六インチ〔約十五センチメートル〕ほど伸びたように見えた。「神の仕事を行うことを幸せに思っているよ」と父は言った。

電話がふたたび鳴った。少なくとも三人の従業員がその電話に応えるべく待機していたが、父は大事な電話を待っているような様子でそれに飛びついた。父がここまでいきいきとしているのをはじめて見た。

「神の力は地球上にありますよ！」と父は受話器に向かって叫んだ。「このオイルのことですよ。神の薬局だよ！」

家のなかの騒音が耳ざわりだったので、私はドルーを山に連れていった。私たちは野生の麦の生える草原を歩き、そこから山のふもとにある松の林に入っていった。秋の色合いになぐさめられながら、私たちは静かな谷を眺めて何時間もそこで過ごした。ようやく家に戻ったときには、午後も遅い時間になっていた。ドルーはソルトレイクシティに帰っていった。

私はフレンチドアから礼拝堂に入って、その静けさに驚いた。家は空になり、電話線は抜かれ、ワークステーションはそのままで放置されていた。母が部屋の真んなかに座っていた。

「病院から電話があったの」と母は言った。「おばあちゃんが亡くなったわ」

父はビジネスへの興味を失っていった。ベッドから出る時間が徐々に遅くなり、ようやくベッドから出ても、誰かをののしるか責めるかしかしなかった。父は廃材置き場のことでショーンをどなりつけ、従業員のマネジメントについて母に説教を垂れた。昼食を作ろうとしてくれたオードリーに怒り、タイプの音がうるさすぎると私に嚙みついた。おばあちゃんの死への罪悪感から、けんかを求めていたのかもしれない。もしくは、おばあちゃんの人生そのものを罰したかったのか、あるいは彼女の死によって終わった二人の対立を罰したかったのか。

家はゆっくりと、もとの状態に戻っていった。電話はまた接続され、女性たちがそれに応えるために集められた。父のデスクは空のままだった。彼は一日をベッドで過ごし、漆喰の天井を見つめるばかりだった。子供のときにそうしていたように、私は父のところに夕食を運んだ。子供のときも、このときも疑問に思っていたが、父は私の存在に気づいていたのだろうか。

母はまるで体のなかに一〇人の人間が入っているかのようなバイタリティーで家じゅうを歩き回り、チンキ剤とエッセンシャルオイルを混ぜ、従業員に指示を出した。葬儀の手配をして、おばあちゃんの思い出を話そうとふらりと現れるいとこや叔母たちのための食事を用意した。エプロン姿の母が、両手に受話器を持ちながらオーブンで焼いた肉の前を行ったり来たりしているのを何度も見た。片方はクライアントからの電話、もう片方は叔父や友人からのお悔やみの電話だった。一方、父はこの間ずっとベッドで寝ていた。

父は葬儀でスピーチをした。神がアブラハムにした約束について二〇分話した。おばあちゃんに言及したのは二回だけだった。知らない人からすれば、おばあちゃんの死は父にほとんど影響がないと思っただろう。でも、よく知る私たちには、父の落胆が手にとるようにわかった。

葬儀から家に戻ると、父は昼食の準備が整っていないと腹を立てた。母は急いでスロークッカーに準備していたシチューを出した。父はそれを食べたあとも母が急いで洗った皿に難癖をつけ、騒がしく遊んでいる孫たちにも怒りだした。母は孫たちをなんとか黙らせた。

その夜、家が静かで空になったとき、キッチンで口論をする両親の声がリビングルームの私のところにまで聞こえてきた。

「お礼状を書くくらいはできるでしょう。あなたの母親なのよ」と母は言った。

「それは妻の仕事だろ」と父は答えた。「男が書くなんて聞いたこともない」

それは父がけっして口にしてはいけない言葉だった。この一〇年、母こそが一家の稼ぎ頭だったのだ。それも料理と掃除と洗濯もこなしながらだ。それでも母の口から恨み言のようなものを聞いたことがなかった。いまのいままで。

「だったら、夫の仕事をしなさいよ」と母は大声で言った。

すぐさまどなりあいになった。父はいつものように母をひとところに追いつめて、怒りを見せて制圧しようとしたが、それが彼女をより頑固にした。最後には、母はテーブルにはがきを投げ出し、「書きなさい。書かなくてもかまわない。でも、あなたがやらなきゃ、誰もやらないわよ」と言った。そして階下に勢いよくおりていった。父は母を追いかけ、床の下からも一時間近くどなりあう声が聞こえてきた。両親がここまでやりあうのは聞いたことがなかった。あの母が声を荒らげるなんて。譲らない母を見たのははじめてだった。

　翌朝、父はキッチンにいて、糊（のり）のような何かに小麦粉を振り入れていた。たぶん、パンケーキの生地を作っているのだろう。父は私を見ると、小麦粉を置いてテーブルに座った。「女だろ？」と父は言った。「ここはキッチンだ」私たちは見つめ合い、そして私は父娘のあいだに生まれてしまった距離を考えていた――父の耳には自然に響くその台詞が、私にはこんなにも耳ざわりなのだ。

　父に朝食を作らせるなんて母らしくなかった。具合でも悪いのかと思い、階下に様子を見にいった。それが聞こえたとき、私はまだ階段をおりきっていなかった。ヘアドライヤーの音に混じって、バスルームからすすり泣く声が聞こえてきたのだ。私はドアの外に立って、一分以上その泣き声を聞いていた。母は私に去ってもらいたいだろうか？　聞かなかったふりをしてほしいだろうか？　母がひと息つくのを待ったが、泣き声はどんどん絶望的になるだけだった。

　ノックをした。「私よ」と言った。

少しだけドアが開き、それから大きく開いた。母がいた。肌はまだ濡れて光っていた。体を包むバスタオルは母には小さすぎるようだった。母のそんな姿はこれまで一度も見たことがなくて、私は思わず目を閉じた。世界は真っ暗になった。プラスチックが割れるような音がした。私は目を開けた。母がヘアドライヤーを床に落としたのだ。打ちっぱなしのコンクリートの上で、ドライヤーはさっきよりもやかましい音を立てていた。私が母を見ると同時に、母は私を引き寄せ、そして抱きしめた。濡れた母の体の水分を、私の服が吸い込んだ。彼女の髪の毛から流れた水滴が、私の肩を流れていくのを感じた。

第33章　物理の魔術

バックスピークには長く滞在しなかった。たぶん一週間ぐらいだ。山を離れる日、オードリーは、行かないでほしいと私に言った。そのときの会話の記憶はないのだけれど、日記にそう記したことは憶えている。ケンブリッジに戻った最初の日の夜、石橋に座り、キングス・カレッジ・チャペルを眺めながら書いたのだ。川はおだやかだった。ガラスのようなその水面に枯れ葉がゆっくりと流れていた。ページの上を動くペンが、八ページにわたってぎっしりと、正確に、姉が言ったことを書いていった。まるで忘れるために書いたかのように。

オードリーは行かないでと言った。ショーンは強すぎる。一人で立ち向かうには彼は口がうますぎるからと。私は彼女に、一人ではないことを伝えた。母がいる。オードリーは、私が状況を理解していないと言った。誰も私たちを信じてくれなかったじゃないのと。父に助けを頼んだとしても、私たち二人が嘘つき呼ばわりされるだけだと彼女は確信していた。両親は変わったのだから、二人を信頼すべきだと私は答えた。そして私は飛行機に乗り、五〇〇〇マイル〔約八千四十六キロメートル〕離れた場所に着いた。巨大な図書館と古い礼拝堂に囲まれた安全な場所から姉の恐怖を克明に記すことに罪悪感を抱いていたとしても、私はそれを最後に一行綴(つづ)っただけだった。今夜のケンブリッジはあまり美しく見えない。

ドルーはケンブリッジに私と一緒に来ていて、中東研究の修士課程に入学をすませていた。私はオードリーとの会話について彼に話した。彼は私がはじめて家族のことを打ち明けたボーイフレンドだった――面白い逸話だけではない。真実をだ。そのくらい本当に信頼していた。もちろん、すべて過去の話だよと私は言った。私の家族は変わったの。でも、知っておいてもらいたいって思って。私のことを見守っていてほしい。私が何かおかしなことをしたときのためにと。

一学期は、夕食会や深夜のパーティーがあわただしく開催され、あっという間に過ぎていった。図書館ではさらに深夜まで勉強することもあった。博士号を取るためには独自の学術研究のテーマを論文にまとめなくてはならない。この五年は歴史を読むことに費やしてきたが、とうとう書くことを求められたというわけだ。

でも、何を書けばいいというのだろう？　以前、修士論文のための読書を重ねていたときに、一九世紀の偉大な哲学者たちにモルモン神学の影響があることを発見して驚いたことがあった。私はこれを指導教官のデイヴィッド・ランシマンに説明した。「それは君にぴったりの題材だ」と彼は言った。「誰もやったことがないことをやれるはずだ。モルモン教を単に宗教運動としてではなく、知的運動としても検証できる」

ジョセフ・スミスとブリガム・ヤングの手紙を読み直した。子供のころ、礼拝の儀式のなかで、この一連の手紙は読んでいた。いまは違った目で読むことができる。批評家の目ではなく、信徒の目でもない。私は一夫多妻制を、教義ではなく、社会政策として検証した。その目的だけではなく、同じ時代の運動や理論とも照らし合わせて評価した。それは罰当たりな行為に思えた。

ケンブリッジの友達はまるで家族のようになった。バックスピークではずっと得られなかった信頼関係を感じられていた。その感情を呪うときもあった。本物の兄よりも他人を家族のように愛するなんて不自然だ。自分の父親よりも教師を選ぶなんて、どういう娘なんだろう？

それが逆であればよかったのにと思いつつ、私は家に戻りたくはなかった。与えられた家族より、私自身が選んだ家族のほうが好きだった。だからケンブリッジで幸せになればなるほど、その幸せはバックスピークを裏切ったという感覚に汚されるようになった。舌で感じられるように、自分の息でにおうように、その感覚は体の一部になった。

クリスマス休暇のために、アイダホ行きのチケットを購入した。フライトの前夜、大学で祝宴が開かれた。友人の一人が室内合唱団を結成していて、夕食会の途中でキャロルを歌うことになっていた。聖歌隊は何週間も練習を重ねていたが、祝宴当日にソプラノが気管支炎になってしまった。午後の遅い時間に電話が鳴った。友人からだった。「お願いだよ、歌える人を知っていたら教えてほしいんだ」と彼は言った。

私は何年も歌っていなかったし、父が聴いていない場所で歌ったこともなかった。しかし数時間後に私は、ホールを占めるように巨大なクリスマスツリーの真上の、屋根の垂木の近くの演壇で室内合唱団に合流していた。私はその瞬間を宝物のように思った。音楽がふたたび私の胸からわき上がってくる感覚に喜びを見いだした。そして父が、もし彼がここにいたのなら、私の歌を聴くために大学と社会主義者に勇敢に立ち向かったのだろうかと考えた。父なら絶対にそうするだろう。

バックスピークはいつもどおりだった。インディアン・プリンセスは雪のなかに姿を隠していたが、裾野の輪郭はよく見えた。私が家についたとき、母はキッチンにいて、片手でシチューをかき混ぜつつ、もう片方の手で電話の受話器を握り、マザーワートというハーブの特性について説明していた。父のデスクはそのときも空っぽだった。父は地下室のベッドにいると母は言った。肺の調子が悪いのだという。

無愛想な見知らぬ誰かが勢いよく裏口から家に入ってきた。それが兄だと気づくまでに数秒かかった。ルークの髭はとても濃くて、まるで彼が飼っていたヤギにそっくりだった。左目は白く濁っていた。数カ月前、ペイントボールガン〔競技用の圧縮ガスを利用した銃。着色弾を発射する〕で顔を撃たれたのだという。彼はこちらにやってくると私の背中を軽く叩いた。私は彼の見えているほうの目をのぞき込んで、そこに懐かしい何かを探した。腕の上下にある二インチ〔約六センチメートル〕幅の傷口は、かつて大バサミが切り刻んだものだ。盛り上がったその腕の傷を見れば、それが兄なのは明らかだった。(8) 彼は妻と子供たちと一緒に、納屋の裏のトレーラーハウスに住んでいる。ノースダコタにある石油採掘場で働き、生計を立てていた。

二日が過ぎた。毎晩父は地下室から上がってくると、礼拝堂のソファに身を沈めていた。父はそこで咳払いをしたり、テレビを観たり、旧約聖書を読んだりしていた。私は勉強をするか、母を手伝うかして毎日を過ごしていた。

三日目の夜、私がキッチンテーブルで読書していると、ショーンと、オードリーの夫べンジャミンが裏口から入ってきた。ベンジャミンは、町で軽く車をぶつけられて相手のドライバーを殴ったとショーンに話していた。相手のドライバーに対抗するため、彼は自分のトラックから降りる前に、ピストルをジーンズのウエストに差し込んだのだと。ベンジャミンはにやにやしながら、「この男は、自分が何に足を踏み入れちまったのかわかってなかったんだ」と言った。

「そういうもめ事に銃を持ち込むのはばかだけだ」とショーンは言った。

「使うつもりはなかったよ」とベンジャミンは口ごもった。

「じゃあ、持っていくんじゃねえよ」とショーンは言った。「持っていかなかったら、絶対に使わない。持っていったら使ってしまうかもしれない。ものごとってのは、そうなってるんだ。拳(こぶし)の戦いが銃の戦いになるまではあっという間(ま)だ」

ショーンの話しかたには落ちつきと、思慮深さがあった。ブロンドの髪は不潔で伸び放題、顔は頁岩色(けつがんしょく)の無精髭で覆われていた。油汚れと煤の下から、灰色の雲からのぞく青い光のような両目を輝かせていた。彼の表情と言葉は、もっと年配の、相応に落ちつき平穏に暮らす男性のもののようだった。

ショーンが私を見た。私は彼を拒絶しつづけていたが、突然、それが不公平のように思えた。ショーンは変わった。それなのに、変わっていないかのように私が振る舞うのは残酷だ。ショーンがドライブに行きたいかと聞いてきた。私は行きたいと答えた。アイスクリームが食べたいというショーンと二人で、ミルクシェイクを買いにいった。会話はおだやかで、心地がよくて、何年も前に家畜の囲いのなかで過ごした薄暗い夕暮れどきを思い出させた。ショーンは父なしでチームをまとめる話をした。そして息子のピーターのか弱い肺のことも――何度も手術を重ね、夜にはまだ酸素チューブが必要なのだそうだ。

もうすぐで家という場所だった。あと一マイルでバックスピークに到着というときになって、ショーンは突然ハンドルを切った。タイヤが氷の上で横滑りした。車がスピンしてもショーンはアクセルを踏み込む。タイヤはしっかりと道路を捉え、車は横道に入っていった。

「どこに行くの？」と私は聞いたが、その道が行き着く先はひとつしかない。

教会は暗かった。駐車場には車がなかった。

ショーンは駐車場をぐるりと回ると、正面玄関前で車を停めた。エンジンが切られ、ヘッドライトが消えた。暗闇のなかでは、彼の顔の輪郭すら見えなかった。

「オードリーと話はしてるのか？」とショーンは言った。

「あまりしてないけど」と私は答えた。

彼はほっとした様子で、「オードリーは嘘つきのくそ野郎だ」と言った。

私は顔を背けて、星空に浮かぶ尖塔のシルエットから目を離さないようにした。

「あいつの頭を撃ち抜いてやってもいいんだ」とショーンは言った。彼の体が近づいてくるのを感じた。「でも、あんなババアに大事な弾を使うのはもったいないよな」

絶対にショーンを見てはいけなかった。私が尖塔のほうを見ているかぎり、彼は私に手出しできないと私はほとんど信じていた。ほとんどだ。必死にそう信じようとしながらも、私は彼の手が自分の首に伸びてくるのを待ち構えていた。そうなることはわかっていた。それもすぐに。私は待ちつづけた。そういう魔法なのだ。魔法が解けるのであれば、解いたのは自分だし、解かれた原因も自分にあると心のどこかで信じていた。ずっとそう信じてきた。静寂が砕け散って、彼の怒りが私にぶつけられたとしたら、それは自分がした何かがきっかけであり、原因だったと悟るだろう。そのような迷信には望みがある。コントロール幻想〔実際には自分の力が及ばないことがらも自分で制御できると信じること〕だ。

私は何も言わなかった。考えもせず、動きもしなかった。

イグニッションがかちりと音を立て、エンジンが息を吹き返した。暖かい風が通風口から吹き出してきた。

「映画でも観るか？」とショーンは言った。声は親しげだった。車がバックして向きを変えるあいだ、世界が回転するのを見ていた。車は高速道路に戻っていった。「映画って気分だな」と彼は言った。

私は何も言わなかった。私を救ってくれた奇妙な物理の魔術を怒らせないように、動きもせず、話もしなかった。彼は明るくおしゃべりをしながら、ほとんど陽気な様子で、『知らなすぎた男』を観るかどうかについて話をしながら、バックスピークまでの最後の一マイルを走った。

第34章　実体のあるもの

あの夜、礼拝堂にいる父に近づいたとき、特別に勇敢な気持ちを抱いていたわけではない。私は自分の役割を、斥候のようなものだととらえていた。ある情報を伝達するために家にいたのだ。ショーンがオードリーを虐待していたことを父に伝えるために。父であればどうすればいいかわかるはずだ。

私が落ちついていたのは、もしかしたら、私が本当にはそこにいなかったからなのかもしれない。もしかしたら、私は海の向こうの別の大陸にいて、石造りのアーチ道の下でヒュームを読んでいたのかもしれない。もしかしたら私は、ルソーの『人間不平等起源論』を腕に抱えながら、キングス・カレッジを早足で移動していたのかもしれない。

「ねえお父さん、話したいことがあるんだけど」

私はショーンがオードリーを銃で撃つと冗談めかして言ったことを告げ、それはオードリーが彼の行為を告発したからだと言った。父は私を見つめ、口があった場所の皮膚をこわばらせた。父は母をどなるように呼びつけ、母がやってきた。陰鬱な雰囲気だった。母はなぜか私の目を見なかった。

「それで、何を言いたいんだ？」と父は言った。

この瞬間から、会話は尋問へと変わった。ショーンが暴力的で、人を操ろうとする傾向にあると言うたびに、父は私をどなりつけた。「証拠は？　証拠はあるのか？」

「日記があるけど」と私は言った。

「持ってこい。読むから」

「いまは持ってないよ」と言ったが、これは嘘だった。私のベッドの下にある。

「証拠がないっていうなら、どう考えればいいんだ？」父はどなりつづけていた。母はソファの隅に座り、口元をゆがめていた。苦しんでいるように見えた。

「証拠なんていらない」と私は静かに言った。「見ていたでしょう。二人とも見ていたはずよ」

ショーンが刑務所で朽ちるまで、おまえは満足しないんだろうと父は言った。ケンブリッジ帰りで騒動を起こしたいだけだと。私は、ショーンに刑務所に入ってほしくはないけれど、なんらかの介入が必要だと主張した。母のほうに顔を向けて、味方してくれることを期待したけれど、母は何も言わなかった。父と私がそこにいないかのように、視線を床から離さなかった。

母はそこに座ってはいても何も話す気はないのだ。私は一人きりなのだと気がついた。父を落ちつかせようとしたけれど、声がかすれ、震えた。そして私は泣いていた――何年間もその存在を感じたことがなく、すっかり忘れていた、私の体の一部から泣き声があふれ出した。吐きそうだった。

トイレまで走った。全身ががたがたと震えていた。

泣くのをすぐに止めなくてはならなかった――止めなければ、父は真剣に受け止めてはくれない。だから私は昔からの方法を使って泣き声を止めた。鏡のなかの自分の顔をにらみつけて、涙を流すたびに叱りつけるのだ。これは慣れ親しんだプロセスで、そうすることで、この一年で慎重に築いてきた幻想を打ち砕くことができた。偽物の過去も、偽物の未来も、どちらも消え失せた。

私は鏡に映った自分を見た。偽物のオークで装飾された三面鏡は万華鏡のようだった。幼い子供だったとき、少女だったとき、そして半分大人で半分少女の若かりしとき、私が見つめたのと同じ鏡だった。背後にある便器は、私が自分が売春婦だと認めるまでショーンがこの頭を突っ込んだまさにその便器だ。

ショーンに何かされるたびに、私はこのトイレに閉じこもった。まずは自分の顔が三カ所に映るようにパネルを動かす。それからその顔をひとつひとつ見つめながら、ショーンが私に言ったこと、そして彼が私に言わせたことが事実だと自分に言い聞かせるのだ。自分の痛みを癒すようなことはなにもせずに。私はここに戻り、同じ鏡の前にいる。同じ顔が、同じ三枚の鏡に映されている。

でも、今そこに映っているのは別の顔だ。年齢を重ねたその顔は、柔らかなカシミアのセーターの上に浮かんでいる。ケリー博士は正しかった。服装がこの顔とこの女性を変えたのではない。その瞳と口もとからうかがえる、人生は不変ではないとの希望、信頼、あるいは確信が彼女を変えたのだ。私が見たものを正確に表現する言葉は持たないが、それはおそらく信念と呼べるだろう。

私はかろうじて落ちつきを取り戻した。その落ちつきを壊さないように慎重に運びながらバスルームから出た。まるで陶磁器を頭にのせてバランスをとっているかのように。私はゆっくりと廊下を歩いた。歩幅を狭く、均一にして。

礼拝堂にたどりつき、「寝るわ」と私は言った。「明日、話をしましょう」

父はデスクに座り、左手に電話を持っていた。「明日じゃない。いまからだ」と彼は言った。「ショーンにおまえが言ったことを伝えた。これから来る」

逃げようかと思った。ショーンが家につく前に、自分の車までたどりつけるだろうか？　鍵はどこ？　研究データが入っているラップトップを持ってこなくちゃいけない。置いていきなさいと鏡のなかの少女は言った。

父は座るように言い、私はそうした。どうするか決めかねて身じろぎもできなかった。どれぐらい待ったのかは記憶にないが、逃げる時間があるかどうかをずっと考えていた。フレンチドアが開いて、ショーンが入ってきた。その瞬間、広い部屋が一気に狭くなったように感じられた。私は自分の手を見ていた。顔を上げられなかった。

足音が聞こえてきた。ショーンが部屋をこちらに歩いてきて、ソファの私の隣に座った。ショーンは私が目を合わせるのを待っていたが、私がそれを拒んでいると、手を伸ばして私の手を握った。まるでバラの花びらを手に取るようにして優しく触り、私の手を広げると、そこに何かを置いた。それが何かを見る前に、刃の冷たさを手のひらに感じた。赤い血が手のひらに流れる前に、その冷たさを感じた。

ナイフは小さかった。五インチか六インチほどの長さで、細身だった。刃が血で真っ赤に光っていた。私は親指と人差し指をこすり合わせ、指を鼻まで運んで、においを嗅いだ。金属のようなにおい。それは間違いなく血液だった。私のものではない血液だ。彼は私にナイフを渡したにすぎない。でも、誰の血なのか？

「シドル・リスター。おまえが賢いっていうんなら」とショーンは言った。「これはおまえが使うんだ。おまえが使わないんだったら、俺がおまえに使う。自分で使ったほうがマシだろ」

「何を言うの」と母が言った。

私は呆然として母を見て、そしてショーンを見た。愚かな人間のように見えたにちがいない。でも、ショーンに反応できるほど状況を把握できていなかった。バスルームに戻って鏡のなかに入り、あの女の子を、一六歳の女の子を連れてくるべきなのか。漠然とそう考えていた。彼女だったら、この状況をなんとかすることができるかもしれない。彼女だったら、私のように恐れることはない。彼女だったら、私のように傷つくことはない。彼女は石のように強く、もろくないのだ。私はそのときでも、私自身が石のように強くはなく、もろい部分を持つという事実――もろい存在であることが許される人生を生きること――が最後には自分を助けるということを理解していなかったのだ。

私はナイフの刃をじっと見つめた。父は説教をはじめていた。父は何度も途中で話を止めて、母の承認を促していた。彼らの声に交じって、古めかしいホールで歌う自分の声が聞こえてきた。笑い声、ボトルから注がれるワインの音、磁器の皿を叩くバターナイフの音。父の説教はまったく聞こえてこなかったが、いままさにその過去が繰り広げられているかのように、三回の夕暮れを巻き戻し、海の向こうまで転送され、聖歌隊で友人と一緒に歌ったあの夜を私は思い出していた。眠ってしまったにちがいないと思った。ワインを飲みすぎた。クリスマスの七面鳥を食べすぎてしまった。

夢を見ているのだと考えることに決めた私は、夢のなかでやるようなことをやった。このおかしな現実のルールを理解して利用しようとしたのだ。まずは自分の家族のふりをしている奇妙な影たちに理を説いてみた。それに失敗すると、今度は嘘をついた。詐欺師が現実をゆがめたのだから、今度は私がそうする番だ。私はショーンに、お父さんには何も言っていないと話した。「なんでお父さんがそんなことを言ったのかわからないわ」「私の言ったことを聞き間違えたんじゃないかな」彼らを煙に巻いてしまえば、単に消えてなくなってくれると思ったのだ。一時間後、それでも四人がソファに座っていると気づいたとき、私はとうとう彼らの体はなかなか消え失せないのだと思い知った。この人たちはここにいる。そして私も。

手についた血は乾いていた。ナイフはカーペットの上に置かれていて、私以外の誰もがその存在を忘れていた。ナイフを見つめないようにしていた。あの血は誰のもの？　私は兄の体を観察した。ショーンは自分を傷つけてはいなかった。

父はつぎの説教に移っていた。今度は私の耳にも聞こえていた。私はそこに存在していた。父は女の子には導きが必要だと話していた。男たちの周りで適切な態度をとれるように、誘惑しているように見られないようにだ。父はすでに、姉の娘たちのふしだらな態度に気づいていたという。姉の長女は六歳だ。ショーンは静かにしていた。父の長時間にわたる退屈な話に疲れ切っていたのだ。それ以上に、彼は守られ、正当化されたという気持ちになっていたから、説教がとうとう終わりを迎えたとき、私に「おまえが父さんに何を言ったかわからないが、俺がおまえを傷つけたことは、おまえを見ればわかるさ。ごめんな」と言ったのだった。

私たちは抱き合った。けんかのあとにいつもしていたとおり、私たちは笑いあった。それまでと同じように、あの子がしたように、私も笑いかけた。でも実は、そこにいたのは彼女ではない。笑顔は偽物だ。

部屋に戻り、急いでドアを閉め、静かにスライド錠をかけ、そしてドルーに電話した。彼は私がパニックのせいで私はほとんど支離滅裂だったが、最後には彼は理解してくれた。彼は私が家をすぐにでも出るべきだと言った。途中まで迎えにくるという。それはできないと私は言った。いま、この時点では、何も起きていないのだ。もし夜中に逃げたら、何が起きるか予想もつかない。

私はベッドに横になったが、眠るためではなかった。朝六時まで待って、キッチンにいる母をつかまえた。母には、予想外のことが起きたので、借りていたドルーの車をソルトレイクシティに返しにいくことになったと言った。一日二日で戻ると。

数分後には私は丘をくだっていた。高速道路が見えてきたとき、私の目にあるものが映って、車を停めた。ショーンとエミリーとピーターの住むトレーラーハウス。そしてその戸口から数フィート先の雪を染める赤い血。そこで何かが死んだのは間違いなかった。

後日、それが犬のディエゴだと母から聞いた。ショーンが数年前に購入したジャーマン・シェパードだ。ショーンの家のペットで、息子のピーターがとてもかわいがっていた。父が電話をかけたあと、ショーンは外に出て犬の喉を切り裂いて殺した。息子がすぐそばで犬の叫び声を聞いていた。母はその処刑が私とは無関係だと言った。ディエゴがルークの鶏を殺したから起きたのだ。あくまで偶然だと。

母を信じたかったが、私は信じなかった。ディエゴはルークの鶏を一年以上も前から殺していた。それにディエゴは血統書付きの種だ。ショーンは五〇〇ドルも支払ってディエゴを購入したのだ。売ることだってできたはずだ。

私が母を信じなかった本当の理由はナイフだ。鶏小屋にやってくる犬を父と兄たちが殺すのを何年も見てきた——ほとんどが野良犬だった。でも、犬にナイフを使うのを見たことがない。私たちは銃を使って頭か胸を撃っていた。それがてっとり早かったからだ。でもショーンはナイフを選んだ。ナイフの刃は彼の親指より少し大きいぐらいだ。それは殺しを体感するためのナイフで、心臓が止まる瞬間に、手に流れる血を感じるためのものだ。農夫のためのナイフではないし、精肉店のためのものでさえない。怒りのナイフだ。

その後の数日のあいだに何が起きたか私には憶えがない。いまとなっても、対立を構成する要素——脅迫、否定、説教、謝罪——を精査しているが、すべてを関連づけるのはむずかしい。数週間後には、私が多くの間違いを犯したのではと思うようになった。自分の家族の心に何千ものナイフを突き刺したように感じられたのだ。あの夜起きたことは、私だけのせいではないのだけれど、そう気づけたのはずっとあとになってからだ。あの事件であまりにあからさまだったことに気づくのでさえ、それから一年以上かかった。母は父に立ち向かわず、父はショーンに立ち向かわなかったという事実だ。父は私とオードリーを助けるなんて約束をしてはいなかったのだ。母は嘘をついたのだ。

振り返って、ラップトップのモニターに魔法のように現れた母の言葉を思い出すと、ひとつのことが浮かびあがってくる。母は父を双極性障害だと言った。それは私が疑っていた父の疾患そのものだ。それは私の言葉であって、彼女自身の言葉ではなかった。そして私は、父の意志にこれまで完璧に従ってきた母が、あの夜はただ単に私の意志に従ったにすぎなかったのではないかと考えた。

いや、それは正しくない。私は自分自身にそう言い聞かせた。あれはたしかに彼女の言葉だった。でも、それが母のものであれ、そうでないものであれ、私をなぐさめ、癒(いや)してくれたその言葉は空虚なものだった。不誠実な言葉だったとは思わないが、誠実さが言葉に実体を与えるほど十分でなく、より強い流れに押し流されたのだ。

第35章　太陽の西

私はバッグに半分ほど荷物を詰めただけで、山から逃げ出した。置いてきたものを取りに戻りさえしなかった。そのままソルトレイクシティに向かい、残りの休日をドルーと過ごした。

あの夜のことは忘れようとした。一五年書きつづけていた日記をはじめて書かずに過ごした。日記を綴るという行為は自分の心に耳を傾けることであり、そのときの私は何についてもそうはしたくなかった。

新年が終わるとケンブリッジに戻ったが、友達とは距離を置いた。私の足元は揺らぎ、すでに前震が起きたのを感じていた。つぎは地形を変えてしまうような大地震が起きるにちがいない。それがどのようにしてはじまるのか、私にはわかる。ショーンは父から電話で言われたことを思い出すだろう。そして遅かれ早かれ、私の否定——父が誤解したのだという私の主張——が嘘だと気づくだろう。真実を知った彼は、たぶん一時間ほど自分自身を軽蔑する。そして怒りの刃を私に向けるにちがいない。

それが起きたのは三月のはじめごろだった。ショーンが私にメールを送ってきた。挨拶もなく、メッセージもなかった。そこには、マタイによる福音書からの一節が太字で記されていた。まむしの子らよ。あなたがたは悪いものであるのに、どうして良いことを語ることができようか？　血の気が引いた。

一時間後、ショーンが電話をかけてきた。くだけた話しかただった。私たちは二〇分ほど話をした。ピーターの肺はしっかりと発育してきたそうだ。そして「ちょっと決めなくちゃいけないことがあるんだ。おまえの意見を聞かせてくれ」と彼は言った。

「いいよ」

「決められないんだ」とショーンは言った。長い沈黙があった。電話の調子が悪いのかと私は思った。「俺がおまえを殺そうか、それとも殺し屋を雇おうか」完全なる静寂が訪れた。「飛行機代を考えたら殺し屋を雇ったほうが安いよな」

私は理解できなかったふりをしたが、それがかえってショーンを激怒させた。ショーンはどなり散らした。侮辱の言葉を投げつけてきた。どうにかして落ちつかせようとしたが、無駄だった。ついに直接対決となったのだ。電話を切ったが、ショーンは何度も何度もかけ直し、かけてくるたびに同じことを言った。殺し屋が私のところに向かっているから気をつけろと。私は両親に電話をした。

「本気じゃないわよ」と母は言った。「そんなお金は持ってないから」

「そこは問題じゃない」と私は言った。

父は証拠が必要だと言った。「電話を録音しなかったのか？　ショーンが本気かどうか、どうやったらわかるっていうんだ？」

「血のついたナイフで私を脅したときは、本気だったわ」と私は言った。

「いや、あのときは本気じゃなかった」

「だから、そんなこと問題じゃないから」と私はもう一度言った。

ショーンからの電話は最後には収まったけれど、両親が何か対処したというわけではなかった。ショーンが彼の人生から私を締め出したそのときから、電話はかかってこなくなったのだ。妻と子供に近づくなと彼はメールに書いてきた。そして、彼自身にも絶対に近づくなと。メールはとても長くて、何千文字もの非難とかんしゃくの連続だったが、終わりのほうのトーンは悲しみに沈んだものだった。兄弟のことを愛している。彼の人生にとって最良の人びとだと彼は書いていた。その兄弟の誰よりも、私のことを愛していたのに、おまえは常に背中にナイフを隠しているような人間だったと。

私がショーンを家族として思っていたのは何年も前のことだったが、兄を失うことには愕然とした。数カ月前からその覚悟はできていたとはいえ。

両親は、兄には私と縁を切る正当な理由があると言った。父は、私がヒステリックで、明らかに信頼性に欠ける記憶にもとづいて兄に対して思いやりのない非難をくり返したと言った。母は、私の怒りは本物の脅威で、ショーンには家族を守る権利があると言った。「あの晩のあなたの怒りは、ショーンのそれまでの行いの倍は危険だったわ」と母は電話で言った。犬のディエゴが殺されたあの夜のことについてだ。

現実は流動的になった。私の足元の地面が渦を巻きながら口を開け、私を下へ下へと引きずり下ろしていった。宇宙の底にある穴に砂が吸い込まれていくかのように。母は、ナイフのことは脅迫ではなかったとも言った。「ショーンはあなたをリラックスさせようとしたのよ。自分が握っていたらあなたが怖がると思ったの。だからあなたに握らせたのよ」その一週間後には、母はそもそもナイフなんてどこにもなかったと言い出した。「あなたと話をしていると、現実がとてもゆがんでいるように思えるわ。そこにいなかった人と話してるみたい」

そうだ。まさに、そういうことなのだ。

その年の夏はパリで学ぶための助成を受けていた。ドルーが一緒に来てくれた。私たちのフラットは六区にあり、リュクサンブール公園の近くだった。パリでの生活はまったく新しいもので、私はその毎日をできるだけ月並みにしたかった。私は観光客があふれる場所ばかりを好んで訪れた。人混みに紛れたかったのだ。それは、あわただしい形での忘却だった。私は人混みを追いかけるようにして夏を過ごし、観光客の群れに自己を埋没させ、自我や性格や過去のすべてをきれいさっぱり洗い流そうとしたのだ。つまらない気晴らしにすぎなかったが、私はそんな生活にのめり込んでいった。

　フランス語のクラスから戻ったある午後、メールを確認するためにカフェに立ち寄った。パリに来てから数週間が経過していた。姉からメッセージが届いていた。

　父が訪ねてきたらしい——そのことだけは瞬時に理解した——でも、そこで実際に何が起きたのかを理解するためには、メッセージを何度も読み返さねばならなかった。父は姉に、ショーンはキリストの贖罪（しょくざい）によって清められ、新しい人間になったのだと断言した。それから、こうも警告した。オードリーがショーンを許すことは神の意志であり、私たち家族は破滅するだろうと。私とオードリーが過去を蒸し返すようなことをすれば、私たちが許さなければ、私たちの罪はより重いものになると。

　この面会の場面を私は容易に想像することができた。姉の前に座る父の重苦しい存在感と、その言葉の威厳と力を。

オードリーは父に、贖罪の力はずっと前に受け入れていたと言った。そして兄のこともすでに許していると告げた。姉いわく、私が彼女をそそのかし、その怒りに火をつけたのだそうだ。私が神とともに信仰の道を歩むのではなく、悪魔（サタン）の領域である恐れに身を委ね、彼女を欺いたのだ。私は危険だとオードリーは書いていた。私は、恐れと怒りの父である堕天使（ルシファー）に支配されていると。

オードリーはつぎのようにメールを締めくくっていた。私は彼女の家では歓迎されない。さらには、私の影響に屈したくないから、誰かが私を見守っていないかぎり電話をかけてこないでほしいと。私はこれを読んで、大声で笑った。あまりに理不尽な状況ではあったが、そこに皮肉がないわけではなかった。数カ月前、ショーンが子供の近くにいる際は見守りが必要だと言っていたのはオードリーだった。私たちが重ねてきた努力の末に、見守りが必要なのは私になったというわけだ。

姉を失ったとき、私は家族も失った。

オードリーを訪れたように、ほかの兄たちのところにも父が行くのはわかっていた。兄たちは父を信じるだろうか？　信じるだろうと私は思った。結局のところ、オードリーがその証拠だ。私が否定しても意味がないし、そんなことをしても他人がわめき散らしていると思われるだけだ。私はあまりにも遠くに行き、別人のように変化した。彼らの記憶にある、膝をすりむいた小さな妹はもういないのだ。

父と姉がでっちあげた私の歴史を覆すことはもう無理だろう。彼らの主張はまず兄たちに伝わり、叔母、叔父、いとこ、そして渓谷全体に伝わっていく。私は親族全員を失ったのだ。でも、なぜこんなことに？

そんな心境の私に、もう一通の手紙が届いた。ハーバードの特別奨学金を得たという知らせだった。このときほど無関心に、こういった手紙を受け取ったことはないと思う。廃材の山からはい出してきた何も知らない少女がハーバードで学ぶことができるなんて、感謝に酔いしれるべきだとわかっていた。でも、情熱はどこからも湧いてこなかった。教育を受けることで自分が失ったものを理解し、怒りさえ感じていたのだ。

オードリーのメールを読んだあと、過去は形を変えはじめた。まずは彼女との思い出だった。その姿は一変した。一緒に過ごした子供時代。優しく笑いに満ちた時間。少女だった私と姉の思い出はねじ曲げられ、汚れ、腐っていった。過去は現在と同じように身の毛のよだつものとなった。

この変化は、家族全員との思い出でもくり返された。すべての思い出は不吉で、非難めいたものへと姿を変えた。かつては娘であり妹であった私は、もう子供ではなくなり、別の何か、脅威と冷酷さを備えた別の存在になり替わっていた。私は、残りの家族を食い尽くす化け物（モンスター）なのだ。

自分が化け物じみた子供（モンスター・チャイルド）だという考えは、数カ月後にある論理を思いつくまでつきまとった。それは、私はおそらく正気ではなかったという論理だ。もし私が常軌を逸していたのなら、すべてのものごとを意味をなすように作り変えることができる。もし私が正常だったら、それはできない。この論理は罪の証明であり、同時に救済にもなった。私は邪悪などではなかった。単に病（や）んでいたのだ。

私はいつも他人に判断を求めるようになっていった。もしドルーが私と違うように憶えていたら、彼の記憶に譲った。私たちの生活の記憶はドルー任せになっていった。友達に会ったのは先週だったか、その前の週だったか、お気に入りのクレープのお店が図書館の隣だったか博物館の隣だったか。自分の記憶を疑うことに喜びを見いだしていた。記憶の断片を疑い、記憶を保つ能力自体を疑うことで、自分が起きたと信じていることに対して、どんどん懐疑的になっていった。

日記が問題だった。自分の記憶は記憶しているだけでなく、記録していた。文書として残っていた。これは単に自分の記憶が間違っていることよりも、多くを意味していた。ものごとが起きるたびに自分の心の奥底で作り上げてきた妄想をずっと記録しつづけていたということなのだ。

数カ月間、私は狂ったような日々を過ごした。太陽を見れば雨を疑った。私が見ているものを、周りの人も見ているかどうか聞きたくてたまらなかった。この本は青色をしている？　あの男性は背が高い？

ときに、この疑いが断固とした確信となることもあった。自分の正気を疑えば疑うほど、自分の記憶を、自分だけの「真実」で、唯一可能な真実を暴力的なまでに信じたくなるときがあった。ショーンは暴力的で、危険で、父は彼の擁護者だった。この真実については、どんな反対意見を聞くことも耐えられなかった。

私は自分が正気だと思える理由を必死になって探しまわった。証拠。まるで空気のようにそれを求めた。私はエリンに連絡をとった――セイディーの前と後にショーンが付き合っていた女性だ。私が一六歳のとき以来会っていなかった。私は彼女に自分が憶えていることを書いて、記憶が混乱しているのかどうか、率直に聞いてみた。彼女はすぐに返事をくれ、私は間違っていないと教えてくれた。私が自分自身のことを信じられるように、彼女は彼女自身の記憶を共有してくれた――ショーンが彼女を売春婦とどなりつけたことを。私はその言葉にはっとした。彼女には、それは私についての言葉だとは話していなかった。

エリンは別の話もしてくれた。一度、ショーンに口答えしたことがあるそうだ——ほんの少し、試したほどだったと彼女は言った——ショーンは彼女を家から引きずり出して、レンガの壁に彼女の頭を思い切り叩きつけた。殺されると思ったそうだ。ショーンは両手で彼女の首を絞めていた。私は幸運だったのと彼女は書いていた。彼が首を絞めはじめる前に叫ぶことができたの。おじいちゃんが声を聞いて、ショーンを止めてくれた。でも、彼の目のなかにあったものは見たわ。

エリンの手紙は現実に設置された手すりのようになった。私の気持ちが揺らぎはじめたら、手を伸ばして捕まえるようなものに。でもそれは、彼女が私と同じくらい常軌を逸しているのではと思いはじめるまでのことだった。彼女が痛めつけられてきたのは明らかだ。あんなことをくぐり抜けてきたエリンの話を、どうやったら信じられるっていうの？　と自問した。彼女を信じるなんてできなかった。彼女が負った精神的ダメージの大きさは誰もが知っていたのだ。だから私は、別の人からの証言も探しつづけた。

四年後、単なる偶然で、私は別の証言を得ることになる。

私が研究のためにユタ州を旅行していたときのことだ。私の名字を聞いて激怒した人物がいた。

「あんた、ウェストーバーか」と男は言った。そして表情を暗くして「ショーンの親類か？」と聞いた。

「兄です」と私は答えた。

「最後に君の兄に会ったときの話だ」彼は「兄」を強調してそう言った。まるでその言葉につばを吐かんばかりに。「俺の従姉妹の首を絞めていやがった。彼女の頭をレンガに叩きつけていた。祖父がいなければ、あいつは彼女を殺していた」

目撃者だ。公平な証言だ。でも、この話を聞くまでもなかった。自分に懐疑的になるという流行熱のようなものは、ずっと前に過ぎ去っていた。私が自分の記憶を完全に信用するようになったということではなく、ほかの人の記憶と同じぐらいに信じられるようになっていたし、一部の人の記憶よりもずっと信用できるようになっていたということだ。

しかし、そうなるまでには数年かかった。

第36章　迫り来る二人の影

スーツケースを引っぱりながらハーバード・ヤードを歩いていたのは、太陽が燦々と降り注ぐ九月の午後のことだった。コロニアル様式の建築は、ケンブリッジのゴシック様式の尖塔に比べると異国風であると同時にござっぱりとして、目立たないものだった。ワイドナーと呼ばれる広い図書館は私がそれまで見たことがある図書館のなかでもっとも規模の大きいもので、数分間は過去のことなど忘れ、ただ驚いて、見つめることしかできなかった。

私の部屋はロースクール近くの大学院生向け学生寮にあった——小さく洞窟のようで、暗くてしめっていて、凍えるように寒い部屋だった。壁は灰色で、床には鉛色の冷たいタイルが敷きつめられていた。私は極力部屋から出るようにしていた。大学は新たなはじまりを私に与えてくれるように思えたし、それを受け入れようと思っていた。ドイツ観念論から世俗主義の歴史、倫理学から法学まで詰め込めるだけの授業を時間割に詰め込んだ。

私は週に一度のフランス語の勉強会に参加して、編み物のサークルにも登録した。大学院は木炭画のクラスを無料で提供してくれた。それまで一度も絵を描いたことはなかったけれど、そのクラスにも申し込みを済ませた。

本を読みはじめた――ヒューム、ルソー、スミス、ゴドウィン、ウルストンクラフト、そしてミル。私は彼らが生きた時代と、彼らが解決しようとした問題にのめり込んでいった。個人は社会全体に対する義務と、親族に対する特別な義務と、どちらに重きを置くべきなのかという問いを内包する、彼らの家族をめぐる思索に取り憑かれたようになったのだ。そして、ヒュームの『道徳原理の研究』で見つけたたて糸と、ミルの『女性の解放』で見つけた横糸を織るようにして論を書きはじめた。とてもうまくいき、書きながらも手応えがあったほどだ。書き終えると、いったん作業を終え、原稿を寝かせた。それは私の博士論文の最初の一章となった。

とある土曜日の朝、スケッチのクラスから戻り、母からメールが来ていることに気づいた。お父さんと二人でハーバードに行きますと母は書いていた。私はその文章を少なくとも三回は読んで、冗談にちがいないと考えた。お父さんが旅行なんてするわけないじゃない――アリゾナへ自分の母親に会いにいく以外、父がどこかに行くなんてありえないのだ――だから、飛行機に乗って国を横断して、悪魔に取り憑かれた娘に会いにくるだなんて、そんなばかばかしいことするわけがない。でも、しばらくして私は理解した。父は私を救うためにやってくるのではないかと。母は飛行機のチケットはすでに予約していて、私の寮の部屋に泊まるつもりだと書いていた。

「ホテルを予約しようか？」と私は聞いた。二人は、必要ないと答えた。

数日後、何年も使っていなかったチャットを開いた。楽しげな音が鳴り、表示されていた名前が灰色から緑色に変わった。チャ、ャ、ー、ル、ズがオ、ン、ラ、イ、ン、に、な、っ、た。どちらがチャットをはじめて、どちらが電話での会話にしようと言い出したのかはわからない。まるで二人のあいだに時間など経過していなかったかのように、私たちは一時間ほど話をした。

チャールズは私がどこで学んでいるのかを聞いてきた。私が答えると、彼は「ハーバードだって！　本当かよ！」と言った。

「誰がこんなこと想像したって感じでしょ？」

「俺は、信じてたよ」とチャールズは言った。それは本当だった。彼はいつも私を信じてくれていた。理由なんてない、ずっと前から。

私はチャールズに、大学卒業後の生活を尋ねた。不自然な沈黙があった。「計画どおりにはものごとが進まなくてね」と彼は言った。チャールズは大学を卒業できなかった。息子が生まれ、大学二年でドロップアウトしたのだという。妻となった女性が病気がちで、そのため高額な医療費が彼らの生活を圧迫していた。結局、彼はワイオミングの石油掘削場で仕事を得た。「最初は数ヵ月の予定だったんだよ」と彼は言った。「そう思っていたのは、一年前のことだけどね」

チャールズには、ショーンと決裂したことを打ち明けた。そして、残りの家族とも疎遠になったいきさつも。彼は静かにそれを聞き、長いため息を漏らして、そして「家族をいっそ手放してしまおうと、そう考えたことはないのかい？」と聞いた。

それは一度として考えたことはない。「この状態だって永遠にというわけじゃないわ」と私は言った。「きっと修復できるから」

「君がそこまで変わるなんて愉快だよ」とチャールズは言った。「でも僕らが一七歳だったころから、君の言うことはまったく変わってないね」

木の葉が色を変えはじめたとき、両親がハーバードに到着した。キャンパスは一年でもっとも美しい時期で、赤と黄の秋色がコロニアル様式のレンガに映えていた。田舎者のお決まりのルールで、デニムのシャツと全米ライフル協会の生涯会員キャップをかぶった父は、ハーバードではとても場違いに見えたが、顔の傷はよりいっそう、彼の存在を浮き上がらせていた。爆発事故後の父には何度も会っているが、ハーバードにやってきてはじめて、彼がいかにひどいけがを負ったのかを実感した。ハーバードでの私の人生と彼の姿を比べて、はじめて理解したのだ。他人の視線を通して、私に伝わってくる――道で父とすれ違った人びとは表情を変え、二度見する。そこで私も父を見て、いかに父の顎の皮膚が引きつり、唇は自然な丸みを失って、頬はガイコツのように落ちくぼんでいたかに気づく。何かを指し示すときに父がよく使う右手は、指がねじれ、からみあっている。ハーバードの古めかしい尖塔や円柱と並べて見てみると、神話に出てくる生きもののかぎ爪のように見えた。

大学にはこれっぽっちも興味がないようだったので、私は父を街に連れていった。まずは地下鉄の乗りかたを教えた。カードを入れて、回転するゲートを押して通る方法だ。まるで魔法のテクノロジーだと言わんばかりに、父は大声で笑った。父は五〇ドルの新札を手渡した。ホームレスの男性が地下鉄の車両内を歩いてやってきて、一ドルを求めてきた。父は五〇ドルの新札を手渡した。
「ボストンでそんなことしてたらすぐお金がなくなってしまうわ」と私は言った。
「そうでもないな」と父はウィンクしながら言った。「ビジネスが絶好調なんだ。使えないぐらい稼いでるからな！」

体調のあまりよくない父が、私のベッドを使うことになった。買っておいたエアマットレスを母に使ってもらった。私はタイルの床で寝た。両親の大きないびきがやかましくて、私は横になったまま朝まで眠ることができなかった。とうとう太陽が顔を出すと、私は床でじっと目を閉じ、ゆっくりと、深く息を吸っていた。両親は私の小型冷蔵庫をあさったあと、小さな声で私について話しはじめた。

「神から求められているんだよ」と父は言った。「それでもこの子を神のもとに連れては行けないかもしれないが」

二人はどのように私を再改宗させようか話し合っていた。私は彼らに好きにさせようと思っていた。それが悪魔祓い（ばらい）だとしても、譲歩する準備ができていた。奇跡だったらなおさらいいだろう。もし私が納得できる形で生まれ変わることができるなら、去年私が行ったことをすべて自分と切り離すことができる。すべてやり直せる――すべてを悪魔の堕天使（ルシファー）のせいにして白紙の状態に戻せる。新しい、清潔な器（うつわ）になった自分がどれだけ尊重されるだろうか想像してみた。どれだけ愛してもらえるだろう。彼らの記憶と自分の記憶をすり替えるだけ。それだけでいい。そうしたら、自分の家族を持つことができる。

父はニューヨーク州のパルマイラにある「聖なる森」を訪れたがった――モルモン教の創設者であるジョセフ・スミスによれば、神が現れ、彼に真実の教会を探せと伝えた場所である。私たちは車を借りて、六時間かけてパルマイラまでやってきた。高速道路から少し外れた森の近くに、輝く寺院があり、その建物の頂上には天使モロナイの金色の像が建っていた。父は車を停めて、寺院の敷地内を歩くように私に言った。「寺院に触りなさい」と彼は言った。「寺院のパワーが清めてくれるから」

私は父の顔をうかがった。緊張した面持ちだった――真剣で、必死だった。そんなにも気持ちをこめて、父は私に寺院に触れ、救われてほしいと願っていた。

父と私は寺院を見つめた。彼は神を見ていた。私が見ていたのは御影石だ。そして私たちは互いを見た。父が見たのは忌まわしい女で、私が見たのは錯乱した老人だった。信仰のせいで、実際に顔かたちを変えられてしまった人間だ。それでもなお、父は勝ち誇っていた。私はサンチョ・パンサの言葉を思い出していた。**遍歴の騎士というのは、今しがた棒でぶちのめされたかと思うと、あっという間に、今度は皇帝になるもののことよ**（『ドン・キホーテ　前篇（一）』牛島信明訳、岩波文庫、第一六章から引用。傍点は訳文引用者）。

この瞬間のできごとをいまになって思い出すと、イメージは霞み、熱狂的な騎士が馬にまたがって想像上の戦いに突入し、影めがけて、何もない場所に突き進む様子へと再構成されていく。顎を引き締め、背中をまっすぐに伸ばす騎士。彼の瞳は確信を持って輝き、光を放ち燃え盛る。母は疑うような表情で私を見るけれど、騎士が母を見つめると、たちまち二人の考えはひとつとなって、無益な戦いに身を投じるのだ。

私は敷地内を歩き、そして手のひらで寺院の石の壁に触れた。目を閉じ、このシンプルな行いが、両親が求め、祈りつづけた奇跡を起こしますようにと願った。私はこの遺物に触るだけでいい。そうすれば全能の神の力によって、すべてがうまくいくはずだ。それなのに、何も感じることはなかった。ただの冷たい岩。

私は車に戻り、「帰ろう」と言った。

ああ人生が狂気じみていると
したら、では一体、本当の狂気とは何か？

後日、私は至るところにそう書いた――無意識に、いやおうなしに。私が読んでいた本にも、授業のノートにも、日記の余白にもこの言葉を見ることができる。まるで呪文のようにくり返した。私は信じ込もうとしていた――自分が真実とわかっていることと、自分が嘘だとわかっていることのあいだに、本当の違いなどないと信じようとしていた。私がやろうとしていたことには尊厳があったと自分自身に納得させるために、善悪、現実、健全さについての自らの見識を手放し、両親の愛を得ようとしたのだ。二人のためであれば、たとえ無謀な戦いであろうと、私は甲冑（かっちゅう）を身につけ、巨人に突進できたと信じた。

私たちは「聖なる森」に立ち入った。両親の前を歩いていた私は、木陰にベンチを見つけた。歴史ある美しい森だった。この森は、私の先祖がアメリカにまでやってきた理由だ。小枝が折れる音がして、両親が現れた。二人は私をはさんでベンチに座った。

それから二時間父は話しつづけた。父は天使と悪魔を見たことがあると厳かに言った。悪魔の出現を実際に目撃し、古の預言者であるジョセフ・スミスがこの森で主イエス・キリストの訪問を受けたときと同じように、彼も神からの訪問を受けた。父の信仰はもはや信仰ではなく、欠点のない知恵なのだと。

「おまえはルシファーに憑依されている」と父はささやいた。そして私の肩を抱いた。「おまえの部屋に入った瞬間にそう感じたよ」

私は自分の寮の部屋を思い浮かべた——くすんだ壁に冷たいタイル、でもそこにはドルーが送ってくれたひまわりの花と、ジンバブエ出身の友人が出身地の村から買ってきてくれたテキスタイルの壁飾りがかけられていた。

母は何も言わなかった。私は地面を見つめ、目を潤ませ、唇をぎゅっと結んでいた。父は私の返事を待っていた。私は自分自身のなかをくまなく探して、父が聞きたい言葉を見つけようとした。でも、私のなかにはまだ、その言葉はなかった。

ハーバードに戻る前に、一緒にナイアガラの滝を見にいこうと両親を説得した。車内のムードは重く、最初は気晴らしに誘ったことを後悔したのだが、滝を見た瞬間、父は豹変し、大喜びした。私はカメラを持っていた。父は写真が大嫌いだったが、私のカメラを見ると、喜んで目を輝かせた。「タラ！　タラ！」と彼は大声で言って、私と母の前を走っていった。「この角度で写真を撮るといい。すごくきれいだ！」まるで父は、私たちが思い出を作ろうとしていることに気づいたかのようだった。私たちがのちに必要とするかもしれない、美しい思い出を。それとも、私がそんな雰囲気を醸（かも）し出していたのかもしれない。なぜなら、私がそう感じていたからだ。今日の写真が森のことを忘れさせてくれるかもしれないと私は日記に書いた。私とお父さんが幸せそうに一緒に並んでいる写真がある。それはそういう関係でいることが可能だという証拠だ。

　ハーバードに戻ると、私がホテル代を支払うと申し出た。両親は行かないと言い張った。結局一週間、私たちは寮の部屋で、互いにつまずきあいながら過ごした。毎朝、父は小さな白いタオルだけを身に着けて、階段をのぼって共同シャワーに行った。ブリガム・ヤングでこれをやられたら恥ずかしく思っただろうけど、ハーバードでは私は肩をすくめただけだった。恥ずかしさなんてどうでもよかった。彼が誰に会おうと、何を言おうと、誰かがショックを受けたとして、それがなんだというのだろう？　私が気にしていたのは父の気持ちだった。私が失おうとしていたのは、父なのだった。

　そして両親の滞在最後の日の夜になった。私はその日も、生まれ変わってはいなかった。共同キッチンで私と母は牛肉とジャガイモのキャセロールを作り、トレーに乗せて部屋に運んだ。父は静かに皿を眺めていた。父はまるでそこに一人きりでいるかのようだった。母はキャセロールの感想をいくつか言うと、不安そうに笑ってから口をつぐんだ。

食べ終わったあと、父が贈り物があると言った。「ここに来た理由は、おまえにこれを渡すためだ」と父は言った。「おまえに神の祝福を与えるためだ」

モルモン教では、聖職者は地球上で行動する神の力だ――助言し、忠告し、病気を治し、悪魔を追放する。それは男性の仕事である。いまがまさにその瞬間なのだ。もし私が祝福を受け入れるなら、父は私を清めることができる。私の頭の上に手を置いて、私が言ったことを言わせた悪魔を追い出すことができる。その言葉は私を家族に歓迎されない存在にした。私がやらなければならなかったのは譲歩だ。五分ですべてが終わる。

私は自分がノーと言う声を聞いた。

父は信じられないといった顔で私を見たが、やがて厳かに話しはじめた。神のことではなく、母のことだった。ハーブ、と父は言い、それは神から与えられた天職だと言った。私たち家族に起きたあらゆること、けが、死の淵を訪れたことは、私たちが選ばれていたから、私たちが特別だったから起きたのだ。神は、私たちが医学界を否定して、神の力を証明するために、すべてを画策したのだと。

「ルークが足をやけどしたときのことを憶えているか？」と父が聞いた。忘れられるわけがない。「あれも神の計画だったんだ。お母さんのためのカリキュラムだ。私に起きることへの準備をさせるためだったんだ」

　爆発事故、そしてやけど。神の力を示す生きた証になることは、最高位の霊的な名誉だったと父は言った。ねじれた指で私の手を取ると、自分の見目の変化は運命づけられていたのだと言った。それは神の優しい情けであって、神に自分の魂を届けたのだと。

　母は恭しく、ささやくような声で告白をはじめた。チャクラの調整をすることで脳卒中を抑止することができる、エネルギーのみを使って心臓麻痺を止めることができる、人びとに信仰があればがんを治療することもできる。母自身も乳がんを患っていたが、自らで治療したと。

　私は、はっと我に返った。「がんなの？」と私は聞いた。「本当に？　検査したの？」

「検査なんて必要なかったわ」と母は言った。「筋肉テストをしたの。そうしたら、がんだった。ちゃんと治したのよ」

「おばあちゃんだって治すことができたはずなんだ」と父は言った。「でも、あの人はキリストに背を向けた。信仰が足りなかったから死んだ。信仰のない人間を神が癒すことはない」

　母はうなずいたけれど、けっして顔を上げようとはしなかった。

「おばあちゃんの罪は深かった」と父は言った。「でも、おまえの罪はもっと深刻だ。なぜならおまえは、真実を与えられたのに背を向けたのだから」

部屋は静かだった。オックスフォード通りを走る車の鈍いエンジン音以外、何も聞こえなかった。

父の目はじっと私を見すえていた。それは、宇宙そのものから力と権威を引き出した、聖なる預言者の視線だった。その重みに耐えられると証明するために、私は父を正面から見返したかった。だが数秒のあいだに、私のなかの何かが崩れ、何かが譲り、目を下に落としてしまった。

「おまえに待ち受ける災難を予言するために神から遣わされた」と父は言った。「すぐにやってくる。そしてその災難はおまえを壊すだろう。完全に壊してしまうんだ。最悪の屈辱を与え、倒すだろう。おまえは壊れて横たわり、神の赦しを乞うために祈るだろう」父の声は最高潮に達し、そしてつぶやきに変わった。「神はおまえの声を聞かない」

私は父と目を合わせた。父は強い確信で燃え上がらんばかりだった。その体から放出された熱を感じられそうなほどだった。彼は前にかがんで、自分の顔を私の顔に触れそうになるまで近づけた。「でも私はおまえの声を聞く」

静寂が訪れた。何者も邪魔できない、重苦しい静寂。

「最後のチャンスだ。おまえに恵みを与えよう」

神の祝福は慈悲だった。父は私に、姉に与えたと同じ降伏の条件を与えた。姉にとっては、現実——私に打ち明けてくれた現実——を父の現実と取り替えられると知ることは、大いなる安らぎだっただろう。裏切りの代償がわずかなものだったことに、どれだけ感謝しただろう。彼女の選択を裁くことはできないけれど、自分自身は同じ選択ができないことはわかっていた。私が努力して手に入れてきたもの、私が学んだ年月はすべて、たったひとつの特権を得るために手に入れたものだった。それは、父が与えてくれたよりも多くを見て、それ以上の真実を経験することだった。そして、その真実を自分自身の知性を構築するために使うことだ。私は多くの知識、歴史、視点を評価する能力こそが、自分を確立するための本質であると信じるようになった。もしいま私が譲歩してしまったら、私が失うものはこの議論以上のものになる。私は自分自身の心を守る権利すら失ってしまう。これこそが、私が支払うことを迫られていた代償だったことを、いま私は理解している。父が私から追い出したかったのは悪魔じゃない。私そのものだったのだ。

父はポケットに手を伸ばした。聖なるオイルを取り出して、私の手のひらにのせた。私はそれをじっと観察した。儀式を行うために必要なのはこのオイルと、奇妙にねじれた父の手に委ねられた神聖なる職権だけだ。私は自分が降伏するさまを想像した。目を閉じて自分の冒瀆的な言動を撤回するさまを想像した。私は自分の変化を、神から与えられた変身を告白する言葉を、自分が叫ぶ感謝の言葉を想像した。その言葉たちはすでに完全に形作られ、唇から飛び出さんばかりだった。

でも、口を開いたら、すべて消えてしまった。

「愛してるわ」と私は言った。「でも、できない。ごめんなさい、お父さん」

父は勢いよく立ち上がった。

父は、この部屋には邪悪なものがいるといま一度言った。そして、ここにはひと晩たりとも泊まることはできないと。飛行機の時間は翌朝だったが、悪魔と一緒に寝るぐらいなら、ベンチで寝たほうがよっぽどマシだと父は言った。母はあたふたと部屋を歩き回り、シャツやくつ下をスーツケースに詰め込んだ。五分後には、二人は消えていた。

第37章　贖罪のための賭け

誰かの叫び声がした。長々と続くその叫び声はとても耳ざわりで、私は目を覚ました。あたりは真っ暗だった。外灯、歩道、遠くの車のエンジン音。私は寮から半ブロックほど離れたオックスフォード・ストリートの真んなかに立っていた。裸足で、タンクトップにフランネルのパジャマのズボンという格好だった。人びとが驚いて私を眺めているような気がしたのだけれど、夜中の二時で道路には誰もいなかった。

どうにかして寮の部屋まで戻り、ベッドの上に座って、いったい何が起きていたのか、頭のなかで物語を組み立てようとした。眠りについたときのことは憶えている。夢を見たのも憶えていた。ベッドからホールに全速力で走りおりて、道路に出て、叫んだことは思い出せない。いいいや、思い出せないのだ。でも、私がしたのは、まさにそんなことだった。

家の夢だった。父がバックスピークの迷路を作って、私を閉じ込めたのだ。壁は高さ一〇フィート〔約三メートル〕。地下貯蔵庫の備蓄を積み上げてできたものだった——穀物の入った袋、弾薬ケース、蜂蜜の入った缶。私は何かを探していた。それは本当に大事なもので、けっして代わりを見つけることはできないものだった。それを取り戻すためには迷路を出なければならなかったのに、出口は見つけられなかった。そして父は穀物の袋でバリケードを作って出口を封鎖し、私を追いかけてきたのだ。

私はフランス語の勉強会やスケッチのクラスに行くのをやめた。図書館で読書をしたり、講義に出席する代わりに、部屋でテレビを観ていた。過去二〇年間に人気のあったドラマシリーズをすべてだ。ひとつのエピソードが終わったら、まるで息を吸うかのように無意識につぎを。一日に一八時間から二〇時間は観つづけた。眠れば、家のことを夢に見た。最低でも週に一度は夜中に道路に立って、目が覚める直前に聞いていたのが自分の叫び声なのかどうか考えた。

勉強もしなかった。本を読もうとしたけれど、文章は何の意味も持たなかった。意味がない状態である必要があったのだ。文章をつなぎ、それを思考の糸にすることや、その糸を織って知識としていくことに我慢ならなかった。知識はあまりにも顧みることに似ていて、そして顧みることはいつも、私から逃げ出す直前に見せた、父の呆然とした顔と重なった。

重度のストレス状態は、それがどれだけ明らかであったとしても、当人にとってはなぜか明らかではない。自分は大丈夫だと思ってしまう。昨日テレビを二四時間観たからといって何が悪いのだろう。ぼろぼろってわけじゃない。少しばかり怠けているだけだから。自分が苦悩していると考えるより、自分が怠惰だと思うことのほうがいいのはなぜだろう。私にはわからない。でも、それはたしかに楽だった。楽以上の感覚だった。そう思うことがむしろ必要不可欠だった。

一二月までには、自分がやるべき研究が遅れを取り戻せない状況になっていた。『ブレイキング・バッド』〔二〇〇八年から二〇一三年まで放送されたアメリカのテレビドラマ〕の新エピソードを観ていたとある晩、私は突然、博士号の取得に暗雲が立ちこめていることに気づいた。この皮肉な状況に、私は一〇分間も狂ったように笑いつづけた。教育のために家族を犠牲にし、いまとなっては教育まで失おうとしている。

数週間こんな状態を続けたのち、私はベッドからよろよろと立ち上がって、自分の間違いを認めた。父が祝福を与えてくれると言ったとき、それを受けるべきだったのだ。でも、遅すぎるなんてことはない。ダメージを補うことはできる。正すことはできる。

クリスマス休暇にアイダホに行くための飛行機のチケットを購入した。フライトの二日前、私は冷や汗をかいて目を覚ました。夢を見たのだ。病院にいて、ぱりっとした白いシーツの上に私は寝ていた。父がベッドの足元にいて、警官に私が自分自身を刺したのだと話していた。母の目はパニックの色を帯び、父の言葉をくり返していた。どういうわけかドルーが私を別の病院に移さなければと叫んでいる声が聞こえ、驚いた。「ここでは彼に見つかってしまう」とドルーはくり返していた。

中東に住んでいたドルーにメールを送った。バックスピークに戻ると伝えたのだ。彼の返信は緊張感にあふれ、鋭かった。私が迷い込んでいた霧を切り裂くかのようだった。親愛なるタラと彼は書いていた。もしショーンが君を刺したとしても、君が病院に連れていかれることはない。地下に寝かされ、傷にラベンダーを塗られるだけだ。彼は行かないでくれと懇願し、私がすでに知っていること、もうすでに気にもしていないことをたくさん書いてきた。そしてドルーの言葉には効果がなかった。君は、自分が常軌を逸した行いをしそうなときのために自分の物語を僕に語ってくれたんだよね。いいかい、タラ。いま、君は常軌を逸している。

まだ修復できるはず。飛行機が離陸するとき、私はそう唱えていた。

日差しが明るい冬の朝、バックスピークに到着した。ブーツの下で音を立てる氷と砂利。凍った地面の新鮮なにおい。空は透き通るような青だった。私は出迎えてくれた松の木の香りを胸いっぱいに吸い込んだ。

山のふもとに目を移すと、息が止まりそうになった。おばあちゃんが生きていたころは、彼女が父をどなりつけたり脅したりをくり返して、父の廃材置き場が広がりすぎないよう見張っていた。いまやゴミは農場を覆い尽くし、山のふもとに迫るほどだった。かつては完璧な雪の湖のようだった丘には、潰れたトラックや錆びついたタンクが点在していた。

ドアを開けて家に入ると、母は大喜びした。戻ることは母には伝えていなかった。誰にも言わなければ、ショーンから逃げられると思ったからだ。母は不安げに、早口で話した。「ビスケットとグレイビーを作ってあげなくちゃ！」と母は言い、キッチンに急いで戻っていった。

「すぐに手伝うから」と私は言った。「メールを送らなくちゃいけないの」

家族のコンピュータは母屋にあり、改築以前はそこがリビングルームとして使われていた。そこに座ってドルーにメールを書いた。彼には、バックスピークに滞在しているあいだは二時間ごとにメールを書くと約束していた。二人のあいだの妥協案のようなものだった。マウスを動かすと画面が表示された。ブラウザは立ち上がった状態だった。サインアウトするのを忘れていたのだろう。別のブラウザを起動しようとして、ふと、自分の名前が目にとまった。そのメールは開かれたままの状態になっていて、少し前に母が送信したものだった。それはショーンの昔のガールフレンド、エリンに宛てたものだった。

メールの最初には、ショーンは生まれ変わって、霊的に清められたと書いてあった。贖罪が私たち家族を癒し、すべてが再構築されたと。私を除く、すべてが。**聖霊が私に娘の真実を語りかけてきました**と母は書いていた。**私のかわいそうな娘は恐れに自分を明け渡し、そしてその恐れは彼女を絶望させて、誤解でしかないものの正当性を証明しようと必死になったのです。彼女が家族にとって危険かどうかはわかりませんが、彼女が危険であると考える理由はあります。***

このメッセージを読む前から、母が父の暗い幻想をともに追い求めていることは知っていた。私が悪魔に心を奪われていると、私が危険であると考えていたことも知っていた。でも、それをモニターの上で見ることで、それを読むことで、そして彼女自身の声をそこから聞くことで、私は目が覚めた。

メールにはそれ以上のことが書かれていた。最後の段落には、一カ月前に生まれたエミリーの二番目の娘の出産の様子が記されていた。母はその子供を取り上げている。出産は自宅で行われ、母によると、エミリーは出血多量で危うく命を落としかけ、病院に搬送されたそうだ。母はその話をこう証言して締めくくっていた。あの夜、母の手を通じて神がすべてを行った。出産は神の力の証であると。

ピーターの出産のときのいきさつは憶えている。彼は五〇〇グラムをようやく超えたほどの大きさでエミリーの体から出てきてしまった。そのあまりにも灰色の体を見て、誰もが彼が死んでいると思ったほどだ。吹雪（ふぶき）のなかを町の病院に向かったが、その病院では十分な対応ができず、ヘリコプターを飛ばすこともできないと言われたので、オグデンのマッケイディー病院まで二台の救急車で搬送された。そんな医療歴のあるエミリーが、明らかにハイリスクな女性が、二度目の出産も自宅で行うなんて、なにかの間違いかと思えるほど無謀な話だ。

最初の早産が神の意志であれば、つぎの出産は誰の意志だというのか？

姪の誕生について考えているあいだに、エリンの返信が届いた。**タラのことですが、あなたは間違っていないと思います**と彼女は書いていた。**彼女は信仰を失い、迷っているのです。**エリンは母に、私が自分自身を疑っていることが——エリンにメールを書いて、もしかして私が勘違いをしているのか、自らの記憶が間違っているのかと聞いたのが——その証拠だと書いていた。私の魂が危険にさらされていて、だからこそ信用してはいけない

＊電子メールでのやりとりのなかで太字で記された部分は、直接の引用が行われているのではなく、書き換えられている。意味は変更されていない。

のだと。**彼女は恐怖の上に人生を築き上げているんです。彼女のために祈ります。**エリンはメッセージを母の助産婦としてのスキルを褒め称える言葉で締めくくっていた。**あなたは本物のヒーローです。**

私はブラウザを閉じ、モニターの壁紙をじっと見つめた。私が子供のころと同じ、花柄の壁紙だ。この壁紙が恋しくて、どれだけ夢に見ていたことだろう？　私はここに、かつての生活を再生させるために、それを救うために戻ってきた。でもここには、救うべきものなどなにもなく、つかみとれるものもない。流れる砂、流れる忠誠心、流れる歴史があるだけだ。

迷路の夢を思い出した。父の恐怖と妄想、聖書と預言、穀物の袋と銃弾の箱でできた壁を思い出していた。私はかつて、方向感覚を奪うジグザグの道で作られたその迷路から、変化しつづける小道から、大切なものを見つけるために脱出したいと思っていた。でもいまとなっては、私は理解できるのだ。その大切なものとは、迷路そのものだった。ここでの私の人生に残されたものは、迷路がすべてだった。けっして理解することができなかったルールを持ったパズル。なぜならそれはルールでもなんでもなく、私を閉じ込めておくための檻のようなものだった。そのなかにいつづけて、家とされる場所を探すこともできる。あるいは、壁が動いて出口が閉じられる前に、逃げ出すこともできる。

キッチンに戻ったとき、母はビスケットをオーブンに滑り込ませていた。私はあたりを見まわして、心で家じゅうを探しまわっていた。私が必要とするものはここにあるだろうか？　そこには、たったひとつだけあった。私の思い出だ。箱に入ったそれは、ベッドの下にある。そこに置いて家を出たのだ。私はその箱を運んで、車の後部座席に入れた。「ちょっとドライブに行ってくるわ」と私は母に言った。いつもと変わらない声を出そうとした。私は母を抱きしめ、そしてバックスピークを長い時間をかけて眺めた。すべての線と影を記憶しながら。母は私が日記を車に積み込むのを見ていた。母はそれが何を意味するのかわかっていたし、そこに別れを感じとったにちがいない。母は父を呼んできた。父は体を強ばらせながら私を抱きしめ、そして「愛してるよ。わかっているよな？」と言った。

「わかってる」と私は言った。「それを疑ったことはなかったわ」

この言葉は私が父にかけた最後の言葉だ。

南に向かって車を走らせた。自分がどこへ向かっているのかわからなかった。クリスマスが近づいていた。空港に行って、ボストン行きのつぎのフライトに乗ろうと思ったとき、タイラーから電話があった。

タイラーとは何ヵ月も話をしていなかった――オードリーが父に屈して以来、兄弟に何を打ち明けても無意味だと感じていたのだ。母は兄、いとこ、叔母、叔父たち全員に、エリンにメッセージで書いていたのと同じことを伝えていたはずだ。私が取り憑かれ、危険で、悪魔に乗っ取られていると。実際、私の予想どおりだった。母はたしかに彼らに警告していた。でも、間違いも犯していた。

私がバックスピークを去ったことで、母はパニックに陥った。私がタイラーに連絡するのを恐れたからだ。もしタイラーに連絡したら、彼が私に同情すると考えたようだ。彼女はタイラーに先に連絡を入れて、私が彼に言うかもしれないことを否定した。それが計算違いのはじまりだった。その否定がタイラーにとってどのように聞こえるか、突然聞かされたタイラーがどう思うか、考えなかったのだ。

「もちろんショーンはディエゴをナイフで刺さなかった。タラをナイフで脅迫することもなかったの」と母はタイラーに言った。それは彼を安心させようとしてのことだが、私からも、誰からも何も聞いていなかったタイラーからすれば、安心どころではなかった。母との電話を切った直後にタイラーは電話してきた。そして、いったい何が起きたのか、なぜ相談しなかったのかと彼は尋ねた。

タイラーも私が嘘をついていると言うのではと思った。でも、彼はそんなことはしなかった。彼は私が一年ほども否定しつづけていた現実をすぐに受け入れた。なぜ私を信頼してくれたのか、はじめは理解できなかった。しかしタイラーが自身の経験を語ってくれてようやく、私は思い出したのだ。ショーンはタイラーの兄でもあったことを。

それからの数週間、タイラーは両親を試しつづけた。とても彼らしい、繊細で対立を生まない方法でだ。彼は両親に、対処の仕方が間違っていたのかもしれないとやんわりと伝えた。そして私はおそらく悪魔などに憑依(ひょうい)されてはいない。おそらく邪悪でもないのだと。

それでも、私がなぐさめをえることはなかった。タイラーは助けようとしてくれていたが、姉との記憶があまりにも生々しく、彼を信用することもできなかった。タイラーが両親に立ち向かったら――本気で立ち向かったら――両親は彼らか私か、家族か私か、どちらかを選ぶようにタイラーに迫るだろう。そしてオードリーの一件から私は学んでいた。彼が私を選ばないことを。

ハーバードでのフェローシップ〔研究奨学金〕は春で終了していた。私はドルーがフルブライト・プログラムを終了しつつある中東に飛んだ。努力は必要だったものの、自分がどれほど学業をおろそかにしてきたかは、なんとか隠しとおした。少なくとも隠せたと思っていた。だが、そう思っていたのは自分だけだったかもしれない。ドルーはその後、夜中に目を覚ました私が、どこにいるかもわからないのに、ただ逃げ出したいという一心で、全速力で彼のアパートを叫びながら走り回るのを追いかけることになった。

私たちはアンマンを離れて南に車を走らせた。海軍特殊部隊（SEALS）がビン・ラディンを殺害した日、私たちはヨルダン砂漠にあるベドウィン族の野営地にいた。ニュースが伝えられたあと、アラビア語のできるドルーはガイドたちとともに、その話題で数時間話しつづけた。私たちは冷たい砂の上に座り、キャンプファイアーの消えかかる炎を見つめていた。すると、「彼はイスラム教徒ではない」とガイドの一人がドルーに言った。「イスラムを理解していたら、あんなにひどいことはできなかったはずだ」

ベドウィン族と話をするドルーを眺め、彼の唇から発せられる聞きなれないなめらかな音に耳を傾けた。私は自分がそこにいることが信じがたかった。ツインタワーが崩壊した一〇年前、私はイスラムについて聞いたこともなかった。それなのにいま、私はザラビア・ベドウィン〔ベドウィンの一部族〕と一緒に砂糖のたっぷり入った紅茶を飲み、月の谷とも呼ばれるワディ・ラム〔ヨルダン南部の砂岩と花崗岩でできた谷。世界遺産。映画のロケ地としても有名〕の砂の上に座っている。サウジアラビアとの国境から二〇マイル〔約三十二キロメートル〕も離れていない場所だった。

私がこの一〇年でたどったこの距離――肉体的でもあり精神的でもある――を考えただ

けで、呼吸が苦しくなった。もしかしたら私は変わりすぎたのかもしれない。私が学んでいること、読んでいること、考えていること、旅すること、そのすべてが私をどこにも属さない誰かに変えてしまったのではないだろうか？　廃材置き場と山以外何も知らなかったあの少女が、二機の飛行機が見知らぬ白い柱に吸い込まれていく様子をテレビで見つめる姿を思った。少女の教室はがらくたの山だった。教科書は廃材の石板だった。それでも、あの少女は私が持っていない――私が得た経験にもかかわらず、いや、経験したからこそ失った――大切なものを持っていたのだ。

私はイギリスに戻って、もつれた糸をほどく作業を続けた。ケンブリッジに戻った最初の一週間は、ほとんど毎晩、路上で目を覚ますことになった。走り、叫び、そして眠った。何日も治らない頭痛に悩まされた。歯科医は歯ぎしりをしていると指摘した。吹き出物がひどく、まったく見知らぬ人から二度も、アレルギーの症状ではないかと聞かれた。いいえ、と私は答えた。私はいつだってこんな顔なんです。

ある夜、友達とささいなことで口論になった。そして気がつくと、私はいつのまにか壁にぴったりと寄り添い、膝を胸に抱きかかえ、脈打つ心臓が自分の体から飛び出ないようにしていた。友達は心配して駆け寄ってきたが、私は悲鳴を上げた。彼女が私に触れることができたのは、それから一時間後、私が壁から離れようと決意できたときだった。翌日、あれがパニック発作なんだと私は思った。

それからすぐあとに、私は父に手紙を送った。この手紙については後悔するばかりだ。怒りに満ちた、手に負えない子供が「大嫌い！」と両親に向かって叫んでいるような手紙だ。「悪党」「暴君」などといった言葉があふれかえり、しかもそれが何ページにもわたって続くのだ。まさに鬱憤と悪態の奔流だった。

私はこの手紙を通じて、両親にしばらく連絡を絶つと告げた。軽蔑と怒りの発作のはざまにいる私は、自分自身を治癒するために一年は必要だと書いた。それが過ぎたら、二人の狂った世界に戻って、そこに何か意味を見いだせるかもしれないと。

母は別の方法をとるよう懇願した。父は何も言わなかった。

第38章　家　族

博士号の取得が危うくなっていた。

なぜ研究に没頭できないのか、指導教官のランシマン博士に説明していたとしたら、彼はきっと私を助けてくれたはずだ。追加の助成金を確保し、時間の猶予を与えるよう教務課に申し立ててくれただろう。でも、私は博士に説明はしなかったし、できなかった。博士が、私が最後に研究成果を提出してから一年もの時間が経っている理由を理解できないのも無理はない。曇り空の七月の午後にオフィスで会ったとき、博士は退学を勧めた。「博士課程はきわめて要求の厳しい場所だ」と博士は言った。「だから、失敗したところで問題じゃない」

自分に対する最大限の怒りを抱えながら、私は博士のオフィスを後にした。図書館に行き、十数冊の本を集め、部屋に持ち帰って机に並べた。しかし、私の精神はすぐに「理性的な思考」に吐き気を覚えた。翌朝には本はベッドの上まで移動され、ラップトップの台となり、私は『バフィー～恋する十字架～』〔アメリカのテレビドラマ〕を絶え間なく消化しつづけた。

その年の秋、タイラーが父に立ち向かった。まずは電話で母と話をしたようだ。母との会話のあとで電話をくれた。彼は「母さんは僕らの味方だ」と言った。母は、ショーンをめぐる状況は受け入れがたいものになっていると考え、行動を起こすよう父を納得させたのだそうだ。「お父さんがなんとかするから」とタイラーは言った。「すべてうまくいくよ。もう家に戻ってきても大丈夫だ」

その二日後、電話が鳴った。私は『バフィー』を止めて、電話に出た。タイラーからだった。何もかもうまくいかなかったようだ。母と話したあと、何かとても居心地の悪いものを感じた彼は、父に電話をかけて、ショーンに対してどんな対処をしたのか聞いた。すると父は、いきなり激怒し、攻撃的になった。タイラーをどなりつけ、つぎに同じ話をしたら縁を切ると言って電話を切ったそうだ。

この会話を想像するのは辛い。タイラーの吃音（きつおん）は父と話すといつもひどくなった。兄が受話器を握りしめて、どうにかして集中しようとし、喉に引っかかっている言葉を吐き出そうとしている姿を思い描いた。一方で父は、お得意の汚い言葉を吐き出したのだ。

タイラーがまだ父の言葉に動揺しているさなかに、ふたたび彼の電話が鳴った。父からの謝罪かと思って出てみると、その電話はショーンからだった。父はすべてをショーンに話したのだ。「おまえを家族から追い出すぐらい簡単なことだ」とショーンは言った。「俺がやれる人間だってことは知ってるよな。タラに聞いてみろ」

一時停止されたサラ・ミシェル・ゲラー〔『バフィー』の主演〕の映像を見つめながら、タイラーの話を聞いていた。タイラーは、長いあいだ話していた。事の詳細についてはさっと流しただけだったが、何が起こったのかについての解釈と自分への批判には無駄に長くこだわっていた。タイラーは、父が誤解したのかもしれないと言った。きっと行き違いがあったのだ。コミュニケーションの行き違いだと。もしかしたら、自分が間違っていたのかもしれない。正しいことを正しく言わなかったのかもしれない。絶対にそうだ。自分が悪いんだから、自分で修復できるはずだと。

その話を聞いていたら、タイラーと自分とのあいだに、無関心と隣り合わせの奇妙な距離感を感じた。まるでタイラーとの未来が、私がいままでずっと愛してきた兄との未来が、すでに観たことのある、結末を知っている映画のように思えたのだ。このドラマのあらましは、すでに姉とのあいだで経験したからよく知っている。私がオードリーを失ったのは、彼女が支払うべき代償が現実となり、税金が課せられ、家賃の期日が迫ったときだった。

オードリーが戦うよりも立ち去るほうがずっと楽だと気づいた瞬間だ。家族全員をたった一人の妹と交換するだなんて、割に合わない取引だと気づいた瞬間だった。

だから、そうなってしまう前から、タイラーも同じだろうとわかっていた。タイラーが心を痛めている様子は電話の向こうからも伝わってきた。彼はこれから何をしようか決めようとしていたが、彼がやらなかったことも、私は知っていた。タイラーの心はすでに決まっていて、そのときやっていたのは、自己正当化のための長い作業にすぎなかった。

手紙を受け取ったのは一〇月だった。

タイラーとステファニーの連名で、メールにPDF形式で添付されていた。メールには、この手紙は注意深く、考え抜いて書かれたものであり、両親にもコピーが送られていると書かれていた。この一文を読み、すぐさまその意味を理解した。タイラーは私を糾弾するつもりなのだ。私が悪魔に乗っ取られていた危険な人物だと父のように言うつもりなのだ。その手紙は彼が家族の一員に戻るための許可証のようなものにちがいない。

添付ファイルを開く勇気がなかった。本能が私の指を止めていた。私はタイラーを子供のころと同様の兄として記憶していた。いつも本を読んでいる静かな兄。私はタイラーの読書机の下に寝ころがり、彼の履いているソックスを眺め、そして彼の音楽を聴いた。私の記憶にある彼の声であのひどい言葉を聞くなんて、耐えられる自信がなかった。

マウスをクリックした。添付書類が開いた。私は自分自身から遠いところに意識を置いて、まったく内容を理解できないままに手紙をすべて読んだ。私たちの両親は一連の虐待行為、洗脳、支配によってがんじがらめの状態です。変化を危険ととらえ、それを求める人間は誰であっても追放しようとします。これは家族への忠誠心という名を借りたゆがんだ思考です。彼らは信仰を求めますが、この状況は福音が私たちに教えるものとは違います。お元気で。愛しています。

のちに、タイラーの妻のステファニーからこの手紙の背景にある物語を教わった。タイラーは父から縁を切ると脅されたのだ。その後の日々、タイラーは毎晩寝る前に「僕はどうするべきなんだ？　あの子は僕の妹なんだぞ」と声に出して、何度も何度も自問していたそうだ。

この話を聞いてすぐ、私はそれまでの何カ月かでもっとも正しい決断をした。大学のカウンセリングサービスに申し込んだのだ。担当になったのは、カーリーヘアーで鋭い目をした快活な中年女性だった。彼女がセッション中に口を開くことはめったになかった。彼女が求めたのは私がすべてを吐き出すことで、私は実際にそうした。何週も、そして何カ月も。はじめのうち、カウンセリングはなんの効果も示さなかった――「役に立った」と言い表すことのできるセッションはひとつも考えつかないくらいだ。でも、時が経つにつれ、カウンセリングという行為の総体としての効果は否定できなくなっていた。そのときは理解できなかったし、そしていまでも理解できないのだけれど、毎週あのような時間を過ごし、自分が自分には与えることができない何かを必要としていると認める行為には、心を健（すこ）やかにする効果があったのだ。

タイラーは、たしかにあの手紙を両親に送った。そしていったん送ってしまってからは、悩むこともなかったという。あの冬、私は多くの時間をタイラーとステファニーとの電話に費やした。ステファニーは私の姉のような存在になった。私が話したいときはいつでも、二人は応じてくれた。あのころ、私には、誰かとたくさんの言葉を交わす必要があったのだと思う。

手紙を送ったことでタイラーは代償を払うことになったが、その代償をどう定義するかは難しい。タイラーは縁を切られたわけではない。あるいは、縁を切られたのは一時的だったとも言える。最終的にタイラーは父と和解したが、二人の関係はけっして以前とは同じにはならないだろう。

タイラーに強いてしまったことについて、何度謝罪したかわからない。でも私の謝罪はいつもぎこちなく、言葉につまるばかりだった。どうやったら正しく言葉を並べられるのだろう？　私のせいで、誰かが自分の父親や家族と疎遠になってしまった場合、どうやって謝罪したらいいのか？　きっと正しい言葉はない。私が足で蹴って抵抗することをやめ、じっとしていたにもかかわらず、私を解放せず、腕を押さえつけねじり上げたショーンに、どうやって感謝すればいいのか？　その言葉だって、きっと存在しない。

その年の冬は長かった。憂鬱は、週に一度のカウンセリング・セッションと、死別のそれに近いような奇妙な喪失の感覚でしか中断することはなかった。テレビドラマのシーズンがひとつ終わるたび、またつぎを探さなければと感じる日々だった。

春になり、夏になり、とうとう夏が秋になったとき、ようやく集中して読書ができるようになってきた。怒りと自責の念を脇に置いて、頭のなかで思考をまとめることができた。私は、ハーバードでほぼ二年前に書いた章に立ち戻っていた。もう一度、ヒューム、スミス、ルソー、ゴドウィン、ウルストンクラフトとミルを読んだ。そしてふたたび、私は家族について思いをめぐらせた。そこにはパズルがあり、解決されていない何かがあった。家族に対する義務が別の義務――友人、社会、自分自身に対する義務――と衝突するとき私たちはどうすべきなのか？

私は研究を開始した。論点を絞り込み、それを学術的で具体的なものにしていった。最終的に、一九世紀から四つの知性運動を選び、それらが家族の義務についてどのように取り組んだのかを検証した。私が選んだ運動のひとつは、一九世紀のモルモン教のものだった。丸一年にわたって研究を続け、論文の初稿を完成させた。「アングロ・アメリカンの協力思想における家族、道徳規範、社会科学　一八一三―一八九〇」だ。

モルモン教に関する章が私のお気に入りだった。日曜学校に通っていた子供のころ、すべての歴史はモルモン教のために準備されたものだと教えられた。キリストの死は、ジョセフ・スミスが「聖なる森」でひざまずき、神がたったひとつの真実の教会を復活させる瞬間を可能にするために計画されたのだと習った。戦争、移住、自然災害――これらはモルモン教の物語にとって単なる序曲にすぎない。一方で、現世の歴史はモルモン教のような精神的運動を見過ごす傾向にあった。

私の論文は、親モルモンでも反モルモンでもなく、スピリチュアルでも世俗的でもない、新たなる理解を歴史に与えるものだった。モルモン教を人類の歴史の目的として捉えるわけではないが、モルモン教がそれぞれの時代の課題に取り組んだという貢献を軽視したわけでもない。モルモン教のイデオロギーをもっと大きな、人類の物語の一部として扱ったのだ。私の論のなかでは、歴史はモルモン教徒を残りの人類と区別はしなかった。私はむしろ彼らを人類とその歴史に結びつけたのだ。

原稿をランシマン博士に送り、数日後に彼のオフィスで面談をした。彼は私の前に座ると、驚いたというような表情で、素晴らしかったと言った。「ある部分は、傑出していると言ってもいい」と博士は言った。彼はいまや笑っていた。「博士号を取得できなかったら驚きだ」

ずっしりと重い原稿を持って部屋に歩いて戻りながら、「誰が歴史を記すのか？」と黒板に書いて講義をはじめたケリー博士のことを思い出していた。当時、自分にはその言葉がいかに不自然に響いたかを私は憶えていた。私が考える歴史家とは普通の人間ではなかった。私の父のように、人間というよりは預言者に近い存在だと思っていたのだ。その者の過去のヴィジョンや未来のヴィジョンは、疑問視されることも議論されることも許されない存在だ。そしていま、キングス・カレッジを通りすぎ、巨大な礼拝堂の影を歩きながら、過去の自分の自信のなさが愉快だった。誰が歴史を書くかですって？　それは私だ。

二七歳の誕生日、私が自分で選んだ誕生日のまさにその日、私は博士論文を提出した。一二月、シンプルな内装の小さな部屋で口頭試問が開かれた。私は合格し、ロンドンに戻った。ドルーが就職を果たし、二人でフラットを借りた。一月、ブリガム・ヤング大学の教室にはじめて足を踏み入れて一〇年の月日が経ったその月、私はケンブリッジ大学から通知を受け取った。私はウェストーバー博士になったのだ。

私は新しい人生を作り上げた。それは幸せなものだったけれど、喪失感を抱いてもいた。失ったのは家族だけではない。私はバックスピークも失っていた。あそこを離れたというだけでなく、私はあの場所を黙って離れた。私は後ずさりし、海を越えて逃げ、私の代わりに私の話をすることを父に許した。私が知っている人たちすべてに、父が私を定義することを許した。私はあまりにも多くを譲ってきた——山だけではなく、私たちが共有してきた歴史のすべてを。

故郷に戻るときが来たのだ。

第39章　バッファローを見ながら

渓谷にたどりついたのは春のことだった。高速道路に沿って車を走らせ、町の端まで行き、ベア・リバーを一望できる断崖で車を停めた。そこからは盆地が見渡せた。緑を育む草原が点在し、バックスピークまで広がっていた。山々は常緑樹で青々としていた。石灰岩や泥板岩とは対照的な色合いだった。インディアン・プリンセスはいつものように鮮やかな姿を見せていた。プリンセスは渓谷を挟んで私の真正面にそびえ、永遠の光を投げかけていた。

プリンセスはずっと私につきまとってきた。海の向こうでも、彼女の呼ぶ声が聞こえるようだった。まるで私が群れから離れるいたずらな子牛であるかのように、彼女は私に呼びかける。最初は優しく、なだめるような声で。私がそれに反応せずに離れると、とたんに怒声を上げるのだ。私は彼女を裏切ってきた。彼女の顔が怒りでゆがむ。彼女が不機嫌になり、脅しかけてくる。軽蔑の女神だ。心のなかに長年住み着いてきたプリンセスを私はいつもそんな風に想像してきた。

でも、私は誤解していた。草原や牧草地の向こうに彼女を眺めているとよくわかる。彼女は私が離れたことを怒っていたのではなかった。離れることは彼女のサイクルの一部にすぎない。彼女の役割はバッファローを囲うことでも、バッファローを集合させ、力ずくで閉じ込めることでもない。彼らの帰還を祝福することこそが、彼女の役割なのだ。

四分の一マイル戻って、「町のおばあちゃん」の家の白い柵の前に車を停めた。私にとっては、それはいまだにおばあちゃんの柵だったけれど、彼女はもうそこにいなかった。中心街近くのホスピスに移っていたのだ。

祖父母とは三年間は会っていなかった。両親が、私が悪魔に取り憑かれていると親戚たちに伝えたからだ。祖父母は娘たちを愛していた。母の言うことを信じないわけがなかった。私は祖父母を明け渡した。それにおばあちゃんを取り戻すのにはもう遅すぎた――彼女はアルツハイマーを患っていたのだ。きっと私には気づかないだろう。だから、おじいちゃんに会いにきた。彼の人生のなかに、私の居場所がまだあるかを確かめに。

私たちはリビングルームに座って話をした。カーペットは私が子供のころと同じ、美しい白だった。訪問は短く、礼儀正しいものだった。おじいちゃんはおばあちゃんのことを話した。おじいちゃんのことを誰なのかわからなくなったあとも、長いあいだ、彼はおばあちゃんの面倒を見つづけた。私はイギリスの話をした。おじいちゃんは母のことを話した。母の信奉者と同じように、おじいちゃんの表情には畏敬の念が浮かんでいた。おじいちゃんを責めはしなかった。聞いたところによると、両親はいまや渓谷の有力者だった。母は自分の製品を、オバマケアのスピリチュアルな代替品として宣伝していた。従業員が何十人いても、製造した商品ははしから売り切れていった。

あのような見事な成功の陰には神がいらっしゃるはずだとおじいちゃんは言った。両親は彼らが成したことをするために、偉大なるヒーラーになるために、魂を神にもたらすために、主に呼ばれたのだと。私は笑顔を見せて、去るために立ち上がった。私の記憶どおりに、おじいちゃんは優しい老人だった。でも、私たちのあいだに生じてしまった距離に、私は耐えきれなかった。私は戸口でおじいちゃんを抱きしめて、しっかりとおじいちゃんを見た。八七歳だった。残された月日は少ない。私が、父が言うような人間ではなく、邪悪なんかでもないとおじいちゃんに証明するのは難しいだろう。

タイラーとステファニーはバックスピークから一〇〇マイル〔約一六〇キロメートル〕北に行った、アイダホ・フォールズに住んでいた。つぎに行く予定にしていたが、渓谷を離れる前に、私は母にメッセージを送った。短いメッセージだ。近くにいるので、町で母に会いたいと書いた。父に会う心の準備はできていなかった。最後に母の顔を見てから数年が経っていた。母は来てくれるだろうか？

ストークスの駐車場で母の返事を待った。長く待つことはなかった。

こんな質問が許されると思っているなんて信じられません。心が痛みます。夫が歓迎されていない場所に、妻は行かないものです。そんな露骨な無礼に加わることはできません。＊

メッセージは長かった。読んでいたら、まるで長距離でも走ったかのように疲弊してしまった。その大部分は忠誠心に関するこんなレクチャーだった。家族は許し合うものだ。もし許すことができないならば、あなたは一生後悔することになる。**過去というのは、どんなものであろうとも、五〇フィートほど地球を掘って埋めて、腐らせるべきだ**と母は書いていた。

母は私が家に来ることは歓迎だとも書いていた。いつの日か私が「戻ったよ！」と叫びながら裏口から入ってくる姿を見ることができるよう祈っているという。

彼女の祈りに応えてあげたかった――私がいたのは山から一〇マイルしか離れていない場所だった。でも、裏口から歩いて入ることが、暗黙の契約となることはわかっていた。母の愛を得ることはできるだろうが、三年前に私が求められたのと同じ条件が提示されているのだ。それは、二人の現実と私の現実を入れ替えること、そして私の理解を拾い上げて埋めて、深く掘った穴のなかで腐るのを待つということだ。

母のメッセージは最後通告だった。私は父と一緒の母には会うことができる。そうでなければ、永遠に彼女に会うことはできない。彼女はけっして譲歩しなかった。

私がメッセージを読んでいるあいだに駐車場はいっぱいになっていた。私は母の言葉を受け入れて、エンジンをかけて大通りを走り出した。交差点で西の方向に曲がり、山に向かって進んでいった。渓谷を離れる前に、家を見ようと思ったのだ。

ここ数年、私は両親に関する多くのうわさを聞いた。彼らは億万長者で、山に砦（とりで）を建てていて、数十年分の食糧を隠しているという話を聞いた。もっとも興味深かったのは、父が従業員を雇ったり解雇したりをくり返しているという話だった。渓谷は不況から立ち直ることができていなかった。住民には仕事が必要だった。両親の会社は郡のなかでももっとも多くを雇用する企業のひとつとなっていた。でも父の精神状態が、従業員を長期にわ

＊太字で記された部分は、直接の引用が行われているのではなく、書き換えられている。意味は変更されていない。

たって雇うことを難しくさせているのだろう。被害妄想に陥ると、父はささいなことで従業員を解雇する傾向があった。数カ月前、父はダイアン・ハーディーを解雇していた。ロブの元妻で、二回目の事故のときに私たちを迎えにきてくれた、あのロブだ。ダイアンとロブは私の両親と二〇年もの友人関係を築いてきたが、ダイアンを解雇してからはその友情も終わった。

母の妹のアンジー叔母さんを解雇したのも、そんな被害妄想のひとつからなのだろうと思う。アンジー叔母さんは、まさか姉がそんなふうに家族を扱うわけがないと信じて、母と話をしたそうだ。私が子供のときは、それは母のビジネスだった。でもいまは母のビジネスでもあり、父のビジネスでもある。でも、本当は誰のものなのかというこのテストでは父が勝った。叔母さんは解雇された。

つぎに起きたことの断片をつないでいくのは難しいけれど、私が聞いたところによると、アンジー叔母さんが失業保険を申請したことで、両親のもとに労働局から電話があり、彼女が解雇されたかどうかの確認があったそうだ。そこで父はわずかに残っていた分別まで失った。それは労働局じゃなかったのだと父は言った。それは国土安全保障省からの電話で、労働局のふりをしていたのだ、アンジー叔母さんが父の名をテロリスト・ブラックリストに入れたのだと父は言った。政府はとうとう父を追いはじめたのだ——彼のお金と銃と燃料を。ルビー・リッジふたたびだ。

高速道路をおりて砂利道を走り、そして車から出てバックスピークを見上げた。うわさのうちいくつかは真実だとすぐにわかった——たとえば両親が大金を稼いでいるということだ。家は巨大になっていた。私が育った家にはベッドルームが五部屋あった。いまの実家はありとあらゆる方向に広がり、最低でもベッドルームが四〇ほどあるように見えた。

稼いだお金を使って、父が終わりの日に備えるのは時間の問題のように思われた。トランプのカードを並べるように貼られたソーラーパネルの屋根を想像した。巨大な家のなかでソーラーパネルを引きずりながら、「自給自足で暮らせるようにならなければ」と言う父の姿を想像した。そのあとの数年は、何百ドルも、何千ドルも費やして設備をそろえ、山を掘って水を得ようとするだろう。父は政府の水に頼りたくなかったし、バックスピークには絶対に水があると知っている。あとは見つけるだけだ。山のふもとにフットボール場ほどもある深い裂け目が現れ、かつて森があった場所に、掘り返された根っこやひっくり返った木のあふれる荒野が残されるだろう。きっと彼は「自給自足だ」と叫びながらトラクターに乗って、絹色の小麦畑に分け入っていくだろう。

「町のおばあちゃん」は母の日に亡くなった。

それを聞いたとき、私はコロラドで調査をしていた。すぐにアイダホに向かったが、移動中に、泊まる場所がないことに気がついた。私はアンジー叔母さんのことを思い出した。父は誰彼かまわず、叔母が自分をテロリスト・リストに載せたと言いふらしているらしい。母は叔母とは縁を切っていた。私は願った。叔母さんを取り戻すことができますようにと。

叔母さんはおじいちゃんの家の隣に住んでいた。私はふたたび白い柵の前に車を停めた。ドアをノックした。アンジー叔母さんはおじいちゃんがしたように、礼儀正しく出迎えてくれた。母と父から過去五年、私のことをたっぷり聞いていたのは疑いようもなかった。「取引したいの」と私は言った。「お父さんが叔母さんについて言ったことは全部忘れる。だから私についてお父さんが言ったことも全部忘れてほしいの」叔母さんは目を閉じて、ひっくり返るようにして笑った。泣きそうになった。その姿が母にそっくりだったのだ。

葬式の日まで、私はアンジー叔母さんの家に滞在した。

式までの数日間に、母の親類が自分たちが幼少期を過ごした実家に集まりはじめた。それは私の叔母や叔父たちだったが、ずいぶん長いあいだ会っていなかった人もいた。ほとんど会ったことのないダリル叔父さんが、兄弟姉妹全員でラバ・ホット・スプリングスにあるお気に入りのレストランでみんなで食事をしようと提案した。母は参加を拒んだ。彼女は父抜きではどこにも行かなかったし、父はアンジー叔母さんと関わりたくなかったのだろう。

大きなバンに乗り込み、一時間のドライブに出発したのは、明るく輝く五月の午後のことだった。母の兄弟姉妹や残されたおじいちゃんと一緒に、私があまり知らなかった祖母を思い出すために外出をするなんて、母の居場所を奪ってしまったのではないかと居心地が悪かった。しかし、私が祖母について詳しくないことは、母の兄弟姉妹にとっては愉快なことなのだとすぐに気がついた。思い出話が次々と飛び出し、喜んで私の質問に答えてくれた。話を聞けば、祖母の姿がよりシャープな輪郭を帯びた。思い出を集めて形作られた祖母の姿は、私が記憶していた女性とは違っていた。そしてそのときはじめて、私が祖母を冷酷な目で見ていたこと、彼女に対する認識がいかにゆがめられていたかを知った。それは父のレンズを通していたからだ。

帰路の車内で、デビー叔母さんがユタに誘ってくれた。ダリル叔父さんも同じように誘ってくれた。「アリゾナにおいで」と彼は言った。一日で、私は家族を取り戻していた――私の家族ではなく、母の家族だけれど。

葬儀は翌日だった。私は教会の隅に立ち、自分の兄弟姉妹たちが静かに入ってくるのを見ていた。

タイラーとステファニーがいた。二人は七人の子供を自宅学習で育てることに決めていた。私が見るかぎり、子供たちはとても高い水準の教育を受けているように見えた。つぎに入ってきたのはルークだ。子供たちは多すぎて数えきれなかった。彼は私を見ると部屋を突っ切ってやってきた。雑談をしたが、五年も会っていなかったことについては、どちらも言い出さなかったし、理由をそれとなく問いただすこともしなかった。お父さんが言ったことを、あなたは信じたの？　と私は聞きたかった。私が危険だって思ってるの？でも私は聞かなかった。ルークは両親の仕事を請け負っていたし、学校に行かなかった彼も、家族を養うために仕事が必要なのだ。彼に味方してくれるように頼んでも、結局お互いに傷つくだけだ。

化学の博士課程を修了するところだったリチャードは、オレゴンから妻のカミと子供たちを連れてやってきていた。彼は礼拝堂の後ろのほうから私に笑いかけた。数カ月前、リチャードは私に手紙を送ってきた。父を信じて申し訳なかったこと、私に助けが必要だったとき、何もできなかったことを後悔していると。これから先は、自分の助けを頼っていいとあった。僕たちは家族だとも書いていた。

オードリーと夫のベンジャミンは後ろのベンチに座っていた。オードリーは、誰も来ていないうちから礼拝堂に到着していた。オードリーは私の腕をつかんで、私が父に会うことを拒否しているのは大罪だと言った。「父は偉大な人よ」と彼女は言った。「謙虚にならなかったこと、お父さんの助言に従わなかったことを一生後悔するといいわ」これは彼女が数年ぶりに私にかけた言葉だ。私にはそれに応える言葉がなかった。

ショーンは式の数分前に現れ、エミリーとピーターと、私が会ったことのない小さな女の子を連れていた。ショーンがディエゴを殺してから、彼と同じ部屋に入ったのはこのときがはじめてだった。私は緊張していたが、その必要はなかった。彼は式のあいだ、一度も私を見なかった。

一番上の兄のトニーが両親と一緒に座っていた。彼の五人の子供は信徒席に広がって座っていた。トニーは一般教育修了検定を取得して、ラスベガスで運送会社を経営していたが、不況の波に呑み込まれた。彼もいま両親のもとで働いていた。ショーン、ルークと彼らの妻たち、オードリーと夫のベンジャミンも同じだった。考えてみると、兄弟姉妹は、リチャードとタイラーを除いては経済的に両親に頼っているのだ。私の家族は、山を去っていった三人と、山に残った四人で別れることになった。三人は博士号を持ち、四人は高校の卒業資格を持っていない。私たちのあいだにできた溝は、広がっていた。

つぎにアイダホに戻ったのは、一年後のことだ。

ロンドンからのフライトの数時間前に、私は母にメッセージを送った——いつもそうしたように、これからもそうするように——私に会ってくれるかどうか聞いたのだ。母の返信は早かった。私が父に会わなければ、彼女は絶対に私には会わないという。父抜きで私に会うのは、父に対して無礼なのだと。

拒みつづけられているというのに家への巡礼を続けることには意味がない。帰るのをやめようかとさえ思った。そこにもう一通のメッセージが届いた。アンジー叔母さんからだ。おじいちゃんが明日の予定をキャンセルしたと書いてあった。長年の習慣である毎週水曜日の寺院参りを取りやめてでも、私が立ち寄ったときに家にいたいのだそうだ。アンジー叔母さんは最後にこう付け加えていた。あと一、二時間で会えるわね！　きっとあっというまよ。

第40章　教育（エデュケーション）

子供のころ、私はずっと待っていた。心が成長し、経験が積み重ねられ、選択が揺るぎないものになるにつれ、自分が独立した人間として形成されるのを。その人間は、あるいは人間のようなものには、いるべき場所があった。私はあの山に属していた。私を作ったあの山だ。成長してはじめて、自分のはじまりの姿が、終わりの姿になるのではと考えるようになった──人が最初にとる姿が、唯一、本当の姿なのではないかと。

この物語の最後の言葉を書いているいまの時点で、祖母の葬儀以来、私は何年も両親には会っていない。タイラーとリチャードとトニーとは連絡を密にしているから、彼らからも、そしてほかの親族からも、山で繰り広げられているドラマの話は聞いている──けが、暴力、権威の変遷について。でも、そんなドラマのすべては、いまの私にとっては遠い場所から届くうわさの類でしかない。それはありがたいことだ。私と家族の離別が永遠のものになるかどうかはわからないし、いつか戻る道を見つけるのかもしれないが、私には平安がもたらされている。

この平安は簡単に手に入れられたわけではなかった。私は父の欠点を一覧にして、二年を費やしてそれをアップデートしつづけた。父のすべての怒り、現実と想像上の残酷な行い、そして、ネグレクトを復唱することで、父を私の人生から排除するという決断が正しいものだったと証明したかったのかもしれない。それが正当化されれば、私は窒息しそうな罪悪感から解放され、ふたたび呼吸できるようになると思ったのだ。

でも、正当化することができたからといって、罪悪感が消えることはない。他人に向けられたいら立ちや憤怒は、鎮まることを知らない。なぜなら、その罪悪感は、彼らに対するものではないからだ。罪悪感とは、自分自身のみじめな様子を恐れることだ。ほかの人とはなんの関係もないのだ。

私は罪悪感を手放した。自分の決断をありのままに受け入れたのだ。古い怒りを終わりなく追い求めることや、父の罪と私の罪を秤にかけることもやめた。父のことはいっさい考えなかった。私は私のために、自分自身の決断を受け入れることを学んだのだ。父のためではなく、私のために。私がその決断を必要としていただけで、父を罰するためではない。

それが、私が父を愛するためにできる唯一の方法だった。

父が私の人生に存在し、そして私の人生を支配しようと全力を尽くしていたあのとき、私は兵隊のようなまなざしで彼を見ていた。対立の霧の合間から。彼の優しさを理解できなかった。父が目の前に立ちはだかり憤慨していると、眼鏡を光らせ腹を抱えて笑いころげていたかつての父の姿を思い出すことなどできなかった。容赦ない父の姿を見ていると、やけどする前の父の唇が楽しそうに動く様子を、思い出に涙していた父の姿を、よみがえらせることなどできなかった。父のそういった姿を思い出せるようになったのは、私たちが距離と時間によって隔てられた、最近になってからだ。

でも、私と父をより遠ざけるのは、時間や距離ではない。それは自己の変化だ。私はもう父が育てたあの子ではない。でも、彼は彼女を育てた父のままだ。

私たちの断絶が決定的になったのは、父がねじれた指で受話器を握って兄に電話をかけ、私が何も知らずにバスルームの鏡に映る自分を見つめていた、あの冬の夜だろう。あれが決定的瞬間だった。断絶は二〇年をかけてさらに複雑化して、その溝は修復するには巨大になりすぎた。ディエゴ、ナイフ。電話のあとに起きたことはあまりに劇的(ドラマティック)だった。でも、本当のドラマはすでにバスルームで起こっていた。

私がいくら鏡を見つめても、もうそこには一六歳の自分を呼び出すことができなかった。なぜかはわからない。でもドラマはその時点ではじまったのだ。

それまで、彼女はずっとそこにいた。私がいくら変化を遂げても――私がどれほど輝かしい教育を受けようとも、私の外見がどれだけ変わろうとも――それでも私は彼女だった。私は所詮、壊れた心を抱えた二人の人間だった。彼女は私のなかにいて、父の家の敷居をまたげば必ず現れた。

あの夜、私が彼女を呼び出したとき、彼女は応えなかった。彼女は私から去っていった。彼女は鏡のなかに留まった。あれ以降の私の決断は、彼女が下したものではない。その決断は、変化を遂げた人間、新しい自己による選択だったのだ。

これを何と呼んでくれてもかまわない。変身。変形。偽り。裏切りと呼ぶ人もいるだろう。

私はこれを教育と呼ぶ。

著者覚書

この物語はモルモン教について綴ったものではない。そして、それ以外のいかなる宗教的信念について書いたものでもない。さまざまなタイプの人がいて、信じる人もいれば、そうでない人もいる。寛容な人も、そうでない人も。著者は、本書とモルモン教、本書と宗教的信念の肯定的であれ、否定的であれ、いかなる関係も否定している。アルファベット順に記載されている以下の人名に関しては、仮名である。

アーロン、オードリー、ベンジャミン、エミリー、エリン、フェイ、ジーン、ジュディー、ピーター、ロバート、ロビン、セイディー、シャノン、ショーン、スーザン、ヴァネッサ。

謝辞

兄であるタイラー、リチャード、そしてトニー。この本を記すことができたのはあなたたちのおかげだ。この本に生命を与え、そして書くことを可能にしてくれた。彼らと、彼らの妻であるステファニー、カミ、ミシェルからは家族というものの多くを学んだ。タイラーとリチャードは、時間をかけて、記憶を呼び起こす作業をしてくれた。原稿を読み、詳細を加え、本書ができるかぎり正確なものとなるよう協力してくれた。私たちのあいだにも意見の違いはあったが、彼らがこの物語の事実を検証してくれたことで私は書くことができた。

デイヴィッド・ランシマン博士はこの自伝の執筆を支援してくれ、最初に原稿を読んでくれた人たちのなかのひとりとなってくれた。彼の信頼がなければ、私自身、自分を信じることができなかっただろう。

ライフワークとして本を作りつづける人たち、この本に命を与えてくれた人たちに感謝する。私のエージェントであるアナ・ステインとキャロリーナ・サットン。私の素晴らしい編集者であるランダムハウス社のヒラリー・レッドモン、アンディー・ワード、ハッチンソン社のジョカスタ・ハミルトン、ならびに編集に携わってくれた多くのみなさんにもお礼を伝えたいと思う。とくに、ICMのボーティー・ボートライトは疲れを知らない人だった。本書のファクトチェックという難しい仕事を請け負ってくれたベン・フェランには特別の感謝を捧げる。プロフェッショナルかつ繊細で徹底的な仕事をしてくれた。

ただの紙の束だった本になる前の本書を信頼してくれた人たちには心から感謝している。初期の読者はマリオン・カント博士、ポール・ケリー博士、アニー・ウィルディング、リビア・ガインハム、ソニア・タイク、ダニ・アラオ、そしてスラヤ・シディ・シンだ。

叔母のデビーとアンジーは、きわめて重要な時期に私の人生に戻ってきてくれた。二人のサポートには感謝してもしつくせない。私を常に信じてくれたジョナサン・スタインバーグ教授に感謝する。この本を書くにあたり、感情的な、そして実質的な避難場所を与えてくれた私の親友、ドルー・メッカムにも心からの感謝を。

原注

（1）小さいときに両腕と足を骨折したオードリーは医師に診てもらったことがある。ギプスをはめてもらうために。

（2）両親が長いあいだ電話を持っていなかったことは家族の誰もが認めるところだけれど、それがどの時期だったのかは、家族のなかで意見が分かれている。兄たち、叔母、叔父、そしていとこに確認をとったが、最終的にその時系列を作ることができなかった。それが理由で、電話については私の記憶にもとづいて記述している。

（3）この章を書く際、ルークと事故について話をした。彼の記憶は私やリチャードのものとも異なっていた。ルークの記憶では、父がルークを家に担ぎ込み、ショック症状のためのホメオパシー療法を施し、そして冷たい水を満たしたバスタブにルークを入れて、山火事を消すために山に戻ったということだった。これは私の記憶と、リチャードの記憶とも異なる。私たちが間違っているのかもしれない。もしかしたら、私がルークを見つけたのはバスタブのなかだったのかもしれない。彼は芝生の上ではなく、バスタブに一人でいたのかもしれない。全員の意見が一致しているのは、奇妙なことに、ルークは最終的には前庭で左脚をゴミ箱に入れていたということだ。

（4）ショーンの転落については、当時私が聞かされた話をもとに書いている。タイラーは同じ話を記憶していた。実際のところ、私の記載の詳細の多くは彼の記憶にヒントを得ている。一五年経過して改めて話を聞くと、ほかの人たちには別の記憶があった。母はショーンがパレットの上には立っていなかったといい、フォークリフトのフォークの上に立っていたと言っている。ルークはパレットの上にいたと記憶しているけれど、鉄筋の代わりに、格子を取り除いた金属の配水管を使っていたと証言している。ルークはショーンが落ちたのは一二フィートだと言い、ショーンの行動がおかしくなったのは、意識を回復してからだと言う。ルークは誰が救急車を呼んだのか記憶していないが、近くの製粉所で働いていた男性たちがいて、ショーンが転落した直後にそのなかのひとりが通報したのではと考えている。

（5）一五年後に聞いてみると、ドウェインはその場にいた記憶がないと言った。でも、彼はその場にいて、私の記憶のなかにはっきりと残っている。

（6）本書に「ニガー」という文字を入れていいものかどうか、大いに迷った。この言葉には残忍な力が宿っており、私のなかには、この古の悪魔をよみがえらせてしまうよりも、もっと婉曲な表現（少なくとも、気分を害さない表現）に置き換えたほうがいいのではと感じる部分もあった。最終的に、私が聞いたとおりを記すことにした。私がそう決めたのは、歴史家ダイアン・マクウォーターの「差別的表現を浄化することは、破壊的な力から音を消すことである」という意見に同意しているからだ。浄化することは忘れ去ることであり、軽視することである。私たちの過去を重んずるため、そして過去において苦しんだ人たちのため、私たちは、最低でも過去を見る努力をするべきだと思う。

（7）一日か二日、私の書いた時系列は実際に起きたことがらとずれている可能性がある。そこにいた人の何人かによると、父はひどいやけどを負ったが、三日目にかさぶたができはじめて呼吸ができなくなるまで、それほど深刻な状況ではなかったということだった。脱水症状が事態を悪化させた。これらの話をまとめると、父の命を心配しはじめたのはそのときであり、姉が私に電話をしてきたのもこのときで、私が勝手に爆発が起きたのが、電話の一日前だと勘違いしていたのかもしれない。

（8）ルークのこの傷の原因は大バサミによるものだったと記憶しているが、屋根張りの事故で負った傷かもしれない。

注　釈

私の記憶と異なる物語を記すため、いくつか脚注が追加されている。二つの物語――ルークのやけど、ショーンのパレットからの落下――については追加の注釈が必要だと考えている。

どちらのできごとも、証言の食い違いはさまざまだ。例えばルークのやけどについては、そこにいたすべての人が、そこにいなかった人を見たと言い、そこにいたはずの人を見ていなかった。父はルークを見て、ルークは父を見た。ルークは私を見たけれど、私は父を見なかったし、父も私を見なかった。私はリチャードを見たし、リチャードは私を見たけれど、リチャードは父を見ていなかったし、父もルークも、リチャードを見なかったのだ。この矛盾の回転木馬をどう解釈すればいいのだろうか？　結局、これはぐるぐると回りつづけ、ついに音楽が止まったとき、誰もが納得できる人は、あの日、そこに実際にいた人になる。ルーク当人だ。

ショーンのパレットからの落下については、さらに混乱している。私は現場にはいなかった。私はほかの人から自分がいなかったことを聞いたが、それは真実だと確信している。何年ものあいだ、多くの人からそのように言われてきたし、タイラーも同じ内容の話を聞いているからだ。事故から一五年が経過して、私が記憶していたようにタイラーも記憶していた。だから、それを記した。すると、今度は別の話が出てきた。待ってなどいなかった。ヘリコプターはすぐに手配されたのだと。

いずれにせよ「全体像」は同じだからと言って、詳細を重要視しないのであれば、私は嘘つきになる。詳細は重要だ。父がルークを一人で下山させたのか、それともそうしなかったのか、父が頭に重傷を負ったショーンを炎天下に残したのか、それとも残さなかったのか。こういった詳細から、違う父、違う男性が生み出されるからだ。

ショーンの落下について、どの証言を信頼していいのかわからない。さらに驚くのは、ルークのやけどについても、どの証言を信用していいのかわからない。私はあの場にいたのだ。私はあの瞬間に戻ることができる。ルークは芝生の上にいた。そして私は自分の周りを見まわしてみる。誰もいない。父の影もない、記憶の片隅にもない。彼はいなかった。でもルークの記憶では、父はそこにいたのだ。ショック状態に効くホメオパシーを与えながら、彼をそっとバスタブに寝かせたそうだ。

私がここから導き出したのは私の記憶の訂正ではなく、理解の訂正だ。ほかの人間の語る物語のなかで割り当てられる役割より、私たちは複雑である。家族間ではとくにそうかもしれない。ショーンの落下についての私の記述を読んだ兄のひとりが、私に「まさか父が救急車を呼ぶとは想像できない。ショーンはそれより先に死んでいただろうから」とメッセージをくれた。もしかしたら呼ばなかったのかもしれない。息子の頭蓋骨が砕けた音を聞いた父は、私たちが想像する父とは違う父だったのかもしれない。父は子供を愛していたが、彼の医者嫌いはその愛よりもパワフルなものだった。いや、違うのかもしれない。もしかしたら、あの瞬間、重大な局面にあったとき、父の愛が恐れと憎しみに勝ったのかもしれない。

本当の悲劇は、私たちの心にこうやって父が記憶されてきたことだろう。なぜなら、彼のそれまでの行動が——数多くの小さなドラマと、それほど深刻ではない事態が——私たちに父の役割がそうだと思わせたからだ。私たちが転落したとしても、父は介入しない。そして私たちは死ぬのだ。

物語のなかで割り当てられる役割より、実際の私たちはずっと複雑だ。この回顧録を執筆すること以上に、私にとって真実を明らかにできる方法はなかった——愛する人をページ上に留めて、彼らの全体的な意味合いを少ない文字で表すことは、もちろん不可能だ。

私にできる最善はこれだ。私が記憶している物語と並べて、別の物語を示すことである。夏の日、火、焦げた肉のにおい、そして息子の下山を手伝う父の姿だ。

訳者あとがき

本書は、歴史家でエッセイストのタラ・ウェストーバーによって記された、彼女自身の壮絶な人生の回顧録である。バラク・オバマが選ぶお気に入りの二十九冊、ミシェル・オバマが勧める九冊、ビル・ゲイツが選ぶホリデー・リーディングリスト、オプラ・ウィンフリーが選ぶベスト・ブックスなどに選出された。著名人が惜しみない称賛を送る作品として、本国アメリカでは四百万部以上を売り上げる大ベストセラーとなった。また、ニューヨーク・タイムズやウォール・ストリート・ジャーナルといった主要メディアが選ぶベストブックスにも次々と選ばれ、高く評価された。

一九八六年、アイダホ州クリフトンでモルモン教サバイバリストの両親のもと、七人兄姉の末っ子として生まれ育ったタラは、物心ついたときから父親の思想が強く反映された生活を送っていた。両親は科学や医療を否定し、民間療法を盲信し、陰謀史観に基づく偏った思想を盾に政府を目の敵にし、子供たちを公立校に通わせなかった。その独特な生き方を子供たちにも強制し、正しいと信じ込ませた。社会から孤立したようなその暮らしは、質素で、時に荒唐無稽だった。

幼少のころからタラとその兄弟は子供らしい楽しみを奪われた。父親の廃品回収とスクラップの仕事を手伝い、時には強要され、父親の残酷ともいえる指示のもと、命を落としかねない危険な作業をくり返した。実際にタラが負ったけがは深刻で、死に至らなかったことが奇跡にも思える。その作業はタラだけに課せられたものではなく、兄姉たちも同様で、危険を回避する策を講じないままの強引で乱暴な作業は、致命的なけがを彼らに負わせてしまう。目を覆いたくなるような大けがをしても、両親は彼らに薬草のオイルを与え、手作りの軟膏を塗り込むだけですべて治療できると信じ込む。死が間近に迫らなければ、医療の恩恵を一切受けさせようとはしない両親に従い、その呪縛を解くことができないまま、子供たちは山の上の孤立した環境のなかで生き延びることを余儀なくされる。

地域で唯一の助産婦の助手として働いていた母親は、幼いタラにもその仕事を手伝わせる。しかし、それは医療とはほど遠い行為であり、すべては運と薬草のオイルに頼るという危険なものだった。後に一人の助産婦として独立した母親は、不安を抱きつつも、依頼されるがまま出産を介助し続ける。その過酷さと命を預かる重責に押しつぶされ、肉体的にも精神的にも耐えられなくなる母親を、家族のなかでもっとも過激で偏った思想の持ち主である父親は、神の与えた仕事だからと説得する。その主張の根底にあったのは、世界が崩壊するという「忌まわしい日」に備え、生き残った家族が将来出産することになっても、孫たちが無事でいられるよう準備できるからという目論みだった。

このような父親の極端な行動は、タラと家族を次々と危険に晒していく。精神的な不調の続く父親を静養させようと訪れた、父方の両親が冬の間だけ住むアリゾナの家から、日が暮れはじめる時間に突然アイダホに戻ると言い出した父親に従わざるを得なかった家族は、後にタラを両親の呪縛から救い出すために手を差し伸べる三男タイラーが運転するステーションワゴンに乗り込む。途中、疲労のあまり居眠りをしたタイラーの運転する車は電柱に衝突し、横転する。大けがを負ったのは母親だった。頭部を強打した彼女は、病院で手当を受けることもなくそのまま家に戻り、そして長期間にわたって療養することを余儀なくされる。その事故以来、彼女は記憶を失うようになり、性格まで変わり、それが温和で家族思いのタイラーの心に暗い影を落としてしまう。母親の変化は、タラと彼女の関係にも徐々に影響を及ぼしていく。

父親による家族への抑圧と並行してタラを極限まで追いつめたのは、次男ショーンによる熾烈な暴力だった。思春期を迎え、外の世界との接点を得たタラが、普通の女性としての生き方を模索する姿を目撃するショーンは、嫉妬や束縛にも似た歪んだ感情を彼女に抱くと、圧倒的な力でねじ伏せ、支配していく。度重なる激しい暴力によりけがを負わされながらも、ショーンの存在に耐えるタラを目撃しているにもかかわらず、気づかぬふりをする母親。そんな彼女の態度が、ショーンの暴力よりも深くタラを傷つけたことは、想像に難くない。そしてそんなショーンも、父親との危険な作業で起きた転落事故をきっかけとしてその暴力性をエスカレートさせていく……。

故郷を振り切るように、ようやく自らを学びの世界へと解き放つ後半は、著者のその後の人生を導いた恩師や恋人、はじめて本当の「家族」と呼ぶことができる友人との出会いが続く。同時に、両親と兄姉の一部との決別が避けられなくなる様子と強い悲しみが吐露される。そのような状況であっても、著者が力強く自らの道を模索する様は圧巻だ。ここではじめて息継ぎができたような気持ちがしたほど、本書は激しく、同時に強い力を持って読む人を惹きつける一冊だった。

タラに対する家族からの執拗な暴力と精神的虐待の描写は、訳す手が何度も止まるほどすさまじいものだった。教育を奪われ、偏った思想に従うことしかできなかった幼い子供たちの哀れな姿には、親という存在の残酷な一面を考えずにはいられない。何を差し置いても守るべき子供の命が、次々と危険に晒されていく様子は、とても歯がゆく、強い怒りを覚える。それでも、健気に両親を慕い続ける著者や兄姉たちの言葉には、強い悲しみが漂っているように思えた。世界の終わりに備えるという父親の誇大妄想を笑うことは簡単だが、果たして私たち大人は、同じような行為を子供に強制したことが一度もないのだろうか。本書は読者に、そんな疑問を抱かせる力を持っている。彼らの小さな心を抑圧し、管理し、操縦しようとしてはいないか、そんな疑問を突きつけてくる。訳者としては、困難な一冊だったとも言えるが、親の束縛と強要、兄による暴力の痛みを、克明に生々しく書ききった著者の見事な筆致に感服せざるを得ない。

タラのそれまでの人生はあまりにも過酷で、その深い絶望から抜け出すことができた彼女には惜しみない称賛を送りたい。同時に、彼女が心に負った深い傷を考えると、この先の人生で、より大きな安らぎがもたらされることを祈らずにはいられない。

タラは現在でも、両親、そして家族への愛情を捨ててはいない。たとえ両親が、本書の内容が虚偽に満ちているものだと声明を出したとしても。

彼女を深い闇から救ったものの存在を考えるとき、もっとも強い力を持っていたのは教育であることは間違いないが、同時に、彼女自身の美しい歌声も彼女を支えた要素のひとつだったのではと思う。今でも歌い続けているタラの姿に救いを感じるのは、私だけではないだろう。

二〇二〇年九月

村井理子

解説／あらかじめ壊されていたこの世界で

小説家
桜庭一樹

これまで誰かに話したことはないが、確信していることがある。わたしは今こうして都会にいて、自分の価値観を元に選んだ生活を送れてはいるが、それは一時的に許されたつかのまの時間にすぎないと。いつか寿命が尽きた日、先祖の神が東京の空をパカッと割って降臨し、かつて逃れたはずの因習と血脈の真綿でまたじっとりぐっちょりと自分を包みこんで故郷に連れ帰ってしまうだろうと。

(ちなみにビジュアルはギリシャ悲劇『王女メディア』で主人公が最後に乗せられるあの派手な竜車のイメージだ)

本当はそのことに毎日怯えて暮らしているのだ。

誰かに話そうにも、説明し難すぎる。独特の恐怖で。

だから本書を読み始めると、すぐ「これ、わたしそのものだ……」と驚いた。ページの余白に実況するみたいに言葉を書きこみ始め、じきに叫びでいっぱいになった。もちろん具体的な状況は違うけれど、土地と家族、因習、地方都市の生活、女性蔑視、暴力……長年恐れ続けてきたものがうねり、溢れ、開いた本からはみだして近寄ってくるようにさえ感じられた。

自分のような人ではなく、むしろ、このような環境で育たずにすんだ方に聞いてみたい。幼少期、あなたは〝私〟をどう認識していましたか、と。子供だったわたしにとって、自分という個人は到底認識不可能だった。家族、血族、自然、土地の歴史……つまりルーツと渾然一体となった、流動的で原始的なスライム状の存在だけが〝私〟だったからだ。

一年、一年、成長するにつれ、遠くに何か大切なものが隠され存在しているような気がし、必死で目をこらした。そのために必要だったのが著者のいう〝教育〟だ。わたしは個としての〝私〟、つまり尊重されるべき人権を持った一人の〝私〟という認識を後天的に学んだと感じているし、この認識はその後を生き抜く命綱になった。

その長い学びの道のりを具体的に言語化することは自分には難しい。だから著者がそれを見事に成し遂げていることに、その知性に、並外れた強さに、改めて驚愕する。

自ら努力して学んだことと、古い因習世界の価値観との間を、振り子のように揺れ動いて悩み続ける期間を、著者が長く苦しく描写していることにもわたしは共感した。その理由を自分なりに理解できるように感じたからだ。あるべき秩序が破壊された不確かな環境で育たざるをえなかった人間は、生まれ直すため、あらかじめ壊れていた世界をあるべき形へと再構築する作業から始めねばならない。混沌（カオス）の欠片の再構成、だ……。それは困難ではあるけれど、気づきと希望が日に日に増えていく、純粋な喜びに満ちた期間でもある。……著者がこの作業の時期、過去二十年間で人気のあったドラマシリーズをかたっぱしから見たという記述も、わたしにはとても生々しくリアルに感じられる。破壊された環境にいる人間が、フィクションを通してあるべき世界の具体的な生活について学ぶことは多くあるからだ。たとえばアメリカの有名なホームドラマ「フルハウス」の視聴者には、辛い環境で育った方々も多く、キャストもそのことを理解したうえで理想的な父親像を演じていた、という俳優さんのインタビューを読んだことがある。わたしもまた「フルハウス」の視聴者だったし、また自分の場合は、古今東西の小説をひたすら読み続けることで外の世界のありようを後天的に学んだという自覚もある。喜びと発見の時間であり、同時にその作業には命、人権がかかっていた。

一方で、このように自己の変態のために内的に闘うことには、大きな代償が二つあったとも感じている。一つは闘いに終わりの日が来ないこと。後から学んだ価値観はどうしても固定し切らないので、繰り返し自問し点検し続けないとたやすく元の状態に戻ってしまう。精神の抵抗はもはや絶え間ない肉体の運動だ。著者もまた毎日のたうちまわって闘い続けているのではないかと推察する。

もう一つは、永遠の孤独だ。原始的な群れ、血脈の守り神の元から離れたことの罰を受けるように。誰といても、どんな組織に所属しても、逃れようのない寂しさがある。著者もこの二つを抱えて生きているのではないかとわたしは考える。するとたまらない気持ちにもなるが、一方で、このような人生を送らされているのは自分だけではないのかもと想像し、それはほんの少しの勇気にも変わる。

著者はこうして学び積み重ねたことを元に、故郷の父母との対話を幾度も試みるが、失敗に終わる。同時並行的に多声性も必要とするようになり、べつの家族たちの記憶を元に、一度主観で組み立てた過去の出来事の再点検もし始める。そしてこれらの作業を経て一冊の本を上梓する。

ここまでたどり着くことで、個人的な経験が多くの人々や社会と溶け合い、影響し合うようになれたのは、著者にとって救いになったのではないかとわたしは思う。また特殊な状況下にいることが広く可視化されたことで、結果的にある一定の安全も得ることができたのではとも。

本書『Educated』は二〇一八年二月にアメリカで刊行されると四百万部を超えるベストセラーになり、ビル・ゲイツ、バラク・オバマ、ミシェル・オバマ、オプラ・ウィンフリーなどにも絶賛された。

一方、著者の父母は同二〇一八年二月二十三日、本書の内容を否定する声明を発表。代理人弁護士は「話半分で読んだほうがいい」「ウェストーバー夫妻の宗教、国、そして家庭学習に対しての悪意ある書物」「タラは父親がモルモン教原理主義者としているがそれは事実ではなく、一夫多妻制を支持しているという事実もなく、父が統合失調症であること、母が頭部に大怪我を負ったのに治療せず後遺症が残ったことも、タラを知る人たちなら真実ではないと誰もが知っている」などとコメントした。

続いて母が二〇二〇年十月、『Educating』という本を上梓した。内容はハーブの効能、COVID-19は風邪であるという主張、ホームスクーリングの素晴らしさ、自身の半生などについてだった。

そのような反応を知ってわたしはこう想像した。本書刊行後、著者の新しい作業がもう始まっているのでは、と。だって一読者であるわたしでさえ思うからだ。改めて疑念が胸に渦巻いてならないからだ。それはこういう問いだ……。

――そもそも人間は、社会は、この世界はなぜこのような問題を抱えているのか？　わたしたちそれぞれが育った家庭の一つ一つは、土地の、町の、国の、そして世界の縮図ともなりうる。そう想像して見回すと、いま生きている社会そのものが著者の育った家のようであり、同時にわたしの、もしかしたらあなたの家庭みたいでもあるのではないか？　この社会はいまこのときもそれぞれの正義へと絶え間なく分断され続けているところだ。たとえ明確な論理を以て科学的矛盾をついたとしても、相手の正義を覆すことは、なぜかできない。人権は常に軽んじられている。共同体を守るための謎の因習に多くの人がむりに従わされている。労働は買い叩かれ、善意は搾取され、愛は冷笑される。なぜこうなのか？　一つの家の内部は？　社会人としてわたしが所属するこの共同体の内部は？　世界そのものは？　なぜ！　なぜあらかじめ壊されていたの？　なぜわたしたちみんなが困難な再構成の作業をせざるを得ない運命を担っているの！

これらの問いを、わたしたちと一緒に、著者もいまこのとき海の向こうで考えているのではないだろうか。同時代を生きるもう一人の〝私〟として。

そう想像すると、それもまたほんの少しの勇気に変わる。

二〇二三年八月

本書は、二〇二〇年十一月に早川書房より単行本
として刊行された作品を文庫化したものです。

著者

タラ・ウェストーバー（Tara Westover）

1986年、アイダホ州生まれ。モルモン教徒・サバイバリストの両親のもと、学校にも病院にも通わず育つが、兄の影響で大学入学を決意。2004年ブリガム・ヤング大学に入学、2008年卒業。その後ゲイツ・ケンブリッジ奨学金を授与され、2009年にケンブリッジ大学で哲学の修士号を、2014年には歴史学の博士号を取得。2018年に発表した本書は記録的なベストセラーとなり、著者は2019年『TIME』誌「世界で最も影響力のある100人」に選出された。2020年よりハーバード大学公共政策大学院上級研究員。

訳者

村井理子（むらい・りこ）

翻訳家・エッセイスト。1970年静岡県生まれ。琵琶湖湖畔で、夫、双子の息子、ラブラドール・レトリーバーのハリーとともに暮らす。訳書にトウェイツ『ゼロからトースターを作ってみた結果』、ランド『メイドの手帖』、フリン『ダメ女たちの人生を変えた奇跡の料理教室』など。著書に『家族』『ハリー、大きな幸せ』『村井さんちの生活』『兄の終い』『村井さんちのぎゅうぎゅう焼き』など。

HM=Hayakawa Mystery
SF=Science Fiction
JA=Japanese Author
NV=Novel
NF=Nonfiction
FT=Fantasy

エデュケーション
大学は私の人生を変えた

〈NF593〉

二〇二三年二月十日 印刷
二〇二三年二月十五日 発行
（定価はカバーに表示してあります）

著者 タラ・ウェストーバー
訳者 村井理子
発行者 早川浩
発行所 株式会社早川書房
郵便番号 一〇一 - 〇〇四六
東京都千代田区神田多町二ノ二
電話 〇三 - 三二五二 - 三一一一
振替 〇〇一六〇 - 三 - 四七七九九
https://www.hayakawa-online.co.jp

乱丁・落丁本は小社制作部宛お送り下さい。
送料小社負担にてお取りかえいたします。

印刷・三松堂株式会社 製本・株式会社明光社
Printed and bound in Japan
ISBN978-4-15-050593-6 C0198

本書のコピー、スキャン、デジタル化等の無断複製
は著作権法上の例外を除き禁じられています。

本書は活字が大きく読みやすい〈トールサイズ〉です。